Dans l'ombre du Paradis

Viveca Sten

Dans l'ombre du Paradis

ROMAN

Traduit du suédois
par Rémi Cassaigne

Albin Michel

Édition originale suédoise parue sous le titre :
I MAKTENS SKUGGA
chez Forum Bokförlag, Suède

Publié avec l'accord de Nordin Agency AB, Suède

À Lennart, mon bien-aimé

« Gros lard ! »

Il restait étendu sur le flanc, sans bouger ni protester. S'il tentait quoi que ce soit, c'était pire.

Faites que la récréation finisse, pria-t-il. Faites que la cloche sonne.

Le chef de la bande, le roi de la cour de récré, lui décocha un violent coup de pied. Sa grosse chaussure le toucha juste à la chute des reins, la douleur le fit sursauter, mais il parvint à ravaler le gémissement qui voulait lui échapper.

C'était toujours pire quand il montrait que ça faisait mal.

Son nez était enflé de larmes retenues et de morve, mais il ne fallait pas se laisser aller à pleurer, c'était la pire chose à faire.

La cloche sonna. Enfin. Les cris se turent.

Il attendit quelques minutes, puis ouvrit les yeux et regarda autour de lui. Il était seul dans la cour de récréation. Sa main se tacha de sang quand il essuya son nez qui commençait déjà à gonfler.

La cloche sonna de nouveau.

Son dos le lança quand il se redressa. Il savait qu'il aurait un mauvais point pour être arrivé en retard, mais il n'osait pas entrer en classe avant que les autres soient assis à leur place.

Je me vengerai, se chuchota-t-il. Je leur montrerai.

Leurs insultes résonnaient encore en lui.

« Gros lard, gros lard, gros lard ! »

1.

Lundi 29 avril 2013

Maria Svedin attendait dans le spacieux vestibule, tandis que Celia Jonsson aidait Oliver à enfiler la veste de l'uniforme bleu marine de l'école. Maria dansait d'un pied sur l'autre, inquiète. Fallait-il aller chercher le cartable d'Oliver, resté dans sa chambre ? Difficile de savoir ce que voulait Celia.

Celia vint à bout du dernier bouton luisant de la veste d'Oliver et chassa une mèche sombre de son visage avant de se redresser.

« Maria, dit-elle avec son fort accent. Tu conduiras Oliver à l'école ? J'ai autre chose à faire aujourd'hui. Tu peux prendre la voiture de Carsten, il est allé à pied au bureau. »

Cette demande surprit Maria. D'habitude, Celia déposait toujours son fils à l'école le matin, mais on voyait qu'elle était tendue, des poches sombres cernaient ses yeux et sa bouche était crispée.

Hier soir, Maria avait entendu des éclats de voix. L'appartement avait beau être vaste et sa chambre à l'opposé de celles de la famille, elle n'avait pas pu éviter d'entendre leur colère à travers les cloisons. La dispute semblait porter sur le projet de Carsten d'avoir une maison de vacances en Suède.

« Maria ? » fit à nouveau Celia.

La jeune fille hocha la tête et se dirigea vers l'entrée de l'appartement. L'ascenseur montait jusqu'à l'étage de la famille. Elle appuya plusieurs fois sur le bouton pour montrer à Celia qu'elle s'activait.

Elle aurait préféré être dispensée de conduire Oliver, pas encore très à l'aise avec la conduite à gauche dans Londres. Et les ronds-points la rendaient nerveuse.

Celia ne remarqua pas ses hésitations. Ou ne s'en soucia pas.

« Si tu vas chercher la voiture au garage, je descends avec Oliver d'ici quelques minutes, continua-t-elle. Je veux chercher ses nouveaux gants. »

On dit : « Je vais chercher », pas : « Je veux chercher », pensa Maria, sans rien faire pour la corriger.

Elle enfila son blouson et se tourna vers l'entrée.

« *Hurry up, Oliver,* s'exclama Celia. *You mustn't be late for school. You know what daddy will say.* »

Un craquement dans l'entrée. L'ascenseur était arrivé.

« Bon, alors je descends », dit Maria.

D'habitude, l'éclairage s'allumait dès qu'on entrait dans le garage mais quand Maria descendit de l'ascenseur, rien ne se passa. Bientôt, la lumière s'éteignit dans son dos, lorsque la porte de l'ascenseur se referma automatiquement. Elle se retourna pour la rouvrir, mais il était déjà reparti.

Maria avança d'un pas sur le sol en béton gris pour déclencher l'éclairage. Tout resta plongé dans l'obscurité. Une coupure de courant ? Dans ce cas, l'ascenseur non plus ne marcherait pas. Il devait y avoir un problème de détecteur, mais elle ne savait absolument pas où était l'interrupteur, ni comment faire pour le trouver dans ce garage où il faisait noir comme dans un four.

La voiture de Carsten était garée au-delà du coin, tout au bout de la rangée du fond, à une cinquantaine de mètres de là. Maria fouilla à tâtons dans son sac, à la recherche de son téléphone, pour le mettre en mode torche, mais ses doigts ne trouvèrent qu'un paquet de chewing-gums et quelques pence. Son portable avait dû rester là-haut, dans l'appartement.

Allez, viens.

Qu'est-ce que c'était ? Un bruit sourd derrière elle la fit sursauter.

Aussitôt disparu : l'avait-elle bien entendu ? Pourtant, l'impression d'un bruit métallique se prolongeait, comme si un outil était tombé par terre, peut-être une clé à molette, ou un marteau.

Maria se retourna, tentant de distinguer quelque chose dans le noir. De se souvenir de ce qu'elle venait d'entendre.

Ça venait de l'autre côté du mur, là où la voiture de Carsten était garée.

Y avait-il quelqu'un d'autre dans le garage ?

« *Il y a quelqu'un ?* »

Maria retint son souffle. Elle sentait son cœur s'emballer, alors qu'elle était parfaitement immobile.

« *Il y a quelqu'un ?* » répéta-t-elle, plus faiblement cette fois.

Une bouffée huileuse lui passa sous le nez, si rapide qu'elle eut à peine le temps de la percevoir.

Ses yeux commençaient à s'habituer à l'obscurité, elle apercevait à présent plusieurs formes et silhouettes. Des voitures de marques luxueuses, garées sur leurs places attitrées. Il aurait été aisé de se cacher derrière l'une d'elles.

Maria tenta de se ressaisir, mais son cœur emballé la faisait respirer beaucoup trop vite. Celia l'attendait là-haut. Il fallait qu'elle aille prendre la voiture, sans quoi Oliver allait arriver en retard à l'école.

Elle inspira à fond et serra la clé de la voiture dans sa main.

Il n'y avait pas loin jusqu'à la voiture de Carsten, elle devait pouvoir y arriver à tâtons dans le noir. Sous son épais blouson, son pull était humide aux entournures.

En serrant les dents, elle risqua lentement un pas en avant, puis un autre.

La Land Rover était tout au fond, elle y était presque. Serrant fort la clé, Maria sentit le soulagement l'envahir.

Ça sentait l'essence, à présent – ou n'était-ce que son imagination ?

Maria tourna la tête pour essayer de déterminer si elle était ou non seule dans le garage.

« *Il y a quelqu'un ?* » fit-elle encore, bien que son instinct lui dise de se taire, pour ne pas se faire repérer.

Le bruit se fit entendre à nouveau. Comme quelque chose qui coulait par terre à grosses gouttes.

Alors tout s'embrasa, et l'univers explosa dans un nuage de feu et de fumée.

2.

Mardi 30 avril

Julia lâcha la main de Nora en arrivant à l'aire de rassemblement, devant l'auberge de Sandhamn. Une centaine de personnes attendaient déjà que commence la retraite aux flambeaux. Nora connaissait la plupart d'entre elles, et salua de la main un groupe de voisins en train de bavarder.

C'était une belle soirée, mais il ne faisait pas bien chaud. Le froid d'un hiver particulièrement long et rude traînait encore dans l'air. La neige était tombée dès novembre et la glace avait tenu jusqu'à la mi-avril, c'était le plus long hiver à Stockholm depuis plus d'un siècle. L'eau avait gelé jusqu'au fond autour des pontons, et le froid avait été mordant pendant des mois.

Du coin de l'œil, Nora vit qu'Adam et Simon avaient reçu chacun leur flambeau, qu'ils brandissaient en l'air.

« J'en veux un moi aussi, maman. »

Julia tirait le bras de Nora, qui s'agenouilla. Les cheveux blonds de sa fille étaient tressés en deux nattes qui pointaient derrière ses oreilles. Ses yeux bleus étaient pleins d'espoir.

« Tu es trop petite pour tenir un flambeau allumé, ma mignonne, dit-elle en sachant ce que ça allait déclencher. Il faut attendre d'être aussi grande que tes frères. »

Julia fit la moue, déçue – c'était drôle ce qu'elle ressemblait alors à Jonas : elle avait comme lui une fine lèvre supérieure, qui disparaissait presque entièrement sous l'effet de la frustration. L'expression de Julia passa de la colère aux larmes, la lèvre supérieure ressortit et se mit à trembler nettement.

« J'en veux un ! cria-t-elle en secouant le bras de sa mère.

– Mais enfin, Julia ! gronda Nora. Ce n'est pas comme ça que ça marche ! »

Adam passa son flambeau à Nora.

« Tu peux grimper sur mes épaules, si tu veux, Julia. »

En un tournemain, il avait soulevé et bien calé Julia sur ses épaules. D'un coup, elle arbora un sourire satisfait. La catastrophe était oubliée. Adam rejoignit quelques copains et engagea la conversation, avec Julia perchée au-dessus de sa tête comme un petit sac de patates.

Nora contempla son aîné et sa cadette et sentit l'amour l'envahir, si fort que les larmes lui montèrent aux yeux, alors même qu'elle était en public.

Mes enfants chéris. Ma Julia chérie.

Dire qu'elle avait aussi eu une fille, qu'elle était désormais mère de trois enfants.

Jonas arriva et interrompit ses pensées.

« Ils sont mignons tous les deux », dit-il en désignant Adam et Julia de la tête.

Nora s'appuya contre lui.

« Il fait tellement adulte, des fois », dit-elle.

Adam allait bientôt finir sa deuxième année de lycée. L'ado buté s'était transformé en un jeune homme prévenant.

« Ça prouve qu'il y a de l'espoir, même pour Simon, ajouta-t-elle.

– Ça, ça ne ferait pas de mal. »

Jonas était-il si las de Simon ? Cela ne lui ressemblait pas, mais Simon mettait indéniablement la patience de tous à rude épreuve. Le petit garçon rayonnant était devenu sans prévenir un ado de treize ans ronchon qui passait le plus clair de son temps devant la télévision.

L'hiver écoulé, Nora avait essayé de faire face à la fois à l'opposition de Julia et à la bouderie de Simon. Rien n'avait été simple et parfois, elle se demandait si elle n'était pas trop vieille pour avoir la force d'élever petits et grands enfants.

« Ce n'est pas bientôt l'heure d'y aller ? » demanda Jonas en se tournant vers la présidente des Amis de Sandhamn, l'association qui organisait les festivités sur l'île.

Elle tenait un mégaphone et semblait se préparer à donner le signal du départ.

Quand Jonas tourna la tête, ses cheveux frôlèrent le col de sa chemise. Ils étaient encore bruns, sans mèches grises. Il n'y a que moi qui suis forcée de me teindre, songea Nora, encore une fois renvoyée à la différence d'âge entre eux. Jonas allait avoir trente-neuf ans, elle quarante-six.

La présidente entonna un chant et le cortège s'ébranla, passa devant la cour du café Strindberg et se dirigea vers la partie ancienne du bourg. Le but était la plage de Fläskberget, au nord de l'île, où le bûcher de la Saint-Jean serait allumé pour fêter l'arrivée du printemps.

Nora tenait toujours le flambeau d'Adam. Elle le levait bien au-dessus de sa tête, pour qu'il ne touche rien ni personne. À vrai dire, c'était de la folie de faire une retraite aux flambeaux dans ces ruelles qui passaient entre des maisons en bois centenaires. Il ne fallait pas grand-chose pour y mettre le feu. L'unique camion de pompiers de l'île n'y pourrait pas grand-chose.

Mais la tradition, c'était la tradition.

Quand ils arrivèrent à Fläskberget, le bûcher brûlait déjà, alimenté par les flambeaux jetés par les participants. Des flammes orange et jaune montaient vers le ciel bleu sombre. Au loin, un bateau blanc de la compagnie Waxholm se déplaçait à la surface lisse de l'eau.

Dans l'air clair et froid, tous les contours étaient nets comme du verre.

« Maintenant, chantons tous en chœur pour accueillir le printemps », lança un homme âgé qui avait repris le mégaphone.

Nora chercha Simon dans la foule, et le retrouva de l'autre côté du brasier, avec ses copains. Elle lui fit signe, mais il ne la voyait pas. Adam rejoignit Nora et Jonas, Julia toujours sur ses épaules.

Un craquement retentit dans le feu, et une gerbe d'étincelles jaillit au-dessus de l'eau. Dans le crépuscule bleu marine, on aurait dit une cascade de mouches de feu.

Julia tendit les bras vers Nora pour montrer qu'elle voulait descendre. Nora la prit dans ses bras, et fut récompensée d'un câlin.

Elle sentit la chaleur du petit corps, le parfum de ses beaux cheveux blonds.

Ma Julia chérie, songea-t-elle de nouveau.

Julia pendait dans les bras de Jonas, les yeux fatigués et le pouce dans la bouche.

« On devrait rentrer », dit-il à mi-voix en jetant un œil en direction de la villa Brand, à quelques centaines de mètres seulement, dressée comme un phare au sommet de Kvarnberget.

Dans la nuit tombante, une lueur chaude filtrait par les fenêtres du rez-de-chaussée, des lampes laissées allumées en partant.

« Tu peux rentrer le premier ? demanda Nora. Il faut d'abord que je retrouve Simon pour voir où il a l'intention de filer. »

Elle ne l'avait pas vu depuis un moment. Avant le dîner, il avait déclaré avec une mine résolue qu'il voulait désormais de nouveaux horaires : minuit en semaine et une heure du matin le week-end.

C'était resté en travers de la gorge de Nora. Minuit, c'était bien trop tard pour un garçon de treize ans, et une heure du matin, il n'en était pas question. Mais Simon s'était rembruni en voyant sa réaction. Tous ses amis avaient le droit de sortir tard, pourquoi devait-il être le seul à devoir rentrer tôt ?

Nora essaya de trouver son fils à la lueur du brasier qui s'éteignait au bord de l'eau. Il ne restait plus à présent qu'un grand tas de braises, avec quelques branches calcinées qui dépassaient.

Pas trace de Simon, mais, un peu plus loin, elle aperçut Eva Lenander. C'était la maman de Fabian, le meilleur copain de Simon sur l'île. Eva attendait patiemment que Marco, le caniche noir de la famille, se décide à faire ses besoins, à l'orée de la forêt. Elle était prête, un sac plastique à la main.

« Tu as vu les garçons ? » lança Nora en se dirigeant vers elle.

Eva secoua la tête.

« Apparemment, ils ont disparu. Mais Fabian a dit qu'ils allaient chez les Richardson. »

Nora connaissait cette famille, ils avaient un fils de l'âge de Simon et habitaient en bas de la Chapelle, à quelques minutes seulement de la villa Brand.

« Très bien, dit-elle. Comme ça, je sais au moins où est Simon. »

Elle soupira légèrement et écarta les cheveux que le vent lui rabattait sur le front.

« Il aurait quand même pu me le dire avant de filer. »

Eva rit, et sa fossette gauche se creusa profondément.

« Comme Fabian l'aurait fait, si je ne l'avais pas rattrapé par la peau du cou au moment où il filait, tu veux dire ? On ne peut plus rien tirer de ce gamin, à part des grognements renfrognés. »

Nora remarqua qu'elle souriait. Ça faisait du bien de ne pas être la seule maman d'ado à se plaindre des mauvaises manières de son fils.

« Au fait, tu as entendu le dernier potin ? » demanda Eva, une lueur dans le regard.

Pendant l'hiver, elle avait coupé ses cheveux et s'était fait des mèches, ça lui allait bien, ça attirait l'attention sur ses yeux plutôt que sur ses joues rondes.

Nora essaya de se souvenir : qu'avait-elle manqué ? Ce printemps, ils avaient très peu eu l'occasion de venir à Sandhamn, les entraînements de foot de Simon ayant bloqué presque tous les week-ends.

« Ils construisent sur Fyrudden, dit Eva. Et tu ne devineras jamais le prix qu'a dû payer l'acheteur. »

Nora ignorait que le vaste terrain côtier du sud-ouest de l'île était à vendre.

« Mais toi, tu le sais, je suppose », dit-elle, incapable de résister à la curiosité, même si elle aurait préféré ne pas s'abaisser à poser la question.

Eva leva les deux mains, doigts écartés.

« Fois deux, dit-elle en attendant la réaction de Nora.

– Vingt millions ? s'exclama Nora. Tu plaisantes ? Mais c'est une somme folle !

– C'est ce que j'ai entendu. D'une source sûre, comme on dit.

– Qui donc a payé autant ?

– Je ne connais pas leur nom, mais bien sûr il s'agit de Suédois de l'étranger. »

Évidemment, pensa Nora.

« Ils vivent à Londres, si j'ai bien compris. Ils ont visiblement lancé le chantier à l'automne, pour construire une baraque gigantesque. Sûrement pas bon marché non plus. Il paraît que ce sera terminé dès cet été. »

Nora regarda en direction des anciennes cabanes de pêcheurs au pied de Kvarnberget. Elles rappelaient le temps où les habitants de l'île devaient pêcher pour manger, et les utilisaient pour abriter filets et matériel. Aujourd'hui, la plupart étaient aménagées en chambres d'hôtes ou saunas. Une évolution qui n'était en rien spécifique à Sandhamn, mais qui la déprimait tout de même.

« Mme Sjöberg a donc dû finir par disparaître », dit-elle.

Personne n'avait habité Fyrudden depuis des années. La veuve qui possédait le terrain avait passé la dernière décennie dans un hospice, laissant sa maison à l'abandon. Ida Sjöberg devait être presque centenaire quand elle s'était endormie.

« Oui, dit Eva. Je crois qu'elle est morte l'hiver dernier, car la vente était déjà lancée à ce moment-là, mais je n'en ai entendu parler que maintenant. Elle n'avait pas d'enfants, ce sont donc ses neveux qui vont se partager le gâteau. »

Un glapissement de Marco les interrompit : il avait fini de flairer et tirait sur sa laisse.

Nora jeta un œil à sa montre.

« Écoute, il faut que je rentre, Jonas va s'inquiéter. »

Elle embrassa rapidement son amie.

« Bonne nuit. Si par hasard tu tombes sur mon fils, rappelle-lui qu'il doit être rentré à onze heures. »

La nuit était tombée, on ne voyait plus, à l'ouest, que les quelques dernières lueurs roses du soleil couchant. Le ciel était dégagé, saupoudré de paillettes lointaines. Nora frissonna en suivant sur la plage le chemin qui menait à la villa Brand.

Fyrudden était donc vendu. Ça devait forcément arriver. Le terrain était immense, probablement un des plus grands de l'île, avec une situation exceptionnelle sur le côté sud. Une grande partie de la plage appartenait à la propriété. Elle valait bien sûr très cher, mais la somme paraissait tout de même astronomique.

À l'époque des anciens propriétaires, il n'avait jamais été question de clôturer le terrain. Il allait de soi de respecter la vieille tradition de libre passage sur les plages de Sandhamn.

Mais maintenant ?

Les gens prêts à dépenser de telles sommes se pliaient rarement aux us et coutumes, c'était apparu clairement ces dernières années, sur l'île, quand beaucoup d'anciennes maisons avaient changé de propriétaires.

Pourrait-on à l'avenir continuer à se promener le long du rivage en profitant de la vue ? Qui savait ce que les nouveaux propriétaires allaient inventer, une fois installés à Sandhamn ?

Une chose était sûre, songea Nora. S'ils voulaient protéger leur vie privée avec des palissades et des clôtures, il y aurait du grabuge.

3.

Thomas Andreasson toucha précautionneusement l'épaule de Pernilla. Elle s'était endormie dans le canapé, la tête contre le large accoudoir. Sa bouche était entrouverte, mais elle ne ronflait pas : elle lâchait de petits soupirs à intervalles irréguliers.

« Pernilla ? dit-il en l'effleurant à nouveau. Tu ne ferais pas mieux d'aller te coucher, plutôt que de dormir devant la télé ? »

Elle ouvrit lentement les yeux.

« Il est presque minuit, dit Thomas. Ça fait un bon moment que tu dors.

– Comment s'est fini le film ? bâilla Pernilla en passant une main dans ses cheveux roux en bataille.

– Comme d'habitude, évidemment. Les bons ont gagné, les méchants ont eu ce qu'ils méritaient. Rien à voir avec la réalité. »

Ce devait être une boutade, mais il entendit lui-même l'amertume de sa voix. Pernilla se redressa et lui caressa la joue.

« C'est ce que tu ressens ? »

Sa main resta sur sa joue. Elle s'était inquiétée pour lui au cours du printemps, Thomas ne l'ignorait pas.

Il haussa les épaules. Ces mots lui avaient échappé, sans arrière-pensée, et il n'avait pas envie d'en parler davantage, en tout cas pas à une heure pareille.

« Bon, alors allons nous coucher, dit Pernilla avec un nouveau bâillement.

– Je n'ai pas sommeil. Vas-y, toi, je te rejoins bientôt.

– Ne veille pas trop tard, hein ? »

Pernilla ouvrit la porte de la chambre d'Elin et jeta un coup d'œil. Thomas savait qu'elle dormait tranquillement. Il était déjà allé la voir plusieurs fois.

Dire qu'elle ne voulait pas passer, cette perpétuelle inquiétude qu'il lui arrive quelque chose pendant la nuit.

Thomas gagna la cuisine. Par la fenêtre, il voyait la silhouette du ponton, les ombres jetées par la petite lanterne tout au bout et l'eau, comme un couvercle luisant.

La Saint-Jean avait été calme. Nora leur avait proposé de venir faire la fête à Sandhamn, mais ils avaient décidé de rester sur Harö avec les parents de Thomas. Après avoir dîné tôt, ils étaient rentrés chez eux.

Enfin du printemps dans l'air, songea-t-il.

Bientôt, tout allait éclore, les lilas fleurir. Comme d'habitude, ils passeraient l'été sur Harö, en allongeant leurs vacances de quelques semaines grâce à quelques reliquats de congé parental, pour qu'Elin profite d'un long été dans l'archipel. Les parents de Thomas s'y installeraient à demeure dès le mois de mai, toujours prêts à garder leur petite-fille.

Il aurait dû être de bonne humeur, alors que ce long et froid hiver se terminait enfin.

Au lieu de quoi il était déprimé, sans énergie.

Thomas alla prendre une bière dans le réfrigérateur. La bouteille à la main, il regagna le canapé, saisit la télécommande et zappa d'une chaîne à l'autre. Il finit par s'arrêter sur un vieux film d'action qu'il avait vu de nombreuses fois.

Il n'avait aucune raison de se plaindre. Il était heureux avec Pernilla, profondément reconnaissant qu'ils aient pu se retrouver après leur divorce, huit ans plus tôt. Qu'ils aient ensuite eu Elin était un miracle, à bien des égards.

Chaque jour, il s'émerveillait de la voir dans sa vie.

Et pourtant il était là, à ruminer. Pourquoi ne pouvait-il pas simplement… être content ?

Cette année, il allait avoir quarante-six ans – plus que quatre ans avant la cinquantaine, bien des années avant la retraite. Aurait-il la force de travailler comme inspecteur de police encore aussi longtemps ?

L'idée de devoir être confronté encore et encore à toutes les formes de bêtise et de méchanceté humaines était tantôt pénible, tantôt presque insoutenable. Des proches désespérés, des victimes dont il fallait s'occuper, des avocats cyniques aux exigences délirantes.

Sa bière n'avait aucun goût. Thomas éteignit le téléviseur et prit son blouson. Il avait besoin d'air, de se rincer la tête de toutes ces pensées qui tournaient en boucle.

Ça faisait du bien de se remplir les poumons du bon air frais de la mer. Il inspira plusieurs fois à fond puis descendit jusqu'au ponton.

Une fine pellicule de rosée s'était déposée sur les planches huilées. De l'autre côté de la baie, les pontons de Storö et de Hagede étaient plongés dans l'obscurité. En hiver, on y allait à pied sur la glace.

Quelques semaines plus tôt seulement, le toit était frangé de stalactites. Il restait encore des taches de neige dans les crevasses. Son canot Buster en aluminium n'avait pas encore été mis à l'eau. Cela devrait attendre quelques semaines de plus, cette année tout était retardé.

Tu n'as aucune raison de te plaindre, se répéta-t-il en fourrant ses mains dans les poches de son blouson.

Son ancienne partenaire, Margit Grankvist, avait promu Thomas chef de groupe quand elle avait été nommée commissaire et placée à la tête de la section Investigations, quelques années plus tôt. Cela s'était traduit par une augmentation de salaire et davantage de tâches administratives, sans malheureusement que l'une compense les autres.

La collaboration avec Margit était fondée sur une solide confiance mutuelle. Elle lui laissait beaucoup de liberté et se fiait à son jugement. Pourtant, les derniers mois avaient été pénibles, avec davantage d'enquêtes difficiles, tandis que les nouvelles restrictions budgétaires tombaient en un flot ininterrompu.

Quelque chose le rongeait. Il rechignait à se lever quand son réveil sonnait, le matin.

Fallait-il qu'il en aille ainsi ? se demandait-il parfois dans sa voiture, sur la route du boulot, sans savoir s'il trouverait la force de traverser la journée.

Thomas se retourna et regarda la maison.

Derrières les fenêtres au cadre blanc dormaient sa fille et sa compagne. Les deux personnes les plus importantes de sa vie.

Je suis bien loti, songea-t-il, sans éprouver de joie particulière.

4.

Il avait raté l'appel russe. Carsten Jonsson fixa son portable et vit qu'il était en mode silencieux. Il devait avoir oublié de remettre le volume après son rendez-vous à la banque, et à présent il était trop tard pour rappeler. Il avait pris quelques verres dans un bar, et minuit approchait : c'était le milieu de la nuit à Moscou. Il faudrait qu'il attende le lendemain.

Le téléphone à la main, il entra dans la bibliothèque et se servit un petit whisky. Du Dalmore, son préféré. Il l'avait mérité. Tout s'était bien passé à la banque, les prévisions étaient en voie de se réaliser et le prêt serait remboursé en octobre, comme convenu.

Carsten s'enfonça dans le fauteuil rembourré en cuir tourné vers la grande baie panoramique. La pluie avait cessé quand il était rentré à pied, les nuages s'étaient à présent dissipés et laissaient présager une journée du lendemain ensoleillée. Il était temps, il avait plu presque tous les jours en avril.

Le silence était complet dans l'appartement, Celia et le petit étaient couchés. La baby-sitter aussi. Marianne ? Non, Maria. Oui, c'est ça. Il avait du mal à retenir leurs noms, ces filles-là ne restaient jamais bien longtemps.

Mais cette Maria était d'une autre trempe. Elle s'était vite remise après l'accident.

L'accident.

À ce mot, Carsten claqua la langue. La voiture avait été complètement détruite, une chance incroyable qu'il n'y ait eu aucun blessé. D'après l'assurance, il s'agissait d'un incident technique inhabituel qui avait provoqué l'embrasement spontané du réservoir d'essence. Personne ne pouvait être tenu pour responsable.

Il glissa le doigt le long de l'accoudoir revêtu de cuir.

Il n'était pas le seul intéressé par ces actions russes. Et d'autres affaires avaient été réglées à la dure.

Et s'il ne s'agissait pas d'un accident ?

Il ne voulait pas que le cirque de United Oil recommence. Les nuits où il ne savait pas s'il allait continuer, les matins où il lui fallait prendre un petit quelque chose pour avoir la force de sortir du lit. Et tout ce qui était arrivé ensuite.

Mais il n'était plus le même. Il n'avait pas eu besoin de prendre quoi que ce soit depuis plusieurs années, même s'il veillait à toujours avoir un petit sachet à portée de main.

Son verre était vide. Carsten se leva pour le remplir.

Pourvu que l'assurance ait raison, que l'incendie n'ait rien à voir avec ses affaires.

En tout cas, Maria semblait remise, et s'entendait bien avec Oliver et Sarah. Carsten vérifiait de temps en temps qu'elle s'en tenait au suédois quand elle s'occupait d'eux. Les enfants devaient connaître leur langue maternelle. Il fallait bien qu'ils apprennent quelque chose de leurs origines, comment sinon parleraient-ils avec leur grand-mère paternelle ?

C'était pour ça qu'il avait acheté la propriété à Sandhamn, cherchait-il à se convaincre, même si, au fond, il savait de quoi il retournait vraiment. L'image de son père surgit devant ses yeux, mais il la refoula aussitôt.

Si l'achat de ce vaste terrain avait été laborieux, à la fin, l'argent avait gagné.

Comme toujours.

Le baratin des vendeurs sur leur intention de vendre à des insulaires ou de transformer la zone en réserve naturelle avait cessé dès qu'ils avaient vu les espèces sonnantes et trébuchantes qu'il leur agitait sous le nez.

Quand le contrat de vente avait été signé au bureau d'avocats, il avait vu la cupidité luire dans leurs yeux : ils songeaient déjà à tout ce qu'ils allaient pouvoir s'offrir.

Le ciel bleu nuit était illuminé de projecteurs. Londres scintillait devant ses yeux.

Dans ses jeunes années, il avait habité New York, travaillé dans le trading et le commerce de titres pour une des plus grandes banques d'affaires américaines. C'était longtemps avant qu'il ne se mette à son compte et lance son fonds d'investissement. Mais il ne s'était jamais senti autant chez lui qu'ici, à Londres.

Carsten se passa la main dans les cheveux en se demandant quel modèle de voiture il allait s'acheter, une fois le deal avec les Russes réglé. Il pourrait s'offrir une nouvelle voiture de sport. S'il la voulait pour le printemps, il était grand temps de se mettre dans la liste d'attente.

Il n'avait encore jamais misé autant dans un seul investissement. Mais le contexte était favorable, et il avait tout de suite compris qu'il y avait là une occasion unique de gagner tant d'argent que c'en était grotesque.

Tout ça grâce à Anatoli Goldfarb, son ancien collègue de la banque à New York. Au bout de quelques années, Anatoli avait été attiré à Moscou par une nouvelle banque d'affaires russe qui lui promettait d'énormes bonus. Mais ils avaient gardé contact, et ça avait payé.

Carsten secoua son verre pour faire tinter les glaçons.

La Russie était instable. Carsten n'ignorait pas les risques qu'il y avait à faire des affaires avec l'ancienne Union soviétique, la nécessité de graisser la patte aux personnes-clés et de payer des « commissions » significatives.

Mais avec Anatoli de son côté, il n'y avait rien à craindre. Carsten ne ferait jamais totalement confiance à son vieil ami, mais il avait confiance en son désir de gagner de l'argent.

L'investissement dans cette entreprise russe de technologie avait commencé à la suite d'un coup de téléphone d'Anatoli, deux ans plus tôt. Il était dans la bibliothèque, un verre à la main, exactement comme aujourd'hui. Son ancien collègue lui avait demandé s'il était intéressé par un investissement dans une entreprise avec un fort potentiel ou plutôt un potentiel insensé.

Comme souvent, que ce soit aux USA, en Suède ou en Russie, il s'agissait de jeunes et brillants ingénieurs qui avaient eu une idée géniale.

Voilà dix, quinze ans, les investissements en Russie concernaient le gaz et le pétrole. C'était l'époque où les joyaux de l'ex-URSS étaient bradés. Des anciens du KGB étaient sur la ligne de front, en train de se transformer en nouvelle classe dominante : celle des oligarques immensément riches.

Aujourd'hui, c'était Internet qui avait le vent en poupe, il y avait un potentiel de développement vertigineux dans un pays de cent quarante millions d'habitants où les géants d'Internet comme Google ou Facebook n'avaient pas réussi à occuper des positions aussi dominantes qu'ailleurs dans le monde.

Carsten s'était envolé pour Moscou la semaine même de l'appel d'Anatoli. Plusieurs jours durant, il s'était concerté avec Sergueï et Roman, les deux fondateurs qui travaillaient à leur idée depuis l'université.

Il avait tourné et retourné dans tous les sens le business plan, rencontré les autres membres de la direction, vérifié tous les calculs, pour finalement être convaincu. Sergueï et Roman étaient indubitablement des *wiz kids,* deux jeunes génies de l'informatique.

Carsten savait déjà que les informaticiens russes étaient considérés comme parmi les meilleurs au monde, toujours en tête des concours internationaux de programmation. Mais là, il y avait encore plus important. Une motivation profonde, un appétit qui lui était familier : Sergueï et Roman voulaient tous les deux leur part du gâteau, de cette surabondance dépassant l'entendement à laquelle seuls les très riches avaient accès en Russie. Sergueï, surtout, s'était mis à saliver dès qu'il avait été question de cotation en Bourse.

Ils avaient en outre rallié à leur cause GZ3, une banque d'investissement russe de bonne réputation. Elle possédait désormais vingt-cinq pour cent des parts, et misait sur une introduction en Bourse réussie.

Carsten se leva pour se resservir pour la seconde fois.

L'idée de Sergueï et Roman était de créer une plate-forme de paiement en ligne sécurisée pour tout le e-commerce qui se développait dans la société russe. Les paiements sûrs par Internet restaient un gros problème en Russie. De nombreux acteurs s'étaient lancés dans le commerce en ligne ces dernières années, mais les clients hésitaient, la crainte de se faire escroquer était encore largement répandue.

Mais la solution développée par KiberPay faisait disparaître le problème. L'acheteur était en confiance, car le paiement n'était pas finalisé tant que la marchandise n'avait pas été livrée.

De plus, la plate-forme technique était articulée sur les téléphones portables, ce qui était la clé du succès.

KiberPay était un système de paiement créé pour tous les Russes qui n'avaient pas encore de carte de crédit mais possédaient en revanche un téléphone portable. Cela ouvrait l'accès à des millions de clients : KiberPay allait révolutionner le marché en Russie, et peut-être aussi ailleurs, comme en Afrique.

Que le système donne accès à de nombreuses données personnelles, comme des numéros de téléphone privés et les habitudes de consommation des clients ne gâchait rien. Carsten mesurait déjà le potentiel de cette base de données : les possibilités de marketing qu'elle ouvrait étaient immenses, une fois ces données revendues.

Carsten huma l'arôme riche de son verre.

Il n'avait pas été long à se décider après la première rencontre. Il était là devant une occasion extraordinaire, un investissement qui permettrait de doubler le capital de son fonds.

Avec l'aide d'Anatoli, Carsten avait finalisé tous les préparatifs de l'investissement, y compris toutes les formalités auxquelles il fallait se plier s'agissant d'un investisseur étranger. Ses propres avocats avaient créé une structure *ad hoc*, un holding domicilié à Guernesey, garantissant le rapatriement des profits à moindre coût fiscal.

Au cours des deux dernières années, les résultats de l'entreprise avaient réalisé, voire dépassé toutes les prévisions, et tout se déroulait selon le plan. Chaque fois qu'il calculait le développement de la valeur de l'entreprise, il était étonné de voir à ce point tous les voyants au vert : les clients affluaient, le chiffre d'affaires augmentait.

En septembre, l'entreprise serait cotée en Bourse, et il récupérerait sa mise avec de larges profits.

C'est la raison pour laquelle il avait encore augmenté son capital-risque quand Anatoli l'avait contacté en janvier pour lui proposer davantage d'actions. Un des investisseurs d'origine avait besoin de diminuer rapidement sa dette : Carsten était-il intéressé par l'achat de quelques parts supplémentaires de la société ?

Il n'avait pas mis longtemps à se décider, d'autant plus que beaucoup d'autres avaient commencé à flairer le potentiel KiberPay.

Quelques semaines plus tard seulement, il avait acquis de nouvelles parts de l'entreprise. Cette fois-ci, il avait acheté ces actions à titre privé. C'était contre toutes les règles, mais il s'en fichait. Cet achat avait été effectué au moyen d'un prêt garanti par l'hypothèque de tous ses biens, mais il savait que c'était un placement sûr. Le prêt ne devait être remboursé qu'en octobre, cela laissait tout le temps nécessaire après la cotation en Bourse.

Le profit de son investissement privé lui procurerait la liberté de faire exactement tout ce qu'il voudrait pour le restant de ses jours. Douze millions de dollars de prêt personnel était une somme vertigineuse, mais il savait que c'était la chance de sa vie.

Sur le pont de Chelsea, il vit les phares d'une voiture

solitaire qui gagnait l'autre rive. Sans se presser. Lui non plus n'était pas pressé. Cet automne, il serait plus riche qu'il n'aurait jamais pu l'imaginer.

Alors, il n'aurait plus besoin de l'argent de Celia.

5.

Jeudi 30 mai

Nora salua le gardien à la réception d'Hantverkargatan, où l'Agence de lutte contre la criminalité financière, l'ALCF, avait son siège. Elle passa sa carte dans le lecteur qui lui ouvrit la porte vitrée en pensant, et ce n'était pas la première fois, qu'elle avait une tête de taularde sur la photo.

Le soleil brillait par la fenêtre quand elle entra dans son bureau du deuxième étage. La matinée devait être tranquille, pas de réunion prévue, ni d'audience avant le lendemain.

Elle avait à peine eu le temps de poser sa serviette noire lorsqu'on frappa à sa porte entrouverte. Åke Sandelin, procureur principal de la première Chambre financière, se tenait dans l'embrasure, ses lunettes à la main.

« Bonjour, dit-il. Tu as une minute ? »

Sa chemise à carreaux était déboutonnée. Pas de cravate : il n'avait donc pas non plus d'audience aujourd'hui. Mais ses chaussures noires bien astiquées brillaient – Nora jeta un coup d'œil penaud à ses propres mocassins usés.

Elle lui indiqua le fauteuil le plus proche. La pièce n'était pas bien grande : un bureau, deux fauteuils et une desserte en bois clair.

« Assieds-toi », dit-elle.

Åke s'installa dans le fauteuil et croisa les jambes.

« Depuis combien de temps es-tu parmi nous ? demanda-t-il de sa voix de basse étonnamment profonde.

– Attends voir. J'ai commencé en août 2010, juste après les vacances. »

Julia avait déjà un an quand Nora avait obtenu le poste de procureur spécial auprès de l'Agence. Le printemps d'avant la naissance de Julia, elle avait été remerciée, selon les termes de l'accord conclu avec la banque qui l'employait depuis dix ans.

En échange d'une indemnité de licenciement conséquente et de bonnes lettres de recommandation, elle avait discrètement quitté son poste sans porter plainte pour harcèlement sexuel contre son ancien chef.

Avait-elle bien fait ? Elle ne le saurait jamais. Mais elle n'avait pas voulu porter le conflit devant les tribunaux, et avait accepté un arrangement. Le salaire versé pendant la période de préavis lui avait permis de se maintenir à flot jusqu'à la naissance de Julia.

« Tu te plais, ici ? » demanda Åke. Nora sursauta, et s'aperçut qu'elle s'était perdue dans ses pensées, dans le chagrin qu'elle avait éprouvé à cette époque.

« Oui, plus que je ne l'aurais imaginé. J'ai vraiment l'impression d'œuvrer, à ma petite échelle, pour le bien de la société. »

Cela avait beau être d'une grande banalité de le dire, elle faisait respecter la loi, au meilleur sens du terme.

« Je suis contente que mon travail ait du sens, continua-t-elle. De ne pas dépenser mon énergie et mes efforts juste pour une ligne dans un rapport financier trimestriel. J'apprécie qu'il ne s'agisse pas de contribuer à la société de consommation, de ne pas devoir vendre du shampooing ou du rouge à lèvres. »

Une lueur de complicité passa dans les yeux d'Åke. Il me comprend, pensa Nora, il ressent exactement la même chose. Il est important de croire à ce qu'on fait. Pourquoi l'avais-je oublié, à la banque ?

Sa dernière période à la banque avait été difficile. La direction avait tenté de l'obliger à donner son feu vert pour une affaire douteuse. Quand elle avait protesté, elle avait été d'abord ignorée, puis harcelée.

Quelque temps après, le scandale avait éclaté, lorsqu'un des collègues de Nora au département juridique avait découvert le pot aux roses et décidé de jouer les lanceurs d'alerte. Nora se souvenait des gros titres et de l'emballement médiatique. Son ancien chef et le vice-président du groupe avaient dû démissionner de manière humiliante.

Mais elle avait alors déjà quitté la banque.

« Sache que nous sommes très satisfaits de ton travail, dit Åke. Ton expérience professionnelle est idéale pour notre action à l'ALCF. »

Il s'interrompit pour chausser ses lunettes à monture de corne. Ses pupilles grandirent, rendant son regard plus intense, noir et pénétrant. Ce n'était probablement pas un désavantage lorsqu'il plaidait au tribunal.

Mais là, il se fendit d'un large sourire en se penchant en avant. Nora l'imita automatiquement.

« Nous avons la possibilité d'ouvrir un deuxième poste de procureur auprès de la Chambre financière. Tu serais intéressée ? »

Procureure ? Ce serait une opportunité d'agir vraiment sur le cours des choses. Cela lui fit chaud au cœur.

« Je souhaite continuer à travailler pour l'Agence. Absolument, je veux dire, vraiment.

– Très bien. » Åke se cala en arrière, satisfait. « Il faudra demander une dispense au niveau ministériel. Et la commission de nomination aura bien sûr aussi son mot à dire. Mais ça va sûrement bien se passer. »

Il faut appeler Jonas, songea-t-elle. Acheter une bonne bouteille pour fêter ça. Il n'est pas en service avant après-demain, il peut bien boire quelques bulles, même s'il prend les commandes samedi.

« En attendant, tout continue comme d'habitude, reprit Åke. Nous envisagions une période de candidature de quelques semaines, ce qui implique une entrée en fonction officielle le 1er juillet. »

Avec un nouveau sourire, Åke se leva, la conversation était terminée.

« Merci pour cette confiance », dit Nora, en esquissant un petit pas de danse.

Nora rassembla les actes et la documentation de l'affaire qui passait en jugement le lendemain, un petit entrepreneur coupable de fraude aux impôts et à la TVA. Elle possédait le dossier et était prête pour plaider sa condamnation.

En rangeant les actes dans le placard, elle regarda l'heure. Jonas passait la chercher dans une demi-heure, juste après six heures.

« Ce soir, on sort fêter ça, avait-il dit dès que Nora lui avait appris la nouvelle. Les garçons garderont Julia. »

Nora fixa son ordinateur. Inutile de se lancer dans un nouveau dossier alors que sa journée était bientôt finie. À la place, elle se connecta à la page d'accueil de *Dagens Nyheter* et fit défiler les titres. Un article sur de riches Suédois de l'étranger retint son attention. Elle songea au chantier somptuaire en cours sur Sandhamn.

Qu'avait dit Eva, déjà, à propos des acheteurs de Fyrudden ?

Nora rapprocha la souris. La curiosité est un vilain défaut… mais elle ne put s'empêcher d'entrer *Fyrudden* et *Sandhamn* sur Google.

Très vite, plusieurs titres s'affichèrent à l'écran. Elle découvrit que l'acheteur officiel était une société. En soi, ce n'était pas particulièrement inhabituel : les Suédois en exil constituaient volontiers leurs biens en société, pour échapper à l'impôt.

La personne qui avait baptisé la société immobilière n'avait pas fait preuve d'une grande imagination : elle s'appelait tout bonnement Fyrudden AB. Nora continua à surfer sur Google, et finit par tomber sur le nom de celui qui se cachait derrière l'achat. Carsten Jonsson, le prénom sonnait danois.

Elle trouva l'explication à l'état civil. Elle avait un peu

honte de faire ces vérifications. Mais la curiosité était trop forte.

Carsten Jonsson avait une mère née à Copenhague, tandis que son père, nettement plus âgé, était originaire de Rimbo, au nord de Stockholm. Son père avait été capitaine dans la marine avant d'intégrer les douanes. Sa mère était toujours en vie, mais son père était mort depuis longtemps, il avait disparu dans les années 90.

Lars Carsten Jonsson était né en 1975, il devait donc avoir trente-huit ans. Après le lycée à Vallentuna, il avait passé un diplôme d'économie à Sup de co à Stockholm, avant d'aller faire un master à New York.

Elle ne trouvait aucune autre trace en Suède avant qu'il ne réapparaisse comme propriétaire de Fyrudden. Après ses études, Carsten Jonsson était resté à New York, où il était entré à la Morgan Stanley, une grande banque d'investissement. Il avait fini par revenir en Europe, et s'était installé à Londres pour travailler pour une banque d'affaires de plus petite taille.

Dans laquelle il n'était pas resté longtemps.

Il avait peut-être lancé son propre fonds d'investissement, songea Nora. C'était un parcours très habituel chez ces requins de la finance. L'Agence de lutte contre la criminalité financière les surveillait presque autant que le fisc.

La recette du succès chez ces gens-là était tellement standardisée que c'en était risible. On commençait par des études d'économie de base, puis quelques années à travailler comme un chien dans une grande banque à New York ou Londres. On lançait alors peu à peu des investissements personnels, souvent en association avec un partenaire. Tout ça dans le but de devenir riche, très riche.

La plus jeune fille du roi, la princesse Madeleine, allait bientôt se marier avec un homme avec le même genre de parcours.

Nora décida de chercher encore du côté de la mère, pour voir d'où venait l'argent.

À en juger d'après les données fiscales de sa mère, Jonsson

n'avait pas spécialement grandi dans le luxe. Vallentuna, au nord de Stockholm, n'était pas une commune cossue, et sa mère ne touchait qu'une retraite de base. Son père semblait ne lui avoir rien laissé non plus. Jonsson devait avoir fait de bonnes affaires à l'étranger, sans quoi il n'aurait jamais eu les moyens d'acheter Fyrudden.

La somme citée par Eva était vertigineuse. Et à combien pouvait s'élever le grand chantier de la villa ? Une noria de barges l'avait alimenté tout le printemps. Nora entendait les gens s'en plaindre chaque fois qu'elle revenait sur l'île.

Elle continua à écumer le Web et finit par dénicher une photo. Elle avait dû être prise à l'avant-première anglaise d'un *James Bond*, car on voyait à l'arrière-plan une effigie en carton de Daniel Craig et le titre du film en grandes lettres noires.

Sur la photo, Carsten ne correspondait pas à ses attentes. Il portait un smoking cintré, était bronzé et athlétique, avec une frange blonde un peu trop longue qui lui descendait sur le front. Il y avait quelque chose d'impatient dans sa posture, comme s'il ne tenait pas en place et avait à peine le temps de poser pour le photographe.

Jonsson était accompagné d'une femme aux cheveux sombres ondoyants, portant une robe de soie mauve. Elle était svelte, limite maigre. Sa femme ? Impossible à dire, mais une grosse bague de diamant scintillait à sa main gauche et elle avait une façon naturelle de tenir le bras de Carsten.

Un beau couple. Mais Nora avait du mal à les imaginer à Sandhamn, où la norme était plutôt les jeans et les shorts délavés.

Nora fit défiler la page, mais ne trouva pas d'autres images.

Bah, un requin de la finance évitant les médias, pas si inhabituel à une époque où les journaux s'en donnaient à cœur joie contre cette profession.

Elle en savait à présent un peu plus sur son nouveau voisin de Sandhamn, bien plus que les ragots colportés par Eva. Devait-elle avoir honte d'avoir fouiné ? Peut-être bien, mais en même temps, elle trouvait important de comprendre quel genre de personne était l'acheteur, vu tout ce qui se disait à son sujet sur l'île.

Et puis elle n'avait cherché dans aucun fichier non autorisé. Tout ce qu'elle avait trouvé était soit sur Internet, soit considéré comme des données publiques et, à ce titre, accessibles à tous.

Mais quand elle se déconnecta et quitta son bureau, sa conscience la travaillait. Comme si elle avait regardé à son insu dans la chambre à coucher de son voisin.

6.

Thomas poussa un grand bâillement au moment précis où Margit Grankvist glissait la tête dans l'embrasure de sa porte.

« Tu es occupé ? demanda-t-elle en agitant une liasse de papiers. Là, je crois que la direction a complètement perdu la boule. Des fois, j'en ai tellement marre... »

Margit passa la main dans ses cheveux ras qui se poudraient de gris et jeta le document sur le bureau de Thomas. À l'en-tête, il vit qu'il émanait de la direction nationale de la police. Cela annonçait rarement de bonnes nouvelles.

La mine de Margit confirma ses soupçons.

« Qu'est-ce que c'est ? dit-il avant de lire le titre : *Méthodes d'optimisation du travail policier.*

– Nous allons devoir accueillir un consultant en productivité qui va suivre notre travail pour... » Margit s'interrompit afin d'ouvrir le document et le citer dans le texte : « ... pour identifier des points de comparaison quantitatifs utilisables dans le développement méthodologique des interventions policières dans le pays, afin d'assurer un système central d'allocation des ressources et d'accès aux compétences, dans une perspective d'optimisation et de maîtrise des coûts. »

Elle posa la liasse de papiers et se cala au fond de son siège.

« Parfois, je regrette que le Vieux ne soit plus là, que je sois dispensée d'écoper de cette merde.

– Que je sache, personne ne t'a forcée à briguer son poste quand il est parti à la retraite. »

Thomas vit aussitôt que ses paroles n'allaient pas contribuer à mettre Margit de meilleure humeur. D'ailleurs, il n'était pas certain que l'ancien patron de la section Investigations, connu pour son humeur colérique, aurait su tellement mieux gérer ces exigences venues d'en haut.

« Un consultant, c'est pas bien méchant, non ? s'empressa-t-il d'ajouter pour rattraper sa bourde.

– Et qui va avoir l'honneur de cornaquer ce gus, à ton avis ? » fit Margit, comme si elle n'avait pas entendu son commentaire.

Elle songeait visiblement à Thomas.

Non merci. Thomas faillit nommer Aram Gorgis, son partenaire depuis la promotion de Margit, mais Aram lui en voudrait de ce cadeau empoisonné.

« Kalle est diplomate, dit-il plutôt. Est-ce qu'il ne pourrait pas s'occuper de ce type ?

– Pas bête, comme idée », dit Margit après réflexion.

Thomas voyait toujours Kalle Lidwall comme un jeune inspecteur de police criminelle, alors qu'il venait d'avoir trente-six ans et qu'ils travaillaient ensemble depuis des années. C'était peut-être à cause du style réservé de son collègue : Kalle ne faisait pas particulièrement parler de lui. Mais ce n'était plus un débutant, même si ses cheveux ras lui donnaient des airs de jeune conscrit.

« En plus, il est bon en informatique, il pourra sans problème sortir toutes les données chiffrées qu'on lui demandera », ajouta Thomas, pour bien mettre en avant les qualifications de Kalle.

Margit semblait satisfaite de la proposition, ses épaules se détendirent un peu.

« Au fait, devine sur qui je suis tombée dans le journal, l'autre jour ? dit-elle.

– Qui ? fit Thomas, veillant à ne pas paraître ironique.

– Erik Blom. Il y avait un grand article sur cette société de sécurité pour laquelle il travaille maintenant, Eagle Security.

Ils viennent d'obtenir un gros contrat avec la ville de Stockholm. Erik est devenu chef des relations avec le secteur public. »

Thomas n'aurait su dire si Margit était impressionnée ou critique.

« Il avait l'air épanoui, continua-t-elle, il avait encore plus de gel que d'habitude dans les cheveux, et sa montre devait avoir coûté un bras. »

Erik avait toujours été un peu à part dans le groupe, plus cool que la plupart. Non qu'il ait été un mauvais policier, au contraire, mais c'était le genre à profiter de la vie.

Leur assistante administrative, Karin Ek, avait tristement constaté que l'ambiance à la section Investigations ne serait plus jamais la même après le départ d'Erik. Mais Thomas savait très bien pourquoi son collègue avait décidé de démissionner. Quelques années plus tôt, son unique sœur était morte d'un cancer. Un mois seulement après l'enterrement, Erik était entré dans le bureau de Thomas, un soir où ils étaient tous les deux restés tard à travailler.

« La vie est trop courte, avait-il ajouté après lui avoir fait part de sa décision. Je suis fatigué de risquer ma vie pour un salaire médiocre, de me battre pour des augmentations de quelques centaines de couronnes. Je veux un revenu confortable, pouvoir voyager et avoir les moyens d'un bel appart. »

Thomas avait perçu le léger tremblement de sa voix. Le chagrin qui affleurait.

« Regarde ce qui est arrivé à Mimi, avait continué Erik à voix basse. On ne sait jamais ce qui nous guette au coin de la rue. »

Margit rassembla ses papiers et se leva.

« Bon, alors c'est décidé. Ce sera à Kalle de s'y coller pour babysitter ce consultant. »

Elle s'éclipsa et Thomas resta devant son ordinateur.

La vie était *en effet* courte et imprévisible.

Il scruta son visage reflété sur l'écran.

Contrairement à beaucoup de ses collègues qui se dégarnissaient, il avait encore pas mal de cheveux, et le blond dominait. Il s'entretenait, faisait du sport régulièrement, était en forme. Mais ses tempes grisonnaient, comme ses repousses de barbe qu'il rasait chaque matin. Le trait qui barrait son front était plus profond.

J'ai seulement quarante-six ans, songea-t-il, en se demandant pourquoi il formulait les choses ainsi. Bientôt cinquante, chuchota une voix.

« Je veux changer de vie », avait dit Erik cette fois-là.

Moi aussi.

7.

La porte se referma derrière Sarah et Maria. Celia avait demandé à Maria d'emmener Sarah avec elle en allant chercher Oliver à l'école. Elle avait prétexté une migraine, même si elle n'avait pas à se justifier.

Maria s'entendait bien avec les enfants, presque trop bien.

Il restait encore bien des années avant qu'Oliver ne parte en internat, et elle aurait dû en profiter. Mais elle n'y arrivait pas, elle ne supportait pas son babillage et ses incessantes questions, quand toutes ses pensées tournaient autour de Carsten et de sa façon de la traiter.

L'air suppliant de son fils quand il cherchait son attention, c'était trop. Il valait mieux laisser Maria s'occuper de lui. Ainsi, au moins, elle évitait de le décevoir.

Celia entra dans la chambre et tira les lourds rideaux de velours sombre, plongeant la pièce dans une obscurité de grotte. Elle alla prendre un tranquillisant dans la salle de bains. Elle savait qu'il ne fallait pas, mais le fit quand même. Ce n'était pas comme être droguée, elle avait juste besoin de sentir sa douleur s'apaiser un petit moment.

Celia s'étendit sur le lit en remontant le plaid moelleux sur sa poitrine. Elle l'avait trouvé chez Harrods, en cachemire de premier choix. Parfaitement accordé aux autres couleurs de la chambre, champagne et bordeaux.

Cette maison de vacances en Suède occupait ses pensées. Le nouveau projet de Carsten, le chantier à Sandhamn.

Sandhamn. Ce nom n'était pour elle associé à rien de positif.

Ils auraient pu acheter une villa dans le sud de la France, comme beaucoup de leurs amis, mais Carsten avait refusé d'écouter, et préféré mettre un argent fou sur une petite île de la Baltique. Elle avait vu la somme sur le contrat de vente qu'il avait oublié sur son bureau et l'avait convertie en livres sterling. En comprenant combien cela faisait, elle avait eu un choc.

Carsten ne lui avait même pas donné d'explication raisonnable, à part que les enfants avaient besoin de séjourner en Suède et d'apprendre le suédois. Mais il y avait beaucoup d'autres façons de le faire.

Elle avait vu des photos du chantier, la maison était isolée sur une bande de plage, adossée à une épaisse forêt de pins. Pas de voisins proches, des kilomètres jusqu'au bourg. Il n'y avait même pas de voitures sur l'île, que des vélos.

Elle avait été contre dès le tout début, mais Carsten n'en avait fait qu'à sa tête. Comme toujours.

Celia déglutit, regrettant de ne pas avoir pris double dose. Les idées noires n'auraient pas pu s'immiscer en elle, comme à présent.

Elle avait fait tout ce qu'il lui avait demandé, même apprendre le suédois. Et pourtant, ça ne suffisait pas. Celia savait qu'il avait d'autres femmes, elle n'était pas idiote au point de ne pas comprendre quand Carsten rentrait de ses dîners d'affaires tard dans la nuit avec des parfums inconnus au revers de sa veste.

Une fois, elle s'était testée, terrorisée à l'idée qu'il ait pu la contaminer avec quelque chose qu'il aurait attrapé dehors. L'humiliation l'avait fait se sentir encore plus mal.

Celia se recroquevilla sous le plaid.

Ces six derniers mois, Carsten avait voyagé beaucoup plus souvent que d'habitude en Russie, et refusait de lui donner le moindre détail quand il rentrait. Il s'agissait d'investissements, il fallait qu'elle s'en contente.

Mais Celia craignait qu'il ait rencontré quelqu'un. On

parlait beaucoup de belles Russes souhaitant se faire entretenir par de riches Occidentaux.

Plus Carsten veillait la nuit pour parler au téléphone, plus elle s'inquiétait.

Elle avait même songé à aborder le sujet avec Papa, juste pour savoir s'il était au courant de ces investissements russes qui servaient d'excuse à Carsten. Mais Carsten aurait été furieux de l'apprendre. Et il y avait déjà assez de tensions entre son mari et son père.

Jadis, elle avait cru que le capital qu'elle avait convaincu son père de miser dans le fonds de Carsten serait le ciment de leur relation.

Au lieu de quoi, cela avait créé de profondes fractures entre eux.

Carsten était devenu économiquement dépendant de sa famille, et elle savait qu'il détestait ça.

Celia sentit les larmes lui monter aux yeux. Elle n'avait jamais été vraiment amoureuse d'un homme avant que Carsten entre dans sa vie. Ils avaient dansé toute la nuit, et elle avait immédiatement senti que c'était pour de bon.

Par la suite, il avait fait preuve de combativité, malgré la réticence de ses parents, qui tentaient de la persuader de mettre la pédale douce sur cette romance.

« Je ne te lâcherai jamais », lui avait-il assuré avec le plus grand sérieux, quand elle l'avait mis au pied du mur.

Sa demande en mariage l'avait prise au dépourvu, mais n'avait fait que le rendre plus attirant.

Finalement, devant l'autel, la main de Carsten dans la sienne, elle avait eu la conviction que ses parents s'étaient trompés. Ça avait été le jour le plus heureux de sa vie.

Elle se refusait à admettre que Papa et Maman avaient raison depuis le début.

Ils l'avaient mise en garde contre un mariage hors de leur milieu, craignant que Carsten soit davantage intéressé par l'argent et les relations de Celia que par sa personne.

Il était impensable qu'elle s'avoue à quel point leurs rapports s'étaient dégradés. Elle devait prendre sur elle pour assurer la survie de leur couple.

Une larme coula le long de sa joue.

Sandhamn était peut-être malgré tout ce qu'il leur fallait, un été là-bas leur permettrait de se retrouver, de restaurer l'unité de leur famille.

Elle aurait tant voulu que Carsten la regarde comme autrefois.

Et que les enfants accourent vers elle plutôt que vers Maria.

8.

« Coucou, je suis rentrée. »

Pernilla referma délicatement la porte d'entrée.

Elle a l'air si gaie, eut le temps de penser Thomas en abandonnant la cuisine et la vaisselle. Elin et Thomas avaient dîné tous les deux, Pernilla ayant une réunion tardive.

« Salut, chérie, dit-il en lui posant un léger baiser sur la bouche. Tu as faim ? Il reste un peu de goulasch.

– Plutôt un verre de vin. Tu ne croiras jamais ce qui m'est arrivé aujourd'hui. »

Pernilla avait un grand sourire.

« On m'a proposé un boulot génial. C'est pour ça que je rentre tard. Je pensais que c'était une réunion ordinaire avec de gros clients, mais il s'est avéré qu'ils voulaient m'embaucher. Ils veulent me confier la responsabilité de toute la gestion de leurs marques dans le Nord. Je serai à la tête d'une équipe de quatre personnes, super bien payée, et avec voiture de fonction ! »

Thomas avait toujours son torchon à la main. Il attira Pernilla à lui et l'embrassa.

« Félicitations, dit-il. C'est clair, on va ouvrir une bouteille pour fêter ça. »

Elin déboula, et Pernilla la souleva dans ses bras. Elin enfouit son nez dans le creux de son cou, comme elle le faisait toujours. Ses cheveux blonds étaient un peu ébouriffés sur sa nuque.

« Salut, ma grande. Tu sais quoi ? Maman est très contente ! »

Thomas retourna à la cuisine.

« Rouge ou blanc ? lança-t-il par-dessus son épaule.

– Comme tu veux. Qu'est-ce qu'on a ? »

Thomas inspecta l'étagère supérieure du garde-manger. Il y avait le choix entre deux bouteilles de rouge. La première était un des vins préférés de Pernilla, un merlot.

Tandis qu'il dévissait la capsule, il entendit Pernilla parler à Elin dans l'entrée. Sa voix était heureuse, ses mots pétillaient. Il était content pour elle, assurément. Pernilla était douée, travaillait dur, elle le méritait. Vraiment. Maintenant qu'Elin était un peu plus grande, il lui était aussi plus facile de se consacrer davantage à son travail.

« Tu es bloqué ? » le taquina Pernilla en montrant la bouteille qu'il tenait toujours à la main.

Elle ouvrit le placard le plus proche et attrapa deux verres à vin.

« Laisse tomber la vaisselle, on s'en occupera plus tard. Viens, on se met sur le balcon. C'est une soirée magnifique, il fait encore bon dehors. »

Il la suivit à travers le séjour, où Elin s'était réinstallée sur le canapé, devant la télévision. C'était le dernier programme pour enfants de la soirée.

Le vieil immeuble 1900 au cœur de Södermalm était en brique, comme beaucoup de bâtiments du secteur. Le balcon n'était pas très grand, mais suffisait pour une table basse et deux chaises en faux rotin. Thomas avait couvert le sol en béton d'un caillebotis en bois sombre.

« Allez, raconte, dit-il une fois installé, le vin servi.

– Ils veulent que je commence dès que possible, de préférence à la rentrée, après l'été. Le type qui occupait le poste part à la Saint-Jean. L'idée est que je travaille en mode transversal, à l'échelle de tous les pays nordiques, sur toutes les questions de *branding* et de *content*.

– Hein ?

– Pardon pour le jargon, sourit-elle en buvant une gorgée. Il s'agit de gérer le développement des marques pour les prochaines années, et l'évolution de leur contenu. C'est-à-dire de savoir comment elles sont perçues par les clients, les fournisseurs et le marché. Qu'est-ce qui te vient en premier à l'esprit en entendant Ikea ou Volvo ?

– N'oublie pas que je ne suis qu'un flic de base, dit Thomas, moitié sérieux, moitié pour rire. On n'est pas très doués pour causer branding et consent.

– *Content*, le corrigea Pernilla. Pardon, je suis tellement emballée… »

Elle balaya les cheveux de son front.

« Ça sera super de travailler en profondeur sur une marque. Au bureau, nos interventions sont toujours ciblées. Tu sais, on arrive le temps d'une campagne, et puis salut. Il n'y a pas de vrai suivi. Là, je vais avoir l'opportunité de travailler sur tous les segments, de A à Z. »

Thomas hocha la tête, comme s'il comprenait exactement de quoi elle parlait.

« Leur siège est près du Globe, ce sera presque plus près que maintenant, je vais pouvoir continuer à y aller à vélo, tant qu'il ne neige pas. »

Sous le balcon, quelques enfants jouaient dans la cour, des rires épars volaient dans l'air. Le vieux bouleau avait déjà pris une teinte plus sombre, le printemps virait à l'été.

« C'est bien payé, aussi, dit Pernilla. Mon salaire va sérieusement augmenter. »

Elle lui adressa un regard ambigu.

« Super », dit aussitôt Thomas.

Peut-être un peu *trop* vite ?

Il n'y avait aucune raison de ne pas se réjouir mais, en même temps, voir s'agrandir encore l'écart entre leurs salaires le gênait aux entournures. Le couple était égalitaire, se rappela-t-il, ils vivaient dans un des pays les plus égalitaires au monde.

« Je suis très content que tu aies cette augmentation, continua-t-il en se demandant qui il voulait convaincre en premier lieu. Santé ! À ton nouveau boulot ! »

9.

Lundi 3 juin

Carsten Jonsson s'arrêta à la lisière de la forêt et promena lentement son regard sur les environs. Le soleil du matin était déjà haut et illuminait la plage. Ici et là, on apercevait des roseaux et du seigle de mer, mais aucun autre bâtiment ne bouchait la vue. À part quelques sternes qui volaient en rond au-dessus de sa tête, il était tout seul.

Carsten sentit ses cheveux se dresser sur sa nuque. Ça se présentait bien, mieux qu'il ne l'avait espéré. Lentement, il embrassa du regard la maison, à quelques mètres seulement du rivage. Les grandes baies vitrées qui reflétaient la lumière, la petite tour à l'un des pignons.

Il avait engagé un architecte réputé, et en avait eu pour son argent.

Les murs de la façade étaient des panneaux horizontaux du blanc le plus vif. Le contraste était frappant avec la tôle noire du toit, qui s'élevait au-dessus des grandes baies vitrées. Dans le séjour, il y avait une double hauteur sous plafond, jusqu'au faîtage.

Tout était soigneusement pensé, jusque dans les moindres détails. Il avait passé tant d'heures sur les plans que c'en était ridicule et cela lui avait coûté des sommes énormes, mais il s'était interdit de mégoter sur quoi que ce soit. Ce n'était rien comparé à l'argent qui allait couler à flots une fois l'affaire conclue en Russie.

La classe, pensa-t-il. C'était exactement ce dont il avait rêvé, petit, et il savait que ce serait précisément comme ça.

Quelque chose durcit dans son pantalon.

« C'est parfait », murmura-t-il pour lui-même, refoulant le souvenir de la voix de son père.

Un bruit sourd de moteur parvint de la forêt. Bientôt apparut un quad traînant une remorque où se tenaient plusieurs hommes.

Carsten reconnut le chef de chantier Mats Eklund qui conduisait, dos courbé sur le guidon.

Le quad s'immobilisa, Eklund salua de la main en coupant le moteur. Son double menton tremblota quand il en descendit. Les ouvriers bavardaient entre eux à voix basse et disparurent derrière la maison, là où le matériel et les outils étaient stockés dans des containers.

Carsten attendait sur le perron tout en observant le chef de chantier. Il savait qu'Eklund avait bonne réputation, mais aussi qu'il payait tout juste assez d'impôts et de TVA pour ne pas éveiller les soupçons du fisc.

Il devait payer sa main-d'œuvre étrangère au lance-pierres.

« On tient le bon bout, dit Carsten quelques minutes plus tard en tendant la main pour le saluer.

– J'ai embauché quelques types en plus pour tenir les délais exigés. »

Eklund descendit la fermeture éclair de sa polaire et sortit une clé de sa poche. Elle était flambant neuve, comme tout ce qu'il avait sous les yeux.

« Vous allez voir ce pour quoi vous avez payé. »

Il ouvrit la porte, mais recula d'un pas.

« Entrez le premier, c'est chez vous. »

Carsten franchit le seuil, et fut aussitôt en pleine lumière. Un flot de soleil qui illuminait les moindres coins et recoins. Des reflets d'eau rebondissaient et dansaient dans l'air. Le soleil, le vent et l'eau à quelques mètres seulement de ses pieds.

« Il va vous en falloir, des marquises », dit Eklund dans son dos.

Sans l'écouter, Carsten s'avança de quelques mètres dans la maison. Il se trouvait au milieu du grand séjour d'au moins soixante-dix mètres carrés. Il imaginait déjà un de ses angles meublé de généreux fauteuils disposés devant la cheminée. La table et les chaises d'Arne Jacobsen seraient placées devant la grande baie vitrée au sud.

Newport et design danois : il entendait déjà les protestations de Celia et aimait cette idée.

Formant un angle ouvert avec le séjour s'étirait l'aile qui abritait les chambres de la famille, chacune avec une vue à couper le souffle sur la mer. Tout au bout, la fenêtre donnait directement sur l'eau dans leur grande chambre matrimoniale, avec de profonds placards pour les affaires de Celia.

De l'autre côté, une aile plus petite avec une chambre d'amis et un logement pour une baby-sitter.

C'était la proposition de l'architecte, de répartir les chambres en deux ailes distinctes. Carsten avait d'abord été dubitatif mais à présent, il comprenait l'idée : les deux corps de logis s'équilibraient, tout en formant un écrin autour de la plage. L'architecte avait raison de parler de deux ailes d'oiseau protégeant le nid.

« Les appareils électroménagers n'arriveront pas avant la semaine prochaine, dit Eklund. Mais tout est prêt, il ne faudra pas longtemps pour tout installer quand ce sera là. L'électricien campe plus ou moins sur place ces derniers temps. »

Carsten souleva le papier de protection pour admirer l'éclat des dalles italiennes gris pâle.

« Ça rend bien, dit-il. Mais vous devez avoir fini pour la Saint-Jean, n'oubliez pas.

– Je sais ce qu'il y a dans le contrat, pas besoin de me le rappeler. »

Eklund rajusta une bande de masquage qui s'était décollée du cadre d'une fenêtre.

« Au fait, nous avons eu une visite de la commune », dit-il.

Carsten ferma les yeux.

Depuis le début, la commune leur mettait des bâtons dans

les roues. Les plans avaient dû être refaits plusieurs fois, et il avait été obligé de venir en Suède pour être présent en personne à la direction de l'urbanisme pour la réunion où la décision devait être prise. L'architecte l'avait accompagné, en lui facturant une journée entière.

Ensuite, il y avait quand même eu des recours, et Carsten avait dû engager des avocats pour faire appel auprès du conseil régional et pouvoir faire comme il le souhaitait.

« Qu'est-ce qu'ils voulaient, cette fois ? dit-il en enfonçant si violemment les poings dans ses poches qu'il se griffa à la fermeture éclair.

– On a trouvé deux bonnes femmes en train de fouiner sur le chantier quand on est rentrés de la pause déjeuner mercredi dernier. Elles prenaient des mesures tout autour de la maison. Elles appelaient ça une inspection.

– Et donc ?

– Elles prétendent que nous n'avons pas suivi le permis de construire. Que la surface des fondations est trop grande. »

Ses poings serrés se détendirent. Carsten savait que leur observation était correcte, mais pas pertinente. Il n'avait pas l'intention de laisser deux fonctionnaires communales sous-payées lui dicter à quoi devait ressembler sa nouvelle maison. Il en avait fini avec la commune de Värmdö.

« Qu'est-ce que vous leur avez dit ?

– Qu'elles n'avaient rien à faire là. Nous avons reçu un permis de construire, auquel nous nous conformons. Un point c'est tout. »

Les yeux de Carsten se rétrécirent en songeant à la directrice de l'urbanisme, avec ses cheveux gris. Sa mine méprisante.

« J'ai compris que cela fait longtemps que vous n'habitez plus en Suède, avait-elle dit. Mais ici, ce sont les lois suédoises qui sont en vigueur, et le type de bâtiment que vous voulez réaliser ne convient pas à un endroit comme Sandhamn. En outre, vous voulez le placer beaucoup trop près de l'eau. »

Comme si elle n'avait pas, par le passé, accordé des dérogations aux règles de protection du littoral. Il savait exactement dans combien de cas ces soi-disant principes avaient été contournés : son cabinet d'avocats en avait dressé la longue liste. Une liste qui avait bien servi lors du recours auprès de l'instance supérieure, le conseil régional.

« Vous avez leurs noms ? » demanda-t-il.

Eklund hocha la tête.

« Alors j'appelle mon avocat pour qu'il dépose une plainte à la police. »

Carsten gagna la cuisine, ouvrit un placard, inspecta le bois massif et les poignées joliment arrondies en acier brossé. Spécialement commandées en France, il avait fallu six mois pour les faire venir.

« On va les dénoncer pour intrusion illégale, dit-il sans se retourner. Ça devrait les empêcher de revenir. Elles n'ont rien à faire sur mon terrain. »

À défaut d'autre chose, ça leur ferait une leçon. Même si la police classait l'affaire, il y avait d'autres biais. Il pouvait porter l'affaire au tribunal, les attaquer individuellement pour qu'elles ne puissent pas se cacher derrière leur fonction.

De quoi gâcher le sommeil de n'importe qui.

Mais surtout envoyer un signal clair.

Laissez-moi tranquille.

« Est-ce que ça ne risque pas de compliquer les choses ? dit Eklund en passant le doigt le long d'un chambranle de porte fraîchement peint jusqu'à effleurer la poignée à section carrée.

– C'est mon problème. »

Eklund s'approcha de la baie vitrée. Il fit un geste vers la mer, où passait justement un remorqueur orange.

« Vous êtes content du ponton ?

– Oui, ça va. »

Carsten contempla avec satisfaction la vaste installation qui pouvait bien accueillir quatre ou cinq bateaux.

« Vous avez des nouvelles du permis de construire, au fait ? Un de vos voisins est passé l'autre jour pour demander à le voir. »

Carsten poussa un soupir silencieux. La commune traînait les pieds pour ça aussi.

« Il ne s'agit pas de créer un *nouveau* ponton, expliqua-t-il à Eklund. Pas au sens qui nécessite un permis de construire. Il ne s'agit ici que d'une modification. »

Il avait également vérifié ce point avec l'avocat, qui lui avait assuré qu'il gagnerait en appel en cas de recours. La facture des avocats n'allait pas tarder à rattraper celle de l'architecte, mais il s'en fichait. Rien ne l'arrêterait.

Carsten referma soigneusement la porte du placard. Elle coulissa en douceur, sans un bruit, comme il était spécifié sur la commande. Cela le mit de meilleure humeur.

C'était évident, la commune allait avoir des objections. La sainte jalousie suédoise. À quoi s'attendait-il ?

« Ne vous inquiétez pas pour ça, dit-il en haussant les épaules. Maintenant, je veux voir les chambres. »

Il s'engagea dans le couloir, jusqu'à la grande chambre, la chambre matrimoniale.

« Qu'est-ce que c'est que ça ? » s'exclama-t-il.

10.

Carsten montra la baie vitrée. Il y avait une grosse marque en plein milieu, d'où partaient des craquelures qui couvraient toute la surface.

Eklund s'approcha pour inspecter la fenêtre.

« Ça n'était pas comme ça quand on est partis vendredi, marmonna-t-il.

– Qu'est-ce qui s'est passé ? »

Ce n'était pas bien difficile à comprendre, mais Carsten voulait entendre l'explication d'Eklund.

Le front de ce dernier se couvrit de sueur.

« C'était trop cher d'avoir un vigile sur place pendant le week-end. Et mes gars n'avaient pas envie de rester sans être payés.

– Si vous en aviez parlé plus tôt, on aurait évité ça. »

Eklund se retourna pour examiner à nouveau la vitre, l'air soucieux.

« Vous savez bien que ce chantier n'est pas apprécié sur l'île. On dit que nous abîmons la forêt avec nos allées et venues en quad, que nous écrasons les bruyères et les myrtilles.

– C'est le cas ?

– Le plus gros du matériel est arrivé par barge directement sur la plage. Mais il a aussi fallu apporter pas mal de choses par la route. Impossible de faire autrement, on ne peut pas trimbaler à pied tous les trucs pour la maison. »

Eklund glissa l'index sous son bonnet de laine noir et se gratta la nuque.

« Les gens se plaignent aussi du ponton. Votre nouveau voisin, Agaton, celui qui habite là-bas. » Il fit un geste vers le nord-ouest. « Il est venu râler l'autre jour.

– Agaton ? fit Carsten en fronçant les sourcils. C'est lui qui a écrit toutes ces lettres ? »

Il se détourna de la vitre cassée en haussant les épaules.

« Ce type doit rester loin de ma propriété.

– Agaton a dit que le nouveau ponton empiète sur sa parcelle.

– Et que lui avez-vous répondu ?

– Rien. Que ce n'était pas mes affaires, de voir ça avec vous. »

Eklund examina encore la fenêtre.

« C'est peut-être juste une blague de gamins. Des ados bourrés, qui n'ont rien trouvé de mieux pour se distraire. Il n'y a pas grand-chose à faire sur cette île, avant le début de la saison. »

Carsten poussa un éclat de verre du bout de sa chaussure.

« Veillez à remplacer cette vitre au plus vite », dit-il en sortant de la pièce.

Il ne voulait plus voir cette misère.

Il y avait donc de la résistance sur l'île ? Ce n'était pas une surprise. Mais il savait comment les mettre dans sa poche.

11.

Mardi 4 juin

Carsten franchit la douane de l'aéroport international de Moscou-Cheremetievo. Il chercha machinalement des yeux le panneau de l'Aeroexpress, le train direct pour le centre-ville. La circulation à Moscou oscillait entre longs embouteillages et chaos total : en habitué, il prenait rarement un taxi.

Dans sa serviette, le projet pour la cotation en Bourse de KiberPay.

Il avait relu une dernière fois l'épais document pendant le vol, pour s'assurer que tout était en ordre. La SEC, l'autorité des marchés financiers américaine, était notoirement pointilleuse. Il n'y avait pas la place pour la moindre erreur dans la documentation exigée en vue d'une cotation au Nasdaq. Ils travaillaient sur ce projet depuis presque un an, mais il restait beaucoup de points d'interrogation à lever.

Dans les haut-parleurs, une voix féminine fit un appel, d'abord en russe, puis en anglais. Un affichage électronique annonçait le prochain départ pour la gare Belorousskaïa dans dix minutes.

Carsten devait dîner avec Anatoli au Café Pouchkine à huit heures, cela lui laissait plusieurs heures pour se reposer tranquillement à l'hôtel. Il fallait qu'il réserve un chauffeur pour le lendemain et qu'il essaie de dormir un moment : pourvu qu'il parvienne à se détendre assez.

Il prit un billet de première classe et descendit vers le quai.

La façade illuminée avec ses fenêtres à meneaux était toujours aussi impressionnante quand le chauffeur de Carsten arrêta sa Mercedes devant le Café Pouchkine. Carsten avait toujours aimé cet endroit, où l'on servait par ailleurs une cuisine russe de grande qualité.

Un gardien en élégant uniforme ouvrit les belles portes vitrées : c'était comme entrer en plein XIXe siècle. On avait du mal à imaginer que ce restaurant n'avait été aménagé que quinze ans auparavant. Les profonds miroirs à dorures au plafond et le bar en bois sombre richement sculpté, l'escalier galbé et les bibliothèques où s'alignaient les reliures dorées, tout semblait sortir d'un manoir de l'époque du tsar.

Anatoli s'était déjà installé à la table ronde, mais il se leva dès qu'il aperçut Carsten.

« Bienvenue à Moscou, mon ami. »

Il tendit une main pour le saluer et de l'autre lui tapa sur l'épaule.

« Champagne, commanda-t-il au maître d'hôtel. Dom pérignon 2000. »

Celui-ci s'inclina et revint peu après avec deux flûtes en cristal et un seau sur pied. Le champagne servi, il tendit à Carsten un menu relié. Comme d'habitude, les plats étaient indiqués en anglais et en russe, même si Carsten savait qu'il s'agissait de tournures archaïques que peu de Russes étaient capables de lire. Mais cela donnait indubitablement une impression d'authenticité.

« Le foie gras de canard n'est pas mal, suggéra Anatoli. J'en ai mangé il y a quelques semaines, quand j'étais là avec quelques investisseurs. »

De toute façon, Carsten préférait le foie de canard au foie d'oie : les épaisses tranches de foie gras si appréciées des nouveaux riches russes étaient trop grasses à son goût.

« Il faudra qu'on aille travailler à ton bureau demain matin, dit-il en désignant de la tête les autres tables. Il y a une série de points du projet à passer en revue tranquillement. Ce n'est pas vraiment le lieu. »

Près d'eux étaient attablés quelques hommes d'une trentaine d'années. Carsten n'aimait pas leur allure, il devinait des armes sous leurs vêtements. Anatoli avait-il commencé à se faire accompagner de gardes du corps ? Il savait que la chose n'était pas inhabituelle lors des rencontres d'affaires, mais ne voulait pas avoir l'impolitesse de demander.

De l'autre côté, un homme d'une soixantaine d'années était en tête à tête avec une femme d'une beauté remarquable. Carsten estima la différence d'âge à au moins trente ans. Un collier de diamants scintillait au cou de la femme à chaque mouvement. Ses cheveux blonds étaient attachés, et quelques mèches encadraient doucement son visage. Sa robe cintrée était décolletée dans le dos, et ses épaules nues attiraient le regard. Peut-être irait-il terminer la soirée à l'Egoist, un des plus élégants clubs de strip-tease de Moscou ?

Le maître d'hôtel prit leurs commandes et resservit le champagne. Il souleva la bouteille vide d'un air interrogateur. Anatoli hocha la tête :

« Une autre. »

Puis il regarda Carsten et se racla la gorge.

« Nous avons reçu une proposition.

– Qu'est-ce que tu veux dire ?

– Tes actions dans KiberPay.

– Oui ?

– Il y a un acheteur. »

Carsten ne put s'empêcher de rire. Il leva son verre et trinqua avec Anatoli.

« Il y aura beaucoup d'acheteurs dès que la société sera cotée en Bourse, dit-il. Nous le savons, toi et moi. Quand KiberPay sera listée au Nasdaq, ses actions vaudront des centaines de millions, quelle que soit la devise. »

Avant l'introduction en Bourse, la société était évaluée à deux milliards de dollars. Cela signifiait que ses trois pour cent avaient été multipliés par cinq depuis qu'il les avait achetés en janvier, quand l'évaluation se situait à cinq cents millions. Sa part était passée de douze à soixante millions.

Easy money. Tellement simple que c'en était risible.

Anatoli se racla de nouveau la gorge.

« Je n'ai pas été clair. Nous avons reçu une offre concernant les actions que tu détiens à titre privé. On veut savoir si cela t'intéresserait de les vendre avant la cotation en Bourse.

– Tu plaisantes ? Pourquoi voudrais-je liquider des actions à ce stade ? »

Encore un placement privé ? C'était de cette façon qu'il était lui-même entré au capital de KiberPay. Par le biais d'une transaction privée au cours de laquelle des actions avaient changé de propriétaire, sous le contrôle d'un conseiller financier. C'est Anatoli qui avait servi d'intermédiaire pour les parts de Carsten et d'autres. Mais cette phase était terminée. Désormais, ils étaient si près du Nasdaq qu'ils sentaient déjà l'argent entre leurs doigts.

Était-ce là une forme d'humour russe qu'il ne saisissait pas ?

« Si tu vends maintenant, tu sais combien tu toucheras, dit Anatoli d'une voix traînante. On ne sait jamais ce qu'une cotation en Bourse peut donner. »

Il s'interrompit pour lancer un ordre en russe au serveur qui venait de passer.

« Excuse-moi, dit-il sans expliquer ce qu'il venait de dire. Le cours d'introduction ne sera pas fixé avant la veille de la cotation proprement dite, tu le sais aussi bien que moi. Il n'y a aucune garantie qu'il tombe au bon niveau. »

En théorie, Anatoli avait raison, mais l'évaluation se fondait sur une analyse méticuleuse des capacités d'expansion de la société et de l'état du marché, du nombre de clients et, surtout, du *track record.*

« C'est toi-même qui as préconisé un cours qui te satisferait », continua Anatoli.

Ils avaient veillé tard en buvant de la vodka, un soir à Moscou. Carsten s'était enivré, et confié plus que d'habitude. Après quelques verres de trop, il avait lâché quel cours il espérait.

Le cours qui lui permettrait de rembourser toutes ses dettes et de faire de lui un homme très riche.

Un instant de faiblesse.

Il avait réalisé dès le lendemain qu'il s'était exposé en dévoilant le montant de son emprunt, mais espérait qu'Anatoli avait lui aussi été trop ivre pour s'en souvenir.

Visiblement non.

« Qui demande ? » lâcha Carsten en jouant l'indifférence.

Un piano se mit à jouer en bruit de fond une guirlande mélancolique qui lui disait quelque chose. Chostakovitch ?

« C'est arrivé *via* un cabinet d'avocats. »

Anatoli mentionna un nom russe, Beketov & Partners.

Ça ne disait rien à Carsten. Mais d'un autre côté, il n'était pas expert en cabinets d'avocats russes. En même temps, il n'était pas surpris, c'était une habitude à Moscou : beaucoup d'investisseurs soucieux de protéger leur anonymat se faisaient représenter par de discrets avocats.

Le serveur s'approcha de la table avec les entrées. Il servit le sauternes jaune doré qu'ils avaient commandé avec le foie gras de canard et s'inclina derechef, une main derrière le dos.

« Ont-ils proposé un prix ? demanda Carsten, bien qu'il n'ait aucune intention de céder ses actions.

– Pas encore. Ils veulent d'abord savoir si tu es intéressé. »

Tellement russe, pensa Carsten, ne pouvant s'empêcher de faire la grimace. Il y en avait toujours pour vouloir prendre le train en marche quand ça commençait à sentir le succès. La rumeur avait dû se répandre dans Moscou que KiberPay était une vraie poule aux œufs d'or.

Mais ceux qui se cachaient derrière le cabinet d'avocats Beketov n'auraient qu'à prendre la queue, comme tout le monde. Ils pouvaient soit réserver des actions avant la cotation en Bourse, soit en acheter en public au Nasdaq.

« Qu'est-ce que tu en dis ? » demanda Anatoli.

Il sembla trébucher sur ces derniers mots. Certes, ils avaient bu une bouteille et demie de champagne, mais d'habitude, Anatoli n'était pas si facilement éméché.

Carsten secoua la tête, amusé.

« Je ne suis pas intéressé.

– Tu en es tout à fait sûr ? »

Pourquoi Anatoli insistait-il ? Il le connaissait pourtant assez pour comprendre que ce n'était pas la peine.

« Tu peux dire à cet avocat qu'il n'y a rien à discuter, répondit Carsten. Je n'ai aucune raison de vendre maintenant.

– La rumeur dit qu'on a intérêt à l'écouter, dit Anatoli au bout d'un moment. Qu'il est... *well connected.* »

Carsten sentit son ventre se nouer.

La corruption de la société russe n'était pas un secret, ni la mainmise du pouvoir politique sur les tribunaux et les procureurs. Mais il ne s'en était pas inquiété. Ni des pressions politiques et économiques exercées par l'appareil d'État dans toutes sortes de contextes. L'utilisation abusive à grande échelle des moyens de l'État était notoire, et les règles du jeu n'étaient pas égales pour tous dans les affaires. Beaucoup d'investisseurs avaient pris peur et s'étaient retirés.

Mais cela ouvrait aussi des possibilités.

Jusqu'à présent, les atteintes à la propriété privée avaient principalement touché les entreprises dont le contrôle relevait de l'intérêt national : acier, pétrole, gaz. Carsten était convaincu que le e-commerce était un secteur préservé. Son investissement était trop petit pour susciter le moindre intérêt.

S'était-il trompé ?

Le sort de Khodorkovski lui vint à l'esprit. Mikhaïl Khodorkovski était l'homme le plus riche de Russie quand il avait été mis en prison pour crime économique. Et son entreprise, Ioukos, avait été reprise par l'État russe. Beaucoup affirmaient que les accusations portées contre lui avaient été fabriquées de toutes pièces pour permettre la nationalisation de Ioukos. Khodorkovski était incarcéré depuis bientôt dix ans.

Anatoli ne quittait pas Carsten des yeux.

Carsten regarda autour de lui pour s'assurer que personne n'écoutait. Les hommes aux bosses suspectes sous leurs vestes se taisaient. À l'autre table, on avait servi un plat chargé de blinis, de crème et de caviar noir. L'homme adipeux se bâfrait, tandis que la jolie fille touchait à peine à la nourriture.

« Tu n'as vraiment aucune idée de qui peut être l'acheteur ? » dit Carsten à voix basse, sentant une goutte de sueur perler à la racine de ses cheveux.

Dans le labyrinthe des fonctionnaires corrompus qui tenaient l'appareil d'État, beaucoup cherchaient à profiter de la situation. Parfois en affichant un pouvoir qu'ils n'avaient pas. Carsten n'avait pas l'intention de se laisser intimider.

« Bien entendu, j'ai posé la question, dit Anatoli, mais l'avocat refuse de dévoiler des noms. »

Il n'y avait aucune raison de réagir dans la précipitation, songea Carsten en s'épongeant le front de sa serviette.

Anatoli craqua une allumette et alluma une cigarette.

« À quel niveau se trouvent ces "inconnus", à ton avis ? demanda Carsten.

– Difficile à dire. »

Anatoli parut marmonner quelque chose en russe. Les longs sons chuintés donnaient du poids aux mots que Carsten ne comprenait pas, mais dont il lui semblait saisir l'esprit.

« Qu'est-ce que tu as dit ?

– Le poisson pourrit par la tête.

– Quoi ? »

Anatoli haussa les épaules.

« Un vieux proverbe russe. Tu connais la situation, ici. »

On balaie l'escalier en commençant par le haut, songea Carsten. En Suède, on attaque le problème dans l'autre sens. Ces deux façons de penser avaient leur symbolique propre.

« À ton avis, qu'est-ce que je devrais faire ?

– Tu devrais au moins écouter leur proposition avant de la rejeter.

– Qu'arrivera-t-il, sinon ? »

Anatoli lâcha un son étouffé, entre le rire et le raclement de gorge.

« Ça ne sert à rien de spéculer là-dessus.

– Que se passera-t-il si je ne fais pas comme ils veulent ? insista Carsten.

– Cela dépend tout simplement de qui le client s'avère être. »

Anatoli tira une bouffée de sa cigarette. Il cracha lentement la fumée. Elle fit des volutes autour des flammes vacillantes des chandelles.

« Mais s'ils sont prêts à payer un bon prix ? Autant que ce que tu toucherais de toute façon… ? »

Anatoli avait raison. Carsten n'avait rien à perdre.

Si le prix était assez élevé, il pouvait bien entendu vendre ses actions à l'avance. La banque ne protesterait pas si elle récupérait son argent plus tôt que prévu, et il pourrait alors lever l'hypothèque sur ses biens, l'appartement de Londres et Fyrudden.

Il dormirait mieux la nuit.

« Alors, c'est entendu. Parle-leur. C'est toi qui les contactes. Informe-toi sur ce qu'ils sont prêts à payer, et sur l'identité de l'acheteur. Mais si je n'en sais pas plus, je rentre chez moi demain soir, comme prévu. »

12.

Vendredi 5 juillet

Thomas descendit la rue vers le restaurant où il avait convenu de retrouver Erik Blom. C'était sur le quai de Nacka Strand, à quelques minutes seulement du poste de police. Mais Thomas y venait rarement, les prix y étaient plus élevés que dans les cantines qu'il fréquentait d'habitude, et la clientèle constituée plutôt de plaisanciers que de ronds-de-cuir. Devant la marina en verre et bois, une longue jetée permettait d'amarrer de nombreux bateaux.

Erik et Thomas essayaient de se voir depuis des semaines, il n'avait pas été facile de trouver une date. Mais Erik s'était montré inhabituellement empressé au téléphone, et ne voulait pas repousser le déjeuner à après les vacances.

Thomas le chercha des yeux dans la foule. C'était bondé et la terrasse était plongée dans un bruyant brouhaha. Il finit par l'apercevoir tout au bout, à une table au bord de l'eau.

« Salut, Andreasson, dit Erik en lui tapant sur l'épaule. Ça fait un bail ! »

Thomas s'installa en face d'Erik, et constata que ce dernier apportait toujours autant de soin à sa coiffure. Ses lunettes noires Ray-Ban semblaient neuves. Sa veste bien taillée et sa confortable chemise de coton lui donnaient de l'allure : même Thomas lui trouvait un air de réussite.

Erik se pencha pour lui passer le menu.

« Tiens, j'ai déjà choisi. Je prends les saint-jacques. »

Thomas lut à haute voix.

« Conseil du chef : Plancha de saint-jacques et sa purée de chou-fleur à la sauge. Ça a l'air bon.

– Sympa que tu aies pu venir, dit Erik. On se voit trop rarement.

– Tu sais comment c'est », dit Thomas en dépliant sa serviette.

Il n'était pas facile de garder le contact. Pendant la semaine, le travail dévorait tout le temps, et le week-end était réservé à la famille, à Elin et Pernilla. « Ça commence à ressembler à une vraie entreprise de logistique », disait parfois Pernilla, mi-sérieuse, mi-moqueuse, lors de leurs séances agenda du dimanche soir.

« Je veux te montrer quelque chose », dit Erik.

Il sortit avec empressement un classeur de la serviette en cuir posée contre sa chaise.

« Voici la brochure de notre entreprise. Pour te faire une idée de nos activités. »

La brochure était imprimée sur un épais papier glacé aux couleurs vives, avec le logo de la société de sécurité sur la page de garde : EAGLE SECURITY. Sous le nom de la société, une femme blonde en uniforme seyant souriait devant une réception. Pernilla aurait certainement fait remarquer que la brochure était trop lourdement adaptée au groupe cible de la clientèle.

« Tu sais peut-être que nous opérons dans une douzaine de pays ? dit Erik en feuilletant quelques pages jusqu'à une vue d'ensemble avec une carte d'Europe dont certains pays étaient marqués en rouge. Là, tu vois où nous sommes implantés. »

Mais que lui voulait-il, à la fin ?

« Laisse-moi te parler un peu d'Eagle Security, poursuivit Erik. L'idée de l'entreprise est de travailler de manière extensive dans le champ de la surveillance et de la prévention, entre autres grâce à des solutions techniques de pointe. Il s'agit d'évaluer les risques, de proposer des solutions de sécurité et ainsi de créer de la confiance dans un monde malheureusement de plus en plus incertain. »

Il marqua une petite pause.

« Notre mission est d'aider les gens, tout simplement. Quand on s'en remet à nous, on doit pouvoir dormir sur ses deux oreilles. »

C'est déjà exactement mon travail quotidien.

Cette pensée lui vint spontanément, et avec elle à nouveau ce sentiment de lassitude.

C'est ça que je devrais faire, se corrigea-t-il. Au lieu de quoi il passait ses journées à remplir des formulaires et à envoyer des rapports.

Une serveuse surmenée vint prendre leur commande. Quand elle fut repartie, Erik ouvrit une autre page du classeur et la poussa vers Thomas.

« Voici nos valeurs fondamentales : fiabilité, confiance et expertise. »

Toute cette brochure baignait dans le même jargon commercial.

« Ça te plaît ? Dans ce cas, ça t'intéressera peut-être de savoir que le poste de directeur de la gestion du risque pour la Suède est vacant. »

Avant que Thomas puisse ouvrir la bouche, Erik ajouta :

« Je sais ce qui te motive, Thomas, et tu es parfait pour ce poste. Il faut qu'il soit pourvu le 1er septembre. Tu travaillerais directement avec nos plus gros clients du secteur public. Tu aurais la responsabilité d'analyser différents scénarios, d'évaluer des menaces et de proposer des solutions, avec l'équipe que tu dirigerais. »

Thomas but quelques gorgées pour rassembler ses idées. Il promena son regard au-dessus de l'eau. C'était une belle journée d'été, l'air était tiède. En face du restaurant se trouvait Djurgården, la petite île au centre de Stockholm, jadis réserve de chasse du roi.

Après cette semaine, la capitale allait se vider, et le grand calme des vacances s'installer. Les habitants ne reviendraient qu'à la mi-août.

Que se passerait-il s'il revenait pour commencer un tout autre travail que celui qu'il avait aujourd'hui ? Sans violence ni misère humaine, dans un bureau du centre de Stockholm, où tout le monde serait habillé en civil.

Thomas sortit lui aussi ses lunettes de soleil, les chaussa et regarda Erik à travers les verres sombres qui, d'une certaine façon, lui permirent de souffler un peu.

Erik ne semblait pas avoir remarqué que les pensées de Thomas étaient parties ailleurs.

« Est-ce que ce n'est pas le moment de sauter le pas ? D'être débarrassé de la bureaucratie et des guéguerres internes, de ne plus avoir les médias sur le dos. Tu ne voudrais pas travailler quelque part où l'humain est mis au centre ? »

Erik ne peut pas s'empêcher de tomber dans les clichés, pensa Thomas. Mais il avait dans les yeux la conviction du nouveau converti.

Avant qu'Erik puisse continuer, la serveuse stressée revint avec deux assiettes de saint-jacques joliment présentées. Son attention était déjà tournée vers une autre table où on l'appelait en gesticulant.

« Ça a l'air bon », dit Erik.

Il continua à parler d'Eagle Security avec le ton d'un chef d'entreprise interviewé à la télévision. Il se gargarisait des éléments de langage de la brochure : perspective d'ensemble, intérêt du client, dialogue ouvert. On voyait bien qu'il ne s'identifiait plus à la police.

Est-ce que je parlerai comme ça au bout de quelques années ?

Thomas n'était pas naïf. Il comprenait très bien qu'Erik aurait beau empiler les grands principes, c'était la recherche du profit et l'exigence de rentabilité qui régissaient l'entreprise.

Mais la police aussi était soumise à des paramètres économiques. Personne n'échappait aux contraintes budgétaires et à la réduction des effectifs.

Je travaille pour la société.

Il avait été policier toute sa vie professionnelle, pouvait-il cesser de l'être ?

Thomas prit une autre bouchée de saint-jacques tout en écoutant Erik.

L'idée lui traversa la tête : un vrai déjeuner d'affaires.

« Les conditions sont très bonnes, dit Erik en s'essuyant la bouche avec sa serviette. Bon salaire, voiture de fonction, bien sûr. Six semaines de vacances. Qu'est-ce que tu en dis, tu es intéressé ? »

13.

Il ne devait plus rester longtemps avant Sandhamn. Le pilote du bateau avait annoncé à peine trente minutes de trajet, et ils étaient partis depuis déjà vingt minutes.

Maria avait Sarah sur les genoux, tandis qu'Oliver, à côté d'elle, jouait avec l'iPhone de Celia. Maria savait que Carsten n'aimait pas ça, mais Celia avait l'habitude de le lui glisser en cachette. Sous sa petite casquette bleue, ses cheveux étaient mouillés de sueur. C'était une belle journée, mais il faisait chaud dans le bateau, et Oliver avait eu un Coca-Cola qu'il avait rapidement bu.

Maria regardait les bateaux qu'ils doublaient, fascinée. Les voiles gonflées, le drapeau suédois qu'ils avaient tous en poupe battant au vent. On apercevait ici et là de petites maisons rouges, mais il y avait surtout des rochers et des forêts. Si différentes de celles du Småland.

Un bruit derrière son dos lui fit tourner la tête vers Carsten. C'était son iPad qui bipait. Carsten était tout au bout de la banquette arrondie, sa tablette sur les genoux. Il ne l'avait pas lâchée des yeux depuis qu'ils étaient montés à bord. Il avait aussi travaillé pendant le voyage en avion, presque sans échanger un seul mot avec Celia ni personne.

Maria tourna légèrement la tête. Sarah s'était endormie dans ses bras, son pouce à nouveau dans la bouche. Pas étonnant, ils avaient dû se lever à six heures du matin pour arriver à temps à l'aéroport.

Celia s'était blottie tout au fond, yeux clos et front appuyé à la fenêtre. Elle semblait elle aussi dormir, car ses mains pendaient mollement sur son grand sac à main en peau de serpent.

« On arrive bientôt ? demanda Oliver.

– Très bientôt, mon grand, dit gaiement Maria. C'est chouette, hein ? Bientôt, tu vas voir votre nouvelle maison de vacances, et ta nouvelle chambre.

– J'ai envie de faire pipi. »

Évidemment, c'était le soda qu'il avait englouti. Typique, elle aurait dû y songer en le voyant boire si vite.

« Tu peux te retenir ? Je crois que ce n'est plus très loin. »

Oliver secoua la tête.

« Tu peux venir avec moi ? demanda-t-il. Je ne sais pas où c'est. »

Maria regarda autour d'elle. Elle n'était pas sûre qu'il y ait des toilettes dans un bateau-taxi. Elle pouvait difficilement se lever sans réveiller Sarah, et savait qu'elle serait alors grincheuse.

« Demande plutôt à papa de t'aider. »

Oliver fit la moue, mais se leva et alla trouver Carsten. Une vague fit tanguer le bateau et Oliver, manquant de perdre l'équilibre, se retint de justesse à la paroi de l'habitacle.

« Papa, j'ai besoin de faire pipi. »

Carsten sembla ne rien avoir entendu. Il fixait toujours son écran.

« Papa », réessaya Oliver, un peu plus fort.

Il se mit à trépigner sur place. Maria comprit que c'était pressé.

Carsten regarda alors par-dessus son iPad. Il fronça les sourcils, et Oliver le tira par la manche.

« Quoi, encore ?

– Tu peux venir avec moi aux toilettes ? Je sais pas où c'est.

– Tu es un grand garçon. Bien sûr que tu peux aller aux

toilettes tout seul, comme à l'école. Personne ne t'accompagne, non ? »

Le téléphone de Carsten sonna, il le sortit de sa poche pour répondre.

Maria vit qu'Oliver avait pâli. Sans doute un peu de mal de mer. Pourvu qu'il n'aille pas aussi vomir, par-dessus le marché.

« Maria ! cria Carsten par-dessus le bruit du moteur, son portable à la main. Tu peux aider Oliver, s'il te plaît, je suis occupé. »

Maria fit de son mieux pour poser Sarah aussi doucement et délicatement que possible pour qu'elle continue à dormir, mais elle ouvrit l'œil et se mit aussitôt à pleurer.

« Chut, ma petite, tenta Maria. Là, on est presque arrivés.

– Maria ! » appela Oliver.

Il semblait désespéré et passa soudain à l'anglais :

« *I really have to go, please.* »

Maria souleva Sarah en pleurs et se dépêcha de rejoindre Oliver.

« Essaie de te retenir », chuchota-t-elle en le conduisant vers les toilettes qu'elle venait tout juste de repérer, coincées entre l'habitacle et le poste de pilotage.

La porte était bloquée, elle dut tirer sur la poignée avec sa main libre, tandis que Sarah continuait de sangloter sur son épaule.

Enfin, la porte s'ouvrit.

Mais quand Maria se retourna vers Oliver, elle vit qu'il était trop tard. Il s'affaissa, tandis qu'une grande tache sombre grandissait à l'intérieur de ses cuisses. Sa lèvre inférieure tremblait. Sarah pleurait sur l'épaule de Maria.

« Viens, mon petit bonhomme, dit Maria en se dépêchant de le pousser dans les minuscules toilettes. Ça ne fait rien, ce sont des choses qui arrivent. »

Elle attrapa la porte pour la refermer, mais commença par jeter un coup d'œil vers Carsten.

Il leur tournait le dos, complètement pris dans sa conversation téléphonique.

Celia dormait toujours.

« Ce n'est pas grave, dit Maria. Parfois, on n'arrive pas à temps, c'est tout.

– *Please, don't tell daddy* », chuchota Oliver.

14.

Les reflets du soleil éblouirent Celia quand elle débarqua du bateau-taxi. Elle s'arrêta au bout du large ponton. Un gros canot gonflable y était amarré, et, à côté, une barque plus petite dont la peinture du moteur s'écaillait. En levant la tête, Celia découvrit l'énorme maison blanche posée sur la vaste plage. Carsten lui en avait bien sûr montré des photos à Londres, mais elles ne permettaient pas de se rendre compte de sa taille réelle.

« Viens, lui lança Carsten, qui était descendu en premier. Viens voir. On s'occupera des bagages plus tard. »

Celia marchait entre les planches du ponton, en équilibre sur ses hauts talons.

« *Don't rush me* », répondit-elle.

Son ton était inutilement dur, et elle regretta ses mots à peine échappés de sa bouche.

Oliver lâcha soudain la main de Maria et courut à terre vers son père.

« Fais attention, Oliver, cria Celia derrière lui. Tu n'as pas de gilet de sauvetage. »

Oliver ne savait nager que quelques brasses : Carsten avait déclaré que lui et Sarah devraient aller à l'école de natation à Sandhamn. Ils commenceraient dès lundi.

Carsten attendait Celia en tête de ponton. Chevaleresque, il lui tendit la main pour l'aider à descendre dans le sable. Celia lui sourit, sentant l'espoir se rallumer dans sa poitrine.

« *Thank you, darling,* dit-elle. *It's stunning.* »

Carsten lui fit un sourire si large que ses gencives apparurent, rosées, au-dessus de ses dents parfaitement blanchies.

« C'est beau, hein ? » dit-il en ramassant un galet.

Il le lança à plat de façon à le faire ricocher à la surface lisse de l'eau.

« Qu'est-ce que tu en dis ? » reprit-il, si heureux que Celia s'arrêta.

Oliver arriva au galop.

« Montre comment tu as fait, papa. Montre encore une fois, s'il te plaît ! »

Carsten rit et lui ébouriffa les cheveux.

« Bien sûr. Trouve-moi une pierre plate et je te montrerai. C'est pas très dur de faire des ricochets. »

Le cœur de Celia se serra en voyant combien Oliver était heureux d'avoir l'attention de son père. Ah, si Carsten pouvait toujours se comporter ainsi avec les enfants... Si *elle aussi,* elle pouvait...

Oliver se mit aussitôt à la recherche d'un galet sur la plage. Il était vraiment rayonnant. Celia ne l'avait jamais vu lui sourire avec un tel enthousiasme.

Elle aurait voulu, elle aussi, participer au jeu, mais ni Carsten ni Oliver ne faisaient attention à elle. Elle se dirigea vers la maison. Maria la suivit, Sarah dans les bras.

Quelqu'un avait déjà ouvert, la porte d'entrée était entrebâillée. Interloquée, Celia entra, Maria sur ses talons.

On dirait que quelqu'un habite déjà ici, se dit-elle en fixant le gigantesque séjour. Carsten avait dit qu'il s'occuperait de tous les préparatifs, mais elle ne l'avait pas pris au pied de la lettre.

La pièce était entièrement meublée, avec deux canapés gris dans un coin, une table basse en verre avec une coupe pleine de fruits. Les rayonnages étaient chargés de livres, en anglais et en suédois, au mur était accroché un grand écran plat noir. Une chaîne hi-fi complétait le tout.

Au milieu d'une table en ellipse trônait un vase de fleurs fraîches.

Un léger raclement de gorge retentit dans l'entrée, et Celia se retourna.

« Bienvenue à Sandhamn. »

Une grande femme se tenait dans l'entrée. À contre-jour, il était difficile de distinguer les traits de son visage. Ce n'est que lorsqu'elle entra dans l'ombre de la maison que Celia découvrit qu'elle avait la quarantaine, des traits marqués et quelques grains de beauté sombres sur une joue.

Son visage tanné par les intempéries suggérait qu'elle était de l'archipel.

« Bonjour, dit la femme. Je m'appelle Linda Öberg. C'est moi qui vais vous aider tout cet été. »

Celia ne put cacher sa mine interloquée.

« Pardon ?

– Je vais travailler pour vous comme gouvernante », expliqua la femme.

Elle semblait hésiter, comme si elle ne comprenait pas la cause de la confusion qu'elle avait suscitée.

Linda Öberg détacha l'élastique de sa queue-de-cheval et le rattacha d'un geste sûr.

Celia posa son sac à main, tandis que Maria allait délicatement étendre Sarah à moitié endormie sur le canapé. Elle s'assit à son côté et caressa les cheveux de la fillette. Celia se força à regarder ailleurs.

« Il faut que j'en parle à mon mari », dit-elle, remarquant que son accent anglais ressortait encore plus que d'habitude.

Ce qui se produisait toujours sous le coup de l'émotion.

Carsten entra alors, suivi d'un Oliver aux anges.

« J'ai fait des ricochets, s'écria-t-il, les yeux pétillants. Papa m'a appris. Trois !

– Bonjour, Linda, dit Carsten en tendant la main à Linda Öberg. Nous voilà enfin. »

Il regarda autour de lui et inspecta la pièce avec une satisfaction visible, ouvrant le réfrigérateur rempli et soupesant un des sacs à pain sur le plan de travail.

« Comme vous avez tout bien préparé pour nous ! dit-il. Merci. »

En se tournant vers Celia, Carsten vit son regard interrogatif.

« Linda a fait en sorte que la maison soit en ordre à notre arrivée, expliqua-t-il. Tout est prêt, il n'y a plus qu'à emménager. »

Il montra le vase.

« Regarde. De jolies fleurs, comme tu aimes. Il y a aussi ce qu'il faut pour le petit déjeuner, du pain frais de la boulangerie de Sandhamn. »

Il alla ouvrir le réfrigérateur et en sortit une bouteille, avec une étiquette jaune bien connue.

« Champagne, dit-il en allant chercher deux élégants verres à pied en cristal dans un placard du haut. La Veuve Clicquot nous souhaite la bienvenue ! »

Tandis qu'il déshabillait le bouchon, Celia suspendit son blouson au dossier d'une chaise et s'affala devant la table. Elle voyait bien que Carsten attendait quelque chose d'elle, de l'enthousiasme peut-être, et inspira à fond. Ne comprenait-il pas qu'elle aurait de loin préféré décorer la maison avec lui ? Un projet commun, qui les aurait peut-être rapprochés.

Là, elle n'avait rien à faire ni à dire, tout était déjà pris en charge. Elle faisait autant partie de l'inventaire que les nouveaux canapés.

Il n'avait pas besoin d'elle, comme les enfants.

Les larmes lui brûlaient les paupières.

Linda Öberg toussa discrètement.

« S'il n'y a rien d'autre, je pensais partir, dit-elle en ramassant par terre un sac en toile élimé. Je vous laisse vous installer tranquillement.

– Quand revenez-vous ? demanda Carsten.

– Lundi. Est-ce que midi vous va ? Nous avions dit cinq heures par jour pour commencer.

– Linda va se charger de la lessive, de passer l'aspirateur, nous aider pour un peu tout, dit Carsten. N'est-ce pas, Linda, c'est ce dont nous avions convenu ? »

Linda hocha la tête.

« Il suffit de me dire comment vous voyez les choses. Si vous souhaitez changer les horaires, je vous ai écrit mon numéro de portable sur un papier, dans la cuisine. Je suis flexible, appelez si vous avez besoin de moi pendant le week-end. »

Elle sortit par la porte de la véranda. Celia la vit remonter sur le ponton et grimper à bord du plus petit bateau. En quelques gestes simples, elle démarra le moteur et disparut.

« Viens, on va visiter le reste de la maison », dit Carsten en faisant mousser le champagne dans les verres.

Il veut fêter ça, pensa Celia.

« Ta chambre est là-bas, Maria, dans l'autre aile », indiqua Carsten, avec un geste vif vers un couloir à droite de l'entrée.

Il posa un des verres en cristal sur la table devant Celia. Les jolies bulles montaient en spirale vers la surface.

De l'autre côté de la fenêtre de la cuisine, quelqu'un se mit à donner de grands coups de marteau.

« La maison d'amis n'est pas encore tout à fait prête, sourit Carsten. Les gars vont avoir encore besoin de quelques semaines, mais là aussi, ce sera beau. On ira jeter un coup d'œil quand ils auront fini leur journée. »

Il leva son verre pour trinquer, mais Celia posa le sien sans y goûter. Elle savait qu'elle le décevait, mais n'arrivait pas à se défaire de l'engourdissement qui s'était abattu sur elle comme un couvercle. Ses lèvres la tiraient, son visage s'était figé dans une grimace.

« J'ai besoin de m'étendre un moment, dit-elle en faisant semblant de chercher quelque chose dans son sac, pour ne pas avoir à regarder Carsten. Le voyage m'a épuisée. »

Elle reprit son blouson. Pas besoin de lever les yeux pour savoir que le visage de Carsten s'était refermé.

« Tu ne veux pas voir le reste de la maison ?

– Plus tard. »

15.

Lundi 8 juillet

Essoufflée, Nora gara son vélo devant la haie de la piscine et détacha Julia du siège enfant. D'un seul geste, elle posa sa fille à terre. Elles étaient un peu en retard, et elle avait pédalé aussi vite qu'elle le pouvait.

« Viens, ma chérie, dit-elle en défaisant le casque rose. C'est l'heure de ton cours de natation. »

Elle franchit l'entrée en tenant Julia par la main. Une dizaine de parents étaient déjà rassemblés autour de la piscine, tandis que d'autres enfants de quatre ans couraient en chahutant autour d'eux. La monitrice en maillot noir, fille d'une famille de l'île, cochait les participants sur une liste.

Combien de fois Nora avait-elle accompagné Adam et Simon au cours de natation ? Impossible d'en faire le compte, mais voilà que ça recommençait. Une nouvelle petite crevette qui allait apprendre à nager. Comme toujours, les débutants avaient le créneau du matin, dès huit heures. Quatre ans, c'était tôt, mais dans l'archipel, il était nécessaire que les enfants sachent nager.

Nora salua quelques personnes qu'elle reconnaissait. Toutes plus jeunes qu'elle, mais elle n'était pas non plus une jeune maman. Comment ferait-elle quand Julia irait au collège, au lycée ? Elle se sentirait probablement d'un autre âge.

La monitrice appela les enfants pour les équiper en ceintures et planches. Nora s'installa sur une des chaises longues. À côté d'elle, une femme à l'air grave et aux cheveux sombres ondulés. Nora lui tendit la main. Elle avait un air connu, sans que Nora parvienne à la remettre.

« Bonjour, dit-elle. Je suis Nora, la maman de Julia. »

Elle montra sa fille, qui s'affairait au maniement d'une planche orange. Il avait beau faire froid, Julia n'avait pas l'air d'y prêter attention : quelque chose la fit pouffer, puis elle disparut sous la surface quand la planche chavira.

« Julia, là, avec le maillot rose, précisa-t-elle.

– Moi, c'est Celia, dit la femme avec un accent anglais. Ma fille s'appelle Sarah. Elle est à côté de la vôtre. »

Nora chercha à se souvenir : s'étaient-elles déjà rencontrées ?

« Vous êtes nouvelles sur l'île ?

– Oui », dit Celia en ôtant les cheveux de son front.

Un gros bracelet doré à breloques scintilla dans le soleil quand elle leva la main. Nora ne put s'empêcher de remarquer son élégante jupe-culotte à gilet coordonné, et ses sandales à talons hauts.

« Où habitez-vous ? »

Celia tripota son bracelet.

« Je ne sais pas exactement la direction, dit-elle. Nous ne sommes là que depuis quelques jours. Mon mari passe nous chercher après le cours de natation. »

Elle sembla soudain gênée.

« Il faut que j'apprenne à mieux me repérer sur l'île, nous allons y passer tout l'été.

– Mais vous vivez en Suède ? »

Celia secoua la tête.

« Non, à Londres. Nous sommes arrivés vendredi. »

Nora tilta : ce devait être la propriétaire de Fyrudden. Voilà pourquoi elle l'avait reconnue. Celia était la femme élégante qui accompagnait Carsten Jonsson à cette première au cinéma.

« Vous parlez très bien suédois, dit Nora au bout d'un moment. Où l'avez-vous appris ? »

Celia s'illumina à ce compliment.

« Vous trouvez ? dit-elle, de la chaleur dans la voix. Merci beaucoup. C'était mon mari qui voulait. Au début, j'étais complètement découragée, mais maintenant, ça va un peu mieux. Nous avons une baby-sitter suédoise, j'essaie de m'entraîner avec elle. »

Sourire la rendit belle, son petit air pincé disparut.

Elle est sans doute juste timide, se dit Nora.

« Où habitez-vous, disiez-vous ? demanda-t-elle pour en avoir le cœur net.

– De l'autre côté de l'île.

– C'est vous qui avez construit la maison de Fyrudden ?

– C'est ça.

– Oh ! » laissa échapper Nora.

Celia la regarda avec étonnement, et Nora se sentit rougir. Elle aurait préféré éviter de parler des méchants ragots qui circulaient.

« Elle est très différente des autres maisons de l'île, tenta-t-elle. Les voisins ont peut-être eu quelques objections ? »

Elle regretta aussitôt. Quelle maladresse de mentionner les voisins. Elle n'avait fait qu'empirer les choses.

Celia changea de position sur sa chaise.

« C'est le projet de mon mari, je n'ai pas grand-chose à voir avec ce chantier. Je suis surtout fatiguée d'avoir sans arrêt tous ces ouvriers sur le dos. »

Nora saisit la balle au bond, bien contente de changer de sujet.

« Vous travaillez avec des gens de l'île ?

– Non, nos artisans viennent d'un peu partout. Pologne, Ukraine. C'est Carsten qui les a engagés. »

Sans crier gare, elle se leva et fit signe à quelqu'un.

Clairement, elle se désintéressait de Nora : elle lui tourna le dos jusqu'à l'arrivée d'un grand homme blond chargé de plusieurs sachets en papier blanc. Nora reconnut l'homme de la photo qu'elle avait vue.

« Je suis passé à la boulangerie, dit Carsten Jonsson en brandissant les sachets. Voici des brioches fraîches et la miche du navigateur. »

En apercevant Nora, il tendit la main. Sa poigne était ferme, plus que ce à quoi elle était habituée. Il lui écrasa le petit doigt sous sa chevalière d'une pression rapide et efficace.

« Vous avez aussi des enfants à l'école de natation ? demanda-t-il, avec un peu de stress dans la voix.

– Oui, une petite fille qui s'appelle Julia. »

Nora eut à peine le temps de terminer sa phrase que Carsten ouvrait déjà la bouche.

« Très bien. Peut-être nos filles pourront-elles jouer ensemble un de ces jours ? Ce serait bien pour les enfants de trouver des camarades de jeux sur l'île. »

Celia se tourna vers la piscine.

« Bien sûr, dit Nora. Si les filles ont envie. »

Carsten donna un petit coup de coude à sa femme.

« Tu veux bien t'occuper de ça, chérie ? Tu noteras le numéro de Nora avant qu'on ne se quitte. »

Il plongea la main dans un des sachets et en sortit une brioche. Elle sentait les raisins secs et le sucre glace.

« Vous en voulez ? proposa-t-il en tendant le sachet ouvert à Nora.

– Non merci, je viens de prendre mon petit déjeuner. Mais c'est très gentil. »

Nora connaissait l'âge de Carsten, mais il faisait plus jeune, entre trente et trente-cinq. Soudain, elle eut honte d'avoir fouiné sur Internet : surfer, c'était une chose, rencontrer la personne en vrai était une tout autre histoire.

« Nous envisageons une petite pendaison de crémaillère, dit Carsten avant de mordre goulûment dans sa brioche. Samedi. Nous serions ravis de vous avoir, vous et votre mari. Vers six heures. Emmenez vos enfants, si vous voulez, tous sont bienvenus, petits et grands. »

Il s'interrompit et son regard glissa vers la main gauche de Nora pour vérifier qu'elle avait bien une alliance.

Son coup d'œil était si évident que Nora se sentit obligée d'expliquer la situation.

« Mon compagnon et moi ne sommes pas mariés, dit-elle. Mais merci de votre invitation. »

Soudain, Carsten se toucha l'œil et cligna des yeux à plusieurs reprises. Il se frotta le coin de la paupière et cligna de nouveau.

« Ma lentille a glissé », expliqua-t-il en continuant de se triturer du bout du doigt.

Celia leva le menton, inquiète.

« Ça va ? Laisse-moi regarder. »

Elle s'approcha pour l'aider, mais Carsten se détourna de sa femme.

Celia resta la main en l'air.

« Tu devrais mettre des lunettes. Laisser tes yeux se reposer de temps en temps.

– Je déteste les lunettes, tu le sais bien. »

Carsten ferma encore les yeux, puis son visage s'apaisa.

« Voilà », fit-il, visiblement soulagé.

Julia arriva en courant, et Nora ouvrit une serviette verte dont elle l'enveloppa.

« J'ai froid, maman, se plaignit la fillette. Elle était super froide !

– Viens te réchauffer un peu au sauna. »

Nora ramassa ses affaires et salua de la tête Carsten et Celia.

« Je suis dans l'annuaire, si vous voulez me joindre. Nora Linde.

– À samedi, alors », dit Carsten.

16.

Celia se dirigea vers le râtelier à vélos en tenant Sarah par la main. Carsten suivait, les sachets de pain à la main.

« Ça va être sympa, une grande fête dans notre nouvelle maison, dit-il. J'ai rencontré à la boulangerie quelques connaissances d'affaires que j'ai invitées pour samedi. Je pensais aussi le proposer aux voisins : nous voulons être en bons termes avec eux, non ? »

Celia ne répondit rien, occupée à harnacher Sarah sur le siège enfant, au-dessus du porte-bagages.

« Laisse-moi faire. »

Carsten prit le relais, redressa la selle qui maintenait Sarah en place et serra bien la dernière sangle.

« À la boulangerie, ils ont dit que le bar des Plongeurs faisait traiteur, reprit-il. Alors je voudrais aller tout de suite voir avec eux, si tu peux rentrer seule avec Sarah. »

Celia sortit du gloss de son sac à main et s'en appliqua quelques couches avec le petit pinceau, avant de le reboucher soigneusement.

« Est-ce que ce n'est pas un peu tôt pour une pendaison de crémaillère ? dit-elle. On a à peine eu le temps d'arriver, et encore moins de tout mettre en ordre. »

Le visage de Carsten s'assombrit. Elle savait exactement ce qu'il pensait : comme toujours, elle ne voyait que les obstacles. Elle n'avait que des objections, au lieu d'apprécier les efforts qu'il faisait.

Tu aurais pu d'abord me demander ce que j'en pensais.

« Pourquoi ce serait trop tôt ? dit-il. Plus vite on fait connaissance des gens de l'île, mieux ça vaut. Les enfants doivent se trouver des copains. »

Il mit les sachets de pain dans la corbeille de son vélo.

« Cette Nora avait l'air sympathique, non ? »

Celia vit qu'il souriait, et ne put s'empêcher de réagir.

« Elle aurait besoin d'aller chez le coiffeur. Et son vernis s'écaillait sur ses orteils. »

Carsten soupira.

« Il faut toujours que tu sois critique !

– Franchement, sortir sans maquillage ! » continua Celia, même si, au fond, elle n'avait rien contre Nora.

Mais elle savait que ça énerverait Carsten.

Elle était encore prise de court par la nouvelle de la pendaison de crémaillère. C'était beaucoup trop tôt, elle n'avait toujours pas digéré qu'il ait décoré leur nouvelle maison sans sa participation.

« Et elle n'avait presque pas mis de mascara », se sentit-elle obligée d'ajouter.

Carsten ignora la remarque de Celia. Il déverrouilla l'antivol et mit la clé dans sa poche.

« Est-ce que tu es certain que c'est le genre d'enfant avec qui tu veux que Sarah et Oliver sympathisent ? » dit-elle, sachant que cette fois elle ferait mouche.

Carsten insistait toujours pour que leurs enfants aient des fréquentations comme il faut. Il avait l'habitude de s'informer sur la situation et les revenus des parents quand ils avaient un nouveau camarade de jeux : elle l'avait vu plusieurs fois chercher des informations sur Google.

« Elle n'est même pas mariée, reprit-elle. As-tu la moindre idée de quels cercles elle fréquente ? Que fait son compagnon, par exemple ?

– Tout ça, tu aurais pu le lui demander, c'est quand même toi qui bavardais avec elle. »

Carsten se passa la main dans les cheveux. Puis fit son sourire spécial, celui qu'elle avait jadis aimé. Celui qu'il avait quand il avait décidé quelque chose et n'avait pas l'intention de laisser le moindre obstacle se mettre en travers de son chemin.

Il tendit la main et flatta le cou de Sarah. Elle était fatiguée, tête pendante sur le siège enfant.

Puis Celia reçut un coup d'œil glacial.

« Je pense que ça pourrait être une soirée agréable. Surtout si tu es prête à faire un petit effort. »

Celia se mordit la lèvre.

« Tu pourrais mettre cette robe rouge que je t'ai achetée. Elle te va bien. »

Il remonta la béquille et empoigna son guidon.

« Tu retrouveras le chemin ? Remonte la pente derrière l'hôtel des Navigateurs, puis continue jusqu'au tennis, et là tu verras le chemin qui entre dans la forêt. »

Carsten monta en selle et partit sans se retourner.

Celia resta plantée là, luttant contre les larmes.

Elle comprenait le sens de cette pendaison de crémaillère : Carsten avait besoin de montrer sa nouvelle maison. Il fallait que tout le monde admire son œuvre, et voie combien elle était grandiose.

Inutile de lui faire la moindre proposition, il voudrait faire à sa façon. Elle l'avait appris.

Une larme coula le long de sa joue. Celia mit ses lunettes de soleil et s'éloigna sur son vélo, Sarah en selle.

17.

Parfois, Celia était vraiment impossible, songea Carsten en s'arrêtant devant le bar des Plongeurs. Il appuya son vélo contre le crépi de la façade et embrassa le port du regard. Sur le débarcadère, on déchargeait les livraisons alimentaires du jour. Il nota l'habileté des conducteurs d'engins à manœuvrer sur une si petite surface sans entrer en collision.

Rien n'avait grâce aux yeux de sa femme quand elle était de cette humeur. C'était donc si dur de montrer un peu d'enthousiasme ?

Mais le soleil brillait, il avait encore le bon goût de brioche dans la bouche. L'été serait magnifique, c'était décidé. Et à l'automne, KiberPay serait coté en Bourse.

Il n'y avait pas de nouvelles de l'avocat qui représentait les acheteurs anonymes. Il devait être revenu vers eux avec une offre concrète avant-hier au plus tard, mais quand Anatoli avait appelé, il n'avait toujours rien de neuf.

Carsten s'en doutait depuis le début, tout ça n'était que du vent. Ils avaient fait quelques tours de piste pour la galerie, mais quand Carsten avait exigé de voir l'argent sur la table, les acheteurs étaient partis en fumée. Dès qu'Anatoli leur avait communiqué l'ordre de grandeur du prix, leur intérêt avait disparu.

À quoi s'attendaient-ils ? À ce qu'il brade ses actions à la veille d'une cotation en Bourse juste parce qu'ils le lui demandaient ? C'était pour le moins naïf.

Anatoli partageait l'avis de Carsten. Tout ça n'avait été qu'un ballon d'essai, une tentative pour profiter d'une opportunité qui n'existait pas. Il y avait tellement de gens, aujourd'hui, en Russie, qui cherchaient à s'en mettre plein les poches, c'en était risible. Mais c'était triste aussi, que la société russe en soit arrivée là.

Il s'agissait juste de garder son sang-froid et de ne pas céder à de vagues pressions.

« On s'en tient au plan », avait-il dit à Anatoli au téléphone.

Dans le port, un gros ferry siffla trois fois et s'éloigna du quai en marche arrière. Il y avait déjà la queue au stand des primeurs, devant l'épicerie, où s'alignaient des barquettes de fraises d'un rouge appétissant.

Carsten se mit à siffler et monta le perron du bar des Plongeurs. Il allait veiller à ce que la fête soit réussie, quoi qu'en pense Celia.

Nora s'arrêta à la boulangerie en rentrant du cours de natation. Il y avait la queue, une dizaine de personnes attendaient leur tour dehors. Mais Nora apercevait les trois filles, derrière le comptoir, rapides et efficaces avec les clients : elle savait que ça avançait, à l'intérieur.

Une odeur de pain flottait dans l'air. Nora sentait presque le goût de la brioche à peine sortie du four. Ce serait bon, avec une tasse de café, une fois rentrée à la maison.

Les chaises en fonte blanche devant la boulangerie étaient toutes occupées par des touristes qui goûtaient au soleil. Les tasses et les thermos de café en libre-service étaient disposés sur une longue table, près de l'entrée.

Quelques mètres devant, dans la queue, une femme, cheveux blonds jusqu'aux épaules, parlait haut et fort à un homme grisonnant d'une soixantaine d'années. Nora le reconnaissait vaguement, comme membre de l'association des habitants de Trouville.

Soudain, la femme fit un geste si vif qu'elle faillit renverser un thermos de café. Quand elle se retourna pour le rattraper, Nora retrouva qui c'était : Anna Agaton, avec son mari Per-Anders. Ils habitaient près de Fyrudden.

Les Agaton résidaient depuis longtemps sur l'île. Ils possédaient quelques-uns des petits îlots au large, et étaient engagés dans la vie locale. Nora se souvenait vaguement que sa grand-mère avait été proche de la mère de Per-Anders.

« C'est un scandale, s'indigna Anna Agaton, sans se soucier de qui l'entendait. Ces gens-là devraient avoir honte, mais ils en sont bien incapables. Per-Anders a écrit je ne sais combien de lettres, sans jamais obtenir de réponse. Il est évident que leur ponton dépasse chez nous, et ils ne sont même pas venus se présenter. Et encore moins demander la permission.

– Et que comptez-vous faire ? demanda l'homme aux cheveux gris.

– Nous avons porté plainte, bien entendu. Que faire, sinon ? On ne peut quand même pas se pointer avec une grue pour déplacer le ponton, ce serait un abus aux yeux de la loi.

– Quel filou !

– Nous avons aussi écrit à la commune, mais pas de réponse pour le moment. »

Le téléphone d'Anna Agaton sonna. Elle le sortit de la poche de sa jupe et répondit.

La queue avançait, ce serait bientôt le tour de Nora. Elle devinait le sujet de ce coup de téléphone : la famille Jonsson à Fyrudden.

18.

Celia roulait vers chez elle aussi vite qu'elle pouvait. Il lui fallait un tranquillisant. Maintenant. Son cœur tambourinait dans sa poitrine, mais elle pédala de plus belle. Pendant tout le trajet à travers la forêt, elle s'était formulé en silence tout ce qu'elle aurait dû dire à Carsten quand il avait parlé de cette pendaison de crémaillère.

Lorsque enfin elle freina derrière la maison, Maria allait se mettre en route pour le village avec Oliver. Il était déjà en selle et Maria allait fermer la porte.

« Tu peux t'occuper de Sarah ? dit Celia. Il faut que je me repose un moment. »

Maria hésita en voyant la fillette bâiller sur son siège enfant.

« Elle a l'air fatiguée. »

Maria était-elle obligée de la contredire devant les enfants ? Pourquoi le monde entier lui était-il hostile, aujourd'hui ?

« S'il te plaît, fais ce que je te dis », dit Celia en garant son vélo pour que Maria puisse prendre Sarah.

Elle fouilla dans son sac à main et en sortit un billet de cent couronnes qu'elle lui tendit.

« Tiens. Tu peux emmener les enfants au kiosque et leur acheter des glaces après le cours de natation d'Oliver.

– Maman », appela Sarah, tandis que Maria la harnachait à nouveau sur l'autre vélo.

Celia se dépêcha d'entrer dans la maison et referma la porte derrière elle pour ne plus entendre Sarah. Elle continua jusqu'à la cuisine, se cramponna à deux mains au plan de travail et s'efforça d'inspirer profondément.

Par la fenêtre, elle vit Maria s'éloigner sur son vélo, Sarah en selle derrière elle. Oliver se démenait sur son petit vélo, sa casquette bleue enfoncée sur ses cheveux blonds, pédalant à toute allure pour ne pas rester à la traîne.

Elle avait recommencé. Tout fourgué à Maria au lieu de s'occuper elle-même de ses enfants. Mais le regard froid de Carsten avant de la quitter l'empêchait de se comporter normalement.

Je n'ai pas la force.

Au bout d'un moment, elle saisit un verre et le remplit à demi au robinet. Elle prit un cachet dans la boîte qu'elle gardait dans sa trousse de toilette et le fourra dans sa bouche.

D'une main tremblante, elle porta le verre à ses lèvres.

C'était une idée folle d'organiser une grande pendaison de crémaillère, pourquoi ne le comprenait-il pas ? Celia avait bien remarqué les regards des autres parents, au bord de la piscine. Elle avait vu que quelque chose n'allait pas, à peine s'était-elle présentée.

Cette Nora elle aussi avait réagi en comprenant qui était Celia. Fait allusion à l'opinion des voisins. L'autre jour, Celia avait entendu un des ouvriers qui parlait anglais dire quelque chose du même genre, sans savoir qu'elle entendait : que les voisins étaient indignés par le chantier et le grand ponton.

Celia regarda de nouveau par la fenêtre, mais Maria et les enfants étaient à présent hors de vue.

Le verre lui paraissait soudain lourd dans la main.

Celia le reposa et alla dans la chambre se changer. Elle avait sué en pédalant dans la forêt avec Sarah sur le siège enfant.

Elle ouvrit le tiroir central de la commode pour prendre un T-shirt propre, mais s'arrêta net.

Les vêtements étaient soigneusement empilés, mais n'avait-elle pas laissé le haut rose de chez Michael Kors sur le dessus ? Il était tout neuf, et elle avait fait attention en le sortant de sa valise. Il se retrouvait à présent sous un T-shirt bleu marine.

Celia laissa sa main glisser sur le tissu en essayant de se souvenir. Se trompait-elle ? Ou bien Maria était-elle venue ici ? Mais elle n'avait rien à faire dans leur chambre, et Carsten ne fouillait jamais dans ses tiroirs.

Un mouvement aperçu du coin de l'œil lui fit tourner la tête et regarder une nouvelle fois par la fenêtre.

Mais dehors, la plage était déserte.

19.

Julia s'était endormie sur le canapé de la véranda, après une longue journée au soleil. Ses cheveux blonds étaient un peu en sueur autour des tempes, et elle suçait son pouce dans son sommeil. Nora lui effleura le front de ses lèvres et sortit son téléphone pour appeler Jonas. Il était trois heures, il devait donc être réveillé, malgré les six heures de décalage horaire.

Nora attendit que les signaux traversent l'Atlantique. C'était la dernière rotation de Jonas avant les vacances, il allait atterrir à Stockholm *via* Copenhague le lendemain en fin d'après-midi.

Ils avaient devant eux presque quatre semaines libres dans l'archipel. Dans deux semaines, Simon et Adam allaient eux aussi rentrer de leur voyage en Grèce avec Henrik.

Il lui suffisait de penser aux garçons pour qu'ils lui manquent. Elle ne s'habituerait jamais à ne les avoir qu'une semaine sur deux.

Le répondeur s'enclencha, Jonas prévenait qu'il ne pouvait pas répondre pour le moment. Comme d'habitude, sa voix enjouée fit sourire Nora.

Il est peut-être encore en train de dormir, se dit-elle avant d'enregistrer un message.

Elle reposa le téléphone et regarda par la fenêtre. Dans la lumière vive du soleil, on ne voyait que trop bien combien les vitres étaient sales. Mais dehors, les roses rouges et roses s'épanouissaient.

C'était sa voisine, tante Signe, qui avait planté ces beaux rosiers. Signe qui lui avait légué la plus que séculaire villa Brand, quelques années plus tôt.

Quand Nora allait les voir avec le vieil arrosoir en tôle de Signe, elle pouvait presque sentir sa présence, un chuchotement à son oreille réclamant plus d'eau ou un supplément d'engrais.

Signe aurait ricané en voyant le couple qu'elle avait rencontré à la piscine aujourd'hui, les aurait traités de nouveaux riches, qui n'avaient pas leur place sur l'île.

Celia ne s'était pas montrée particulièrement agréable, quand elles attendaient ensemble sur le bord du bassin. Son mari, Carsten, était lui aussi spécial, si nerveux que c'en était presque contagieux.

Nora avait eu la forte impression qu'ils avaient essayé de la classer dans une catégorie mais n'y étaient pas parvenus car elle ne portait pas les habituels marqueurs de classe, pas de bijoux ni de sac à main pouvant servir de signe d'appartenance.

On frappa à la porte, et une voix familière se fit entendre sur le perron :

« Bonjour ! Il y a quelqu'un ?

– Entre, Eva, dit Nora. Tu veux un peu de café ? Je viens d'acheter des brioches. »

Eva s'assit sur une des chaises de la cuisine. Elle retroussa les manches de son pull ample et dit, avec une mine malicieuse :

« Nous avons été invités à une fête. Chez Carsten Jonsson et sa femme. Tu sais, ceux qui ont construit à Fyrudden. Filip l'a rencontré à l'épicerie, et a été aussitôt invité.

– Vous allez y aller ? dit Nora en sortant du micro-ondes deux tasses d'eau bouillante où elle ajouta quelques cuillères de café soluble.

– Tu plaisantes ? Ce chantier, c'est l'histoire de l'année. Bien sûr, qu'on va y aller.

– Nous sommes invités aussi. Je les ai rencontrés à la piscine, aujourd'hui. Julia est dans le même groupe que leur cadette. »

Nora alla chercher du sucre et un peu de lait dans le réfrigérateur, avant de s'asseoir en face d'Eva.

« En fait, je suis partagée. J'étais derrière Anna Agaton dans la queue de la boulangerie. Elle ne disait pas que des gentillesses à propos des Jonsson, et n'avait pas l'air gênée que tout le monde l'entende. »

Eva sourit.

« Je te promets que les Agaton y seront quand même. Filip a entendu dire que Carsten Jonsson a demandé au bar des Plongeurs de prendre en charge le buffet et la liste des invités. Ils ont pour mission d'inviter tous ceux qui comptent un tant soit peu à Sandhamn. Je ne peux pas imaginer que les Agaton refusent, ils voudront sûrement eux aussi profiter de l'occasion de voir cette baraque de près, comme nous tous. »

Nora revit Celia. Tandis qu'elles étaient au bord de la piscine, elle n'avait pas arrêté de tripoter son alliance, de la faire tourner tandis que les filles s'essayaient à leurs premières brasses.

Sans joie.

Comprenait-elle à quel point sa famille était l'objet de ragots ? Nora aurait aimé mieux réussir à donner le change.

« Au fond, je ne les comprends pas », dit Eva.

Elle touilla son café, faisant déborder quelques gouttes sur la table.

« Pourquoi s'installer comme ça sur une île, si c'est pour se mettre tout le voisinage à dos ? Sandhamn est trop petite pour n'en faire qu'à sa tête. Il y a certaines règles sur lesquelles on ne peut pas s'asseoir.

– Ils vont sûrement finir par se calmer, dit Nora. Après cinq ou six ans, comme tous les nouveaux venus. »

Elle fit un clin d'œil à Eva.

« Même si Carsten Jonsson n'a pas l'air du genre à se plier à la volonté d'autrui.

– Il devrait s'inspirer de cette famille, sur la côte ouest, dit

Eva. Ceux qui ont tenté de mettre des clôtures et des grands panneaux PLAGE PRIVÉE. Tu te souviens comme les gens les ont arrachés cet hiver ? À la fin, ils ont dû abandonner. »

Elle se fit soudain plus grave.

« Au fait, tu as vu l'horrible tas de gravats, sur le port, au début de la promenade de la plage ? Il paraît que ça vient du chantier du ponton des Jonsson, que ça n'a pas été évacué. Maintenant, ça reste là à tout salir.

– Tu es sûre que c'est à eux ?

– Je n'en ai pas vu de preuve écrite, mais c'est ce qui se dit au village. Que ces gravats viennent de leur chantier. »

Eva reposa sur la table sa tasse de café fumante en refermant ses deux mains autour. La vapeur montait entre ses doigts.

« On ne peut pas enfreindre les traditions sur cette île. Ou alors, il faut être prêt à en subir les conséquences. »

20.

Mercredi 10 juillet

Qu'est-ce que c'était ? Celia ouvrit les yeux et, dans la confusion, regarda autour d'elle.

Il faisait déjà jour, mais elle avait l'impression que c'était à peine l'aube. Les maigres rayons qui parvenaient jusqu'à elle indiquaient que le soleil venait tout juste de se lever au-dessus de l'horizon. Son corps était lourd, pas du tout reposé.

Elle chercha à tâtons son portable pour regarder l'heure. Cinq heures et quart : elle n'avait donc dormi que quelques heures. Elle s'était couchée avant Carsten, et avait fait semblant de dormir quand il s'était mis au lit. Puis elle avait veillé plusieurs heures, à écouter sa respiration.

Elle lorgna de son côté. Il dormait sur sa moitié de lit, sur le dos, la bouche entrouverte et la couette remontée sur la poitrine. Aussi tranquillement que d'habitude.

La nuit noire et les épais rideaux anglais lui manquaient, au lieu de cette lumière nordique qui piquait les yeux et empêchait de dormir.

C'était peine perdue. Avec un soupir, elle se glissa hors du lit et écarta le rideau. Sous ses yeux, une brume laiteuse que le soleil n'avait pas encore tout à fait réussi à percer.

Rien là qui puisse expliquer son réveil. Pas un brin de vent, l'eau bougeait à peine sur le rivage.

Celia s'enveloppa dans sa robe de chambre et ouvrit la porte aussi doucement qu'elle put.

Carsten ne bougea pas quand elle la referma. Pas de bruit du côté de la chambre des enfants. Celia continua pieds nus jusqu'à la cuisine.

Devant la fenêtre, des rangées de troncs espacés, parmi lesquels on apercevait çà et là les plaques vertes des myrtilliers. Ailleurs, dans un endroit qu'elle aurait elle-même choisi, ça aurait été beau.

Précautionneusement, elle ouvrit le réfrigérateur, sortit un pack de lait, prit un mug et le remplit à ras bord.

Il faisait un peu plus clair.

Celia mit le mug au micro-ondes pour réchauffer le lait, mais ouvrit la porte juste avant la fin, pour que le signal ne dérange pas les enfants.

Un bruit, dehors, la fit sursauter.

C'était comme une branche cassée, le craquement sec du vieux bois qui se brise. Comme si quelqu'un se promenait avec de grosses bottes.

Le froid des dalles de pierre sous ses pieds lui remontait dans tout le corps. Celia frissonna et sentit la chair de poule sur ses bras.

Quelques mouettes se mirent soudain à crier au loin, stridentes, comme si elles s'enfuyaient, effrayées.

Il y a quelqu'un dehors.

La pensée germa dans sa tête : il n'y avait pas de rideaux à tirer, ni de persiennes. Rien qui puisse empêcher de voir à l'intérieur.

C'était Carsten qui avait voulu que tout soit ouvert ainsi, pour faire entrer la lumière.

Son cœur palpitait à lui faire mal, mais Celia n'osait pas se retourner. Elle restait là, tête penchée et yeux fermés.

Si je ne regarde pas, il n'y a personne.

L'anse du mug lui entrait dans la main. Elle s'efforça de ne pas serrer si fort. Sa respiration se fit plus lourde.

Elle finit par se retourner et fixer la grande baie vitrée.

Personne dehors.

Le soulagement était si fort que Celia ne put tenir sur ses

jambes. Elle se laissa glisser, dos contre le réfrigérateur. Sa main tremblait tant que du lait éclaboussa les dalles du sol.

Dehors, la véranda était exactement comme d'habitude, à part que le petit vase avec les fleurs des champs cueillies par Sarah s'était renversé. L'eau avait coulé sur la table et quelques pétales étaient tombés.

Tout n'était que le fruit de son imagination.

Elle porta le mug à ses lèvres et but un peu. Ça avait exactement le même goût que quand elle était petite et ne pouvait pas dormir, quand sa mère lui faisait chauffer du lait sur la cuisinière AGA. Maman y ajoutait aussi du miel et de la cannelle.

Je veux rentrer à la maison.

Celia remonta ses jambes sous son menton et appuya le front contre ses genoux.

La veille, elle avait envoyé par mail des photos de Fyrudden à ses parents, en disant que tout était merveilleux en Suède, que les enfants adoraient leur nouvelle maison, avec sa belle plage ensoleillée.

Elle resta là jusqu'à ce que ses jambes commencent à s'engourdir. Elle finit pourtant par se lever. Jetant un dernier regard à la baie, elle regagna la chambre.

Carsten dormait toujours dans la même position. Il n'avait rien remarqué.

Jadis, elle se serait blottie contre lui, l'aurait réveillé pour sentir ses bras autour d'elle. C'était à l'époque où elle ne pouvait s'empêcher de le toucher.

La porte de la salle de bains était entrebâillée. Celia hésita, il n'aurait pas fallu prendre de cachet si tard, c'était presque le matin. Mais elle alla quand même en chercher un.

Au moment où elle se glissait dans le lit, elle entendit un raclement dehors, comme provenant de la porte d'entrée.

Celia retint son souffle.

Puis elle cacha sa tête sous la couette en espérant que le cachet agirait vite.

21.

« Sarah, ma grande, il faut y aller. »

Maria essayait de presser Sarah sans la mettre de mauvaise humeur. Le cours de natation était dans vingt minutes, mais la fillette était toujours assise, tête baissée, trop fatiguée pour manger sa tartine au fromage.

Maria aurait elle aussi aimé être dispensée d'y aller à vélo, elle avait mal dormi et fait toute la nuit des rêves bizarres. À un moment, elle s'était réveillée en croyant qu'il y avait quelqu'un sous sa fenêtre, mais s'était ensuite rendormie.

L'arrière de son crâne palpitait, comme si une sérieuse migraine était en train de monter.

« On ne peut pas arriver en retard, ta monitrice et ta nouvelle copine t'attendent, dit-elle. Tu pourrais peut-être jouer avec Julia, aujourd'hui ? »

Aucun des enfants n'aimait se lever tôt : Oliver était probablement encore en train de dormir. Comme Celia.

Carsten ne s'était pas montré non plus, mais Maria savait qu'il avait l'habitude de sortir par la chambre pour courir le matin. Parfois, il s'arrêtait à la boulangerie prendre un café.

Elle essuya la bouche de Sarah et lui enleva son assiette et son mug. Elle jeta le sandwich, il était à peine entamé, mais tant pis. Si elles ne se mettaient pas en route tout de suite, elles n'arriveraient jamais à temps.

Maria attrapa le sac contenant serviette et maillot de bain et le mit en bandoulière.

« Viens, Sarah, dit-elle. Il faut y aller. »

Sarah ne bougea pas d'un iota. Maria dut se pencher pour la prendre dans ses bras.

« Ne fais pas d'histoires », dit-elle tout bas en se dirigeant vers la porte.

D'une main, elle enfonça la poignée, tout en tenant la fillette en équilibre sur sa hanche.

Sarah ne voulait pas l'aider. Elle se mit à donner des coups de pied et heurta le sac. Il commença à osciller dans son dos au moment où elle ouvrait la porte, ce qui la déséquilibra et la fit trébucher en avant. Elle posa le pied sur quelque chose de mou et collant.

La chose blanche, ou plutôt grisâtre, glissa sur la marche du dessous tandis que la porte s'ouvrait en grand.

C'est du sang, eut le temps de penser Maria.

Les plumes blanches se dressaient sur le corps de l'oiseau mort, et les pointes des ailes s'étaient collées ensemble. Des deux côtés de la tête, ses yeux morts la fixaient. Quelque chose de rouge avait coulé du bec jaune.

Maria s'efforça d'étouffer le cri qui menaçait de lui échapper.

« Ferme les yeux, Sarah », lâcha-t-elle en reculant dans la maison tout en pressant le visage de la fillette contre son épaule.

« Aïe, se plaignit Sarah contre le T-shirt de Maria. Aïe, tu me fais mal ! »

Maria savait qu'elle serrait trop fort, mais elle ne pouvait pas laisser Sarah voir ce qu'il y avait dehors.

La tête de l'oiseau était de travers, car quelqu'un lui avait soigneusement tranché la gorge. La plaie béante était tournée vers elle, une fente dans un cou rouge. Le sang avait coulé dans l'escalier, laissant des taches sombres sur le bois clair.

Il y avait un papier sale à côté. Quelqu'un y avait écrit en majuscules : PARTEZ D'ICI.

« Lâche-moi, geignit Sarah en se débattant contre l'épaule de Maria. Lâche-moi, je veux pas rester avec toi ! »

Elle lui donnait des coups de poing, et faillit lui toucher l'œil droit.

Maria cligna des yeux et manqua de perdre de nouveau l'équilibre. Sarah lui échappa. En un clin d'œil, elle fut par terre tandis que Maria tombait à la renverse. Au moment où l'enfant lui échappait, elle la rattrapa par un coin de T-shirt.

Sarah se mit à hurler, tandis que Maria s'efforçait de se remettre sur pied. Par la porte ouverte, elle voyait le cadavre difforme de l'oiseau qui les narguait.

« Ferme les yeux, Sarah, cria-t-elle. Tu ne dois pas regarder ça. »

22.

Jonas poussa doucement Nora avant d'éteindre le vieux réveil en tôle qui venait de sonner sur la table de nuit. Un héritage de Signe que Nora n'avait pas eu le cœur de jeter.

« C'est toi ou moi qui accompagne Julia au cours de natation ? » murmura-t-il à son oreille.

Si je ferme les yeux, il croira que je dors encore, se dit Nora, en s'offrant le luxe de rester immobile, comme si elle n'avait pas du tout remarqué que le réveil avait sonné plusieurs fois.

« Tu es réveillée ? chuchota-t-il.

– Mmm.

– Tu veux que j'accompagne Julia, aujourd'hui ?

– Mmm. »

Nora enfouit son visage plus profondément dans son oreiller.

Elle était sur le ventre, un bras et une jambe déployés. Elle savait que c'était à elle d'y aller, pour que Jonas puisse dormir. C'était son premier jour de vacances, il était rentré la veille des USA. Elle avait dû aller le chercher à Stavsnäs avec le hors-bord, car il avait raté le dernier ferry.

Mais elle était si fatiguée, et lui si gentil.

Le réveil sonna encore, et Nora entendit Jonas tendre la main pour presser le bouton qui désactivait ce bruit infernal.

Le silence, enfin. Dormir.

Nora était toujours au lit quand Jonas glissa la tête dans l'ouverture de la porte une heure et demie plus tard mais au moins, elle était réveillée.

« Comme tu es gentil d'avoir accompagné Julia aujourd'hui, dit-elle en bâillant, un peu honteuse. Je le ferai le reste de la semaine, promis. »

Jonas lui caressa la joue, et Nora se blottit à nouveau voluptueusement sous la couette. Il remonta les stores, laissant affluer la lumière du soleil. Encore une belle journée en perspective.

« Au fait, tu te souviens de ce couple dont je t'ai parlé, qui a fait construire à Fyrudden ? marmonna-t-elle. Carsten et Celia Jonsson. Nous sommes invités à une fête chez eux samedi. Eva et Filip y vont aussi. »

Jonas sortit le sac où il rangeait sa raquette et ses balles, et y fourra en boule une serviette bleue avec le logo SAS. Il avait mentionné qu'il allait faire un tennis avec Filip.

« C'est assez bizarre, continua Nora en roulant sur le dos. Ce Jonsson invite à une grande pendaison de crémaillère tout en faisant plein de choses qui énervent les gens.

– Qu'est-ce que tu veux dire ? »

Nora mit les mains derrière la tête. Par la fenêtre, le ciel était bleu clair, avec un long trait blanc sans doute laissé par le passage d'un avion.

« Carsten a déjà réussi à se fâcher avec ses plus proches voisins, les Agaton, et la plupart des gens sont excédés par les allées et venues des ouvriers du chantier et leurs quads qui roulent partout. Tu savais qu'il faut vingt ans à une branche de bruyère pour repousser ?

– Si tu trouves ça pénible, on ferait peut-être mieux de rester à la maison. »

Jonas était parfois si pragmatique.

« Mais ce serait quand même chouette de voir cette maison..., dit Nora, qui se sentait un peu coupable de sa curiosité.

– On fera comme tu voudras », sourit Jonas.

Nora ne savait pas bien ce qu'elle voulait. Mais quelque chose lui disait que cette fête ne se passerait pas comme le pensait Carsten. Dans sa situation, il ne lui serait jamais venu à l'idée de lancer pareille invitation.

23.

Assis sur une des chaises longues de la véranda, Carsten fixait la mer. C'était une belle journée, mais il n'avait pas le temps d'admirer le paysage. Son regard n'arrêtait pas de revenir à l'autre pointe, où habitaient les Agaton. On ne voyait pas leur maison, mais il connaissait exactement son emplacement.

Sur la table, une tasse de café noir à demi pleine. Son téléphone portable était posé à côté, son étui en croco noir luisait au soleil.

Carsten tourna la tête en entendant les pas d'Eklund derrière lui. Il savait qu'on ne voyait pas ses yeux derrière ses lunettes noires, mais il ne se donna pas la peine de les ôter.

« Vous avez fini ? demanda-t-il.

– Les gars ont nettoyé l'escalier et tout mis dans un sac-poubelle noir, dit Eklund. On emportera tout au village dans l'après-midi. Directement à la déchetterie. »

Carsten réfléchit.

« Avez-vous la moindre idée d'où ça vient ? Ou de qui a écrit le message ?

– Pas la moindre. »

Mats Eklund suivit le regard de Carsten vers la pointe de l'île où habitaient les Agaton.

« On a déjà parlé du fait qu'il y en avait quelques-uns, sur l'île, qui ne portaient pas ce chantier dans leur cœur, dit-il après avoir marqué une petite pause. On ne sait jamais, par ici, dans l'archipel. Il y a eu quelques accrochages, quand les gars déjeunaient à l'auberge. Et les gens peuvent faire des choses vraiment stupides quand ils ont trop bu. »

Eklund était presque en train d'insinuer que Carsten n'avait à s'en prendre qu'à lui-même.

« Je veux que vous installiez des éclairages extérieurs déclenchés par détecteurs de mouvement, dit-il. Veillez à ce que ce soit fait le plus vite possible. Deux caméras devront aussi être installées, l'une au-dessus de l'entrée, l'autre sur la façade.

– Il ne faut pas un permis ? »

Carsten ne prit pas la peine de répondre.

Un bruit de moteur attira leur attention. Linda Öberg était en train de s'amarrer au ponton. Comme si elle avait senti qu'ils la regardaient, elle s'interrompit et fixa Eklund.

Carsten remarqua qu'il fut le premier à détourner le regard.

Linda Öberg se pencha de nouveau au-dessus du moteur et attacha le bateau. Puis elle ramassa son sac en toile au fond de la coque et prit pied sur le ponton.

« Linda, merci d'être venue plus tôt aujourd'hui, dit Carsten dès qu'elle put l'entendre. Je peux vous parler un instant ?

– Bien sûr.

– Il y a eu de l'agitation ici, ce matin, dit-il en changeant de position sur sa chaise en rotin de manière à mieux la voir.

– Il s'est passé quelque chose ? »

Linda plissa les yeux, faisant apparaître une profonde ride entre ses sourcils.

« Quand Maria allait conduire Sarah à vélo à son cours de natation, ce matin, elle a trouvé un oiseau mort sur le perron.

– Comment ça ? »

Linda rajusta l'élastique de sa queue-de-cheval.

« Quelqu'un a tranché le cou d'une mouette et l'a déposée devant notre porte avec un mot nous sommant de partir. Maria et Sarah ont eu très peur, et c'était sans doute le but recherché.

– Oh ! lâcha Linda en portant une main à sa bouche. Comment vont-elles ?

– Nous ne savons pas qui est derrière ça, dit Carsten. C'était là quand elles ont ouvert la porte.

– Vous soupçonnez quelqu'un ? »

Carsten secoua la tête.

« Espérons juste qu'il s'agit de la trouvaille de mauvais goût de morveux désœuvrés.

– Il y a toujours des tarés », compléta Eklund.

L'oiseau mort était étonnamment poisseux. Carsten était bien content que les Polonais aient été là pour s'occuper de la charogne et récurer l'escalier.

« L'oiseau a disparu. Vous n'avez rien à craindre en entrant. Le perron est propre, on ne voit presque plus les taches de sang.

– Que comptez-vous faire ? » demanda Linda.

Carsten haussa les épaules.

« Vous croyez que j'ai le choix ?

– Vous pouvez toujours porter plainte », proposa Eklund.

Carsten dut rire de sa naïveté.

« Pourquoi offrirais-je une chose pareille en pâture aux journaux ? Ça ne ferait que se retourner contre ma famille et moi. »

Il ôta ses lunettes.

« Ça n'a pas eu lieu, dit-il. Ah, au fait : Celia n'est pas au courant, pour l'oiseau. Elle dormait quand Maria l'a trouvé sur les marches, et elle dort encore.

– Mais Sarah était là elle aussi, n'est-ce pas ? » dit Linda.

Elle avait raison sur ce point, mais il s'en était occupé.

« Sarah est si petite, dit-il. Elle ne comprend pas ce qui s'est passé. Je lui ai déjà dit que ce devait être notre secret. Et Maria aura une prime ce mois-ci, en compensation. Pourvu qu'elle jure de se taire. »

Linda passa son sac en toile d'une épaule à l'autre.

« En quoi puis-je vous aider ?

– Je veux que vous parliez à Maria, pour qu'elle comprenne vraiment qu'elle doit garder le silence. C'est peut-être mieux que ce soit vous qui le fassiez. En tant que femme, je veux dire. J'en aurais bien chargé Celia, mais elle n'est au courant de rien. »

Elle serait hystérique si elle l'apprenait.

Il baissa un peu la voix.

« Maria a été choquée, elle se repose. Mais elle va surmonter ça, à son âge, c'est facile de s'en remettre. Le principal, c'est que les rumeurs cessent sur l'île.

– Papa, dit Oliver dans l'embrasure de la porte. Je peux jouer avec ton téléphone ? Maman dort. »

Toujours à réclamer les portables.

« Non. Tu sais très bien que tu n'as pas le droit de toucher à nos portables. »

Oliver disparut dans le séjour, les épaules basses.

« Cette histoire ne doit pas s'ébruiter dans le village, dit Carsten en regardant Linda et Mats Eklund. Nous sommes bien d'accord ? »

Il n'avait pas l'intention de laisser gâcher sa pendaison de crémaillère. Les invitations avaient été lancées, et les préparatifs étaient bien avancés. Il était décidé à venir à bout des résistances locales. Bien entendu, il pouvait déclarer la guerre mais parfois, une offensive de charme valait encore mieux. Il savait exactement comment rendre les mines renfrognées admiratives.

Samedi, tout devait être parfait.

24.

Maria se réveilla quand on frappa à sa porte. Elle avait le vertige et se sentait groggy, presque engourdie. Son T-shirt humide lui collait à la peau.

Lentement, la mémoire lui revint.

L'oiseau mort sur l'escalier, les mots affreux sur ce papier sale.

Elle ne put s'empêcher de regarder par la fenêtre pour s'assurer qu'il n'y avait personne en train de guetter dehors.

Carsten était accouru et lui avait arraché Sarah. Puis il avait donné un somnifère à Maria et l'avait mise dans son lit avant que quiconque dans la maison ait eu le temps de se réveiller.

Combien de temps avait-elle dormi ? Il faisait si chaud dans la chambre, ce devait être la fin d'après-midi.

Maria tendit la main vers son portable mais avant qu'elle l'attrape, Linda Öberg entra dans la chambre, un verre de jus d'orange à la main.

Maria était mal à l'aise, elle se sentait nue, elle ne voulait pas se montrer juste en T-shirt et culotte devant Linda.

« Comment ça va ? » demanda celle-ci en s'asseyant au bord du lit.

Maria chercha à tâtons la couette en tas à ses pieds et la remonta sur elle.

Linda lui tendit le jus, mais comme Maria ne prenait pas le verre, elle le posa sur la table de chevet.

« Il est quelle heure ? » murmura Maria.

Former les mots lui coûtait, ses lèvres lui semblaient plus épaisses que d'habitude. Je ne prendrai jamais plus de somnifère, se jura-t-elle.

« Quatre heures tout juste passées, tu as dormi un bon moment. Tu en avais besoin, ça a dû être un sacré choc, ce matin.

– C'était tellement affreux », murmura Maria, sentant ses larmes monter dès qu'elle pensait au cou à moitié coupé de l'oiseau. À son plumage blanc maculé de sang, sur lequel elle avait failli marcher.

Mais elle ne voulait pas craquer devant Linda.

« Carsten m'a demandé de te parler, dit Linda après un petit moment.

– Mais pourquoi ? »

Linda croisa les bras sur sa poitrine. D'aussi près, Maria voyait les petites cicatrices d'acné qui formaient sur ses joues un dessin irrégulier. Elle ne les avait encore jamais remarquées.

« Il ne veut pas que tu parles de cet oiseau à Celia. Elle n'est pas au courant de ce qui s'est passé.

– Mais c'est impossible, s'exclama Maria. Sarah était là.

– Sarah ne s'en souviendra pas. Demain, ce sera oublié, elle est si petite. Carsten lui a déjà parlé, il lui a dit que ce serait leur petit secret.

– Donc, je dois faire comme si rien ne s'était passé ? »

Linda hocha la tête.

« J'ai dit à Celia que tu n'étais pas bien aujourd'hui. Que tu as fait une insolation. Ça arrive parfois dans l'archipel, par grand soleil. »

Maria se recroquevilla, l'oreiller contre le dos.

« Il vaut mieux que tu gardes tout ça pour toi, reprit Linda. Carsten ne veut pas de ragots au village, il a été clair à ce sujet. Les ouvriers non plus n'ont pas le droit d'en parler. Il ne veut pas que Celia s'inquiète. »

Il fallait protéger Celia. Et moi, alors, aurait voulu protester Maria, qui pense à moi ? C'est quand même moi qui ai trouvé la mouette.

Elle la revoyait.
« Je dois faire comme si de rien n'était ? dit-elle, et tant pis si elle se répétait.
– Carsten a dit que tu aurais une prime, ce mois-ci, en compensation.
– Et combien, hein ? » tenta de cracher Maria, mais en guise de colère, son ton n'était que lamentable.
Elle était encore si fatiguée.
« Il ne l'a pas dit. Mais ce sera sûrement une belle somme : il est prêt à payer pour que tu ne dises rien à sa femme. »
Comme Maria restait silencieuse, elle ajouta :
« Nous voulons que cette famille se plaise ici, n'est-ce pas ? »
Maria sentait que Linda attendait quelque chose, qu'elle soit d'accord. Mais elle était si groggy qu'elle n'avait qu'une seule envie : se recoucher et dormir.
« Je veux m'en aller », murmura-t-elle.
Ses larmes se mirent alors à couler, impossible de les retenir.
Linda sembla décontenancée et désemparée devant les sanglots de Maria.
Elle se leva et alla ouvrir la fenêtre en grand pour faire entrer de l'air frais dans la chambre.
« Ce ne serait pas une bonne idée, dit Linda sans se retourner. Celia demanderait pourquoi tu veux arrêter. Et comment réagirait-elle, à ton avis, en apprenant la raison ? »
Elle coinça le petit loquet de la fenêtre et contempla son œuvre.
« Je ne crois pas que Carsten serait d'accord. Que diraient les enfants, si tu partais, comme ça ? »
Maria renifla.
« Là, dit Linda d'un ton plus aimable, en se dirigeant vers la porte. Ce n'est pas si terrible. Repose-toi, on en reparle demain. Samedi, il va y avoir une grande fête pour pendre la crémaillère. Il faut que tu sois remise sur pied.
– Samedi ? » murmura Maria, en se rappelant la fête dont Carsten avait parlé lundi soir.

Celia n'avait pas l'air enchantée, elle n'avait pas voulu discuter avec lui du menu ni du nombre des invités. Chaque fois que Carsten avait voulu aborder le sujet, elle avait trouvé une excuse pour se dérober.

Mais Maria avait aussi remarqué les regards des autres parents autour de la piscine, pendant le cours de natation de Sarah, elle savait qu'on jasait sur la famille Jonsson. Elle comprenait les réticences de Celia.

« N'oublie pas de boire ton jus d'orange, pour avoir pris quelque chose, dit Linda en sortant. Je vais te donner un coup de main avec les enfants aujourd'hui, pour que tu puisses te remettre. »

Maria se blottit sous la couette. C'était gentil de la part de Linda de s'occuper des gosses, mais sa façon de le dire lui donnait mauvaise conscience.

« Je veux rentrer chez moi », chuchota-t-elle, le visage dans l'oreiller.

25.

Jeudi 11 juillet

Après la réunion du matin, Thomas regagna son bureau, une tasse de thé à la main. Il faisait lourd : il alla entrouvrir la fenêtre avant de s'asseoir devant son ordinateur pour écluser les mails accumulés pendant la nuit.

L'ordre du jour concernait, entre autres, une série de vols de voitures dans la zone la plus riche du district, Saltsjöbaden. Seuls des véhicules de luxe avaient été visés : Mercedes, BMW, quelques Lexus. Les véhicules avaient disparu des allées quand leurs propriétaires étaient sortis le matin : le mode opératoire suggérait un gang originaire des Pays baltes. Ce qui signifiait qu'il était fort probable que les véhicules aient été transportés de l'autre côté de la Baltique.

L'ordinateur ronronnait.

Les victimes ne sont pas précisément dans le besoin, songea Thomas en finissant sa tasse. Le sachet de thé avait trempé trop longtemps, ça avait un fort goût de tanin.

Vivement les vacances. Pour Elin, ils avaient décidé de décaler leurs congés de quatorze jours, et ceux de Pernilla avaient déjà commencé. Ses quatre semaines à lui débutaient lundi et son idée était de consacrer cette dernière semaine à se débarrasser de tout ce qui s'était accumulé sur le bureau pendant le printemps.

Le résultat était mitigé.

Chaque jour, il mettait le paquet pour atteindre l'objectif de taux d'élucidation, mais la vérité était qu'il se fichait comme d'une guigne de ces voitures de luxe volées et de leurs propriétaires.

La pièce était comme un sauna. Thomas avait du mal à se concentrer, il ne tenait pas en place.

Les piles de paperasse ne lui disaient rien du tout. Si au moins ça avait été vendredi, il aurait pu filer directement sur Harö après le boulot.

Thomas alla ouvrir sa porte pour créer un petit courant d'air et traversa le couloir jusqu'au bureau d'Aram, qui avait la chance d'être à l'ombre à cette heure-là : il y faisait nettement plus frais.

« Alors, ces plaignants ? dit-il à Aram qui avait écopé du dossier des voitures de luxe volées. Je suppose qu'ils illuminent ton existence ? »

Son collègue lui lança d'abord un regard noir. Puis il se laissa retomber contre son dossier en poussant un soupir.

« Tu veux vraiment savoir, ou tu essaies juste de te moquer de moi ? »

Thomas s'assit sur le fauteuil visiteur et croisa les jambes.

Il savait qu'Aram ferait de son mieux, même si les chances de retrouver les véhicules étaient minces. Les compagnies d'assurances allaient sans doute devoir casquer.

Aram avait à côté de lui une photo de sa femme Sonja et de leurs deux petites filles. Il n'y avait qu'un an d'écart entre Elin et la cadette d'Aram, Maryam, et les fillettes s'entendaient bien.

« As-tu déjà songé à changer de voie, à faire un autre boulot que policier ? » lança Thomas.

Aram le regarda avec étonnement.

« En fait, non.

– Jamais ?

– Non. J'ai voulu être policier depuis aussi longtemps que je m'en souvienne. Dès le jour où nous sommes arrivés en Suède et que j'ai su que nous pourrions rester. »

Thomas se rappelait ce qu'il lui avait raconté de sa fuite d'Irak. Aram et sa famille avaient vécu dans des conditions affreuses avant d'arriver finalement en Suède. Une petite sœur était morte en route. Il avait fallu du temps à la famille assyrienne pour obtenir un permis de séjour.

Son amitié avec Aram avait ouvert les yeux à Thomas sur les vents mauvais qui se levaient dans la société suédoise. La xénophobie croissante, le racisme qui se répandait. Aux dernières législatives, un parti ouvertement nationaliste était entré au Parlement.

Aram fouilla Thomas du regard.

« Pourquoi tu me demandes ça ? »

Allait-il lui parler de ce qui le travaillait ? La proposition d'Erik, les idées qui lui traversaient l'esprit ? Mais il hésita. C'était trop tôt.

« Non, je me demandais juste, dit-il en se levant. Bon courage avec tes voitures. Dis-moi quand tu sors déjeuner, qu'on se tienne compagnie. »

26.

Celia était restée tout l'après-midi couchée dans sa chambre avec une migraine, rideaux tirés. Ses tempes la lançaient, malgré les cachets. Quand elle sortit dans le séjour, elle trouva Maria dans le canapé avec Sarah et Oliver, en train de regarder un programme pour enfants à la télévision. Sarah était à moitié couchée sur les genoux de Maria et Oliver appuyait la tête contre son épaule.

Il allait être sept heures : Maria ne comprenait-elle pas qu'il était temps de préparer le dîner ?

« Maria, dit Celia. Ce serait bien si tu pouvais faire manger les enfants maintenant, qu'ils ne se couchent pas trop tard. »

Elle attendit, mais il ne se passa rien.

« Maria ! » dit Celia, cette fois un peu plus fort.

La baby-sitter se leva d'un bond.

« Pardon, je n'avais pas entendu. »

Celia massa son front endolori en essayant de garder son calme. Carsten était parti à Stockholm pour la journée, et rentrerait en bateau-taxi vers neuf heures. Elle avait trouvé un mot sur la commode en se réveillant ce matin.

« Ça va être l'heure du dîner des enfants, répéta Celia.

– Qu'est-ce que vous voulez que je leur prépare ? »

Celia ouvrit le réfrigérateur en grand pour que Maria puisse voir tout ce qu'il y avait sur les clayettes.

« Tu ne peux pas juste préparer quelque chose que les

enfants aiment ? Tu n'as pas besoin de me demander à chaque fois. Trouve une idée, n'importe quoi. »

Celia se força à sourire à Maria pour excuser son ton sec. Ce n'était pas la faute de la baby-sitter si les choses n'allaient pas entre elle et Carsten, mais Maria ne paraissait pas l'avoir mal pris.

« Vous dinerez avec les enfants ? » dit-elle en commençant à ouvrir un paquet de boulettes de viande.

Celia comprit qu'elle comptait préparer des boulettes aux macaronis, un classique suédois.

Elle secoua la tête.

« Je n'ai pas faim. J'attends le retour de Carsten. »

Elle avait acheté des fruits de mer chez le petit traiteur de l'île et mis une bouteille de blanc au frais, comme elle faisait toujours quand Carsten rentrait tard. Il faisait attention à ce qu'il mangeait, détestait les sauces grasses et les calories inutiles. Carsten surveillait son poids de plus près qu'elle.

Quand il reviendrait, les enfants couchés, elle essaierait à nouveau de lui parler. Il lui avait paru si lointain ces derniers jours, si difficile à atteindre.

« Combien d'invités y aura-t-il, samedi ? » dit Maria en sortant une des plus grosses casseroles pour faire cuire les pâtes.

Celia ne put s'empêcher d'examiner le reflet de ses cheveux sur la façade métallique lisse du réfrigérateur. L'humidité de la mer les faisait friser plutôt qu'onduler. Difficile de les garder arrangés plus de cinq minutes après les avoir séchés. Carsten les aimait en lourdes boucles tombant sur ses épaules.

Mais cela faisait longtemps qu'il ne lui avait pas caressé les cheveux, qu'il n'avait pas enroulé une boucle entre ses doigts.

Elle réalisa alors que Maria lui avait posé une question.

« Pardon, tu disais ?

– Il y aura beaucoup de monde à la fête ? »

Celia ne voulait pas y penser. Tous ces gens qui allaient venir inspecter et l'examiner comme un morceau de viande à la boucherie.

« Plus de cent cinquante, je crois, répondit-elle. Je crois en tout cas que Carsten a commandé le buffet pour ce nombre-là. »

Elle se passa la main dans les cheveux pour les aplatir un peu.

« Le bar des Plongeurs a promis que tout serait en place pour cinq heures. Les enfants devront être changés et prêts au plus tard à six heures moins le quart pour pouvoir être là et dire bonjour aux invités. Après, tu t'occuperas d'eux, qu'ils ne soient pas dans nos jambes. »

Maria hocha la tête.

« Au fait, dit Celia. Je voulais te demander quelque chose. Il y a des taches sombres sur les marches du perron, tu ne saurais pas par hasard d'où elles peuvent venir ? »

Maria ouvrit le robinet pour remplir la casserole. L'eau éclaboussa, quelques gouttes atterrirent sur le plan de travail et coulèrent par terre.

Elle les essuya soigneusement avec un torchon Wettex.

« Non, fit-elle par-dessus son épaule. Aucune idée.

– Je les ai déjà vues hier, reprit Celia, mais j'avais oublié d'en parler. On dirait que quelque chose de noir a coulé, peut-être d'un sac-poubelle percé. Tu n'avais pas remarqué ces taches ? »

Maria se pencha pour sortir une poêle rangée sous les plaques.

« Non », murmura-t-elle encore.

Celia soupira. C'était sûrement Maria qui avait posé un sac-poubelle qui fuyait, et ne voulait pas le reconnaître.

Peu importe, elle parlerait de ces taches à Carsten un peu plus tard. Un des ouvriers pourrait peut-être les faire partir, ou alors il faudrait changer deux marches.

Celia ouvrit le réfrigérateur et sortit la bouteille de vin blanc, malgré cette migraine qui ne voulait pas s'en aller. Elle ouvrit la capsule et se versa un verre.

« Je descends un moment sur le ponton. »

Les enfants, toujours sur le canapé, ne la virent pas passer. Sarah avait encore son maillot de bain, et Oliver était allé chercher son nounours, qu'il serrait dans ses bras. Celia savait qu'il en profitait quand Carsten n'était pas là. Carsten trouvait qu'il était trop grand pour continuer à jouer avec des peluches.

Celia lorgna dans leur direction : allait-elle plutôt rester un moment avec les enfants ?

À ce moment, Sarah sauta du canapé et courut vers Maria. Elle prit ses deux jambes dans ses bras et serra fort.

Maria posa sa casserole et souleva la fillette en souriant.

« Tu veux m'aider à faire la cuisine ? dit-elle en lui embrassant le front. Viens, on va la faire ensemble. »

Celia sortit sur la véranda, son verre à la main.

27.

Celia gagna la petite tonnelle à l'ancrage du ponton, où s'attardait le soleil du soir. Ils avaient plusieurs ensembles de meubles de jardin autour de la maison, et un endroit pour manger sur la véranda, mais elle préférait venir ici, un peu à l'écart de la grande maison.

Elle posa son verre sur la table basse carrée et se laissa tomber sur un des fauteuils Adirondack. Le soleil était encore chaud, même s'il était près de sept heures. Elle n'avait pas froid, malgré son short et son débardeur décolleté.

Carsten lui avait dit que les soirées étaient plus fraîches en Suède, mais il y avait eu une chaleur agréable toute cette semaine.

Elle espérait que cela se maintiendrait jusqu'à samedi, elle ne voulait pas se retrouver avec des gens à l'intérieur, ce qui arriverait forcément en cas de pluie.

Elle comprenait bien que les invités seraient curieux de la maison, et que Carsten n'y trouverait rien à redire. Au contraire, son enthousiasme puéril était clairement apparu dès leur arrivée à Sandhamn. C'était indigne de lui d'être si pressé de montrer sa propriété. Ça le rabaissait. Ça ne se faisait pas. En tout cas pas en Angleterre.

Mais elle n'était pas d'ici, se rappela-t-elle. Carsten était suédois. Et inutile de continuer à ressasser cette pendaison de crémaillère, elle aurait lieu, quoi qu'elle en pense.

Celia saisit son verre de vin. Sauvignon blanc, Marlborough. Avec tout juste cet arrière-goût de groseille à maquereau verte qu'elle aimait. La marque : Dog Point. Ça aurait été parfait pour cet endroit, plutôt qu'un nom pittoresque comme Fyrudden.

Des coups violents attirèrent son attention.

Celia tourna la tête et découvrit un des ouvriers un peu plus loin sur la plage, sous un taillis de pins qui poussait juste au bord de l'eau.

Il travaillait à installer la nouvelle clôture qui allait fermer tout le terrain jusqu'au rivage. Certes, elle aurait une grille, une concession aux traditions insulaires garantissant le libre passage, mais Carsten lui avait assuré qu'elle serait tout le temps fermée.

« On n'y peut rien, si on perd la clé », avait-il dit avec un clin d'œil.

Ce serait bien, une fois cette clôture en place. Elle n'aimait pas que tout soit si ouvert, que n'importe qui puisse passer devant la maison.

L'ouvrier avait vu qu'elle l'observait et leva la main pour la saluer. C'était le grand, avec les cheveux blonds. Celui qui semblait le plus proche de Mats Eklund.

Celia leva une main pour ne pas passer pour impolie. Elle aurait préféré n'avoir aucun contact, elle était fatiguée de tous ces ouvriers qui allaient et venaient sur le terrain.

Mais on n'y pouvait rien, du moins s'ils voulaient que tout soit fini.

Elle avait surtout hâte que la maison d'amis soit terminée, pour pouvoir inviter des amis d'Angleterre, peut-être Sophie et sa famille. Il fallait qu'elle ait quelque chose à espérer.

Et quel soulagement de ne plus avoir tous ces ouvriers sur le dos, de ne plus se sentir observée par des gens qui se pointaient au moment où elle s'y attendait le moins. L'autre jour, elle s'habillait dans la chambre quand elle avait découvert une silhouette à la fenêtre. Un des menuisiers était passé quelques secondes seulement après qu'elle était restée nue devant le grand miroir. Elle s'était dépêchée d'aller tirer les persiennes, pour que personne ne puisse plus voir à l'intérieur. Mais elle n'arrivait pas à se défaire de l'impression qu'il l'avait reluquée en douce.

En tout cas, son mari avait demandé aux ouvriers de travailler le soir et le week-end, pour qu'ils aient fini au plus vite. Mais samedi, ils arrêteraient quelques heures avant la fête de Carsten.

C'était ainsi qu'elle y songeait : la fête de Carsten.

Des voix la tirèrent de ses pensées. Celia leva les yeux : un homme âgé avait surgi sur la plage à côté du menuisier polonais.

Il semblait en colère, Celia l'entendait vociférer en suédois. Mais elle ne saisissait pas ses mots emportés. L'ouvrier fit un geste d'impuissance.

Celia s'aplatit pour ne pas se faire repérer. Retint son souffle.

Les voix finirent par se taire.

Quand elle glissa un œil, elle vit un dos disparaître dans la forêt.

Celia inspira à fond et but une grande gorgée de vin. Elle ferma les yeux en essayant de détendre ses nerfs en pelote.

Soudain, le soleil se voila. Celia sursauta si vivement qu'elle se renversa du vin sur la cuisse.

« Pardon, je ne voulais pas vous faire peur. »

Ces mots étaient prononcés en suédois, mais avec un fort accent étranger.

Quand Celia releva les yeux, elle fut aussitôt éblouie.

L'homme qui s'était adressé à elle était en plein dans le soleil, elle ne distinguait qu'une tête dans une boule de lumière. La violente gloire autour de ses cheveux empêchait de distinguer ses traits.

Elle fit une visière d'une de ses mains pour mieux voir.

L'homme sortit du cercle de lumière et Celia comprit que c'était l'ouvrier polonais. Il avait à la main un énorme marteau dont le manche avait quelques taches de peinture.

« Excusez-moi, dit-il. C'était encore ce voisin. Celui qui passe son temps à se plaindre. Il n'aime pas la nouvelle clôture, mais je lui ai dit de s'en aller. »

Celia le regarda en hésitant.

« Il faut voir ça avec mon mari », dit-elle en espérant qu'il disparaîtrait.

Il n'avait pas l'air d'avoir saisi la perche qu'elle lui tendait.

« Ça ne vous dérange pas, si j'installe la clôture ? reprit-il. Je peux continuer demain, si vous voulez.

– Ça ne fait rien, continuez, allez. Plus vite elle sera installée, mieux ce sera. »

Elle commença à essuyer le vin sur sa cuisse, mais retira sa main quand elle s'aperçut qu'il suivait ses gestes du regard. Soudain, son short lui parut beaucoup trop court.

« Le bruit ne me dérange pas, se dépêcha-t-elle d'ajouter pour qu'il s'en aille. Je vous assure.

– Vous n'avez qu'à me dire, sinon », dit-il avant de tourner les talons.

Il s'éloigna, balançant son marteau en cadence.

28.

Vendredi 12 juillet

Une brume matinale compacte flottait sur l'eau quand Carsten ouvrit la porte et descendit les marches. L'humidité le saisit comme une chape. Les épaisses langues de brouillard dissolvaient tous les contours et étouffaient tous les sons. Même les gazouillis des oiseaux ne traversaient pas la masse grisâtre.

Une corne de brume retentit au loin.

Les traces de l'oiseau n'avaient pas complètement disparu, des taches sombres restaient imprimées sur le perron et les marches du haut, mais il aurait fallu être au courant pour comprendre de quoi il s'agissait.

Carsten commença à courir vers le sud, dans la direction de Trouville. Il avait son portable arrimé au bras, au cas où Anatoli appellerait : c'était déjà la matinée, à Moscou.

Avant de partir, Carsten avait envoyé un sms : *Call me !* Puis il avait enfilé ses chaussures de course pour calmer la tension qui agitait son corps.

Au cours de la semaine, il avait mailé diverses questions à Sergueï et Roman, mais leurs réponses étaient vagues et leurs explications insuffisantes, pas du tout aussi précises que d'habitude.

Son inquiétude grandissait.

La direction de Moscou aurait dû être au taquet, au lieu de quoi il n'obtenait que de vagues réponses à ses questions, et Anatoli ne le rappelait pas, malgré plusieurs messages.

Il gardait dans un coin de sa tête le bureau d'avocats russe. La proposition de Beketov avait-elle de la substance malgré tout ?

Aurait-il dû y être plus attentif ?

Mais Anatoli lui avait assuré que tout s'était perdu dans les sables, qu'il n'y avait plus lieu de s'en inquiéter.

Carsten courait juste à la limite de l'eau : le sable y était dur et humide, ses Nike neuves laissaient de larges empreintes. Au bout d'un moment, il accéléra, remonta une côte derrière une maison de vacances aux stores baissés.

Pourquoi Anatoli ne donnait-il pas de nouvelles ?

Il était arrivé à la plage de Trouville, le brouillard se levait, on commençait à distinguer les contours des îles, en face. La langue de terre qui reliait la petite et la grande plage de Trouville apparaissait faiblement.

C'est alors que son téléphone se mit à vibrer. Une sonnerie stridente déchira le silence du matin.

Carsten s'arrêta en pleine course. L'appel venait de Russie. Il était temps.

« *Allô ?*

– Carsten, comment ça va ? »

La voix familière d'Anatoli, avec son accent nasal caractéristique.

« Ça va bien », dit Carsten, malgré son inquiétude.

Le téléphone à la main, il s'approcha d'un pin, un peu plus loin, pour s'y appuyer et commencer machinalement des étirements des cuisses.

« Comment ça se passe ? demanda-t-il en s'efforçant de ne pas paraître essoufflé.

– Je te prie de m'excuser de n'avoir pas appelé avant, mais j'ai eu beaucoup de réunions ces derniers jours. Malheureusement, j'ai de mauvaises nouvelles. »

Carsten se figea.

« De quoi tu parles ?

– La date de la cotation en Bourse. Il semble qu'il y ait des objections… »

Anatoli s'interrompit.

Carsten restait absolument immobile, comme si le moindre mouvement de sa part pouvait être décisif pour une sentence positive ou négative.

« J'ai reçu des signaux de mauvais augure de GZ3, dit Anatoli. Ils semblent souhaiter repousser la cotation.

– Quelle raison donnent-ils ? »

Carsten entendait sa voix de l'extérieur, comme si elle venait de quelqu'un d'autre.

« Ils disent que ce n'est pas le bon moment. »

Carsten regarda vers l'horizon. D'ici, on entendait plus distinctement la corne de brume. Mais le brouillard laiteux était en train de se dissiper.

« Nous travaillons à cette cotation en Bourse depuis plusieurs années, dit-il en accentuant chaque mot. Tout se déroule selon le plan, nous touchons au but.

– Je sais. »

Ils avaient déjà investi des millions en conseillers juridiques et commerciaux. Pris les bons contacts dans l'administration, puisque, en Russie, aucune cotation en Bourse n'est possible sans contacts haut placés. La route vers la Bourse de New York était toute tracée, la ligne d'arrivée en vue.

« Il est trop tard pour changer », dit-il.

Le silence à l'autre bout du fil n'était pas bon signe.

« Anatoli, finit-il par dire, *talk to me !*

– Ils ont rallié Sergueï. Il trouve aussi que nous devrions attendre.

– Ce n'est pas possible ! »

Carsten avait beau essayer de se contenir, il y avait de la colère dans sa voix.

« Je l'ai vu en mai, il n'en a pas dit un mot. Au contraire, il semblait plus impatient que jamais de voir l'entreprise entrer en Bourse. Il ne peut pas avoir changé d'avis comme ça. »

Le profond soupir d'Anatoli donna à Carsten envie d'un whisky. Et peut-être de quelque chose de plus fort.

« Maintenant, il a l'air d'avoir changé d'avis, dit Anatoli, d'un ton soudain las. Nous nous sommes vus plusieurs fois ces derniers jours, c'est pour ça que j'ai attendu pour t'appeler. J'essayais de comprendre ce qui se passait, et je ne voulais pas t'inquiéter inutilement.

– Mais pourquoi ? Qu'est-ce qu'il dit ?

– Il souligne différents problèmes à résoudre, des obstacles qui n'étaient pas à l'ordre du jour autrefois, mais qui commencent à apparaître. Le logiciel n'est pas assez stable, il doit être encore développé et testé pour supporter l'arrivée de nouveaux clients. »

Carsten s'efforça de penser logiquement.

« Mais de quel horizon parle-t-on, dans ce cas ?

– Difficile à dire, peut-être le printemps de l'année prochaine, mais ça peut aussi être encore après.

– 2014 », répéta-t-il bêtement.

Son emprunt arrivait à échéance en octobre. Il avait déjà dépensé beaucoup de millions dans la villa de Sandhamn.

La décision était facile à prendre.

« Je viens à Moscou ce soir. »

Anatoli se racla la gorge, et Carsten sut aussitôt qu'il était d'un autre avis.

« Je ne crois pas que sauter dans un avion arrangera les choses. Laisse-moi parler un peu à Sergueï avant. Il risque de se braquer et de reculer encore plus si tu débarques pour lui mettre la pression. Je vais essayer encore de le faire revenir au plan initial. »

Carsten serra son téléphone.

L'instinct lui disait de partir sur-le-champ à Moscou. Mais la fête était prévue pour le lendemain. Cette fête pour laquelle il avait insisté, malgré les protestations de Celia. Cent cinquante personnes avec qui il souhaitait entrer en relation, faire connaissance, et par-dessus le marché, à qui il souhaitait faire admirer sa maison.

« Je promets de faire de mon mieux pour convaincre Sergueï d'effectuer la cotation comme prévu, dit Anatoli à son oreille. Si j'arrive à le faire rentrer dans le rang, GZ3 se ralliera. »

Et si ce n'était pas le cas ?

« Fais-moi confiance », dit Anatoli.

Celia se glissa chez Oliver pour lui dire bonne nuit, mais il s'était déjà endormi, comme Sarah. Il était couché sur le dos, le front un peu humide. Elle descendit légèrement la couette. Et trouva là le nounours, bien caché aux regards. Même dans son sommeil, Oliver s'y agrippait fermement.

Celia se laissa tomber au bord du lit et lui caressa doucement les cheveux.

La petite lampe était allumée sur sa table de chevet, pour qu'il ne se réveille pas dans le noir. Oliver avait peur du noir et n'osait pas s'endormir sans veilleuse.

Encore quelque chose qu'elle savait que Carsten désapprouvait.

Oliver était fragile, Carsten ne le comprenait pas, et Celia ne savait pas comment le lui expliquer sans qu'il considère son fils comme un être encore plus faible.

Oliver ressemblait à un petit ange dans son lit, avec ses joues rondes et ses toutes nouvelles taches de rousseur. Le soleil avait bien tapé cette semaine. Submergée d'amour, Celia resta longtemps là à écouter le ronron de sa respiration. Elle aurait seulement voulu le prendre dans ses bras pour le bercer. Suspendre le temps, pour qu'il reste à jamais son petit garçon.

Pourquoi était-elle incapable de montrer cet amour durant la journée ? Pourquoi était-elle toujours si irritée contre eux ?

Celia sentit un poids augmenter dans sa poitrine.

Quand ils s'accrochaient tous les deux à elle avec leurs mains poisseuses, c'était comme si toute sa patience se dérobait, et il lui fallait appeler Maria.

Un soir comme celui-ci, elle aurait préféré rester avec Oliver. Mais le repas était prêt, Carsten l'attendait pour dîner avec elle.

Demain, c'était le jour de la fête. Elle s'était résignée à cette idée. Elle n'y couperait pas.

Celia tapota la joue d'Oliver et se leva. Mais elle s'immobilisa devant la porte. Il lui fallut plusieurs minutes avant d'enfin se décider à rejoindre Carsten.

29.

Samedi 13 juillet

Thomas hissa Elin à bord du bateau et l'assit sur le banc à côté de la place du pilote. Elle disparaissait presque dans son gilet de sauvetage orange, mais resta sagement assise tandis que Thomas chargeait les cannes à pêche et la corbeille du pique-nique restées sur le ponton.

C'était son premier jour de vacances. Il osait à peine s'avouer à quel point il attendait ce congé. Hier, il avait bouclé les dernières paperasses avec un soupir de soulagement. Fermé son bureau derrière lui et quitté Nacka avec un fort sentiment de libération.

« Amuse-toi bien avec papa ! » dit Pernilla en agitant la main sur le ponton.

Elin leva sa petite main et l'agita à son tour.

« Au revoir, maman.

– Vous avez tout ?

– J'ai tout pris. On verra ce qu'Elin pense des asticots. »

Thomas montra de la tête la boîte d'appâts posée à côté du matériel de pêche. C'était une belle journée, ensoleillée et presque sans vent, parfaite pour tenter sa chance.

Pernilla avait la visite de quelques copines, et Thomas avait aussitôt proposé d'emmener Elin en excursion en mer, pour qu'elles puissent être entre elles.

Comme il aspirait à ces quelques heures tranquilles en mer, rien qu'Elin et lui, avec une canne à pêche.

« Tu accrocheras toi-même l'asticot à l'hameçon, non ?

dit Pernilla avec un brin de dégoût dans la voix. Elin est bien trop petite pour y toucher, elle risque de les mettre dans la bouche.

– Ne t'inquiète pas », dit Thomas avec un grand sourire.

Il largua les amarres et démarra le Buster. Il comptait aller jusqu'à Alskär, peut-être s'y arrêter pour se baigner un moment, puis chercher une crique pour s'essayer à la pêche.

Le ponton disparut derrière lui.

Son téléphone sonna au moment où il franchissait Käringpinan, la passe étroite entre Harö et Lisslö. Thomas sortit son portable et vit aussitôt que c'était Erik.

Erik alla au fait, sans même saluer :

« Tu as réfléchi à ma proposition ? »

Thomas avait mis ça de côté ces derniers jours. Il avait eu tout juste assez d'énergie pour terminer ce qui devait l'être avant son congé.

Erik ne parut pas remarquer son hésitation.

« Je pense que ça t'irait parfaitement de venir travailler chez nous, dit-il. Regarde seulement comme ça m'a réussi. »

Cette phrase aurait pu passer pour de la vantardise, mais Thomas connaissait Erik suffisamment bien pour savoir que c'était là l'expression de son assurance habituelle.

Il se souvenait de moments où il avait envié son jeune collègue et aurait aimé avoir la même foi en sa propre excellence.

« En fait, je t'ai déjà pas mal vendu à mes chefs, dit Erik. Tu as une longue expérience dans la police, résolu plusieurs affaires qui ont fait du bruit. Tu es taillé pour ce poste chez nous. »

L'étrave d'un bateau blanc de la compagnie Waxholm apparut devant eux dans la passe étroite. Thomas dévia sa course avec une bonne marge.

Peut-être était-ce ce à quoi il aspirait, au moins sur un certain plan.

La possibilité d'un nouveau départ.

« C'est un peu précipité, s'entendit-il dire. J'ai eu une

semaine assez chargée, tu sais comment c'est, juste avant les vacances. »

Des dérobades. Pourquoi ?

Une partie de lui-même voulait en savoir plus, savait déjà qu'il freinait des quatre fers à l'idée de reprendre son travail dans quatre semaines.

Mais le sentiment de trahison était palpable, la seule idée de changer de métier lui donnait l'impression d'être déloyal.

Erik ricana.

« Allez, Thomas. Il est temps pour toi de changer d'air. Après toutes ces années. »

Un peu plus loin, le bateau Waxholm accosta au ponton de Harö. Les remous firent tanguer le Buster, et Thomas passa un bras autour d'Elin pour qu'elle ne perde pas l'équilibre.

Elle n'avait pas l'air de s'inquiéter, elle avait aperçu un banc de poissons juste sous la surface et suivait avec ravissement leurs mouvements argentés dans l'eau.

Son petit corps était chaud contre lui, Thomas la serra un peu plus avant de la lâcher.

« Écoute, je viens juste de commencer mes vacances, dit-il. Laisse-moi réfléchir un peu au calme, et je te rappelle d'ici quelques jours. »

30.

Carsten se surprit à siffloter tandis qu'il inspectait la plage depuis la véranda. Le personnel du traiteur était en train de tout installer, le drapeau était hissé et la mer miroitait sous le soleil. Le disc-jockey déballait son matériel dans un coin de la terrasse.

Tout était parfait, même la situation en Russie ne pouvait pas le mettre de mauvaise humeur.

Garder la tête froide, voilà ce qu'il fallait. Ne pas perdre les pédales à la moindre turbulence. Qui avait dit qu'il était facile de gagner une fortune ?

En plus, Anatoli lui aussi avait beaucoup à perdre à une cotation en Bourse retardée. Sa commission serait repoussée d'autant, c'était beaucoup d'argent, l'équivalent d'années de salaire pour la plupart des gens. Il était aussi dans son intérêt de s'en tenir au plan initial.

Tout va s'arranger, se répéta Carsten pour lui-même.

Dans le pire des cas, il irait à Moscou après le week-end pour s'entretenir directement avec Sergueï et la banque GZ3.

Il n'avait jamais douté de sa capacité à convaincre les autres de faire comme il l'entendait.

Carsten s'avança sur la véranda.

Les décorations florales toutes fraîches étaient en place, et il sourit, satisfait : une ambiance d'été suédois avec une touche internationale raffinée. Sobre et luxueuse.

De longues tables avaient été disposées sur la plage, devant la maison. La livraison d'alcool était déjà arrivée, grâce au quad d'Eklund. Des cartons et des cartons d'alcools divers, de vins fins et de bouteilles de champagne qu'on avait mises au frais.

Il n'avait pas lésiné sur la dépense, mais à terme l'investissement serait rentable, il n'en doutait pas. C'était peu cher payé pour adoucir ceux qui ronchonnaient au sujet de son chantier. Tous ceux qui comptaient avaient été invités, et Carsten était persuadé qu'ils viendraient.

« Fais beaucoup boire les gens, avait coutume de dire son paternel. Mieux vaut être bourré que fâché. »

Son paternel.

« Ça, tu ne l'aurais pas imaginé », murmura-t-il en regardant par hasard vers la fenêtre.

Là, dans la lumière vive du soleil, il se trouva face à face avec son père, avant de comprendre que c'était son propre reflet.

Un souvenir enterré depuis longtemps ressurgit, et lui fit serrer les dents. Quel âge avait-il, cette fois-là ? Douze ans ?

Il se rappelait s'être regardé dans le miroir de la salle de bains en reniflant, le nez enflé et saignant. Il avait du mal à respirer tant le sang faisait des bulles dans ses narines et la morve lui remplissait la gorge. Chaque fois qu'il essayait d'inspirer, le mélange gluant lui collait au palais, avec le même goût amer que celui qui venait à présent au bout de sa langue.

Carsten se rappelait encore sa panique quand il avait cru étouffer dans la salle de bains. Pouvait-on se noyer dans son propre sang ? Il avait cru alors que c'était en train de lui arriver.

Soudain, la porte s'était ouverte en grand. Son père était sur le seuil.

La peur lui avait fait avaler sa morve mais, d'une certaine façon, son hystérie avait cessé : ses poumons s'étaient remis à fonctionner, il parvenait à respirer de nouveau.

« Tu n'as à t'en prendre qu'à toi-même, avait dit son père

avec une colère contenue. J'espère que ça t'aura servi de leçon. »

Carsten ne lui avait toujours pas pardonné la froideur de sa voix.

« Vieux salaud », dit-il tout haut, en réalisant qu'il parlait tout seul.

Mais son père n'avait rien compris.

« S'il vous plaît ? Je peux vous poser une question ? »

Quelqu'un l'appelait de la plage. Il se tourna : cette distraction était la bienvenue.

Une des serveuses marchait vers lui. Ses longs cheveux étaient attachés en un chignon bâclé, et les boucles argentées à ses oreilles dansaient au rythme de ses pas.

Carsten cligna des yeux et essaya de chasser ses idées noires.

La fille s'approcha, une nappe pliée à la main.

« Je voulais juste savoir comment vous vouliez disposer le buffet. Est-ce que ça vous va si on met les plats sur la table pour que chacun puisse se servir, ou voulez-vous faire autrement ? »

D'ici quelques heures, l'endroit serait plein d'habitants de Sandhamn en train de parler et de rire, désireux de voir sa nouvelle maison. Il devait se concentrer là-dessus, ne pas laisser les vieux souvenirs prendre le dessus.

Cette fête serait son triomphe.

« Ou préférez-vous que nous fassions le service, à leur arrivée ? C'est vous qui décidez. »

Le service individuel de chaque invité donnait une impression plus raffinée, pensa Carsten, mais n'était pas pratique. Il y avait le risque qu'une queue se forme.

« Laissez les invités se servir eux-mêmes, décida-t-il. Mais c'est bien si vous servez le vin. Et ne servez pas le champagne à l'avance, les bulles disparaissent. »

Il ne fallait pas gâcher le contenu des coûteuses bouteilles.

« D'accord. N'hésitez pas si vous avez d'autres souhaits.

– Bien sûr. »

Du coin de l'œil, il vit Eklund disparaître à l'arrière de

la maison en compagnie d'un des Polonais, le grand qui était contremaître. Celui que Celia avait vu parler avec un type, l'autre jour.

Ils donnaient un grand coup de collier, comme il le leur avait demandé. Mais c'était aussi bien qu'ils fassent une pause pour le reste du week-end. Ils allaient bientôt cesser le travail, il ne voulait pas que les ouvriers dérangent ses invités.

Il ne restait plus grand-chose avant l'achèvement du chantier. Cela mettrait peut-être Celia de meilleure humeur. Hier soir, elle n'avait pas décroché un mot et avait à peine touché à son assiette, avec des airs de martyr catholique. Puis elle avait disparu dans la chambre.

Elle était pour le moment allée se reposer avant la soirée.

Il avait toujours ce goût de métal dans la bouche.

Il alla dans la réserve prendre une des bouteilles de champagne au frais, et en ôta le muselet. Après plusieurs fortes pressions, le bouchon sauta avec un petit *plop* et finit dans l'eau, à quinze mètres de là. Sans se soucier du personnel, il porta la bouteille à sa bouche et en vida un tiers.

Rien ne gâcherait sa fête, surtout pas le souvenir de son père.

Celia se tenait sur la terrasse pour accueillir les invités avec Carsten.

Ça avait un air de fête, elle devait l'admettre. Des bannières multicolores flottaient au mât du drapeau et une bonne odeur montait du buffet.

Carsten lui avait apporté une coupe de champagne, dont elle but une grande gorgée pour se mettre dans l'ambiance.

Il lui adressa un sourire satisfait.

« Tu es jolie, ce soir. J'aime ta robe.

– Merci, chéri. »

Celia s'abstint de faire remarquer que c'était lui qui avait décidé de ce qu'elle allait porter.

Un homme corpulent au visage cramoisi arriva par la plage. Il portait un blazer bleu marine avec des boutons brillants. Sa femme marchait à côté de lui, décolorée, une plante en pot à la main.

« Per-Anders Agaton, dit-il en tendant la main à Celia. Ma femme et moi sommes vos voisins. »

À présent, elle le reconnaissait : c'était l'homme indigné qui avait parlé avec l'ouvrier avant-hier soir, alors qu'elle prenait le soleil. Il lui restait un peu de mousse à raser à la commissure des lèvres. Celia avait parlé de lui à Carsten, mais il avait à peine réagi et continué à parler de sa fête.

« Voici mon épouse, Anna », dit Agaton en faisant un pas de côté pour laisser passer sa femme.

Elle tendit la plante à Celia, qui sentit immédiatement la malveillance qui émanait d'elle.

Elle ne m'aime pas.

Mais elle la remercia poliment en recevant la plante.

Le sourire d'Agaton disparut à la seconde où il se tourna vers Carsten.

« Il faut qu'on parle, tous les deux. Vous n'avez pas reçu mes lettres ? »

Quelque chose dans le ton de sa voix mit Celia mal à l'aise.

« Pardon ? dit-elle en regardant Agaton. Quelles lettres ? »

Mais Carsten ne sembla pas se troubler. Il leva son verre comme pour trinquer avec ses invités.

« Ce soir, c'est notre pendaison de crémaillère, nous parlerons de tout ça plus tard. Pas d'urgence. »

Le regard de Per-Anders Agaton s'assombrit.

« C'est important, ça ne peut pas attendre indéfiniment, vous savez. »

Celia lorgna du côté de son épouse, mais Anna Agaton fit comme si de rien n'était.

« Nous verrons ça une autre fois, dit Carsten. Maintenant, veuillez m'excuser. »

Il venait de croiser le regard d'un autre couple qui arrivait et s'éclipsa pour aller les saluer.

Celia resta en plan, le pot à la main. C'était un cactus couvert de piquants : elle ne put s'empêcher de se demander si c'était un choix délibéré.

« Vous direz à votre mari qu'il faut qu'on s'explique, dit Per-Anders Agaton en lui tournant le dos.

– Bienvenue », murmura Celia, qui aurait aimé les voir s'en aller.

31.

Nora roulait devant Jonas sur le chemin forestier. Elle avait beau avoir hésité à se rendre à cette fête, elle se sentait tout excitée. Il y avait dans l'air comme une attente joyeuse. L'arrière de la maison neuve apparut soudain parmi les arbres. Il n'y avait plus qu'à se laisser rouler jusqu'à la clairière verte où plusieurs vélos étaient déjà garés.

Le gazon avait l'air tout neuf, comme s'il venait d'être déroulé en bandes toutes prêtes. Un brouhaha accueillant s'échappait de l'avant de la maison. Nora savait déjà qu'il y aurait beaucoup de monde ce soir, rien que sur le chemin de Trouville elle avait vu plusieurs couples sur leur trente et un qui se dirigeaient eux aussi vers Fyrudden.

Elle prit son sac sur le porte-bagages et en sortit le cadeau bien emballé qu'elle avait acheté dans la boutique de souvenirs du village. Pas facile de trouver quoi offrir à des millionnaires. Elle avait fini par arrêter son choix sur une photo en noir et blanc encadrée du phare d'Almagrundet, prise par le propriétaire de la boutique lui-même.

« Et voilà, dit-elle à Jonas en rajustant la robe turquoise qu'elle avait trouvée beaucoup trop raffinée en l'essayant devant le miroir.

– Tu es très jolie ce soir », chuchota Jonas à son oreille.

Il lui prit la main tandis qu'ils contournaient la maison pour gagner le côté tourné vers la plage.

« Waouh ! » s'exclama Nora en s'arrêtant le temps d'embrasser du regard la vue qui s'offrait à eux.

Une chaude lumière du soir illuminait la façade de la grande maison de la famille Jonsson, tandis que les reflets du soleil miroitaient à la surface lisse de la mer, comme s'ils avaient été spécialement commandés pour l'occasion. Ici et là, des jarres en terre pleines de plantes multicolores cernées de lierre tombant en cascades vertes. Avec les tables hautes arrondies et les nombreux radiants au gaz, cela faisait plus penser à une villa dans le sud de la France qu'à une maison de vacances dans l'archipel.

« Mais c'est énorme, chuchota-t-elle. Comment diable ont-ils réussi à obtenir un tel permis de construire ? Et si près de l'eau ? »

Nora se retourna et aperçut les tables croulant sous les victuailles dressées sur la plage. En leur centre, deux énormes bassines en zinc pleines de bouteilles trempant dans l'eau fraîche : champagne, bière, toutes sortes de vins rouges et blancs.

« Est-ce qu'il y a quelqu'un sur cette île qui n'a pas été invité ? » demanda Jonas en voyant la marée humaine.

Nora chercha des yeux Carsten ou Celia pour saluer ses hôtes, mais ne vit que la baby-sitter assise dans un coin, avec une Sarah fatiguée et grognon dans les bras.

Maria était pâle, pas du tout d'humeur festive, comme la petite fille sur ses genoux.

« Salut, Maria, dit Nora. Tu aurais vu Carsten ou Celia ? Nous avons un petit cadeau à leur donner. »

Maria secoua la tête.

« Je ne sais pas où ils sont pour le moment. Il y a beaucoup de monde. »

Elle fit un geste vers les gens qui bavardaient sur la terrasse. Ils y étaient tellement à l'étroit que beaucoup étaient descendus sur la plage.

Le niveau sonore était élevé : dans le coin opposé, Nora découvrit un disc-jockey à lunettes noires installé derrière une sono. Pas étonnant qu'une petite fille comme Sarah pique du nez.

« Merci en tout cas, dit Nora. On va essayer de les trouver tout seuls.

– Vous pouvez peut-être remettre le cadeau à Linda », dit Maria en indiquant une femme maigre qui sortait sur la terrasse en tenant un plateau chargé.

À ce moment, Nora aperçut Celia dans la foule.

La maîtresse de maison portait une robe rouge moulante sans bretelles. Nora n'était pas experte en mode, mais cette fringue venait à coup sûr d'un couturier célèbre. Sa robe turquoise n'approchait pas, même de loin, l'élégance de Celia, mais au moins, elle était bien contente de n'avoir pas opté pour le jean blanc comme tant d'autres dans la foule.

Nora essaya d'attirer l'attention de Celia et y parvint, contre toute attente. Celia fendit la foule vers Nora et Jonas, s'éclairant un bref instant.

Elle lui tendit le paquet cadeau.

« Tenez, dit-elle. Un petit cadeau de bienvenue dans votre nouvelle maison. Ce n'est rien d'extraordinaire, mais cela vient de Sandhamn. »

Puis elle présenta Jonas.

« Voici mon compagnon, Jonas Sköld. Qui est donc le papa de Julia.

– Comme c'est beau chez vous », dit Jonas avec un large geste.

Celia se tortilla sur place.

« C'est mon mari qui est derrière tout ça. Il s'est engagé dans ce chantier dès le début. »

Carsten surgit à cet instant.

Il semblait rayonnant, en pantalon rouge, et ses cheveux blonds luisaient, blancs à la lumière du soleil. Décontracté, il avait retroussé les manches de sa chemise bleu clair.

« Soyez les bienvenus, fit-il avec un large sourire. Très content que vous ayez pu venir ce soir. Que pensez-vous de notre maisonnette ?

– Très belle, s'empressa de répondre Nora. Fantastique. »

Carsten salua Jonas d'une vigoureuse poignée de main.

« C'est vous qui aimez le tennis, hein ? » dit-il dans la foulée.

Jonas ne put cacher sa surprise.

« Comment le savez-vous ?

– Je vous ai vu sur le court, l'autre jour. On pourrait taper quelques balles ensemble, si vous avez envie. Peut-être faire un double ?

– Bien sûr, répondit Jonas, encore sous le coup de la surprise.

– Faites comme chez vous, dit Carsten. Il y a de quoi manger là-bas, et le café et les desserts arriveront un peu plus tard. Et du cognac, bien sûr. Mais que diriez-vous d'une coupe de champagne pour commencer ? »

Il parlait si vite qu'on distinguait à peine les mots.

« Pourquoi pas », dit Nora en lorgnant du côté de Jonas, qui avait encore l'air d'avoir atterri à Disneyland.

Carsten disparut en un clin d'œil, mais revint bientôt avec une coupe de champagne dans chaque main.

« Pol Roger, dit-il, enthousiaste. C'est mon champagne préféré, celui de Churchill, aussi. La cuvée spéciale, pas facile à faire venir jusqu'ici, dans l'archipel. »

Ses yeux semblaient voilés.

Celia dit quelque chose à voix basse en anglais. Comme si elle demandait à Carsten d'arrêter de se vanter, mais Nora ne saisit pas exactement ses mots. C'était plus une impression.

« Passez une excellente soirée, dit Carsten. Jetez un œil à l'intérieur, si vous voulez. Vous n'avez qu'à entrer pour voir le résultat. »

Celia le regarda mettre le cap vers la plage.

Une pensée traversa Nora : elle est triste.

Mais la jeune femme releva le menton et parut aussi contenue et élégante qu'auparavant.

Nora avait dû se faire des idées.

« Excusez-moi, dit Celia. Je dois juste vérifier quelque chose à la cuisine. »

Elle disparut dans la foule, comme son mari.

« On va chercher de quoi manger ? dit Jonas en se dirigeant vers le buffet. Il a bien dit qu'il n'y avait qu'à se servir. »

Il y avait surabondance de nourriture. Ils pouvaient choisir entre un rôti de veau épicé ou du poulet au romarin, picorer des aumônières de saumon, de la salade de blé et des betteraves en pickles. Des bols d'appétissantes garnitures accompagnaient le pain croquant au levain.

Jonas remplit son assiette le premier, Nora le suivait.

« Tu vas manger pour une semaine ? » le taquina-t-elle en le voyant couvrir le moindre millimètre de son assiette, en rajoutant par-dessus une tranche de pain.

À cet instant, quelqu'un fit tinter un verre.

Le brouhaha mourut, et tous les regards se tournèrent vers la terrasse, où se tenait Carsten.

Il avança une chaise et monta dessus. Il avait l'air d'aimer être au centre de l'attention. Celia, qui s'était placée à côté, leva les yeux vers lui.

Nora glissa un œil alentour : les invités toisaient Carsten avec curiosité. Chaleureusement ? Difficile à dire.

« Chers amis, commença-t-il. Nous sommes très heureux Celia et moi que vous ayez pu venir si nombreux. Quel bon début pour notre nouvelle vie estivale en Suède. »

Celia sourit faiblement.

« Un bon début aurait été de respecter les us et coutumes de cette île », marmonna quelqu'un juste derrière Nora.

Elle tourna un peu la tête et reconnut aussitôt l'homme : Per-Anders Agaton. Son épouse Anna était à ses côtés.

« Drôles de manières, je te le dis, de construire un ponton dans les eaux d'autrui », dit-il presque à haute voix.

Anna pinça le bras de son mari.

« Je disais bien qu'on n'aurait pas dû venir, siffla-t-elle, si furieuse que ses boucles d'oreilles tintèrent.

– Nous espérons passer beaucoup de beaux étés ici, sur cette île, moi, Celia et nos deux enfants Sarah et Oliver. »

Il leva son verre plein et se prépara à trinquer avec les invités.

« Et nous espérons bien sûr apprendre à mieux vous connaître, avec le temps. C'est tellement beau, l'archipel. Pour des Suédois de l'étranger, c'est un privilège de passer les étés ici et de fréquenter tant de personnes sympathiques. N'est-ce pas, chérie ? »

Il s'interrompit pour caresser la joue de Celia avant de continuer :

« À votre santé à tous ! J'espère que vous passerez une vraie bonne soirée à Fyrudden.

– Toi et ton argent, allez au diable ! » grogna Agaton, beaucoup trop fort.

Mais ses paroles furent noyées par le brouhaha qui répondit au toast de bienvenue de Carsten.

Nora se sentit gênée, sans savoir exactement pourquoi.

Elle regarda Jonas, qui semblait n'avoir rien entendu, quelques mètres devant elle.

Le disc-jockey relança la musique, des rythmes de fête gais et entraînants.

« Maintenant, arrête, cracha Anna Agaton. Pourquoi être venu ici, si c'est pour te plaindre toute la soirée ? Je ne vais pas tarder à m'en aller.

– Que les choses soient claires entre nous, dit Per-Anders Agaton. Ce n'est pas contre moi qu'il faut geindre, c'est lui, là, qui ne doit pas violer la propriété d'autrui. »

Il pointa un gros index en direction de Carsten.

Celui-ci était toujours perché sur sa chaise, avec un grand sourire et son verre à présent vide. Il ne pouvait pas avoir entendu.

« En tout cas, s'il comprend où est son intérêt », ajouta Agaton.

32.

Carsten était sur la terrasse au milieu d'un groupe de personnes, en train de raconter une anecdote. À sa façon de parler, Celia voyait qu'il était ivre, ses gestes étaient vifs et ses mots se déversaient si vite qu'elle ne comprenait pas tout, du coin où elle se trouvait. Il a commencé tôt, aujourd'hui, songea-t-elle. Par la fenêtre de la chambre, elle l'avait vu boire une bouteille de champagne au goulot.

Là, déjà, elle avait senti le malaise s'insinuer.

Celia détestait quand Carsten était ivre, elle le savait capable alors de raconter n'importe quoi. Il était imprévisible, un rien suffisait à retourner son humeur. Parfois, elle ne savait même pas ce qui n'allait pas.

Il lui avait fallu des années, mais à présent, elle reconnaissait les signes.

Son corps le savait aussi : son ventre se noua en le voyant ouvrir encore une bouteille.

Celia s'appuya à la façade, en espérant que la nuit qui commençait à tomber la dissimulerait à la vue des autres invités.

À côté de Carsten se tenait une femme aux cheveux blonds très longs, une Suédoise d'une trentaine d'années, de Trouville. Elle riait beaucoup trop fort aux plaisanteries de Carsten, on voyait qu'elle n'était pas particulièrement sobre non plus. Carsten posa un bras sur ses épaules, comme si c'était la chose la plus naturelle du monde.

Celia enfonça ses ongles dans la paume de sa main et se détourna.

Le disc-jockey était passé à une douce musique lounge qui swinguait dans la nuit. La nourriture avait été retirée des tables sur la plage, et remplacée par un bar où l'on servait divers whiskies et cognacs. Des douzaines de photophores étaient allumés le long de l'eau, et le brouhaha survolté s'était transformé en conversations feutrées. Ici et là, des rires éclataient, on pouffait de ravissement quand quelqu'un s'était fendu d'une histoire amusante. Plusieurs couples dansaient sur la plage.

Celia passait de groupe en groupe en évitant de croiser les regards, pour ne pas avoir à s'arrêter et à faire la conversation.

Elle cherchait Carsten.

Le soleil s'était couché et, même si la nuit n'était pas aussi noire que chez elle en Angleterre, elle avait du mal à voir dans la pénombre. Impossible de savoir qui était qui, parmi les silhouettes sombres installées dans les fauteuils sur la terrasse, la faible lueur des radiants à gaz n'y suffisait pas.

Celia avait un peu le vertige, elle savait qu'elle n'aurait pas dû boire autant de vin rouge et prendre plutôt quelque chose à manger au buffet. Mais elle n'avait pas d'appétit, et il était plus facile de prendre un nouveau verre plutôt que de se servir une assiette de nourriture.

En outre, le vin la détendait. Il dénouait ses nerfs vrillés et rendait la soirée supportable. Même si elle aurait dû s'abstenir, elle but une nouvelle gorgée de bordeaux rouge sombre. Elle laissa le vin lui emplir la bouche avant de l'avaler.

Elle n'avait pas pris de tranquillisant aujourd'hui, elle avait essayé de s'en passer, sachant qu'elle allait boire de l'alcool.

« Quelle maison fantastique vous avez construite », dit quelqu'un assis dans un des profonds fauteuils en rotin. Celia fit un sourire automatique, sans avoir la moindre idée de qui s'adressait à elle.

Combien de fois avait-elle entendu cette réplique au cours de la soirée ? Dix fois ? Vingt ?

Celia regarda autour d'elle, dans une dernière tentative pour trouver Carsten.

Il faisait vraiment sombre, à présent, la lanterne tout au bout du ponton jetait une ombre large sur le petit canot de Linda. Elle entendit une femme pouffer, quelques invités se dirigeaient vers la maison d'amis, leur coupe de champagne à la main.

Même si elle ne reconnaissait aucun des invités, elle ne voulait pas leur laisser voir qu'elle cherchait son mari. Elle descendit plutôt vers la plage et gagna le bar abondamment fourni, prit une bouteille de vin rouge et remplit à nouveau son verre.

Elle renversa quelques gouttes, mais n'y prêta pas attention.

Le ciel dégagé était rempli d'étoiles et un pâle croissant de lune pendait à l'horizon. Cela lui rappelait ses vacances, quand elle était petite et que toute la famille partait dans le sud des Cornouailles.

Elle était à présent au milieu d'étrangers, dans un pays qui n'était pas le sien. Celia but une grande gorgée de vin et remplit à nouveau son verre avant de repartir. Ses talons s'enfonçaient dans le sable. Avec un geste d'impatience, elle s'arrêta et posa son verre pour se déchausser.

Mais quand elle eut détaché les lanières, elle ne put s'empêcher de se retourner vers la maison. La façade éclairée avait un air de fête, mais hors du faisceau des projecteurs, tout était noir d'encre. Comme si quelqu'un avait brutalement coupé l'électricité.

On voit bien à l'intérieur, songea-t-elle.

On arrivait à distinguer les moindres détails dans la maison, tous les meubles, lampes et vases. La télé dans un coin, la cheminée dans l'autre, même un livre ouvert sur la table basse devant le canapé.

Celia reprit son verre de vin et en but la moitié d'un trait. Puis elle tourna le dos au bâtiment et regarda la mer.

Au loin, à l'horizon, la silhouette d'un voilier se déplaçait, avec une lanterne rouge. Il faisait route vers l'est. Loin de Sandhamn.

Lentement, Celia balaya du regard la plage déserte, en essayant de comprendre où était passé Carsten. Elle l'avait cherché partout.

Comment pouvait-il disparaître ainsi de sa propre fête ? Cela faisait déjà bien assez longtemps qu'il l'avait laissée se débrouiller toute seule au milieu de tous ces gens qui parlaient si vite qu'elle ne pouvait pas suivre.

Dans le noir, un point incandescent apparut, un peu plus loin sur la plage. Peut-être était-ce Carsten qui avait allumé un de ces cigarillos qu'il aimait tant ?

Soulagée, Celia pressa le pas en direction de la faible lueur. Ses chaussures se balançaient dans sa main.

« Carsten, appela-t-elle. C'est toi ? »

33.

Dimanche 14 juillet

Nora monta à l'étage et entra dans la chambre sans allumer la lumière. Julia passait la nuit chez ses grands-parents maternels, ils étaient seuls à la maison et pouvaient faire la grasse matinée.

Elle gagna la fenêtre, il faisait encore si sombre que les îles, au loin, se fondaient en une masse grise. Mais derrière Telegrafholmen, on devinait une faible lueur, pas beaucoup plus qu'une nuance de gris, qui chuchotait pourtant que le soleil allait se lever.

Nora avait les oreilles qui tintaient un peu, elle se dandina sur place au rythme de la mélodie qu'elle avait en tête.

Ses yeux commençaient à s'habituer à l'obscurité. Les bateaux apparurent près des pontons, parfaitement immobiles au bout de leurs amarres, sur une mer luisante et lisse comme de l'huile d'olive fraîchement pressée.

Des pas dans l'escalier.

« Ah, tu es là ? dit Jonas derrière elle.

– C'est si paisible ici, ce soir. N'est-ce pas que c'est beau ? »

Jonas passa les bras autour de la taille de Nora en entrelaçant les doigts sur son ventre. Il avait déjà ôté sa chemise : elle sentit la chaleur de son torse nu et des bras qui l'entouraient.

« Tu t'es amusée, ce soir ? dit-il en lui mordillant doucement le cou.

– Mmmh. »

Elle sentait encore le champagne dans son corps, elle en avait bu beaucoup plus qu'elle n'en avait l'habitude, mais elle ne se sentait pas mal. La soirée avait été vraiment agréable, à part les sorties bizarres d'Agaton. Carsten avait été charmant, et Celia d'une amabilité inattendue, même si elle semblait encore sur la réserve.

Jonas et Nora restèrent silencieux quelques secondes. Nora avait toujours en tête la dernière chanson qui passait avant qu'ils quittent la fête. Ils avaient dansé pieds nus sur la plage, serrés l'un contre l'autre.

« Tu ne comptais quand même pas aller dormir tout de suite ? »

La voix de Jonas, taquine et pleine d'espoir dans la pénombre. Aimée, irrésistible.

Il l'embrassa dans le cou et elle le sentit chercher à tâtons la fermeture éclair de sa robe. Là, d'un geste allant de soi, il la fit descendre, et la robe tomba en tas autour de ses pieds. Nora se pencha encore plus en arrière pour sentir son torse contre son dos.

Peau contre peau.

Au bout d'un moment, Jonas se mit à lui caresser les épaules. Il fit descendre la paume chaude de sa main vers l'omoplate, la colonne vertébrale, et remonta sous le soutien-gorge. Il lutta un peu avec le fermoir, mais finit par réussir à le défaire, et il tomba lui aussi à terre.

Nora se serra encore plus contre lui.

Il promenait à présent les doigts sur le dos de Nora, doux et caressant, continua vers le ventre, autour du nombril, descendit jusqu'à l'aine et remonta.

Elle sentait la chaleur de chaque bout de doigt partant à la découverte.

Nora se retourna et l'embrassa, d'abord lentement, puis plus passionnément.

« Viens, on se couche », murmura-t-elle en lui prenant la main pour s'éloigner de la fenêtre et reculer jusqu'au lit, où elle écarta vite la couette.

Quelque chose de chaud et humide s'était mis à sourdre.

Instinctivement, tous ses muscles se contractèrent, comme s'ils savaient déjà ce qui allait arriver.

Couchée sur le dos, Nora regarda Jonas, les yeux mi-clos. Ses cheveux étaient en bataille et il pelait un peu du nez. Il était beau, couché sur le côté, appuyé sur un coude, son visage tout près du sien.

Elle tendit la main vers son avant-bras aux muscles bandés et le caressa.

Ses repousses de barbe la piquèrent un peu quand il pressa sa bouche contre la sienne.

Une main légère comme la plume glissa sur sa hanche, se fraya un chemin sur son ventre, au-delà du nombril, entre ses cuisses.

Un point chaud et palpitant était en train de se former dans son bas-ventre, comme si tous ses vaisseaux travaillaient de concert à concentrer le sang en un endroit unique.

Un frisson parcourut tout son corps, et elle se tourna vers lui pour le sentir grandir contre sa cuisse.

Sa main glissa sur un de ses seins, et Nora leva l'épaule pour venir à sa rencontre. Son haleine était comme un souffle de vapeur d'eau sur la peau fine de sa clavicule.

Jonas fit lentement tourner sa langue sur sa peau, effleurant son ventre de ses lèvres.

Nora retomba sur l'oreiller.

« Je t'aime », chuchota-t-elle.

34.

L'heure du loup.

C'était bientôt l'heure où l'obscurité se retirait à l'approche de l'aube. De l'autre côté de l'île, le soleil allait bientôt se lever dans les brumes matinales, derrière la tour de Korsö.

Mais la nuit était encore là.

Les photophores avaient fini de se consumer, et le personnel du traiteur avait tout rangé avant de quitter Fyrudden. Les lampes étaient éteintes, les radiants au gaz coupés.

Les invités étaient rentrés chez eux.

La flamme jaune de l'étroit briquet se dessinait nettement devant la façade de la maison. Dans sa lueur, on voyait la porte d'entrée et les marches du perron. Des aiguilles de pin séchées se mêlaient aux bruyères piétinées.

Le briquet brûlait de sa flamme claire.

Puis elle vacilla, parut un instant sur le point d'être soufflée, alors qu'il n'y avait pas un brin de vent. Mais elle reprit, augmenta même d'intensité. Comme si elle savait ce qui l'attendait.

La main qui approchait le briquet du bardage ne tremblait pas.

D'abord, le bois résista à la flamme qui léchait sa surface nue. Le briquet s'éteignit. Il ne se ralluma qu'au bout de trois tentatives et on l'approcha du petit escalier de bois imprégné.

L'alcool fit alors son effet. Les marches de l'escalier et la porte en étaient aspergées, tout comme les quatre coins du bâtiment.

Sans crier gare, tout s'embrasa.

« Putain ! »

Le briquet vola et disparut, mais peu importait, il avait fait son office.

Le feu se propagea à une vitesse époustouflante, formant de violentes flammes qui mordirent bientôt la façade. En quelques secondes seulement, elles léchèrent l'escalier du perron, puis embrasèrent le chambranle de la porte avant de pénétrer dans l'entrée, vers le séjour et les chambres.

De l'autre côté du bâtiment, les flammes trouvèrent davantage de bois imprégné.

Une fumée noire s'éleva vers le ciel, une colonne qui puait la suie et le soufre. L'incendie changea alors d'apparence, les flammes abandonnèrent leur jaune clair pour prendre de profondes nuances orange, avec des pointes mauves. Les flammes croissaient à mesure qu'elles dévoraient davantage de combustible.

Comme une hydre, elles s'étendaient chaque seconde davantage dans toutes les directions.

L'escalier n'était plus qu'un squelette de bois incandescent dans la chaleur intense du brasier.

Un craquement retentit dans le grondement du feu. C'était la première vitre que la chaleur faisait exploser. Plusieurs autres volèrent en éclats ensemble.

Par les fenêtres éventrées des flots de fumée et de feu se déversèrent, aspirant avidement l'oxygène. Une pluie d'étincelles jaillit, jonchant le sol de braises et d'éclats de verre. Les aiguilles de pin commencèrent bientôt à se consumer tout autour.

Quelqu'un toussa dans une des chambres.

Puis le feu atteignit le toit.

35.

Dès qu'il accosta avec son Buster au ponton de Fyrudden, Thomas sentit la forte odeur de fumée. Il avait reçu l'appel du central régional quarante minutes plus tôt. Comme il était sur l'île voisine de Harö, il ne lui avait pas fallu longtemps pour sauter dans ses vêtements et faire la traversée jusqu'à Sandhamn.

Devant les restes calcinés, il essaya de se faire une première impression d'ensemble. Ses yeux pleuraient à cause de la fumée. Il cligna plusieurs fois, en vain.

En bruit de fond, d'idylliques gazouillis : on ne pouvait pas exiger des petits oiseaux un silence respectueux.

Il était dix heures, et la lumière claire du matin dévoilait les moindres détails de la dévastation.

Les débris de la maison fumaient encore. Le sol était couvert de suie. Ici et là, on apercevait les poutres carbonisées de cloisons effondrées. Dans un coin, des bouts de métal tordus : Thomas devina qu'il devait y avoir eu là une salle de bains. Une souche dans un coin maçonné suggérait une cheminée.

Un large cercle de terrain autour de l'incendie avait complètement brûlé.

Ça aurait pu être bien pire si le feu n'avait pas été circonscrit, se dit-il. S'il avait pris dans les bâtiments adjacents ou si la forêt s'était embrasée. Tout était très sec en cette saison.

C'était probablement grâce à l'intervention du corps des

pompiers volontaires de Sandhamn. Il avait déjà échangé quelques mots avec leur chef.

Leur jeep rouge était garée un peu plus loin. Autour de l'habitacle, quelques insulaires qui avaient participé à l'extinction de l'incendie conversaient à voix basse.

Staffan Nilsson, le technicien le plus expérimenté de la police de Nacka, vint à la rencontre de Thomas. Ils se connaissaient bien, travaillaient ensemble depuis des années.

« Où est la famille ? demanda Thomas.

– Là-bas, dans la grande maison. »

Plus loin, Thomas aperçut Adrian Karlsson, un agent de police qu'il connaissait de vue. Il s'approcha, essuyant un peu de suie de son front.

« On vient de me dire que ton collègue arrive, dit Adrian quand il l'eut rejoint. Le bateau de la police l'a récupéré à Stavsnäs. Mais tu as été plus rapide.

– Aram vient de la terre ferme, expliqua Thomas. Harö est plus près, surtout si on a son propre bateau. »

Nilsson se racla la gorge.

« Le corps est de l'autre côté. Derrière la cloison effondrée. Tu veux jeter un œil tout de suite ? »

Thomas hocha la tête.

« C'est pas beau à voir », prévint Nilsson en soulevant la rubalise bleu et blanc qui cernait la zone.

Adrian Karlsson parut se blinder, on le voyait presque fermer la bouche et les narines.

« C'est ici, dit Nilsson en s'écartant pour céder le passage à Thomas. Putain, c'est moche. »

Devant eux, un corps calciné gisait sur le ventre, les genoux repliés sous lui. Il était noir de suie, impossible de distinguer aucun trait du visage, et les mains n'étaient que des moignons.

De ses vêtements ne subsistait rien d'autre que des lambeaux formant un grotesque patchwork rouge et blanc. Presque tout avait brûlé ou disparu, comme si les tissus, les muscles et la graisse s'étaient dissipés et fondus avec les os du squelette.

La tête était légèrement de côté, avec des trous béants à la place des yeux. Le corps carbonisé s'était figé en position fœtale.

L'odeur prenait à la gorge, âcre et douceâtre.

Thomas fit la grimace et ne put s'empêcher de détourner la tête. Il se fit violence pour se concentrer sur les aspects techniques de l'enquête.

Comment était orienté le corps ? Le mort avait-il tenté de s'enfuir en rampant avant de s'effondrer sous l'effet de la chaleur et de la fumée ? Ou bien la personne avait-elle été surprise si brusquement dans son sommeil qu'elle n'avait pas eu le temps de se réveiller ?

Il n'avait pour l'heure aucune réponse à ces questions, mais il espérait que Staffan Nilsson en donnerait quelques-unes dès aujourd'hui. Ce serait bien de ne pas avoir à attendre plusieurs jours des résultats du laboratoire.

Il y avait avant tout une question qui appelait une réponse : s'agissait-il d'une enquête criminelle, ou d'un accident ?

Nilsson montra le cadavre :

« J'ai un peu causé avec le chef des pompiers de l'île. Il dit que ça brûlait sur les quatre côtés de la maison à leur arrivée. »

Le feu avait été découvert par un homme sorti promener son chien inhabituellement tôt, juste avant l'aube. Mais la maison n'avait pas pu être sauvée. Les pompiers s'étaient concentrés sur la protection des environs.

« Impossible d'identifier de foyer d'incendie à l'intérieur », dit Nilsson en regardant les restes calcinés de la maison.

Thomas savait ce que cela signifiait : le feu avait commencé dehors.

Il avait pleine confiance dans le jugement de Nilsson.

« Tu penses que c'est un incendie volontaire ?

– J'ai pris des échantillons, mais on devrait aussi faire venir un chien. On serait tout de suite fixés, sinon il faudra attendre des semaines pour les analyses. »

Un chien marquerait la présence d'un liquide inflammable. Les capacités des chiens de la police étaient impressionnantes, parfois à la limite du surnaturel.

« On devrait pouvoir en faire venir un d'ici quelques heures. Je m'en occupe.

– Tu penses que c'est un homme, ou une femme ? » demanda Adrian Karlsson derrière lui. Thomas remarqua qu'il évitait de rester sous le vent.

« Et toi, qu'est-ce que tu en dis ? » Dommage qu'il n'y ait pas plus d'indices, des chaussures ou des vêtements.

« Difficile de savoir, avec cette position repliée », répondit Adrian.

Thomas s'accroupit, en s'approchant au plus près sans risquer de détruire quoi que ce soit. C'était presque insoutenable, il dut se pincer le nez pour éviter le haut-le-cœur. Il essaya de respirer par la bouche et se concentra sur l'examen des restes carbonisés. Il ne voulait pas penser que, quelques heures plus tôt, ça avait été une personne vivante.

Derrière ce qui avait probablement été l'oreille droite du mort, à présent écrasée contre le sol noirci de suie, quelque chose brillait.

Il se pencha pour mieux voir.

Les restes d'un verre. Une coupe à champagne ?

Il regarda de nouveau le corps. C'était un homme, pensa Thomas. Il en avait la certitude, malgré l'absence de preuves.

Un homme qui était vivant quand l'incendie s'était déclaré.

36.

La vedette Skerfe de la police accosta tout au bout du ponton. Aram en débarqua et fit un signe à Thomas, tandis qu'elle reculait et repartait vers l'ouest, vers la terre ferme. C'était un vaste secteur, et la police disposait de peu de bateaux.

Thomas s'avança sur le ponton pour saluer son collègue d'une solide poignée de main.

« Bienvenue, dit-il. Comme d'habitude, tu étais attendu. »

Aram haussa un sourcil.

« Tu ne devais pas commencer tes vacances ce week-end ? » s'étonna-t-il.

Thomas haussa les épaules et retourna vers le rivage.

« C'est comment ?

– Tu vas voir par toi-même. »

Il valait mieux qu'Aram se fasse lui-même une idée de la situation. Thomas n'avait pas besoin de lui décrire les détails macabres, il les verrait bientôt de ses propres yeux.

Thomas se demanda si l'image du corps carbonisé le hanterait lui aussi ce soir, avant de trouver le sommeil.

« Je n'ai jamais aimé les incendies », dit Aram.

C'était un matin sans vent. Aucune brise fraîche n'avait dissipé l'épaisse fumée qui stagnait comme un couvercle au-dessus de la plage de Fyrudden.

« Ça pue », dit-il en sortant ses lunettes noires de pilote.

Sous son pull à col en V, il portait comme d'habitude une chemise blanche.

« Ça ne va pas aller en s'arrangeant, dit Thomas.
– J'imagine.
– On ira parler avec la famille, quand tu auras jeté un coup d'œil ? Je voulais t'attendre pour ça. »

Thomas le précéda pour lui indiquer le lieu de l'incendie. Comme si Aram ne l'avait pas compris tout seul, à la fumée résiduelle qui continuait à monter vers le ciel.

« Tu as trouvé quelque chose sur les propriétaires » ? lui demanda-t-il. Aram hocha la tête.

« J'ai fait ce que j'ai pu dans le bateau. Le bien appartient à un certain Carsten Jonsson. Suédois de l'étranger, installé à Londres depuis des années. La famille est aisée, mais ça, tu l'avais sans doute déjà pigé en voyant cette baraque. »

Thomas embrassa du regard les fauteuils sur la terrasse, les pots de fleurs décoratifs disposés un peu partout.

« Son épouse s'appelle Celia Jonsson, continua Aram. Citoyenne britannique. Deux enfants, Oliver, sept ans, et Sarah, quatre. Les deux gamins ont la double nationalité. »

Il fit un large geste de la main droite.

« Tout ce que tu vois ici est neuf. Ils ont à peine eu le temps d'emménager, c'est leur premier été à Sandhamn. »

Quantité de mégots jonchaient la plage, et une bouteille vide flottait à la lisière de l'eau. Un peu plus loin, deux verres cassés étaient à moitié enterrés dans le sable en compagnie de quelques canettes de bière.

« Il y a eu une fête ? »

Thomas hocha la tête.

« Les pompiers ont dit qu'ils pendaient la crémaillère hier soir. Visiblement, c'était un sacré raout. Une centaine de personnes qui ont fait la fête toute la nuit. »

Aram se gratta le menton, où une partie mal rasée montrait qu'il était lui aussi parti précipitamment après avoir reçu l'alarme.

« Tu crois que quelque chose a pu dérailler ?
– Trop tôt pour le dire. Mais Nilsson pense que l'incendie est d'origine criminelle. »

37.

Thomas frappa à la porte d'entrée. Au moins, la famille avait encore sa maison, pensa-t-il. Si le feu s'était propagé, le bilan aurait pu être bien pire, humain comme matériel.

Mais il réalisait que c'était pour l'heure une pauvre consolation.

Comme s'il avait lu dans les pensées de Thomas, Aram dit à voix basse :

« Cette baraque aurait fait une sacrée flambée, si le feu y avait pris aussi. On mettrait bien quatre appartements sur cette surface. »

La porte s'ouvrit. Sur le seuil, une femme mince et pâle. Ses cheveux étaient négligemment attachés sur la nuque, son visage couvert de rougeurs.

Thomas se présenta, ainsi qu'Aram.

« Celia Jonsson, dit la femme avec un accent anglais.

– Pouvons-nous nous asseoir quelque part pour parler ? demanda Thomas.

– *Of course*, murmura la femme, avant de se reprendre : Naturellement. Entrez. »

Thomas nota avec un certain soulagement qu'elle parlait suédois : lui, son anglais scolaire laissait à désirer.

En entrant dans le séjour, ils trouvèrent deux enfants blottis sur le canapé en compagnie d'une jeune fille d'une vingtaine d'années. Elle leur faisait la lecture, ça ressemblait à *Fifi Brindacier dans les mers du Sud.* La petite fille semblait presque du même âge qu'Elin.

La jeune fille, en T-shirt et pantalon de survêtement, était encore plus pâle que son employeuse, si la chose était possible.

« Voici Maria, notre baby-sitter », dit Celia Jonsson. Son accent anglais était à présent très marqué. « Maria est suédoise. »

Les yeux de Celia se mirent à papilloter.

Thomas sentait qu'elle ne voulait pas parler de l'incendie devant les enfants. Mais l'esprit loft de l'agencement intérieur ne permettait pas de conversation privée.

« Et si nous nous mettions sur la terrasse ? proposa-t-il. Comme ça, on ne dérangera pas la lecture. »

Celia se tourna pour ouvrir les portes de verre. Elle choisit le fauteuil le plus proche de la fenêtre, de façon à garder un œil sur son fils et sa fille.

« Votre mari est-il par ici ? commença Thomas. Nous aurions besoin de lui parler, à lui aussi.

– Je ne sais pas où il est », murmura Celia, si bas qu'on la comprenait à peine.

Thomas dut se pencher en avant pour mieux l'entendre.

« Il n'est pas à la maison, dit-elle un peu plus fort. Je ne l'ai pas vu aujourd'hui. »

Les rougeurs de son visage se propagèrent au cou et à la poitrine.

Thomas sentit son cœur se serrer.

« Quand l'avez-vous vu pour la dernière fois ? demanda Aram en sortant son carnet noir qu'il ouvrit en détachant son fermoir à élastique.

– Hier soir. Nous donnions une grande fête, pour inaugurer notre belle grande maison toute neuve. »

Le rire amer qui suivit était inattendu.

« Pouvez-vous préciser ? » demanda prudemment Thomas.

Celia se passa la main sur le front.

« C'était autour de onze heures. Je l'ai cherché un peu plus tard, vers minuit, sans réussir à le trouver. À un moment, j'ai cru le voir sur la plage, mais je m'étais trompée.

– Comment ça ? dit Aram, tout aussi prudemment que Thomas.

– Ce n'était pas mon mari. C'était quelqu'un d'autre qui fumait. J'avais mal vu.

– Et qu'avez-vous fait, alors ? »

Sa fragilité disparut.

« Rien. »

Il y avait à présent quelque chose de plus dans sa voix, qui ressemblait à de la fureur. Quels étaient les rapports entre les époux ?

« Je suis allée me coucher, lâcha Celia. Puisque je pensais qu'il était parti avec... »

Elle s'interrompit.

« Où ? demanda Aram.

– Ça n'a pas d'importance.

– Vous voulez dire qu'il était en compagnie de quelqu'un ? »

Celia tarda à répondre.

« Je ne sais pas », finit-elle par dire.

Thomas espérait qu'elle leur donnerait une forme d'explication. Comme elle ne disait rien, Aram demanda :

« Et ensuite, que s'est-il passé ? Après que vous êtes allée vous coucher ?

– J'ai été réveillée quelques heures plus tard, on tambourinait à la porte. Un homme a dit que la maison d'amis était en train de brûler. »

Celia se prit la gorge.

« Mon Dieu, nous aurions pu brûler nous aussi. Imaginez que quelque chose soit arrivé à Sarah ou Oliver... J'ai eu si peur. J'ai cru que le feu allait prendre ici aussi.

– Je comprends ça, dit Thomas. Ça a dû être vraiment horrible. Vous avez le courage de continuer à nous raconter ? »

Celia cligna plusieurs fois des yeux.

« Maria s'était réveillée elle aussi. Ensemble, nous avons levé les enfants pour les faire sortir de la maison, nous n'osions pas rester à l'intérieur, en cas de propagation du feu. Puis nous avons attendu ici, sur la terrasse, pour qu'Oliver et Sarah ne voient pas les flammes et le travail des pompiers. »

Elle montra un tas de couvertures dans un coin.

« Je ne voulais pas qu'ils aient encore plus peur.

– Avez-vous essayé de joindre votre mari ? demanda Aram. Lui avez-vous téléphoné ?

– Oui, naturellement. Mais ça ne servait à rien, son portable était sur la commode de notre chambre.

– Laisse-t-il son téléphone comme ça, d'habitude ?

– Il est en charge. »

Ça ne voulait pas forcément dire grand-chose, pensa Thomas. Ce n'était pas une preuve que le mort soit le mari de Celia.

« Avez-vous une photo de lui, que nous puissions voir à quoi il ressemble ? » demanda-t-il.

Celia essuya quelques larmes. Elle se leva et disparut dans la maison. Elle revint une minute plus tard, un portable à la main, où elle fit s'afficher une image.

« Le voilà », dit-elle en leur montrant une photo qui devait avoir été prise à Sandhamn tout récemment.

Carsten Jonsson était sur le ponton, Oliver à côté de lui. Il était bronzé et souriait gaiement à l'objectif. Son fils portait une casquette bleue et un gilet de sauvetage.

Thomas savait qu'ils étaient obligés de parler à Celia du corps brûlé. Pour l'heure, ils n'avaient aucune certitude sur son identité. Mais il ne pouvait pas ne pas l'informer.

« Je dois malheureusement vous apprendre une nouvelle qui n'est pas facile à entendre. Dans les débris de votre maison d'amis, nous avons trouvé une personne qui est décédée lors de l'incendie.

– C'est Carsten ? »

Celia devint livide.

« Impossible à ce stade de dire s'il s'agit de votre mari, dit Thomas, conscient que ce qu'il était tenu d'ajouter aller empirer les choses. Mais il peut s'agir du corps d'un homme. »

Celia lâcha un gémissement.

« Malheureusement, le corps est trop carbonisé pour pouvoir être identifié, se dépêcha de continuer Thomas. Mais nous aurions besoin de savoir si Carsten avait des signes distinctifs qui pourraient nous aider à savoir si c'est lui ou non.

– Oh, mon Dieu », chuchota Celia, avant de s'effondrer.

38.

Aram Gorgis jeta un coup d'œil à sa montre : ils étaient déjà sur place depuis plusieurs heures. Celia n'avait pas eu la force de continuer. Ils étaient à présent avec Maria, la baby-sitter.

Elle venait de leur dire qu'elle dormait quand on avait tambouriné à la porte.

« As-tu remarqué quelque chose d'inhabituel, hier soir ? demanda Aram. Quelqu'un, parmi les invités ou le personnel du traiteur, qui aurait eu un comportement louche ou menaçant ?

– Non. »

Maria serra un coin de l'ample sweat-shirt qu'elle avait tortillé en nœud dans sa main.

« Je me suis surtout occupée de Sarah et Oliver, pour qu'ils ne dérangent pas Celia et Carsten, dit-elle.

– Quelle était l'atmosphère entre les époux, pendant la fête ? demanda Aram.

– Comme ça. »

Maria tripota son nœud de tissu. Aram eut la nette impression qu'elle gardait quelque chose pour elle.

« Peux-tu développer ?

– Ils se sont pas mal disputés au sujet de cette maison.

– Comment ça ?

– Celia ne voulait pas d'une maison en Suède. Mais Carsten avait décidé qu'ils passeraient l'été ici.

– C'est lui qui prend les décisions, dans la famille ? »

Maria hocha la tête.

« La plupart du temps. Celia le contredit rarement, surtout en ma présence, mais après, elle peut être triste, et l'ambiance est bizarre. Carsten se fâche de la voir faire la tête. »

Aram décida de poser une question directe.

« Qu'est-ce que tu penses vraiment de Carsten ? »

Maria fit tourner le tissu dans sa main.

« Je ne lui dirai rien, la rassura Aram. Ne t'inquiète pas.

– Carsten a l'air très sympathique quand on le rencontre pour la première fois.

– Mais… ? tenta Aram.

– Il n'est pas tout le temps gentil, dit-elle après une longue pause. Quand il est stressé ou qu'il a bu, il peut être cassant. Il lance des petites piques à Celia, lui fait des remarques, même en présence des enfants. En plus, il travaille tout le temps et est très souvent absent.

– T'a-t-il semblé stressé, ces derniers temps ? »

La baby-sitter hocha de nouveau la tête.

« Vendredi dernier, il a veillé la moitié de la nuit. Je me suis levée pour aller chercher un peu d'eau vers trois heures, et il était en train de boire sur la terrasse. Il avait une bouteille de whisky à moitié vide à côté de lui. »

Aram toussa.

« Peux-tu nous en dire davantage sur cette fête ? Tu ne te souviens de rien de particulier que tu aurais remarqué, hier ?

– Non. Une fois les enfants endormis, je suis allée moi aussi me coucher.

– Ce n'était pas difficile de dormir avec toute cette agitation dehors ?

– Si. Mais j'étais fatiguée, alors je me suis quand même endormie. Je n'ai pas très bien dormi, ces derniers temps. »

Elle tira encore un peu sur sa manche.

« Comment ça se fait ? Que tu aies du mal à dormir, je veux dire. »

Maria lorgna vers la fenêtre de la chambre de Celia.

« Tu peux tout nous dire, dit Aram en s'efforçant de lui

inspirer confiance. Ne t'inquiète pas de ce que tu diras à la police. Il est important que nous en sachions le plus possible, pour que nous puissions comprendre ce qui s'est passé cette nuit, au moment de l'incendie.

– Il y a eu quelque chose de pénible, mercredi dernier. »

Maria lâcha son sweat-shirt et glissa ses mains sous ses cuisses. Elle remonta tant les épaules que son dos se voûta.

« Vas-y, tu peux nous en dire davantage », l'encouragea Aram.

Maria lorgna de nouveau du côté de la chambre avant de répondre.

« Au moment de partir accompagner Sarah à son cours de natation mercredi matin, j'ai… j'ai trouvé un oiseau mort devant la porte d'entrée.

– Comment ça, un oiseau mort ? demanda Aram, imaginant un pinson qui se serait cogné à la vitre.

– C'était une mouette morte. Quelqu'un lui avait tranché le cou. »

Aram sursauta, mais Maria ne sembla pas le remarquer. Elle continua, tête basse.

« Elle était couverte de sang. C'était tellement affreux. Mais Carsten m'a strictement interdit d'en parler à Celia. Ni de l'oiseau ni du papier.

– Quel papier ?

– Il y avait un mot à côté. On y avait écrit : *PARTEZ D'ICI !* »

Maria déglutit.

Ça ne pouvait pas être plus clair.

« Je t'ai bien comprise ? dit Aram. Celia ne sait rien de tout ça ?

– Linda m'a dit que Carsten ne voulait pas. Je n'ai pas osé poser d'autres questions.

– Qui est Linda ?

– C'est leur gouvernante. Elle s'occupe de la lessive, du ménage, tout ça. »

Ils avaient donc aussi une gouvernante.

« Linda comment ?

– Je ne me souviens pas. Je crois qu'elle habite sur une autre île, parce qu'elle vient tous les jours avec son canot.

– Ce n'est pas grave, dit Aram. De toute façon, nous trouverons sûrement son nom. »

Aram regarda à la dérobée Thomas, resté silencieux depuis le début de l'entretien. Il avait à peine réagi quand elle avait parlé de l'oiseau, tant il paraissait perdu dans ses pensées.

Aram se tourna à nouveau vers Maria.

« Vous vous entendez bien ? »

Maria se tortilla sur place.

« Elle est vieille, sûrement quarante ans, genre. »

Aram ne put s'empêcher de sourire.

Il nota qu'il leur faudrait au plus vite s'entretenir avec cette Linda dont on ignorait le nom. Celia le connaissait sans doute.

Le portable de Thomas vibra. Il lut le sms et le montra à Aram. C'était de Staffan Nilsson.

Venez voir un truc, quand vous aurez fini.

« Est-ce que d'autres personnes habitent ici ? demanda Aram. À part toi et la famille ? »

Maria haussa les épaules.

« Il y a plein d'ouvriers polonais aussi, c'est eux qui ont tout construit. Ils logent dans la maison d'amis pendant la semaine.

– Sais-tu s'ils étaient là hier ?

– Je crois qu'ils sont rentrés en ville dans l'après-midi, à cause de la fête. J'ai entendu Carsten dire qu'il ne voulait pas qu'ils dérangent en restant ici.

– Cet oiseau, intervint Thomas à l'improviste. Que s'est-il passé après sa découverte ?

– Rien, je crois.

– Personne n'a porté plainte ?

– Je ne sais pas. »

Maria sembla encore plus malheureuse, comme si c'était sa faute si elle ne savait pas.

Un oiseau mort sur l'escalier, songea Aram. Était-ce le signe d'une menace sérieuse, ou une façon particulièrement dégoûtante de tenter de chasser cette famille ? Il aurait bien aimé voir ce papier.

Thomas se mit à tambouriner lentement du bout des doigts. Il regarda du côté de la maison calcinée.

« Je peux finir, ici », dit Aram.

Thomas se leva.

« J'aurai peut-être à te reparler plus tard, dit-il à Maria en lui tendant sa carte. Si quelque chose d'autre te revient, n'hésite pas à appeler. Mon numéro est là. »

Maria prit la carte comme si elle ne comprenait pas bien quoi en faire.

Du coin de l'œil, Aram aperçut une ombre derrière le rideau de la chambre, en face d'eux. Était-ce Celia qui les observait en cachette ?

39.

« Comment ça va ? » demanda Thomas à Staffan Nilsson qui triturait quelque chose dans la cendre, agenouillé.

Quel soulagement d'échapper à l'audition de la babysitter. Après avoir parlé avec Celia, il avait eu du mal à se concentrer, à poser les questions adéquates. Aram avait dû tout se coltiner.

Thomas savait qu'il était resté en retrait, mais l'effondrement de Celia lui rappelait une fois de plus combien il était dur de faire face au chagrin et à la confusion des victimes. À toutes leurs questions qui exigeaient des réponses qu'il était incapable de leur donner.

Ils se trouvaient à l'arrière de la maison ravagée par le feu, à quelque distance du cadavre qui allait bientôt être transporté par la police maritime vers l'institut médicolégal de Solna. Åsa, l'autre technicienne de la police scientifique, s'activait à photographier les restes de murs calcinés.

Thomas espérait que le sms de Nilsson n'allait pas l'obliger à approcher le mort de trop près. Il s'était très intentionnellement placé dos au corps, pour ne pas l'avoir dans son champ de vision. Ce n'était pas la première fois qu'il était confronté à un cadavre carbonisé, mais aujourd'hui, c'était plus dur que d'habitude.

Tout était plus dur.

« Bon, alors, là, nous avons matière à réflexion », dit Nilsson.

Thomas se souvint que Nilsson avait écrit quelques articles sur les pyromanes et les incendies criminels, c'était sa spécialité.

« Qu'est-ce que tu veux dire ? » demanda-t-il en regardant ce que le technicien était en train d'examiner.

Pour Thomas, ça ressemblait surtout à de la cendre grise, mais Nilsson avait l'œil.

Sans répondre, celui-ci se retourna vers un sac contenant divers échantillons qui devaient retourner à Nacka. Il en sortit un sachet translucide contenant quelque chose de noir et sale, qu'il montra à Thomas.

En regardant de plus près, Thomas découvrit un éclat argenté sous la suie, du métal noirci à une extrémité.

Il comprit alors : c'était l'étui à moitié fondu d'un briquet. Son intérêt s'éveilla. Assez curieusement, il était plus facile de se concentrer sur des choses inanimées.

« Qu'est-ce que tu penses que ça peut être ? demanda Staffan Nilsson en tendant le sachet pour que Thomas voie mieux.

– Probablement un briquet, dit Thomas, pour répondre à cette question rhétorique.

– C'est ce que je pense aussi. » Nilsson prit une mine satisfaite. « Ce serait intéressant de savoir pourquoi ce briquet-là a atterri ici, non ? Il était coincé sous une des briques des fondations, sans quoi il aurait sans doute été totalement détruit par la chaleur.

– Quelqu'un peut l'avoir perdu à une autre occasion ? proposa à tout hasard Thomas.

– Tout est possible », dit Nilsson en remettant le sachet dans le grand sac plastique d'échantillons à analyser.

Un aboiement vif retentit soudain. Le chien de la police faisait son travail. Une chance qu'il ait pu être amené si vite sur place.

Staffan Nilsson fit un geste en direction du chien.

« Il a marqué du liquide inflammable à plusieurs endroits, dit-il. Viens, je vais te montrer. »

Nilsson se dirigea vers un pignon de la maison, ou plutôt

ce qu'il en restait, puis continua jusqu'à ce qui avait été l'entrée. Il s'arrêta devant les débris d'un escalier carbonisé. Il était dos à la mer. Sur sa droite, plus près de l'eau, se trouvait la grande maison.

« Cet escalier menait à la porte d'entrée, dit Nilsson. La chienne a très vivement marqué cet endroit et, comme tu le vois, les planches ont été exposées à une telle chaleur qu'elles ont été carbonisées. Très probablement, à l'analyse, nous allons y déceler des traces de liquide inflammable. »

Les murs effondrés et la souche de cheminée étaient tout ce qui restait de la maison, tout le reste avait été réduit en cendres.

« En outre, l'embrasement semble avoir été très rapide, et le front de feu très étendu. La propagation rapide des flammes et l'intensité de l'incendie indiquent aussi la présence d'un liquide inflammable répandu sur de larges surfaces. »

Thomas devinait où il voulait en venir.

« Je parierais une bonne bouteille que cet incendie ne s'est pas déclenché naturellement, dit Nilsson. Son auteur a dû imprégner la façade en plusieurs points pour être certain que le feu prenne bien.

– Combien il en a fallu, à ton avis ?

– Difficile à dire à ce stade. Les analyses indiqueront la profondeur d'infiltration, qui dépend de la quantité de liquide et de sa viscosité.

– Parlons-nous d'un litre, ou de cinq ? insista Thomas.

– Probablement plusieurs litres, dit Nilsson en tirant un peu sur le gant en plastique qui avait glissé sur son poignet. En tout cas assez pour s'assurer qu'il ne resterait plus rien après l'incendie. »

Thomas examina les débris en essayant d'avoir le regard de Nilsson.

« De quoi parlons-nous ? » dit-il, pensant un instant sentir une odeur de chair brûlée reconnaissable entre toutes, même si ce devait être son propre cerveau qui lui jouait un tour. « De l'essence ?

– Beaucoup de choses tendent à le faire penser, mais ça peut être tout simplement de l'alcool à brûler, celui qu'on utilise pour les barbecues. Mais l'essence est ce qu'on utilise de loin le plus souvent lors des incendies criminels. D'après des statistiques américaines, cinq fois plus souvent que d'autres liquides inflammables. »

Il se balança un peu d'un pied sur l'autre, comme s'il donnait un cours magistral.

« Il est facile de s'en procurer, et c'est particulièrement efficace, si tu vois ce que je veux dire.

– Surtout en combinaison avec un briquet », ne put s'empêcher de faire remarquer Thomas.

Nilsson jeta un coup d'œil vers le sac plastique.

« Cette trouvaille ne diminue pas la probabilité, non ? »

Pour Thomas, c'était une confirmation suffisante : quelqu'un avait volontairement mis le feu à la maison d'amis de la famille Jonsson.

« Autre chose, dit-il à Staffan Nilsson. Qu'est-ce que tu penses du corps ?

– Tu veux dire le gars qui a brûlé là-dedans ?

– C'est donc un homme ? Tu en es sûr, vu son état ? Je ne m'y suis pas risqué.

– Je pense que c'est ce que le légiste va confirmer, dit Staffan Nilsson. La mâchoire et l'os occipital me donnent cette impression. Et à défaut d'autre chose, l'os du pubis nous donnera la réponse, il diffère nettement entre hommes et femmes. Comme tu le pensais, il avait près de lui ce qui ressemble à une coupe à champagne. Il y a un risque assez fort qu'il s'agisse d'un des participants de la fête. »

Nilsson est bon, se dit une fois de plus Thomas : il faisait autant confiance à l'instinct du technicien qu'à ses trouvailles matérielles.

Un bruit de moteur fit se retourner Thomas. Le bateau

de la police venait d'accoster pour prendre en charge le corps.

Thomas était bien content de ne pas avoir à s'en occuper.

« Comment ça s'est passé avec la famille ? demanda Nilsson. Est-ce que tu as pu te faire une idée de l'identité du mort ?

– Le mari manque à l'appel. Sa femme ne l'a pas vu depuis hier soir. Et il n'a pas non plus donné de nouvelles. Son portable est resté dans la maison.

– Ouille, ça ne se présente pas bien.

– Non. Elle a craqué, tout à l'heure, et elle se repose pour le moment. Il faut que je continue à l'interroger le plus vite possible.

– Mais tu ne sais pas pourquoi il serait allé se coucher dans la maison d'amis ? Ils s'étaient disputés ?

– D'après la baby-sitter, ils se disputaient au sujet de cette nouvelle maison, dit Thomas. De toute évidence, sa femme n'aime pas séjourner sur l'île.

– Tu crois qu'elle aurait pu mettre le feu à la maison, pour lui faire une leçon ? »

Le commentaire brutal de Nilsson figea Thomas sur place. Il n'avait pas pensé à ça. Le technicien allait reprendre son appareil photo, mais Thomas l'arrêta.

« Une dernière question au sujet du cadavre. Est-ce que tu saurais me dire s'il était vivant ou mort quand l'incendie s'est déclenché ? »

Nilsson secoua la tête.

« Ce n'est pas mon domaine, tu le sais bien. Il va falloir attendre l'autopsie. »

Thomas s'attendait à cette réponse. Même s'il en avait espéré une autre. Mais il était inutile de mettre la pression à Nilsson.

« Une chose est cependant certaine, ajouta le technicien, comme en passant, tandis qu'il mettait au point son objectif. Celui qui est responsable de ça voulait provoquer une bonne flambée. Ça a été fait très efficacement, sans quoi le feu ne se serait pas propagé si fort et si vite. »

Des cendres flottaient encore dans l'air. La jeep des pompiers était repartie avec les volontaires. La verdure estivale encadrait les débris couverts de suie qu'ils parcouraient.

Est-ce fini ? se demanda Thomas. Ou n'est-ce qu'un début ?

40.

À son réveil, il avait mal à la tête, comme si quelqu'un lui avait enfoncé un gros clou dans le front. Ses tempes palpitaient, sa langue était sèche et rêche. Il avait un mauvais goût dans la bouche, il avait beaucoup trop fumé.

Il se redressa sur un coude pour essayer de s'orienter. Il était sur la plage, à même le sol, à l'ombre d'un buisson luxuriant. Quelques branches lui piquèrent la joue quand il se retourna.

Il devait s'être endormi là dans la soirée.

Combien avait-il bu ? Il ne voulait pas le savoir, mais c'était sûrement beaucoup trop.

Épuisé, il se laissa retomber sur le sable humide. Sa chemise était froide et collante dans le dos. Là, tout de suite, il aurait fait n'importe quoi pour une bouteille de Coca-Cola, mais réalisait en même temps qu'il n'aurait probablement pas eu la force de la porter à sa bouche. Il se passa la langue sur les lèvres, sans produire la moindre salive. Ses muqueuses étaient aussi sèches que du papier de verre.

Une violente nausée s'empara de lui. Il eut tout juste le temps de tourner la tête avant de déverser une cascade de vomi aigre. Son estomac se retournait tout seul. À genoux, il espérait que chaque renvoi serait le dernier. Il finit par retomber sur le côté. Ce n'est qu'au bout d'un long moment qu'il parvint à s'essuyer la bouche avec la manche de sa chemise.

Il aurait fallu se lever, rentrer à la maison, mais il ne parvint qu'à se déplacer de quelques mètres pour s'éloigner de la flaque malodorante que son vomi avait formé dans le sable.

Carsten Jonsson retomba sur le dos et fixa le ciel bleu.

Le soleil brillait, ce devait être le matin. Mais était-ce encore avant le déjeuner ?

Voulait-il le savoir ?

Il avait perdu le contrôle, hier soir.

C'était à cause de cette blonde de Trouville. Avec son décolleté profond et ses cheveux qui lui tombaient sur les épaules. Aucun doute qu'elle avait envie elle aussi. Une bouteille de champagne à la main, il l'avait invitée à goûter les bulles. Elle avait ri et l'avait suivi sans réserve.

Ils s'étaient éloignés en titubant, tandis que la fête battait son plein. Personne ne les avait vus s'éclipser ensemble. La nuit, tous les chats sont gris.

Ils étaient aussi ivres l'un que l'autre : elle n'avait pas protesté quand il avait glissé une main dans son décolleté et l'avait promenée sur sa douce poitrine ronde. Il avait fini par lui ôter sa robe légère, lui baisser la culotte et ouvrir sa braguette.

Est-ce que ça avait été bien ?

Il n'en avait aucune idée, il ne se rappelait pas grand-chose de plus que ça. Il ne se souvenait même pas si elle était partie, ou si c'était lui qui s'était endormi. Tout se mélangeait en petits fragments, avec des éclats de la soirée de la veille.

Le brouhaha, les invités qui allaient et venaient dans la nuit d'été. Des tintements de verres, des bouteilles qu'on vidait. Des corps chauds, en sueur, qui dansaient sur la musique.

Mais il se souvenait que le temps s'était parfois suspendu. Désorienté, il avait regardé tous ces gens qui faisaient la fête, sans comprendre ce qu'ils faisaient là.

Il avait fait de son mieux pour refouler l'angoisse qui l'oppressait, s'était resservi à boire, avait ouvert une autre bouteille de champagne. Bien décidé à s'abandonner à nouveau à la fête.

Quelque chose perçait la forte puanteur de vomi. Carsten essaya de remettre en marche son cerveau embrumé, de comprendre d'où venait cette odeur entêtante.

Ça sentait la fumée, le brûlé, comme si quelqu'un avait fait un grand feu, tout près.

41.

On frappa à la porte de la chambre.

« Celia ? dit Maria. La police aimerait encore vous parler. Vous avez la force ?

– J'arrive », répondit Celia d'une voix faible.

Couchée sur le flanc, elle fixait le mur blanc. Après quelques minutes, elle posa les mains sur le matelas et se força à se relever.

Elle ne pouvait pas se cacher comme ça indéfiniment.

Comment expliquer aux enfants que leur papa était mort ? Le policier avait dit que le corps n'était pas identifié, mais elle avait lu la vérité dans ses yeux. Lui aussi pensait que c'était Carsten qui avait péri dans les flammes.

Qui nous veut autant de mal ? pensa-t-elle. Qu'avons-nous fait ?

Son ventre se serra. Pourvu qu'elle n'ait pas à l'identifier. Elle en était incapable.

De l'autre côté de la porte, Sarah appelait Maria. Celia se força à inspirer et expirer plusieurs fois. Elle gagna la porte, mais sa main tremblait si fort sur la poignée qu'il lui fallut plusieurs minutes avant de parvenir à l'ouvrir.

Quelque chose faisait rire Sarah : ce bruit innocent faillit de nouveau faire perdre pied à Celia. Elle pressa un poing contre sa bouche pour ne pas sangloter tout haut, inspira à fond et entra dans le séjour.

En regardant par la fenêtre, elle se mit à crier.

Au moment où Thomas tournait au coin de la terrasse, il entendit un cri en provenance du séjour. Puis Celia sortit en courant par la porte et se précipita vers un homme, sur la plage. Elle se jeta à son cou en pleurant.

Aram était encore avec la baby-sitter. Ils regardaient tous deux fixement la scène qui se déroulait sous leurs yeux.

Thomas les rejoignit.

« Est-ce Carsten ? demanda-t-il tout bas à Maria.

– Oui », murmura-t-elle.

Si c'était là Carsten Jonsson, qui était la victime de l'incendie ?

Thomas se massa une tempe. Il n'était que treize heures, mais la journée lui semblait déjà longue. Il fallait qu'il se ressaisisse, se concentre. Ils n'en avaient pas fini de sitôt à Fyrudden.

Une minute passa, puis Carsten Jonsson s'arracha à l'étreinte convulsive de sa femme et se dirigea vers Thomas et Aram.

Quand il s'approcha, Thomas sentit l'odeur caractéristique du vomi, mêlée à celle de vieille cuite. Le pantalon de Jonsson était fripé et sa chemise tachée. Ses yeux réduits à de minces fentes.

Lorsque Carsten s'arrêta devant eux, Thomas ne put s'empêcher de reculer d'un pas pour échapper à la puanteur. Celia arriva juste derrière.

« Il n'est pas mort du tout », lâcha-t-elle en lui lançant un regard noir.

Informer Celia de la présence d'un cadavre dans la maison brûlée avait été une erreur, mais il était trop tard pour le regretter. Et puis cela partait d'une bonne intention.

« Ma femme me dit que vous êtes de la police ? » dit Carsten Jonsson.

Il avait l'air de vouloir reprendre le contrôle de la situation en parlant avec autorité, malgré son allure dépenaillée.

« C'est exact, dit Thomas en les présentant, Aram et lui.

– Que s'est-il passé ?

– Il y a eu un incendie dans votre maison d'amis, qui est

malheureusement totalement détruite. Une personne a en outre perdu la vie dans les flammes, et nous pensons qu'il s'agit d'un incendie criminel. »

Une lueur s'alluma dans les yeux de l'homme. De la méfiance, ou autre chose ?

« Nous aimerions nous entretenir avec vous au plus vite, dit Thomas.

– Est-il possible que j'aille d'abord prendre une douche et me changer ? » demanda Carsten Jonsson. Thomas eut le sentiment qu'il cherchait à gagner du temps.

« Nous vous attendons ici, dehors, dit-il. Mais j'apprécierais que ce ne soit pas trop long. »

Carsten Jonsson disparut dans la maison, et Thomas s'assit dans le fauteuil à côté d'Aram.

« Maria, dit Celia, tu pourrais faire manger les enfants ? Il commence à se faire tard et il faut qu'ils déjeunent. »

Sans attendre de réponse, elle passa devant les fauteuils et emboîta le pas à son mari.

« Pardon », dit Maria.

Était-ce adressé à Celia, ou aux deux policiers ? Impossible de le dire.

Elle se leva et rentra.

Thomas remarqua qu'il avait soif, mais décida que ça attendrait. Peut-être pourrait-il demander un peu d'eau à la baby-sitter, quand ils en auraient fini avec les époux Jonsson ?

« Si Carsten est en vie, qui donc a brûlé ? lâcha-t-il, sans attendre de réponse.

– Il y avait presque cent cinquante invités hier soir pour cette pendaison de crémaillère, dit Aram en feuilletant son carnet. L'un d'eux est peut-être allé dormir dans la maison d'amis ?

– La baby-sitter a déclaré qu'elle était occupée par les ouvriers, objecta Thomas. Y restait-il dans ce cas de la place pour héberger des invités ?

– Aucun des ouvriers n'était resté sur l'île. Maria a dit qu'ils étaient rentrés en ville et ne reviendraient que demain. Il faut que nous leur parlions dès que possible.

– Si nous supposons que c'est un invité qui est mort dans l'incendie, reprit Thomas, il faut voir si quelqu'un a été porté disparu depuis hier soir. Dès qu'on aura fini ici, il faut prévenir Karin pour qu'elle vérifie. »

Était-ce un hasard si c'était justement la maison des Jonsson qui avait brûlé ? Non, il avait du mal à le croire. Et puis il y avait cette histoire d'oiseau mort.

Un harceleur, un voisin énervé ? Ou un autre ennemi de Carsten Jonsson dont ils ignoraient l'existence ? Pourrait-il les informer d'autres événements ?

« La question est de savoir si l'homicide est intentionnel, dit Aram. Il n'est pas certain que l'incendiaire ait su qu'il y avait quelqu'un dans la maison d'amis, si l'on s'en tient à ce que nous a raconté Maria. »

Là, Aram voyait juste. Le décès était peut-être un pur accident. Quelqu'un aurait voulu faire peur à la famille, en pensant que la maison était vide. Les scénarios possibles étaient trop nombreux.

« Nous devons commencer par établir s'il existait une menace, dit-il en étirant ses jambes. Et dans ce cas, contre qui.

– Ça va être un boulot énorme de passer en revue tous les invités qui étaient là hier soir, dit Aram. On parle de plus d'une centaine de personnes à auditionner.

– Il va falloir que Kalle écourte ses vacances, dit Thomas. C'est inévitable. »

Nora elle aussi faisait partie des invités. Thomas décida de l'appeler dès qu'il aurait cinq minutes.

Sur la plage, deux policiers passèrent avec une civière. Le cadavre y était sanglé, dans un sac noir. Ils s'avancèrent sur le ponton où le bateau de la police attendait, moteur allumé.

« L'autopsie va prendre un bon moment », remarqua Aram.

D'ordinaire, le résultat d'une autopsie ne mettait que quelques jours à leur parvenir. Mais c'était les vacances, tout était plus long. Il y avait un grand risque que Carl-Henrik Sachsen, le légiste sur lequel Thomas comptait, ne soit pas là.

« Je vais demander à Margit de pousser à la roue », dit-il.

Aram caressa la longue cicatrice qu'il avait sous le menton. Il répétait ce geste si fréquemment qu'il n'en avait probablement pas conscience.

Comme si souvent, cela rappela à Thomas l'agression dont son collègue avait été victime de la part de fanatiques anti-immigration quelques années plus tôt. Aram était resté longtemps à l'hôpital, il lui avait fallu six mois de rééducation avant de pouvoir reprendre son travail.

De manière assez ironique, l'auteur des violences était lui-même un immigré, un Américain membre d'une organisation raciste. Il était désormais à la centrale de Kumla, condamné à perpétuité pour coups et blessures et meurtre.

Des rires d'enfants arrivèrent jusqu'à eux. Par la baie vitrée, Thomas vit la fillette de quatre ans courir vers la baby-sitter, debout devant la cuisinière. Maria faisait des crêpes. Oliver jouait par terre avec une petite voiture.

De l'extérieur, on pouvait sans difficulté voir leurs moindres faits et gestes, absolument tout.

42.

Quand Carsten Jonsson ressortit sur la terrasse, il s'était rasé et changé. Ses cheveux blonds encore humides avaient mouillé le col de son polo de tennis fraîchement repassé. Celia le suivait de près.

Il avait nettement meilleure mine que vingt-cinq minutes plus tôt. Il portait un plateau avec une tasse métallique qui sentait bon l'expresso frais.

Personne n'avait encore demandé aux deux policiers s'ils souhaitaient quelque chose à boire.

Carsten s'assit dans le canapé en face de Thomas et Aram. Celia s'installa à côté de lui. À la différence de son mari, elle était si renfrognée qu'elle paraissait malade sous son bronzage.

Thomas résuma les conclusions préliminaires des investigations du matin : il s'agissait probablement d'un incendie criminel, et le corps carbonisé avait été transporté à Stockholm pour être autopsié.

Quand il eut fini, il posa une question directe à Carsten.

« Avez-vous connaissance de circonstances qui expliqueraient pourquoi quelqu'un aurait voulu faire brûler votre maison d'amis ? »

Carsten prit le temps de finir son expresso.

« Non, dit-il alors.

– Rien d'inhabituel, dernièrement ? tenta Aram. Vous n'avez rien remarqué ?

– Non.

– Pas de menaces ou de comportements étranges ? De l'indignation à propos du chantier, peut-être ? »

Carsten haussa les épaules.

« Les voisins se sont beaucoup plaints, mais ce n'est pas inhabituel quand on construit du neuf. Il y a toujours des gens pour critiquer.

– Je suppose qu'il ne va pas tout à fait de soi de construire ce genre de maison en plein sur la plage ? » dit Thomas.

Aucune chance que cette énorme baraque puisse être appréciée par les habitants de Sandhamn. Thomas avait assez souvent entendu Nora pester contre les nouveaux venus pour savoir ce qu'on pensait ici de ceux qui ne respectaient pas les traditions locales.

Cette clôture sur la plage devait sûrement rendre furieux la plupart des gens.

« Peut-être bien, dit Carsten en posant sa tasse.

– Il ne s'est rien passé de désagréable, ces derniers temps ? »

Carsten se contenta de hausser les épaules, mais Celia regarda Thomas droit dans les yeux avant de glisser un bras sous celui de son mari :

« L'incendie de cette nuit ne vous suffit pas ? »

Thomas se demanda comment continuer.

Il aurait préféré que Carsten évoque de lui-même cette histoire d'oiseau mort, surtout parce que la baby-sitter avait dit que son épouse n'était pas au courant.

Mais si Carsten n'avait pas l'intention de le faire, il n'avait à s'en prendre qu'à lui-même.

« Je comprends, dit-il. Mais nous avons appris qu'il s'était produit un autre incident pénible ; que quelqu'un avait laissé un oiseau ensanglanté sur votre perron, avec un mot : PARTEZ D'ICI ! Qu'avez-vous pensé de cet événement ? »

Celia parut désorientée.

« De quoi parle-t-il ? dit-elle à son mari.

– Ce n'est rien, s'empressa de dire Carsten. Juste une blague idiote dont tu n'as pas besoin de te soucier.

– D'après ce que j'ai compris, il avait le cou tranché, glissa Aram. Du sang a bien sûr coulé sur les marches.

– Voilà pourquoi il y avait des taches sombres sur le bois, dit Celia en retirant sa main. Pourquoi tu ne m'en as pas parlé ?

– Comment avez-vous su ça ? demanda Carsten en fusillant Thomas du regard. Avez-vous interrogé ma baby-sitter ?

– Maria était au courant ? lâcha Celia. Sans m'en dire un seul mot ?

– Calme-toi, dit Carsten. Laisse-moi gérer ça. »

Thomas évita de répondre, songeant à ce qu'il avait promis à Maria.

« Je crois que vous ne comprenez pas la gravité de la situation. Votre propriété a fait l'objet d'un incendie au cours duquel une personne est morte. Ce n'est pas un jeu. »

Celia dévisagea son mari.

« Est-ce que tu as mis encore quelqu'un d'autre dans la confidence, sans m'en parler ? lâcha-t-elle sans se soucier de Thomas ni d'Aram. Est-ce que Linda elle aussi est au courant de tout ? Et les ouvriers ? Est-ce que je suis la seule à ne pas avoir le droit de savoir ce qui se passe ? »

Carsten ne répondit pas.

« Carsten ? » fit Celia en serrant si fort les poings que ses phalanges blanchirent autour de son alliance.

Thomas tenta de reprendre le contrôle de la conversation.

« Nous apprécierions vraiment que vous acceptiez de collaborer avec nous, afin de nous permettre d'avancer dans notre enquête, dit-il à Carsten. Pour l'heure, nous avons besoin de savoir si vous et votre famille êtes l'objet d'une menace. »

L'air sembla manquer à Celia quand elle entendit le mot menace.

« Que ferions-nous s'il arrivait quelque chose à Oliver ou Sarah ? murmura-t-elle à son mari.

– Je suis désolé, dit Carsten. Mais je ne sais rien d'autre qui puisse vous aider. »

Il se tourna vers Celia.

« Je croyais que cet oiseau était la blague idiote de quelques ados, rien de plus. J'ai juste essayé de te protéger.

– Nous allons avoir besoin de parler à tous ceux qui travaillent ici, dit Aram. Il me faut une liste avec tous les noms et prénoms.

– Je veux rentrer, dit tout bas Celia. À Londres.

– Il ne vaudrait mieux pas, dit Thomas. Vu ce qui s'est passé, je dois vous demander de rester dans le pays au moins ces prochains jours.

– Vous voulez dire que nous devons rester à Sandhamn ? dit Celia avant de se tourner vers son mari. Carsten. Sommes-nous obligés ?

– Stockholm suffit, si vous préférez, dit Thomas. Mais si vous restez à Sandhamn, je vous conseillerai de vous installer à l'hôtel des Navigateurs.

– Au moins le temps que nous puissions déterminer si votre famille est ou non menacée, compléta Aram.

– Je n'ai pas l'intention d'abandonner cette maison à vau-l'eau », protesta Carsten.

Thomas se demanda ce qu'il y avait dans son message qui ne voulait pas rentrer.

« Tant que nous ne pouvons pas exclure que l'incendie ait été dirigé contre vous et votre famille, il serait préférable que vous habitiez ailleurs ces prochains jours, dit-il, avant d'ajouter : Pour votre sécurité. »

Les yeux de Carsten s'étrécirent.

« Je suis parfaitement prêt à accueillir celui qui imagine s'en prendre à nous de cette façon. Personne ne peut me chasser d'ici.

– Carsten, *please* », dit Celia.

Sans se soucier des suppliques de son épouse, il regarda les deux policiers d'un air buté. Soudain, il frappa du poing sur la table.

« Personne ne me chassera de chez moi. »

Thomas décida de ne pas insister, du moins pour le moment.

« Nous allons avoir besoin de la liste complète de toutes les personnes présentes hier soir. »

Carsten continuait à respirer bruyamment.

« Je ne veux absolument aucune publicité. Êtes-vous obligés de déranger mes invités ?

– Je suis désolé que vous preniez les choses ainsi, dit Aram. Mais en fait, vous n'avez pas le choix. Il s'agit d'une enquête criminelle, comme mon collègue vient de le souligner. Nous devons savoir qui était présent hier soir.

– On va écrire à tort et à travers.

– C'est la routine, j'espère que vous pouvez comprendre ça », dit Thomas.

Aram se pencha vers Carsten.

« Au fait, vous-même, où vous trouviez-vous cette nuit ? D'après votre épouse, vous avez disparu à partir de minuit. »

Celia dévisagea son mari qui se mit à tapoter sa tasse de café. Puis il la porta à ses lèvres, alors qu'elle était déjà vide.

« J'ai dû m'endormir sur la plage, dit-il après une petite pause.

– Pardon ? dit Aram.

– Je me suis endormi sur le sable.

– Dehors ? »

Carsten serra visiblement les dents avant de répondre.

« Oui », lâcha-t-il.

Aram et Thomas échangèrent un regard.

« Dans ce cas, nous aimerions que vous nous expliquiez pourquoi vous avez choisi de dormir dehors toute la nuit, reprit Aram. N'aurait-il pas été plus simple de rentrer vous coucher ?

– Il n'y a pas vraiment de bonne explication, dit avec réticence Carsten. La vérité est, hélas, que je me suis effondré sur la plage parce que j'avais bu beaucoup plus que je n'aurais dû.

– Ça vous arrive souvent ?

– Non.

– Mais hier soir, le jour de votre pendaison de crémaillère, vous avez décidé de boire au point de ne plus retrouver le chemin de chez vous ? »

Aram provoquait Carsten à dessein. Thomas l'avait vu faire la même chose dans des situations analogues. Avec de bons résultats.

Il sentait lui aussi que Carsten leur cachait quelque chose.

« Je ne comprends pas à quoi riment ces questions, dit Carsten en regardant sa montre de façon démonstrative.

– Étiez-vous seul sur la plage ? demanda Aram. Ou bien y a-t-il quelqu'un qui puisse confirmer que vous y étiez vraiment ? »

Celia cessa de tripoter son alliance.

« Évidemment que j'étais seul », dit Carsten.

Sa réponse était beaucoup trop rapide. Comme s'il avait lui-même entendu qu'elle ne sonnait pas très crédible, il ajouta :

« Pourquoi ne l'aurais-je pas été ?

– *Don't lie !* éclata Celia. Tu étais avec cette blonde, hein ? »

Elle se leva si brusquement que la tasse tomba de la table. Le plateau roula par terre avec un bruit métallique.

« Je sais que tu lui as parlé sur la terrasse. La pétasse à gros seins. Vous avez disparu tous les deux au même moment. Je t'ai cherché partout.

– J'étais seul », s'enferra Carsten, qui rougissait pourtant.

Celia leva l'index en l'air, les lèvres d'une étrange pâleur.

« Et moi qui t'ai cru mort ! »

Elle se précipita dans la maison en claquant si fort la porte derrière elle que la vitre trembla.

Carsten la regarda fixement partir. Puis sa paralysie se dissipa et il se tourna vers les deux policiers.

« Comment pouvez-vous me poser de telles questions devant ma femme ? Vous êtes complètement fous ? »

Il sembla marmonner quelque chose comme *idiots incompétents.*

Thomas s'abstint de lui mettre la vérité sous le nez : que Carsten Jonsson s'était mis tout seul dans cette situation.

« S'il y a quelqu'un qui peut confirmer que vous vous trouviez sur la plage pendant la nuit, il serait très bien que nous puissions avoir son nom, dit Aram. Plus tôt nous pourrons vous exclure de l'enquête, mieux cela vaudra. »

Carsten se leva à demi et se pencha par-dessus la table, jusqu'à se retrouver face à face avec Aram.

« Insinuez-vous que je serais suspect ? Si vous croyez que j'irais mettre le feu à ma propre maison, ça ne tourne pas rond chez vous. »

À l'intérieur, Oliver était à la fenêtre, le nez écrasé contre la vitre. Il les dévisageait, les yeux écarquillés.

« Vous ne voulez pas vous rasseoir ? dit Aram sur un ton beaucoup plus poli que celui employé par Carsten. Nous en avons bientôt fini. »

Carsten hésita, mais il se rassit tout au bord de son siège.

« Nous n'insinuons rien, dit Thomas. Mais le fait est que tout à l'heure vous nous avez dissimulé des faits, quand nous vous avons demandé si vous ou votre famille faisiez l'objet de menaces. »

Carsten Jonsson ne serait pas le premier à brûler sa propre maison, se dit-il. Il fallait qu'ils examinent au plus vite sa situation économique, et également le type de contrat d'assurance qu'il avait souscrit.

« Excusez-moi d'insister autant, dit Aram. Mais si vous avez un alibi pour cette nuit, il nous faut le connaître au plus vite. Dans votre propre intérêt. »

43.

Nora s'était étendue sur le canapé devant la télévision. Elle se sentait encore molle, elle avait passé la plus grande partie de la journée dans une chaise longue, sur son ponton, sans dire grand-chose.

La soirée avait été fantastique, mais faire la fête se payait. Elle s'était réveillée avec un sérieux mal de crâne, et ne se sentait toujours pas très en forme.

Je n'ai plus l'habitude, se dit-elle.

Depuis la naissance de Julia, elle avait diminué sa consommation d'alcool. Elle n'avait plus le courage d'aller travailler quand elle s'était réveillée plusieurs fois au cours de la nuit en ayant par-dessus le marché bu du vin rouge la veille. Jonas était lui aussi modéré, car il était presque toujours sur le départ, prêt à décoller.

Ils étaient sûrement devenus ennuyeux, tous les deux, mais, en même temps, Nora ne désirait rien d'autre.

Le générique des informations retentit au moment où Jonas entra, une tasse de café à la main. Nora enviait sa capacité à boire du café tard le soir sans que son sommeil soit perturbé.

Une image, à l'écran, attira son attention. C'était le port de Sandhamn, la vue classique de la façade rouge de l'hôtel des Navigateurs derrière une forêt de mâts.

« Regarde, dit-elle en montant le volume.

– *Un grave incendie a eu lieu dans l'archipel de Stockholm,* annonça une journaliste, dont les cheveux tombaient sur les épaules, parfaitement mis en plis. *Dans la célèbre capitale de la voile, Sandhamn, une maison a brûlé cette nuit. D'après la police, une personne est morte dans l'incendie, sans avoir encore pu être identifiée.* »

La caméra balayait lentement Sandhamn, en s'attardant sur la forêt de pins qui couvrait la plus grande partie de l'île.

« *D'après nos informations, la maison brûlée est située dans la partie sud de l'île,* continua la journaliste. *Chose qui a compliqué l'intervention des pompiers, et ne leur a pas permis de sauver des flammes le bâtiment.* »

La caméra changea d'angle, et la femme tourna un peu la tête, avant de continuer d'un ton grave, face à la caméra :

« *La propriété appartient à un riche particulier qui a récemment fait construire une maison de haut standing sur l'île. Le chantier a été précédé d'un certain nombre d'interrogations, et la commune a dû essuyer des critiques pour avoir accordé un permis de construire à un tel projet.*

– Ça doit être la maison de Carsten, dit Nora, en entendant trembler sa propre voix. Mon Dieu, tu crois que la victime peut être Celia ou lui ? »

Jonas posa sa main sur celle de Nora.

« Pourvu que ce ne soit pas les enfants », dit-elle.

La journaliste était passée à un sujet sur la pollution de l'eau. Nora se leva.

« Il faut que je les appelle. »

Jonas tourna la tête.

« Tu ne veux pas attendre d'en savoir un peu plus ? Imagine si l'incendie n'avait rien à voir avec eux.

– Personne d'autre n'a construit une maison pareille à Sandhamn. Tu as entendu ce qu'ils ont dit au journal. »

Mais Jonas avait peut-être raison malgré tout. Elle ne voulait pas être intrusive, et surtout pas passer pour une hyène curieuse.

« J'appelle Thomas, dit-elle, pour qu'il me confirme qu'il s'agit de la maison de Carsten. Il doit être au courant. »

Avant que Jonas n'ait le temps de protester, elle avait sorti son portable et composé le numéro de Thomas.

« Andreasson. »

Il avait l'air stressé.

« Salut, c'est Nora. Tu es occupé ?

– Oui. » Sa voix se fit plus personnelle. « Mais tu fais bien d'appeler, je comptais te téléphoner de toute façon.

– Au sujet de la maison brûlée de Carsten Jonsson ? »

C'était un coup de dés.

« Exactement.

– Comment vont-ils ? Celia et Carsten ? Ont-ils quelque part où dormir ?

– La famille va bien, dit Thomas. C'est la maison d'amis qui a brûlé, le bâtiment principal est intact. »

Les épaules de Nora retombèrent, et elle se remit à respirer normalement.

« Mais ils viennent de dire à la télé qu'une personne était morte.

– Oui, mais elle ne faisait pas partie de la famille. »

Quelqu'un appela Thomas, à l'arrière-plan. Nora attendit.

« Je ne peux pas t'en dire beaucoup plus pour l'instant, dit Thomas en reprenant l'appel. Mais j'ai besoin de te poser une question. Étais-tu à la pendaison de crémaillère, hier soir ?

– Oui, on y était tous les deux. »

Nora regarda Jonas à la dérobée, mais son attention était de nouveau dirigée vers la télévision.

Elle voyait bien où Thomas voulait en venir.

« Tu te demandes si j'ai remarqué quelque chose ?

– C'est à peu près ça. Si tu pouvais écrire les noms de tous ceux que tu as reconnus, j'apprécierais, et si possible ce soir, si tu as le temps. Il nous faut le maximum d'informations. Tout ce qui te passe par la tête. »

Devait-elle mentionner que Per-Anders Agaton avait menacé Carsten pendant son discours de bienvenue ? Nora était gênée de colporter des ragots, et ne voulait clouer personne au pilori inutilement. Mais elle avait conscience qu'elle ne pouvait pas garder pour elle ce qu'elle avait entendu.

« Nora, reprit Thomas, pour que tu le saches, il semble qu'une menace existe contre la famille Jonsson. Si tu as remarqué quoi que ce soit, il faut me le dire.

– Tu devrais parler à un certain Per-Anders Agaton. C'est leur plus proche voisin, il habite à quelques centaines de mètres des Jonsson.

– Pourquoi devrions-nous lui parler ?

– Il s'est comporté bizarrement à la fête, hier, il a dit plein d'idioties pendant que Carsten faisait son discours de bienvenue. J'étais juste à côté. »

Elle lui résuma les sorties de Per-Anders.

« Il avait l'air très amer, conclut-elle. Il y avait quelque chose dans sa façon de regarder Carsten qui m'a mise mal à l'aise. Sa femme aussi s'est fâchée contre lui, ils se sont disputés après ça.

– Tu crois qu'il aurait pu mettre ses paroles à exécution plus tard dans la nuit ? »

Cette question directe stressa Nora. Elle ne voulait pas accuser un autre habitant de Sandhamn sans preuves concrètes, mais Thomas devait se faire une idée juste.

« Tu veux dire s'il aurait pu mettre le feu ? dit-elle, bien consciente qu'elle cherchait à gagner du temps.

– Oui.

– Je ne sais pas. »

44.

Carsten était à moitié couché dans un des fauteuils en rotin de la terrasse, la bouteille de vin posée sur la table était presque vide. Le soleil s'était caché derrière un nuage, le ciel était sombre et maussade. Il était plongé dans la pénombre, mais n'avait pas songé à allumer.

Celia avait pris un somnifère et s'était couchée dans la chambre avec un masque sur les yeux, les rideaux tirés. Les enfants étaient au lit, et Maria avait dû aller dans sa chambre.

Carsten but une grande gorgée de vin rouge, sans lui trouver de goût.

Flirter avec cette nana avait été une erreur. Mais il était bien trop saoul pour savoir ce qu'il faisait.

Il était vexé d'avoir oublié le nom de la fille, quand la police le lui avait demandé. On voyait bien qu'ils prenaient plaisir à poser leurs questions blessantes, à mettre du sel sur la plaie, après le brusque esclandre de Celia.

Carsten s'efforça de respirer plus calmement, il ne fallait pas céder aux provocations. En Angleterre, la police était dans des dispositions bien plus civilisées à l'égard de ceux qui étaient bien nantis mais en Suède, tout le monde devait être à égalité.

Il était décidé à ne pas se laisser influencer plus que nécessaire, mais le manque de self-control de Celia l'avait pris au dépourvu. Son papa chéri aurait dû la voir. Elle n'était pas exactement un modèle de « flegme » britannique, sur ce coup.

Tout aurait dû être parfait, hier, pensa Carsten, la bouche remplie d'une nouvelle gorgée de vin qu'il avala lentement.

Il n'avait pas l'intention de laisser la police fouiner dans les événements de ces derniers temps, la vitre cassée, l'oiseau sur l'escalier. Il n'avait aucune confiance dans leur capacité à gérer la situation avec ne serait-ce qu'un semblant de discrétion. On parlait déjà de l'incendie au journal télé, ça prouvait qu'il avait vu juste.

Dans la soirée, il avait reçu plusieurs appels de « numéros inconnus ». Très probablement des journalistes. La police devait avoir aussi fait fuiter son numéro.

Il avait rejeté tous les appels, mais il s'attendait à voir les journaux parler de l'incendie demain matin. Les spéculations avaient sûrement déjà commencé.

Dès qu'il avait vu les deux policiers sur la terrasse, il ne les avait pas sentis.

Au large du ponton passait un ferry en partance pour l'Estonie. Le gros bateau était illuminé, ses centaines de petites fenêtres allumées sous le pont. Même quand il était étudiant sans le sou, il n'avait jamais fait ces croisières populaires sur la Baltique : déjà à l'époque, il détestait ce cocktail bon marché d'alcool hors taxes et de musique live. Ces buffets où on s'attroupait autour des tables pour en avoir pour son argent.

Mais c'était une façon pas chère de picoler et tirer son coup, il l'avait compris.

Ses pensées revinrent à l'incendie.

Incendie criminel, comme avaient dit les policiers. Ils l'avaient interrogé au sujet de la victime. Vraisemblablement un des invités, cela penchait dans ce sens. Ils avaient posé plein de questions sur les participants de la fête, qui était là, s'il les connaissait bien.

Carsten avait eu la forte impression qu'ils pensaient que le meurtrier et sa victime se trouvaient tous les deux parmi les invités. Mais il en connaissait à peine la moitié, et était incapable de dire qui était mort dans l'incendie. Et qui l'avait allumé.

Carsten pencha la tête en arrière vers le ciel noir. Les étoiles étaient cachées par la couche nuageuse compacte.

Est-ce que ça pouvait être un des ouvriers d'Eklund ? Mais ils étaient tous partis dans l'après-midi, il n'en avait vu aucun avant la fête, et ils n'avaient aucune raison de rester sur l'île.

Ça ne collait pas.

Penser à Eklund lui rappela sa querelle de voisinage. Quelques jours plus tôt, il s'était persuadé que cette mouette morte n'était qu'une blague macabre, rien à prendre trop au sérieux. À présent, il ne pouvait s'empêcher de se poser des questions.

Il observa avec méfiance la plage déserte. Eklund l'avait mis en garde : la population locale était sur le pied de guerre. Mais il y avait un grand pas entre s'irriter d'une construction et y mettre volontairement le feu. Difficile à croire que la jalousie puisse pousser si loin.

Ou se trompait-il ?

Carsten sortit son portable de sa poche et le tripota.

Il entendait le ressac des vagues, la houle dans le sillage du gros ferry. Le sommet des vagues se brisait en déferlant sur la plage.

Demain, Eklund et ses hommes reviendraient, et la police les interrogerait un à un.

Il ne voulait pas attendre jusque-là pour en savoir plus.

Carsten composa le numéro d'Eklund. En quelques secondes seulement, il répondit. On entendait des voix à l'arrière-plan, sans doute un téléviseur allumé.

« Ici Carsten Jonsson, se dépêcha-t-il de dire. Vous avez appris ce qui s'est passé ici ? »

Il lui résuma la situation, l'incendie, le corps carbonisé. Les questions de la police au sujet des invités.

« La police va vouloir vous parler. Je leur ai donné votre numéro et j'ai dit que vous seriez là demain matin.

– Je suis désolé, dit Eklund. Nous prendrons le premier bateau, pour voir l'étendue des dégâts. Est-ce qu'il reste quelque chose à sauver de la maison d'amis ?

– Elle est totalement détruite. »

Il était allé voir, quand les policiers étaient enfin partis. Il avait vu les fondations calcinées, senti l'odeur âcre qui flottait encore dans l'air.

« La police m'a demandé s'il y avait eu des menaces ou d'autres événements étranges ces derniers temps, dit Carsten. Ce serait bien d'accorder nos violons.

– Que leur avez-vous dit ?

– Ils étaient déjà au courant pour cet oiseau que Maria a trouvé sur l'escalier, mais je n'ai pas parlé de la fenêtre cassée. Qu'ils fouinent à ce sujet n'arrangera rien. Je ne veux plus d'autres fuites dans la presse.

– Mais ils n'ont pas besoin de savoir ça pour résoudre l'enquête ?

– Je ne crois pas qu'il y ait de rapport. »

Il y avait une différence entre incendie criminel et bris de vitre, et le carreau avait été cassé plus d'un mois auparavant. Difficile de croire que cet événement particulier soit lié à l'incendie.

« Et puis Celia n'est pas au courant de ça, poursuivit-il. Elle est déjà dans tous ses états pour l'oiseau, je ne veux pas qu'elle apprenne qu'il s'était déjà passé autre chose, ça la rendrait encore plus hystérique. »

Eklund toussa, une toux profonde et rauque.

« Il y a peut-être eu encore autre chose, dit-il lentement.

– Quoi ?

– Difficile de dire si c'était vraiment un incident ou non. »

Le ton désolé de sa voix le trahissait : Eklund avait commis une erreur.

Carsten sentit ses mâchoires se serrer.

« Qu'est-ce que vous voulez dire ?

– C'était début juin. Je revenais de déjeuner à l'Auberge avec mes gars, et on a trouvé un pneu du quad crevé. Sur le coup, j'ai supposé que ça s'était percé tout seul, ce sont des choses qui arrivent. Mais maintenant, je n'en suis plus aussi sûr. »

Encore un acte de sabotage, pensa Carsten.

« J'ai vu quelques-uns de mes gars parler avec ce Per-Anders

Agaton le même jour, dit Eklund. Mais ça ne prouve pas que ce soit lui qui ait crevé le pneu. »

Carsten agrippa l'accoudoir pour garder son calme. Les choses commençaient à se préciser.

« Et vos gars ? dit-il. Vous leur faites confiance ? »

Eklund parut un peu étonné.

« Je leur ai dit à tous de rentrer en ville samedi, comme convenu. Et mes gars ne bousillent pas leur propre boulot, qu'est-ce que vous croyez ?

– Et si quelqu'un leur avait refilé un extra pour me pourrir la vie, à moi et ma famille ? Quelqu'un, sur l'île, très en colère, qui ne voulait pas se contenter d'un oiseau crevé... Ce sont vos gars qui ont construit la maison. Ils savent exactement où allumer pour que ça prenne bien. »

On entendait Eklund respirer à l'autre bout du fil.

« Est-ce qu'ils refuseraient ? dit Carsten après un long silence. Pouvez-vous le garantir ? »

Jeudi dernier, Celia avait vu un des ouvriers parler avec un homme âgé. Carsten comprenait à présent qu'il devait s'agir de Per-Anders Agaton. La description correspondait exactement.

Décidément, on tombait sans arrêt sur lui.

Agaton était entré sur leur terrain pour parler avec un des menuisiers. Après coup, le Polonais avait prétendu qu'Agaton était venu se plaindre de leur nouvelle clôture, mais c'était peut-être tout autre chose.

Il fallait une excuse, puisque Celia les avait surpris.

« Un de tes gars a rencontré notre voisin jeudi dernier, dit Carsten. Le grand blond.

– Ça doit être Marek, dit Eklund.

– Peu importe son nom. Celia les a surpris. La conversation était vive.

– Vous voulez dire que Marek aurait mis le feu ? Il ne ferait jamais ça », protesta Eklund.

Carsten ne faisait confiance à personne, pas non plus à Mats Eklund.

« J'espère que vous avez raison, dit-il. À demain. »

Il raccrocha et remit le téléphone dans sa poche sans se sentir en rien plus calme. Il savait que du vin et de l'alcool avaient disparu des réserves, à plusieurs reprises. Les ouvriers le volaient, quoi qu'en dise Eklund. Les Polonais n'étaient là que pour l'argent. Il ne fallait en attendre aucune loyauté. Quelqu'un aurait très bien pu les payer pour incendier la maison d'amis.

La rosée était tombée. Il trouva son verre humide et le vin rouge trop froid pour s'épanouir correctement. Il le finit pourtant.

La bouteille était vide, mais ça ne suffisait pas.

Il tâta sa poche arrière.

Avant de sortir sur la terrasse, il était allé chercher le petit sachet qu'il cachait dans la maison. Celui qu'il prenait toujours sur lui, à tout hasard. Il s'était promis de ne plus tirer de ligne, mais là, il avait besoin de se concentrer.

Il sortit le sachet et le soupesa. Un autre gros bateau passa devant la plage, il regarda les lumières de ce bateau de croisière américain qui laissait Stockholm derrière lui. Sans le moindre remords.

Il prit un billet de cent couronnes et prépara un peu de poudre qu'il inspira par le nez.

Son crâne se remplit d'éclairs.

Ses pensées devinrent cristallines, cela faisait longtemps qu'il n'avait pas eu les idées aussi claires.

Quelqu'un lui en voulait, ainsi qu'à sa famille. Forcément.

Est-ce que ça pouvait avoir un rapport avec ses affaires russes ?

Non, c'était trop tiré par les cheveux. Anatoli lui avait déjà annoncé au téléphone qu'on voulait repousser la cotation en Bourse. Il n'y avait aucune raison de chercher à l'intimider en provoquant un incendie.

Pourtant, penser à KiberPay fit accélérer son pouls.

Rien ne marchait comme prévu. Une once de chance, était-ce trop demander ? Que quelque chose se passe comme il le voulait ? Pour une fois ?

Si ce n'était pas lié à KiberPay, ça devait être quelqu'un sur l'île qui le cherchait.

Carsten vit le visage rougeaud d'Agaton devant lui, toutes ses lettres tapageuses qui s'étaient empilées.

Si cet Agaton essayait de saboter sa vie, il allait le regretter.

45.

Thomas bâilla. L'écran tremblait devant ses yeux et les fautes de frappe s'accumulaient. Il était passé au bureau pour écrire son rapport sur les événements de la journée, en vue de la réunion du lendemain. Il était à présent onze heures et quart, et il avait à peine avancé. Impossible de se concentrer, il se perdait dans des réflexions inutiles.

Pernilla et Elin étaient restées sur Harö, il aurait de loin préféré être avec elles.

Il alla ouvrir la fenêtre pour s'éclaircir les idées. L'air frais du soir entra avec le parfum du bouleau pleureur.

Après Fyrudden, c'était un soulagement de se remplir les poumons avec quelque chose qui ne sentait pas la fumée.

Thomas se passa la main sur le front. Il aspirait vraiment à ces vacances, à prendre ses distances avec le boulot, penser à autre chose. Mettre son existence en perspective.

Mais il fallait à présent qu'il décale son congé, il n'avait pas beaucoup le choix, vu les circonstances. Il ne pouvait pas demander à ses collaborateurs de rester, pendant que lui partait en vacances.

Pernilla ne s'était pas plainte quand il était parti ce matin, mais il savait qu'elle n'était pas contente. C'était si souvent arrivé par le passé. Des projets à mettre au rancart, des excursions qui tombaient à l'eau. Ça n'arrangerait rien quand il lui annoncerait que ses vacances devaient être repoussées. Mais elle s'y attendait peut-être déjà ?

Pernilla était patiente, mais Thomas savait qu'elle s'inquiétait pour lui.

Il était impossible de lui cacher ses passages à vide, même s'ils n'étaient plus aussi fréquents. De temps à autre, il sombrait comme au fond d'un trou noir, quand les images de l'accident sur la glace l'assaillaient.

Six ans avaient passé, mais le souvenir demeurait sous-jacent.

Sans pouvoir s'en empêcher, il essaya d'écarter les orteils du pied gauche. Ceux qui avaient gelé et qu'il avait fallu amputer.

Il ne courrait plus ce genre de risques, s'il quittait la police. Son intégrité physique ne serait plus en jeu de la même façon.

Thomas laissa la fenêtre entrouverte et retourna s'asseoir à son bureau.

Pernilla serait sans doute contente qu'il accepte la proposition d'Erik, et quitte son poste. Chaque fois qu'il était retardé au travail, elle avait une pointe d'inquiétude, il le savait très bien. Voilà pourquoi il essayait de l'appeler plusieurs fois par jour. Juste pour qu'elle sache qu'il allait bien. Qu'il ne s'était rien passé de grave.

Thomas fixa l'écran et les pauvres phrases qu'il avait produites ces dernières heures.

Erik semblait si enthousiaste, au téléphone, si plein d'énergie.

Thomas ne se rappelait pas quand il avait éprouvé ça le matin en partant travailler.

46.

Lundi 15 juillet

La réunion du matin était prévue à sept heures et demie. Quand Thomas entra dans la salle de conférences, Margit était déjà installée, en compagnie de Karin Ek. Les deux femmes semblaient en forme. Margit avait beaucoup bronzé : les bras noueux qui dépassaient de sa chemise étaient chocolat.

« Tu as réussi à dormir un peu ? demanda-t-elle.

– Quelques heures », dit Thomas avec de petits yeux, refoulant sa mauvaise conscience de n'en avoir pas fait davantage la veille au soir.

Il était plus de minuit et demi quand il était rentré à l'appartement de Söder. Là, l'adrénaline l'avait empêché de dormir. Quand il y était enfin parvenu, des rêves bizarres l'avaient poursuivi.

Aram entra avec un gobelet rayé 7-Eleven. Adrian Karlsson arrivait juste derrière, ainsi que trois autres agents de police. Margit devait les avoir convoqués pour prêter main-forte à l'enquête.

En prenant place, Thomas découvrit que Karin avait déjà punaisé au mur les photos de Nilsson. Elles formaient un damier montrant les restes de la maison selon différents angles. À droite, plusieurs photos du corps brûlé laissaient voir avec une pénible netteté les ravages du feu. Certains des détails agrandis étaient franchement repoussants.

Thomas eut de nouveau un haut-le-cœur, alors qu'il avait déjà tout vu sur place.

« Kalle nous rejoint d'ici quelques heures, les informa Karin. Il était sur la côte ouest quand j'ai réussi à le joindre, il prend un avion ce matin. Il n'était pas très content de devoir annuler sa dernière semaine de vacances.

– On n'y peut rien, dit Margit. Il se consolera en se disant qu'il est en bonne compagnie. »

Elle se tourna vers Thomas.

« Tu devais toi aussi commencer tes vacances aujourd'hui, puisque je suis de retour ? »

Elle avait déjà supposé que Thomas remettrait ses vacances à plus tard, même si elle n'avait pas eu le temps de lui en parler.

Ils se connaissaient bien.

Et toujours cette même pensée qui revenait : s'il acceptait la proposition d'Erik, il pourrait compter sur des congés normaux l'été prochain.

« Thomas, l'invita Margit, tu veux bien commencer ? »

Il s'ébroua et résuma la situation, les auditions de la veille et les derniers éléments transmis par Nora.

Il ne se donna pas la peine de souligner l'ampleur de la tâche : le fait que l'incendie se soit déclenché peu après la pendaison de crémaillère impliquait qu'il y avait des centaines de personnes à contacter et vérifier avant de pouvoir les exclure de l'enquête. Il faudrait des semaines pour abattre la liste que Carsten Jonsson avait fini par leur lâcher. Il faudrait en outre la comparer avec celle que Nora avait promis d'envoyer par mail dans la journée.

Thomas conclut en rapportant les auditions de Carsten, sa femme et la baby-sitter. Aram compléta.

« Ce Carsten a l'air assez pénible, dit Margit. Qu'en pensez-vous, vous qui l'avez rencontré ?

– Que dire ? Il trompe sa femme, abuse de l'alcool et est sacrément riche, dit Aram. Il a tout ce qu'on peut souhaiter, sans aucune gratitude. »

Thomas lorgna du côté de son collègue.

Aram n'était pas du genre à distiller ce genre de commentaires, mais la suffisance de Jonsson lui avait visiblement tapé sur les nerfs à lui aussi.

« Carsten Jonsson n'est pas très enclin à collaborer, admit Thomas.

– Est-ce que ça peut vouloir dire quelque chose ? s'interrogea Margit. Qu'il est impliqué d'une façon ou d'une autre ?

– Il semble surtout inquiet de voir la chose s'ébruiter dans les médias, dit Aram. Il ne veut absolument pas de publicité autour de l'incendie et de sa personne.

– C'est un peu trop tard, constata Karin. Aux informations, ils qualifient Jonsson de requin de la finance. La presse du soir a déjà publié une photo de sa villa dans son édition en ligne.

– Fini l'anonymat », commenta Margit.

Thomas n'était pas étonné, les scandales financiers avaient été trop nombreux ces derniers temps pour que les journaux n'en profitent pas pour s'en donner à cœur joie. En plus, en plein mois de juillet, période de vaches maigres.

« Les médias spéculent gaiement au sujet de la victime et des causes de l'incendie, dit Adrian, qui lui aussi avait suivi l'affaire dans la presse.

– En tout cas, il s'agit d'un homme, pas d'une femme, dit Thomas. J'ai eu la confirmation en venant. On espère que l'autopsie aura lieu aujourd'hui ou demain, au plus tard mercredi. »

Une petite ride apparut entre les sourcils de Karin.

« Il y a quelques avis de disparition de personnes dans la région de Stockholm dont les signalements pourraient correspondre avec le mort, dit-elle.

– Allons-nous nous risquer à penser qu'il s'agit d'un des invités ? » hasarda Margit.

Aram ouvrit son carnet.

« Il y avait presque cent cinquante personnes là-bas, il faut passer la liste en revue et voir si ça peut correspondre avec un des avis de disparition. Mais ça peut toujours être un invité, même si nous ne trouvons aucune correspondance pour le moment : pas sûr que la disparition ait encore été signalée.

– Il ne s'est écoulé que treize heures depuis la découverte du corps », fit remarquer Adrian.

Normalement, il fallait au moins vingt-quatre heures d'absence pour qu'une disparition soit signalée.

« Je n'aime pas du tout ça, dit Margit en joignant les deux mains derrière la tête. Un incendie criminel dans un petit endroit comme Sandhamn. Vu les ressources limitées de leurs pompiers, j'espère vraiment que ça ne va pas recommencer à brûler. »

Elle se leva, gagna le tableau d'affichage et tapa sur la plus grande des photos.

« Est-ce qu'on a quelque chose de concret à se mettre sous la dent ? À votre avis, par où commencer ? »

Elle se tourna vers Staffan Nilsson.

« Tu es censé être expert dans ce domaine.

– La plupart des incendies criminels consistent à mettre intentionnellement le feu pour atteindre un but, répondit Staffan Nilsson. Tant qu'on n'a pas affaire à un authentique pyromane, et ils sont rares, le feu doit être considéré comme un moyen. Le but est d'effrayer, menacer ou détruire quelqu'un. »

Ça se tient, pensa Thomas en se souvenant du visage blême de Celia Jonsson quand elle avait cru que c'était son mari qui était mort dans les flammes.

Si quelqu'un avait voulu provoquer l'effroi chez son épouse, c'était indéniablement réussi.

« À ton avis, de quoi s'agirait-il, en l'occurrence ? demanda-t-il à Staffan Nilsson.

– Quelqu'un qui essaie de sérieusement intimider. Pas sûr qu'il cherche à faire du mal. »

Margit compléta le raisonnement de Nilsson.

« Parce que sinon il aurait mis le feu à la grande maison, tu veux dire ?

– Exactement, opina le technicien. Il aurait été aussi facile d'incendier le bâtiment principal que la maison d'amis, mais il ne l'a pas fait.

– Une personne est morte dans les flammes », fit remarquer Aram.

Aujourd'hui, son dialecte de Norrköping était plus marqué. D'habitude, il cachait son faible accent syriaque, qui ressortait toujours davantage quand Aram revenait de longs week-ends dans sa famille.

« De fait, nous ne savons pas si l'incendiaire était au courant de la présence d'une personne dans la maison au moment où il a mis le feu, rétorqua Nilsson. Comme le verre de champagne le suggère, le corps peut très bien être celui d'un invité qui s'est enivré et a eu la malchance de tituber dans la maison d'amis. »

Thomas était enclin à être de son avis. La maison d'amis n'était pas terminée et devait rester vide pendant le week-end, comme le leur avait dit la baby-sitter.

« La question est de savoir si l'incendie est une forme de menace, ou une expression de haine, dit Thomas. Une sorte de signal ? »

Un incendie dans la maison d'amis pouvait, à bien des égards, constituer un puissant message. Le curieux épisode de l'oiseau mort parlait de lui-même. Le voisin et ses déclarations menaçantes que Nora avait par hasard entendues à la fête étaient une piste à creuser.

« Le billet trouvé à côté de l'oiseau mort montre que quelqu'un veut les chasser de l'île, dit Aram. Hélas, la baby-sitter ne sait pas où il est passé. »

Nora avait dit qu'il circulait beaucoup de ragots dans le dos du couple Jonsson. Thomas avait vu la villa de Fyrudden de ses propres yeux. Et après l'audition de Carsten Jonsson, il n'était pas difficile d'imaginer qu'il pouvait s'être fait des ennemis en cours de route.

Où passait la limite entre ragots et réelle malveillance ?

« La question est de savoir s'il y a un autre but recherché, dit-il.

– Impossible de le dire sans reparler à Carsten Jonsson, constata Aram en jetant son gobelet vide dans la corbeille à papier.

– Jonsson n'est dans aucun fichier, dit Margit. Il est tout blanc.

– Si l'incendiaire comptait trouver la maison d'amis vide, il devait connaître les habitudes de la famille Jonsson, fit remarquer Adrian.

– Ce qui suggère qu'il s'agit d'un insulaire, ou d'un vacancier, dit Margit. Quelqu'un qui vit là et pouvait les surveiller.

– Nous ne pouvons pas considérer comme suspecte toute la population de l'île », dit Thomas.

Le regard de Margit le lui confirma.

Thomas pensa de nouveau aux sorties du voisin, aux mots haineux qu'il avait crachés chez les Jonsson en présence de Nora.

« Pour le moment, c'est ce voisin qui m'intéresse le plus, Agaton, dit-il. L'incendie n'est pas forcément prémédité. Parfois, en état d'ivresse, on fait des conneries. »

Ce ne serait pas la première fois que l'alcool et l'aigreur pousseraient même des gens bien à faire des choses irréfléchies.

« Pour le moment, ce voisin est notre meilleure piste », approuva Margit.

Thomas se tourna vers Karin.

« Est-ce que tu pourrais faire des vérifications sur Per-Anders Agaton et sa femme, pendant qu'Aram et moi retournons à Sandhamn continuer les interrogatoires ?

– Bien sûr, dit Karin en notant dans son carnet. Je t'appelle. »

Margit feuilleta ses papiers.

« Nous devons aussi éplucher la liste des invités, tester les noms dans les fichiers et voir si on ferre quelque chose quelque part. »

Elle trouva un exemplaire de la liste dans son tas de papiers, et le tendit à Adrian Karlsson.

« Tu peux commencer, comme ça Kalle prendra le relais à son arrivée. Un analyste va passer vers neuf heures, il pourra aussi nous être utile. »

Elle se tourna alors vers Staffan Nilsson.

« Une dernière question. Penses-tu qu'il y ait un risque d'autres incendies ? »

Nilsson était en train de rassembler ses affaires.

« Margit, impossible de répondre à ça, tu le sais aussi bien que moi. »

Elle s'entêta.

« À ton avis ?

– Ce ne sera que suppositions.

– Dis quand même.

– La réponse à ta question dépend entièrement de la cause du premier incendie. C'est-à-dire de la raison qui a poussé l'incendiaire à mettre le feu à cette maison d'amis. *Si* c'était un signal adressé à ce Jonsson, et s'il est parvenu à destination, il ne devrait y avoir aucun risque.

– Et sinon ? demanda Margit.

– Sinon, il y a un grand risque que ça brûle de nouveau. »

47.

Quand Carsten revint de son jogging matinal, le quad rouge était déjà garé sur le terrain, derrière la maison. Mats Eklund était sur place. Bien.

Aujourd'hui, Carsten avait couru beaucoup plus loin que d'habitude, avait tout donné, jusqu'à ne plus entendre que le vacarme de son pouls et le martèlement de son cœur. Il s'était poussé avec une telle fureur qu'il avait un goût de sang dans la bouche, mais ça ne l'avait pas calmé pour autant. Son front palpitait et ses paupières étaient lourdes.

Cette nuit, il n'avait pas dormi plus de trois heures, et encore. La plupart du temps, il était resté éveillé dans son lit, envahi de fureur.

Mais il ne fallait pas y céder, il devait garder le contrôle.

Il trouva Eklund près de la cabane à outils, la casquette enfoncée sur le front. Malgré la chaleur, il portait un bleu de travail taché et un T-shirt à manches longues.

« C'est bien que vous soyez là », dit Carsten en essuyant la sueur sur son front avec une serviette qu'il avait attrapée.

Eklund inclina la tête, compatissant.

« Je suis allé voir les ruines. Vous avez raison, c'est complètement détruit. »

Carsten essuya de nouvelles gouttes de sueur sur ses tempes.

« Il n'y a plus qu'à déblayer tout ça, dit-il. Plus tôt vous

vous y mettrez, mieux ce sera. Je veux que ce soit reconstruit à l'identique.

– Vous voulez qu'on s'y mette dès aujourd'hui ?

– Bien sûr. »

Eklund fronça les sourcils.

« Ça vous pose un problème ?

– Eh bien..., commença Eklund. Il y a toujours les bandes de la police. Je ne crois pas que nous ayons le droit de toucher à quoi que ce soit pour le moment. Il nous faut d'abord la permission de la police. »

Carsten roula en boule la serviette dans sa main. Pourquoi fallait-il toujours mettre les points sur les i ?

« Plus vite la maison d'amis sera reconstruite, mieux ce sera, dit-il. Je veux que tout le monde comprenne, sur cette île, que je n'ai pas l'intention de partir. Quoi qu'il arrive. Sans ça, nous ne serons jamais acceptés ici. »

Eklund ôta sa casquette et se gratta la racine des cheveux. Quelques pellicules se détachèrent et tombèrent sur ses épaules, blanches sur le tissu bleu.

« On va peut-être quand même y aller mollo, eu égard aux rubalises, dit-il. Parlez-en d'abord à la police. Ils peuvent sacrément se fâcher si on ne fait pas attention. Je ne veux pas avoir de problèmes, vous savez, avec les permis de travail, tout ce qui concerne mes gars. J'ai dû faire venir des renforts pour tout terminer dans les délais. »

Carsten aurait voulu s'en aller, se débarrasser sous la douche de cette sueur, et de cette colère qui ne faisait que croître.

« La police va bientôt arriver, dit-il. Je mettrai ça sur la table dès qu'ils seront là, ne vous inquiétez pas. »

Eklund parut soulagé, mais ne bougea pas pour autant.

« Autre chose ? demanda Carsten.

– Je ne sais pas si c'est très important, commença Eklund, mais un de mes gars ne s'est pas présenté à Stavsnäs ce matin, pour prendre le bateau.

– Ah ?

– Marek, mon contremaître. »

Marek ? N'était-ce pas le gars que Celia avait vu avec Agaton ?

« Qu'est-ce qui lui arrive ?

– Impossible de le joindre sur son portable, c'est un peu bizarre qu'il ne réponde même pas au téléphone. »

Comment Eklund pouvait-il être aussi ralenti du bulbe ?

« Vous vous souvenez de ma question d'hier soir ? dit Carsten. Si vous étiez sûr de pouvoir faire confiance à tous vos gars ? »

Il avança d'un pas, rapprochant son visage de celui du chef de chantier.

« Je leur fais confiance, assura Eklund.

– Visiblement, vous avez tort. C'est Marek qui a mis le feu, vous n'avez pas pigé ?

– Qu'est-ce que vous racontez ? Marek n'a rien fait, je le connais.

– Il s'est barré, non ?

– C'est impossible. »

Eklund recula de quelques pas, si bien qu'il se retrouva acculé à un pin. Les boutons sur son visage avaient pris une rougeur inquiétante.

Carsten s'approcha encore plus près et lui donna une bourrade sur la poitrine.

« Marek et Agaton ont travaillé ensemble, dit-il lentement. Agaton a fait tout ce qu'il a pu pour saboter mon chantier. Depuis le premier jour. Vous avez vous-même parlé de ce pneu crevé sur le quad. Et qui est responsable de la vitre cassée, à votre avis ? Qui a déposé un oiseau mort devant la porte de son voisin ?

– Agaton », murmura Mats Eklund.

Carsten entendait qu'il n'était plus aussi sûr de lui à présent.

« Celia a vu Marek parler avec Agaton, continua Carsten. De quoi, à votre avis ? De la pluie et du beau temps ? »

Il donna des coups de pied dans quelques pommes de pin. Des aiguilles sèches et brunes volèrent.

« Notre maudit voisin a écrit lettre après lettre pour ne demander qu'une seule chose : que j'arrête de construire ma maison et que je rase mon ponton. Vous ne comprenez donc pas ? Ce type veut me faire partir. À n'importe quel prix. »

Carsten balaya les cheveux humides de son front et souffla par le nez.

« Il était probablement trop lâche pour mettre lui-même le feu, alors il a préféré soudoyer le Polonais. Lequel a mis le feu à la maison d'amis quand ma famille était couchée et sans défense. »

Il cracha la fin de sa phrase.

Il n'y avait plus aucun malentendu.

Eklund cligna plusieurs fois des yeux, honteux.

« Nous étions ensemble sur l'embarcadère samedi dernier, hésita-t-il. J'attendais le bateau-taxi pour Stavsnäs. Marek devait prendre le ferry direct pour Stockholm, qui partait cinq minutes plus tard, alors je ne l'ai pas vu monter à bord. Je ne me doutais pas que… »

Son ton défait confirma les soupçons de Carsten. Agaton avait corrompu un de ses propres ouvriers, payé pour que Marek sabote et détruise tout ce que lui avait construit.

La combine lui apparaissait clairement.

« Marek a probablement paniqué après coup, quand il a découvert qu'il avait réussi à faire brûler un des invités, dit Carsten en se faisant violence pour ne pas perdre son calme. Au lieu d'une dégradation, il s'agissait maintenant d'un meurtre. La prison à vie, il n'avait pas été payé pour ça. »

Pas besoin de davantage de preuves tellement il était évident que ce maudit Agaton était derrière tout ça.

Quelque chose de rouge grossit derrière ses yeux.

« Je parierais que Marek a décidé de disparaître. À l'heure qu'il est, il est probablement en train de compter son argent à bord du ferry pour Gdańsk. Il nous a tous baisés, et vous aussi. »

Mais il ne s'en tirerait pas comme ça. Son commanditaire non plus.

Carsten serra le poing dans sa poche. Son cerveau travaillait déjà à plusieurs hypothèses.

Sans un mot, il tourna le dos à Mats Eklund et s'en alla.

48.

Thomas évita de s'asseoir à la place libre dans le poste de pilotage, à côté de son solide collègue de la police maritime. Il alla plutôt s'installer sur la banquette, au fond de l'habitacle, et ferma les yeux. Aram était resté sur le pont pour profiter de la vue.

Thomas essaya de trouver une position plus confortable sur la dure couchette. Un manque de sommeil lancinant lui pesait à l'arrière du crâne, mais il savait qu'il n'arriverait pas à s'assoupir pendant le trajet en bateau jusqu'à Fyrudden.

L'image du corps brûlé le hantait sans cesse. La cuisse remontée contre le ventre, la position recroquevillée, épaules plaquées contre le sol. Il pouvait presque sentir l'odeur des restes carbonisés.

Pendant la nuit, inquiet, il avait rêvé de flammes qui léchaient les cloisons de la chambre d'Elin. La maison de Harö était elle aussi isolée par des arbres de celle de ses parents. C'était une grange réaménagée qui prendrait facilement feu si quelqu'un approchait une allumette de la façade.

Pernilla avait appelé tard dans la soirée pour lui demander comment il allait. Elle avait un don infaillible pour deviner son humeur et savait toujours quand il était en train de sombrer.

Mais cette fois, il s'agissait d'autre chose, un vague sentiment de honte qu'il ne pouvait expliquer. La mission de la police aurait dû être d'empêcher des crimes de ce genre.

À quoi servaient-elles, sinon, toutes ces heures, ces soirées passées à travailler au lieu de rentrer retrouver sa famille ?

Tout au fond, il savait que tout ça était vain : à quoi bon tenir cette comptabilité du mal, ou croire qu'il pourrait, individuellement, y changer quoi que ce soit ?

Et pourtant il avait ce sentiment d'échec, ce poids invisible qui l'avait accablé dès qu'il était arrivé à Fyrudden et avait vu le corps.

Le bateau ralentit pour croiser un ferry de la compagnie Waxholm. La proue plongea légèrement quand le V du sillage atteignit la coque, ils tanguèrent plusieurs fois avant que le bateau se redresse et reprenne sa course vers Sandhamn.

Thomas savait exactement de combien il fallait ralentir pour parer les remous, il sentait presque la manette sous sa paume. Autrefois, il avait lui aussi piloté des bateaux de la police dans l'archipel. Pendant plus de dix ans, il avait travaillé dans la police maritime et avait toujours aimé ça, tout ce temps passé au grand air.

La seule raison pour laquelle il avait atterri à la section Investigations était Emily. À l'approche de sa naissance, il avait demandé à être muté à terre, pour ne plus avoir à partir plusieurs jours d'affilée en laissant Pernilla seule avec le bébé.

À présent, ça lui manquait. Ça avait été de belles années, songea-t-il, de bonnes années.

Son existence dans la police maritime était plus simple à bien des égards. Il s'occupait de conduites en état d'ivresse, de dépannage de bateaux. Il avait parfois participé à diverses interventions, surtout autour de la Saint-Jean, quand des ados saouls se bagarraient. Il fallait parfois transporter des collègues de la section Investigations, comme le faisait le pilote aujourd'hui, ou prendre en charge des vacanciers blessés.

Thomas s'étira pour retrouver de l'énergie. Il se sentait fatigué et gelé, malgré le beau temps.

Aujourd'hui, il aurait bien pris le soleil sur son ponton de Harö, peut-être sorti sa canne à pêche ou bâti un château de sable pour sa fille. Au lieu de quoi il allait enchaîner les interrogatoires de personnes qui pouvaient être impliquées de diverses façons dans l'incendie criminel de la veille. Parler avec les voisins, interroger les ouvriers du chantier, noter de petits détails tout en cherchant à relever contradictions et hésitations.

Il imaginait déjà la méfiance, quand il commencerait à poser des questions.

Ce que lui avait raconté Nora hier soir n'arrangeait rien : Carsten semblait s'être mis la moitié de l'île à dos. Et pourtant ils étaient très nombreux à être venus à sa grandiose pendaison de crémaillère, y compris ce voisin qui avait proféré des menaces.

Nora elle-même y était allée.

On pouvait bien médire dans votre dos, mais on ne refusait pas une invitation à faire la fête.

Mais qui était-il pour juger ?

Thomas ouvrit les yeux et regarda par le hublot ovale. Ils passaient devant le phare de Getholmen : plus que quelques minutes avant d'arriver à Sandhamn. Ils venaient de doubler une planche à voile solitaire, la brise gonflait et dressait sa voile multicolore.

Il fallait espérer que Carsten Jonsson se montrerait plus coopératif aujourd'hui. Hier, il les avait clairement défiés au cours de leurs entretiens.

Son attitude et son ton de supériorité mettaient Thomas sur la défensive, même s'il savait que ce n'était pas très professionnel.

Carsten Jonsson avait été victime d'un acte criminel, et devait être traité comme tel.

Mais il était difficile de ne pas réagir à l'attitude méprisante de cet homme, qui donnait l'impression de considérer Thomas et Aram comme de simples flics. Juste bons à rentrer dans le rang.

Le bateau tangua, Thomas s'agrippa au bord de la banquette.

Il fallait qu'il garde la bonne distance. Qu'il considère Carsten Jonsson comme la victime qu'il était. Ils étaient beaucoup comme lui, aujourd'hui, inutile d'en faire une affaire personnelle.

Maintenant, il fallait qu'il fasse son travail.

« Tu veux accoster où ? cria le pilote par-dessus le bruit assourdissant du moteur.

– Pose-nous à Fyrudden, répondit Thomas. On va commencer là. »

49.

Carsten Jonsson les attendait quand Thomas et Aram débarquèrent au bout du ponton.

« J'ai vu le bateau de la police, j'ai compris que vous arriviez », dit-il en tendant une main froide et moite.

Il manqua de trébucher sur les mots et ses yeux étaient rougis. Hier, il n'avait montré aucun signe de choc, mais Thomas savait que ça pouvait venir plus tard.

« Heureusement que je vous ai demandé d'éviter la publicité, vous vous souvenez ? Tout est déjà dans les journaux, il y a même une photo de notre maison sur Internet. Mon numéro de téléphone a aussi fuité, des journalistes n'arrêtent pas d'appeler.

– Je suis désolé, dit Thomas. J'espère que ça ne vient pas de chez nous. Nous faisons de notre mieux pour traiter cette affaire aussi discrètement que possible.

– Votre mieux… »

Carsten lâcha un rire amer. Il tourna ensuite les talons pour se diriger vers la terre ferme, mais il s'arrêta à l'ancrage du ponton.

« En savez-vous davantage sur le mort ? demanda-t-il. Avez-vous un nom ?

– Nous pensons qu'il s'agit d'un de vos invités, répondit Aram. Mais le processus d'identification est encore en cours, nous cherchons des correspondances dans la liste que vous nous avez fournie hier.

– Ça peut prendre combien de temps ?
– Impossible à dire, malheureusement. »

Aram était d'une politesse inoxydable.

« Nous faisons aussi vite que nous pouvons, dit-il. Mais, comme nous vous le disions hier, il nous faudrait parler avec vos ouvriers, si vous n'y voyez pas d'inconvénient.

– Ils sont là-bas, dit Carsten en indiquant la forêt, derrière la façade gris foncé. Ils travaillent à la clôture. »

Comme sur commande, des coups de marteau retentirent.

Carsten Jonsson resta là où il était.

« C'est tout ce que vous allez faire, aujourd'hui ? dit-il. Parler à quelques ouvriers ? »

Thomas décida d'ignorer son ton supérieur. Son intuition lui disait que savoir qu'un de ses voisins pouvait être impliqué dans l'incendie n'avait rien de bon pour Carsten Jonsson. Et puis, il était bien trop tôt pour désigner quelqu'un, il leur fallait d'abord interroger Agaton pour se faire eux-mêmes une idée.

« Rien d'autre, répéta Carsten en s'approchant d'Aram au point de le coller. Vous n'allez contacter personne d'autre, sur l'île ?

– Nous allons sans doute parler aussi à vos voisins, dit Aram.

– Et pourquoi ? »

Thomas soupira en silence. Ils étaient maintenant obligés de lui dire.

« Nous avons compris qu'il y avait eu quelques divergences de vues, ces derniers temps, dit-il. Il semble qu'un de vos voisins se soit exprimé avec agressivité au sujet de votre chantier. Nous devons vérifier ça.

– Comment le savez-vous ?
– Des témoins l'ont entendu.
– C'est de Per-Anders Agaton que nous parlons ? »

Aram confirma avant que Thomas n'ait le temps de lui faire le moindre signe.

« C'est exact, dit-il. Comment le saviez-vous ? »

Carsten Jonsson se contenta de hausser les épaules avant de s'éloigner.

Thomas avait l'impression qu'il était satisfait. Comme s'il avait attendu cette réponse-là.

50.

Celia examina son visage dans le miroir de la salle de bains. Ses yeux étaient secs et elle avait un début d'aphte à la lèvre inférieure. Les cloques translucides étaient douloureuses. Elle ne pouvait pourtant pas s'empêcher de les tâter sans arrêt du bout de la langue, même si elle savait que ça ne ferait qu'empirer les choses.

Un cachet avait fini par la plonger dans le sommeil, mais sans la reposer. Au contraire, son corps lui semblait mou et lourd, sa torpeur ne se dissipait pas, malgré le soleil déjà haut.

La maison était silencieuse.

Maria avait probablement emmené les enfants à leur cours de natation sans la réveiller.

Celia quitta la salle de bains et ouvrit la porte de la chambre. Carsten était-il toujours là ?

« Il y a quelqu'un ? »

Elle n'aurait su dire si le silence la soulageait ou la rendait nerveuse. Il n'y avait pas de réponse simple, mais elle savait qu'elle ne pouvait pas indéfiniment se cacher dans sa chambre.

Il fallait qu'ils parlent.

Celia gagna la cuisine. Une tasse à expresso sale traînait sur le plan de travail en granit : Carsten devait être passé par là un peu plus tôt. Maria n'en buvait pas.

Elle fixa la tasse, prise d'une violente envie de la jeter par la fenêtre en faisant voler des éclats de verre.

Tout ce qui s'était passé ces derniers temps était la faute de Carsten.

S'il n'avait pas insisté pour organiser cette pendaison de crémaillère, rien d'horrible n'aurait eu lieu. Les enfants et elle n'auraient pas été mis en danger, ils se sentiraient encore en sécurité.

Elle tenait mal sur ses jambes : elle réalisa qu'elle n'avait rien mangé depuis longtemps. Elle ouvrit le réfrigérateur, mais les fromages et les saucisses qu'elle trouva sur les clayettes ne suscitèrent chez elle que du dégoût. Elle finit par se servir un verre de jus d'orange, mais en but à peine la moitié avant de jeter le reste dans l'évier.

La porte de la terrasse s'ouvrit, elle se retourna. C'était Carsten, qui la regardait. Il ne s'était pas rasé, lui qui était d'habitude si soigné.

« Où tu étais ? » demanda Celia.

Maintenant qu'il se trouvait en face d'elle, elle aurait voulu qu'il s'en aille.

« J'ai trouvé le responsable de l'incendie.

– Comment ça ? »

Celia posa son verre vide sur le plan de travail.

« C'est Marek, le Polonais que tu as vu l'autre jour près de la clôture. Il a tenté de saboter notre chantier. »

Carsten se balançait d'avant en arrière, comme incapable de rester tranquille.

« Pourquoi aurait-il fait une chose pareille ?

– Pour l'argent, évidemment. Notre voisin l'a payé pour faire ça. Tu te rappelles le gros avec sa femme, qui est venu à la fête avec un affreux cactus ? Anna et Per-Anders Agaton. »

Celia hocha la tête. Elle s'était demandé pourquoi ils se donnaient la peine de venir, avec tout le mal qu'ils pensaient d'elle et de Carsten.

« Agaton a longtemps bataillé contre le permis de construire, dit son mari. Il a cherché à nous nuire dès le premier jour.

– Tu es vraiment sûr de ça ? »

Quelque chose dans l'excitation de Carsten l'effrayait.

« J'ai parlé à Eklund ce matin. D'après lui, tous les ouvriers étaient censés repartir pour Stavsnäs samedi dernier, mais Marek est probablement resté sur l'île. Une fois la fête finie, quand tout le monde est allé se coucher, il a mis le feu à la maison d'amis. »

Celia commençait à avoir froid.

Marek était à seulement quelques mètres d'elle jeudi dernier. Avait-il alors déjà décidé de les mettre en danger de mort ? Le feu aurait très bien pu se propager à la grande maison, où ils étaient en train de dormir.

Elle et les enfants.

Il avait toujours rôdé, tout près.

« J'ai aussi parlé aux policiers, continua Carsten. Ils sont arrivés ici il y a quelques heures. Ils m'ont dit qu'Agaton avait lâché des déclarations menaçantes contre nous pendant la fête. Des témoins l'ont entendu. »

Il frappa le chambranle de la porte de la paume de sa main. Ça avait dû faire mal, mais il ne semblait pas se soucier de la douleur.

« Le reste n'est pas difficile à reconstituer, dit-il. Surtout avec ce qu'Eklund m'a raconté ce matin. »

Carsten croisa les bras sur sa poitrine, comme s'il attendait sa réaction.

Celia déglutit.

« Tu l'as dit à la police ? Ce que Marek nous a fait ?

– Ça ne sert à rien. Ils sont incapables de gérer ça. »

Le mobile de Carsten bipa, il sortit son téléphone de sa poche et jeta un coup d'œil à l'écran.

« Je sais exactement ce qui va se passer, dit-il, toujours sans regarder Celia. Les policiers vont aller poser quelques questions à Agaton. Il niera tout en bloc, et le Polonais a déjà disparu. Mais ne t'inquiète pas, j'ai la situation en main.

– S'il te plaît, Carsten, tu ne peux pas laisser la police s'occuper de ça ? On pourrait plutôt rentrer à la maison, à Londres. »

Il lui saisit le bras.

« Personne ne doit me mettre en danger, ma famille et moi. Nous restons ici. Je vous protégerai si Agaton recommence. »

Celia tenta de se dégager. Carsten ne semblait pas entendre ce qu'elle disait, ni comprendre qu'il la serrait trop fort. De près, elle vit que ses yeux étaient injectés de sang.

« Est-ce qu'on ne pourrait pas juste rentrer à la maison ? répéta-t-elle.

– Ce salaud va comprendre sa douleur. Moi aussi, j'ai des contacts. »

Son portable bipa de nouveau. Celia vit que toute son attention allait au sms plutôt qu'à elle.

« Qui est mort dans l'incendie ? dit-elle en essayant de le faire changer de sujet.

– La police pense que c'est un des invités de notre fête. Il était probablement allé se coucher dans la maison pour cuver. Ils sont en train de vérifier la liste. »

Celia aurait voulu ne pas poser la question, mais ne put s'en empêcher.

« Est-ce que tu sais si Marek était au courant qu'il y avait quelqu'un dans la maison quand il a mis le feu ? Tu crois qu'il l'a fait intentionnellement ?

– Aucune idée. »

Carsten lui jeta un coup d'œil impatient.

« Quelle importance ? Il n'était qu'un instrument, payé pour ce qu'il a fait.

– Mais tu crois qu'il savait ?

– Oublie Marek, dit Carsten. Il s'agit de Per-Anders Agaton. »

51.

Le vapeur centenaire *Norrskär* venait de passer devant la villa Brand avec sa cargaison de touristes. Nora replia le journal et le posa sur la table de jardin. Les journalistes avaient déniché sur le Net la même photo de Carsten qu'elle. Un homme élégant en smoking arborant un large sourire. La photo et l'article donnaient de lui une image clinquante. Un play-boy ignorant tout de l'existence des gens ordinaires.

Mais on s'en donnait à cœur joie pour tomber à bras raccourcis sur Carsten et faire des gorges chaudes de son chantier. Capital-risque était devenu une insulte en Suède, depuis plusieurs scandales récents de maltraitance dans des maisons de retraite et des hospices : des situations où la rentabilité économique avait primé sur la qualité du service.

Le vent agita le journal, tandis que Nora regardait la une. Indéniablement, l'événement faisait vendre, elle avait elle-même acheté un exemplaire du journal du soir. Sortir la grosse caisse était rentable.

Elle se sentait toujours gênée d'avoir accepté l'invitation à la fête de Carsten et Celia alors qu'elle désapprouvait leur villa tape-à-l'œil et leur clôture en travers de la plage. Mais quand elle avait fait leur connaissance, ils avaient été tous les deux polis et aimables. Ils avaient l'air de gens tout à fait normaux.

Était-elle hypocrite d'y être allée ?

Oui, répondit-elle toute seule à sa question. Mais elle

n'était pas certaine que refuser pour le principe aurait été beaucoup mieux.

La voix d'Eva interrompit ses réflexions.

« Tu es toute seule ? Où est le reste de la famille ? »

Nora lui fit signe d'entrer et de venir la rejoindre à table.

« Jonas et Julia sont allés faire des courses, dit-elle. Tu as lu le journal ? »

Eva hocha la tête. Elle tenait à la main une pomme, qu'elle frotta contre sa jupe.

« Quelle histoire, dit-elle. Quelle chance, mon Dieu, que personne de la famille n'ait été blessé. À ton avis, qui est mort dans les flammes ?

– Je n'en sais pas plus que toi. »

Techniquement, c'était la vérité. Thomas n'avait pas été disert au téléphone, et avait refusé d'entrer dans les détails.

Nora était habituée à sa discrétion, elle avait beaucoup appris sur le travail de la police en suivant la carrière de son meilleur ami. En outre, elle faisait désormais partie du circuit. À l'Agence de lutte contre la criminalité financière, elle était souvent en contact avec des policiers, les côtoyait parfois quotidiennement. Elle connaissait elle aussi l'étendue du devoir de réserve dans les enquêtes préliminaires.

« Je peux te poser une question ? demanda-t-elle à Eva. À toi qui étais là aussi à cette fête. »

Elles étaient rentrées ensemble ce soir-là, sur leurs vélos un peu chancelants, le long de Trouvillevägen, derrière Jonas et Filip qui ouvraient la route, chacun une lampe de poche à la main.

« Est-ce que tu aurais par hasard entendu quelqu'un dire du mal de Carsten et Celia, samedi dernier ? Qui était indigné ou furieux contre eux ?

– Tu penses que c'est un des invités qui a mis le feu ? » dit Eva.

Nora hésita, elle n'avait pas parlé de l'esclandre de Per-Anders Agaton. Eva était sa meilleure amie sur l'île, mais pas toujours la plus discrète.

D'un autre côté, il y avait peu de choses à Sandhamn qu'Eva ne savait pas.

« Tu m'en as trop dit, continue ! l'exhorta Eva.

– Tu sais, au début de la fête, quand Carsten nous a souhaité la bienvenue ? » commença Nora.

Elle lui raconta ce qu'elle avait entendu Per-Anders Agaton lâcher au sujet de Carsten Jonsson.

« Agaton est fou, dit Eva quand Nora eut fini.

– Pourquoi tu dis ça ?

– Parce que c'est vrai. Mais tu dois savoir qu'il est juriste, tout comme toi ? »

Non, elle ne le savait pas. Mais Nora n'avait jamais été aussi douée qu'Eva pour avoir l'œil sur son entourage.

« À ta différence, c'est un vrai procédurier, dit Eva. Le genre à faire des procès à tout le monde et pour tout. Une vraie peste. J'en connais beaucoup qui détestent franchement ce type.

– Tu penses qu'il a contesté le permis de construire des Jonsson ? Sûrement, s'il est aussi enragé que tu dis.

– Normalement, il aurait dû, mais je crois qu'il a été malade.

– Comment ça ?

– Il me semble qu'il a eu une attaque cardiaque l'an dernier, et qu'il est parti en convalescence à l'étranger. Ils ont un logement en Espagne sur la Costa del Sol. Il devait avoir autre chose à penser que le chantier des Jonsson, sans quoi ils auraient sans doute dû attendre nettement plus longtemps avant d'avoir l'autorisation de construire cette maison. Agaton aurait à coup sûr fait intervenir toutes les instances possibles, et quelques autres. »

Eva savait vraiment tout sur tout le monde.

« Il n'a sûrement pas dû être content en rentrant, quand il a découvert ce qui s'était passé à Fyrudden en son absence », ajouta-t-elle.

Nora pesa le pour et le contre avant de poser la question suivante :

« Est-ce que tu as déjà entendu dire qu'Agaton pouvait être violent ? finit-elle par demander.

– Agaton ? »

Le soleil miroitait à la surface de l'eau, comme devant la villa des Jonsson.

« Non, dit Eva au bout d'un petit moment. Il a une réputation de voisin insupportable, mais pas comme ça.

– Et sa femme ?

– Je crois que c'est quelqu'un de bien. Je n'ai jamais entendu personne se plaindre d'elle en ces termes. Mais je peux demander autour de moi, si tu veux.

– Sans rajouter de rumeurs ?

– Tu me connais, non ? » dit Eva en se calant au fond de son fauteuil.

C'était bien le problème.

« Tu sais autre chose d'intéressant sur la famille Agaton ? dit-elle plutôt. Maintenant qu'on a soulevé le couvercle...

– Attends voir. » Eva essuya un peu du jus de pomme sur son menton. « Je crois que leur famille a acheté cette maison dans les années 30. Ils sont sur l'île depuis longtemps, mais toujours en villégiature, ils n'ont jamais été résidents permanents comme ta famille et la mienne. »

Nora déplaça son fauteuil sous le parasol. Il commençait à faire presque trop chaud au soleil.

« Tu sais où travaille Agaton ? demanda-t-elle.

– Il dirige son propre bureau d'avocats, je crois. »

Ceci expliquait cela. Nora n'avait jamais entendu parler de Per-Anders Agaton dans un contexte juridique. Mais s'il avait sa propre boîte, ça n'avait rien d'étonnant. Ni le fait qu'il ait le temps de faire des procès à tout bout de champ à la terre entière.

Les paroles d'Agaton résonnaient encore en elle.

« Tu as vu qu'ils avaient certaines ressemblances, ces deux hommes ? dit Eva. Carsten Jonsson et Per-Anders Agaton.

– Lesquelles ?

– Ils se font des ennemis partout. Ça ne finit jamais bien. »

52.

Thomas essayait de percer à jour Mats Eklund. Ils s'étaient installés sur les fauteuils du fond, qu'on ne voyait pas depuis la maison, et Eklund venait d'écraser une cigarette.

« Avez-vous réfléchi à cet incendie ? demanda Thomas. Qui pourrait l'avoir allumé ?

– Aucune idée, dit Eklund.

– Aucun soupçon ? dit Aram. Nous essayons d'établir s'il existe une menace à l'encontre de la famille. Quelqu'un sur l'île qui leur voudrait du mal. »

Eklund rangea son paquet de cigarettes.

« Les voisins ont fait pas mal de bruit, dit-il. Mais je ne peux pas dire s'ils sont impliqués. »

Il fit un geste du côté de la maison des Agaton.

« Ceux qui habitent là-bas sont mécontents du ponton et de la clôture.

– Nous irons aussi les voir, dit Aram. Y a-t-il quelqu'un d'autre que nous devrions contacter, à votre avis ? »

Eklund haussa les épaules.

« Savez-vous que quelqu'un a déposé un oiseau mort sur le perron ?

– Oui, c'est moi qui ai dû m'en charger.

– Et ça ne vous a pas fait vous poser des questions ? »

Eklund secoua la tête.

« J'ai évacué la charogne, je ne voulais plus y penser.

– Au fait, savez-vous où est passé le mot ? demanda Thomas. Celui qui accompagnait l'oiseau ?

– Je crois qu'on l'a jeté aussi.

– Vous n'avez vraiment aucune idée de qui peut se cacher derrière ça ? » insista Aram.

Eklund se déplaça sur le canapé. Il avait une ceinture d'outils autour de son ventre rond. Un couteau dans une gaine de cuir noir bougea quand il changea de position.

« J'essaie juste de faire mon boulot.

– Nous aussi », rétorqua Thomas en se demandant pourquoi Eklund était si peu disert.

Avait-il peur de Carsten Jonsson ? Ou juste peur de perdre son boulot ?

« Pensez-vous que Carsten Jonsson pourrait avoir mis le feu pour toucher la prime d'assurance ? »

Il fallait poser la question, même si elle paraissait tirée par les cheveux, dans ce contexte.

« Pourquoi le ferait-il ? dit Eklund. Il est plein aux as.

– Il a peut-être fait de mauvaises affaires ces derniers temps.

– L'assurance de la maison d'amis ne risque pas de le renflouer.

– Ce chantier a dû lui coûter un bras », dit Aram en montrant la façade d'un geste.

Pour la première fois depuis le début de l'entretien, Eklund se réveilla.

« Ça a sérieusement dérapé. Il n'y a certainement pas de baraque plus coûteuse dans tout l'archipel. Nous avons travaillé jour et nuit pour que tout soit prêt pour l'été. »

De près, Thomas voyait comment l'éclairage de la façade était fixé sous le pignon. Rien que la facture d'électricité extérieure devait correspondre à un an de sa consommation à Harö.

« Au fait, dit Eklund. Carsten vous a-t-il parlé du déblaiement ? »

Thomas fronça les sourcils.

« Que voulez-vous dire ?

– Il veut reconstruire la maison d'amis sans attendre, il pensait que nous pouvions nous y mettre dès aujourd'hui.

– Il faudra patienter, dit Aram. Jusqu'à la fin de l'enquête technique.

– C'est bien ce que je lui ai dit, marmonna Eklund. Mais il ne voulait pas l'entendre de cette oreille. Comme d'habitude. »

Enfin quelque chose qui venait du cœur.

Thomas aurait voulu en savoir plus sur ce qu'Eklund pensait de Carsten Jonsson.

« Est-ce qu'il est difficile de travailler avec votre employeur ?

– C'est lui qui paie la facture », répondit Eklund, sans fioritures.

Il avait refermé sa visière.

« Vous pourriez nous en dire plus sur votre collaboration ? demanda Aram.

– Nous avons un contrat.

– Mais comment est-il, comme personne ?

– Vous ne lui avez pas déjà parlé ?

– Si.

– Alors vous voyez. »

Ils attendirent, mais Eklund ne semblait avoir aucune envie de développer. Parfois, il était payant d'être patient, de laisser le silence en suspens. Cela pouvait faire sortir des informations profondément enfouies.

Mais aujourd'hui, ça n'avait pas l'air de marcher.

« Ça n'a pas dû être très facile d'avoir un maître d'ouvrage depuis Londres pour un chantier en Suède », tenta Aram pour provoquer une réaction.

Eklund changea de nouveau de position, le couteau à sa ceinture bougea et pointa vers Aram.

« Ça a compliqué un peu les choses.

– Comment avez-vous fait pour les réunions, tout ça ? Il est souvent venu à Stockholm ?

– On a beaucoup communiqué par mail et au téléphone.

– Un point par semaine, quelque chose comme ça ?

– Plutôt par jour.

– Comment ça ?

– Pour Carsten, ça n'a pas d'importance, il peut envoyer dix mails dans la journée, s'il est d'humeur. Aucun détail ne doit lui échapper.

– Ça a l'air un peu extrême », dit Thomas.

Eklund gratta un bouton de moustique rouge sur son cou.

« Dingue, plutôt. »

Le couple Agaton habitait sur un grand terrain en bord de mer, hors de vue des Jonsson, alors que ce n'était pas à plus de cinq minutes de là. Mais ils étaient les voisins les plus proches, leurs propriétés étaient mitoyennes.

Après le taciturne Mats Eklund, Thomas et Aram avaient vu des ouvriers polonais et ukrainiens qui avaient juré dans un suédois rudimentaire ne pas s'être trouvés sur l'île durant le week-end.

Thomas avait l'impression que tous leurs papiers n'étaient pas parfaitement en règle, mais il n'avait pas approfondi la question. Ce n'était pas son affaire, au fisc de s'en occuper.

Les Agaton avaient eux aussi une maison spacieuse, mais dans un tout autre style : typique des années 20, avec un toit de tôle vert clair et des fenêtres à meneaux. Quelques vélos étaient alignés dehors, avec une carriole à l'ancienne portant sur le côté le nom AGATON.

Thomas et Aram gagnèrent la porte peinte en blanc et frappèrent. Il n'y avait pas de sonnerie.

Une femme en robe légère rouge passée sur un maillot de bain de la même couleur vint leur ouvrir.

« Nous sommes de la police, dit Aram. Nous sommes venus vous poser quelques questions au sujet de l'incendie chez vos voisins, il y a deux nuits. Vous en avez sûrement entendu parler. »

La femme, qui se présenta comme Anna Agaton, sembla réfléchir.

« Si vous souhaitez parler à mon mari, il n'est malheureusement pas à la maison pour le moment. Il est parti en ville il y a quelques heures.

– Quand revient-il ? demanda Thomas.

– Cet après-midi, je dirais. Je ne peux pas le dire avec certitude, il ne savait pas bien quel bateau il prendrait.

– Avez-vous un numéro de téléphone où nous pourrions le joindre ?

– Bien sûr. »

Elle donna un numéro, qu'Aram nota.

« Mais il peut être difficile à joindre sur son portable, ajouta-t-elle. Il a l'habitude de le fermer pendant les vacances, sinon ses clients l'appelleraient tout le temps. Il est avocat, voyez-vous.

– Nous aimerions également parler de l'incendie avec vous », dit Aram.

Anna Agaton regarda sa montre.

« Ça n'est malheureusement pas possible maintenant. J'allais partir pour le village. »

Thomas réfléchit. Il était une heure passée, il fallait de toute façon qu'ils mangent quelque chose.

« Alors nous reviendrons un peu plus tard, dit-il. Est-ce que trois heures, ça irait ? »

53.

Thomas avala une dernière bouchée de sa morue au four et posa ses couverts dans l'assiette. Ils étaient installés à la terrasse de l'hôtel des Navigateurs. Thomas avait pris une bière légère avec son repas, Aram s'était contenté d'eau minérale.

Thomas songeait aux entretiens de la matinée. Qu'avaient-ils appris, en fait ?

« Eklund n'a pas l'air d'apprécier énormément Jonsson », dit Aram, comme s'il lisait dans les pensées de Thomas.

Juste au moment de se quitter, le chef de chantier avait marmonné quelque chose sur la manie de Jonsson de vouloir tout contrôler. Entre les lignes, ils avaient compris que leur collaboration n'avait pas été sans douleur, en particulier quand quelque détail s'écartait du plan.

« Jusqu'ici, nous n'avons pas rencontré une seule personne qui nous ait dit du bien de Carsten Jonsson », remarqua Aram.

Il avait raison, se dit Thomas. Même son épouse n'avait pas trouvé de compliment à lui faire. Celia était furieuse contre son mari la dernière fois qu'ils l'avaient vue.

« Non, dit-il tout haut. Ça ne facilite pas vraiment les choses.

– Et ça augmente assurément le cercle de ceux qui peuvent avoir un mobile pour l'effrayer ou lui faire du mal, dit Aram en chiffonnant sa serviette en papier. Il faut qu'on joigne Per-Anders Agaton, pour savoir au moins à quoi nous en tenir avec lui. Quand il daignera se montrer. Dans le pire des cas, on passera toute la soirée ici.

– Il y a un risque, dit Thomas. Mais le dernier bateau pour rentrer sur la terre ferme ne part pas avant huit heures, ne t'inquiète pas, tu ne rentreras pas à la nage. »

Aram ignora la pique de Thomas.

Ils étaient entourés de convives en tenue de vacances. Thomas nota qu'Aram et lui étaient sans doute les seuls en pantalon dans la chaleur estivale.

« Tu veux du café ? proposa Thomas. Je peux aller en chercher. »

Il entra et se dirigea vers le coin café au bout du large bar, dans l'ancienne salle du club. Elle était décorée des fanions et emblèmes de diverses associations de voile, avec des photos en noir et blanc de régates des années 20.

Thomas remplit deux mugs de porcelaine et rejoignit Aram dehors.

« C'est joli, dit celui-ci en embrassant d'un geste le port de plaisance qui s'étendait au pied de la large terrasse. On l'oublie facilement. »

De l'autre côté de la baie se dressait le bâtiment jaune de l'Auberge, et la promenade de bord de mer était pleine de touristes d'un jour et de vacanciers. Le long des étroits pontons, bateaux à voile et à moteur se serraient. Les grands mâts montaient très haut au-dessus de l'eau.

« Oui », dit Thomas, sans être aussi charmé qu'Aram par ce coin d'archipel idyllique qu'ils avaient sous les yeux.

Il aurait préféré être ailleurs. Chez lui, sur Harö. Thomas imagina la petite crique, le ponton qui s'avançait dans l'eau, les roseaux au bord de la plage où Elin aimait patauger.

« Mais je préfère la basse saison, dit-il. En ce moment, il y a un peu trop de monde à mon goût.

– Ce n'est pas trop sinistre, en hiver ? Quand tous les touristes ont filé ?

– Il y a nettement moins de monde. Mais il règne une paix que tu ne retrouves nulle part ailleurs. »

On respirait mieux.

« C'est beaucoup plus calme sur Harö, dit Thomas. Moins de touristes, pas de port de plaisance. Pas de bourg avec des boutiques et des restaurants, comme ici. Les maisons sont dispersées sur toute l'île. »

Pernilla et Thomas avaient quelquefois essayé d'inviter Aram et sa famille, mais ça n'avait rien donné jusqu'ici.

« Il faudra que vous veniez cet été », dit-il.

Le téléphone de Thomas sonna. C'était Karin.

« Tu as trouvé quelque chose sur Per-Anders Agaton ?

– C'est peu de le dire. Il y a une plainte à la police contre Carsten Jonsson, déposée juste avant l'été. Agaton en est à l'origine. »

Thomas mima « Karin » et « plainte » à Aram. Il appuya sur la fonction haut-parleur pour que son équipier puisse entendre la conversation.

« À quel sujet ? demanda-t-il, en tenant le portable entre lui et Aram.

– Il semble que Jonsson ait construit son ponton en partie sur les eaux d'Agaton. Pas de beaucoup, mais ça a suffi pour le faire sauter au plafond. J'ai sa plainte sous les yeux. Elle fait bien dix pages. »

Dans d'autres circonstances, la question se serait résolue avec une ou deux bouteilles de vin et une soirée barbecue entre voisins. Au lieu de quoi Agaton avait rédigé un épais pensum qu'il avait déposé à la police.

Ça disait quelque chose de l'ambiance entre voisins.

« Autre chose ? demanda Thomas.

– J'ai aussi parlé avec la commune. D'après l'agence d'urbanisme, il y a eu plusieurs plaintes contre Jonsson, l'une pour travaux sans permis, l'autre pour abattage illégal d'arbres autour du terrain.

– Émanent-elles aussi de Per-Anders Agaton ? demanda Aram.

– Impossible à dire. Ces plaintes sont anonymes, on ne peut pas savoir qui les a déposées. Mais d'après le responsable, de telles plaintes sont assez fréquentes. Tous les gens ne veulent pas afficher leur nom quand ils dénoncent un voisin.

– Et que comptent-ils en faire ?

– À la commune ? Chaque plainte va être traitée, comme d'habitude. Mais ils n'avaient pas l'air d'avoir beaucoup avancé. C'était drôle, j'ai presque eu l'impression que les gars de la commune n'étaient pas trop pressés de s'occuper de Jonsson. Comme s'ils avaient déjà été échaudés.

– Bon boulot, dit Thomas.

– Et voilà, dit Aram quand Thomas eut raccroché. Construire son ponton dans les eaux de quelqu'un d'autre ne vous rend pas très populaire par ici. »

Thomas hocha la tête.

« Dire qu'ils sont en froid est un euphémisme. On ne sait jamais où tout ça peut mener.

– Ça ressemble à du squat », remarqua Aram.

Ce n'était pas un délit bien grave. Passible d'amende ou de six mois de prison avec sursis.

Thomas imaginait déjà le procureur soupirer en voyant encore une affaire de voisinage coûter de l'argent aux contribuables. Agaton devait saisir le tribunal d'instance et demander une ordonnance exécutoire pour la démolition de ce ponton.

Que Jonsson ignorerait naturellement, ou contesterait auprès de toutes les instances imaginables. Il faudrait des années avant qu'il soit contraint d'enlever le ponton, et Thomas ne serait pas étonné que Carsten ait compté là-dessus dès le début.

Peut-être Per-Anders Agaton avait-il lui-même compris ça, et décidé de prendre les choses en main ?

Deux heures sonnèrent.

« Et si on allait voir cette gouvernante, Linda Öberg, avant de retourner chez les Agaton ? Elle devrait être ici, à cette heure-ci.

– Je me demande si elle manque autant d'assurance que la baby-sitter », dit pensivement Aram.

La petite Maria, songea Thomas. Elle semblait avoir peur de son ombre.

54.

Carsten ressortit des toilettes les mains encore mouillées et alla chercher son téléphone posé sur la table de la salle à manger. Il fallait qu'il appelle Anatoli. Sa vie dépendait désormais de KiberPay. Le chaos qui avait suivi la fête était la dernière chose dont il avait besoin.

Il n'avait pas les moyens de se laisser distraire.

Il se le promit : Agaton paierait encore plus cher s'il n'arrivait pas à mettre bon ordre à cette cotation en Bourse.

Carsten parcourut le séjour des yeux. Il aurait juré avoir posé son portable sur la table avant d'aller aux toilettes, mais il avait à présent disparu.

Se souvenait-il bien ? Peut-être l'avait-il plutôt laissé sur la table basse du canapé ?

Mais il n'y avait là aucun téléphone, ni près du vase, ni près des gros livres à couverture glacée.

Il s'était absenté au plus dix minutes. Où était donc passé ce portable ?

Il fallait qu'il appelle la Russie et prenne la situation en main, plusieurs jours s'étaient déjà écoulés depuis sa dernière conversation avec Anatoli. Son inquiétude augmentait dès qu'il pensait aux derniers rebondissements.

Mais où était donc ce maudit téléphone ?

Il ne le trouvait nulle part. Sa bouche s'assécha.

« Celia, lança-t-il en direction de la chambre. Tu aurais vu mon iPhone ? »

Elle ne répondit pas. Elle était restée enfermée dans la chambre toute la journée, il était clair qu'elle l'évitait.

« Celia », essaya-t-il de nouveau en tombant à genoux devant le canapé, que jonchaient de nombreux journaux.

Il fouilla parmi les magazines, les envoyant voler sur le tapis, dégagea les coussins ornementaux puis les assises du canapé.

Rien.

Il se releva avec un juron et, dans sa précipitation, renversa le grand vase, dont l'eau se répandit. La flaque grandit à ses pieds, mais il laissa faire et continua à chercher.

Son téléphone devait bien être quelque part ?

Des rires dehors attirèrent son attention. Ça ressemblait à la voix enfantine de Sarah.

Carsten ouvrit la porte de la terrasse et regarda vers la plage baignée de soleil.

Au bord de l'eau, Maria jouait avec Sarah. Elles étaient en train de construire un château de sable, Sarah avait un seau en plastique à la main et Maria s'affairait à creuser des douves.

Oliver était un peu plus loin, près de l'ancrage du ponton, profondément concentré sur quelque chose qu'il tenait dans sa main.

Carsten serra les lèvres. Lui avait-il pris son portable sans demander la permission ? Fichu gosse !

« Oliver ! cria Carsten depuis la porte en se dirigeant vers le rivage. C'est toi qui as pris mon téléphone ? Rapporte-le-moi. »

Mais son fils ne semblait pas entendre, il y avait un peu de vent, qui emportait ses paroles.

Pourvu que le gamin n'appuie pas sur la mauvaise commande et n'efface pas quelque chose d'important dans son carnet d'adresses.

« Non, pas une tuile de plus », grommela Carsten en hâtant le pas tandis qu'il criait à nouveau :

« Oliver, viens tout de suite ici ! »

Oliver réagit alors. Il regarda du côté de Carsten, mais

recula ensuite de quelques pas vers le ponton, une main dans le dos. Il continua à reculer, alors qu'il ne portait pas de gilet de sauvetage.

« Oliver, cria Carsten. Viens ici, tu n'entends pas ce que je te dis ? »

Oliver ne répondit pas. Il recula davantage, si bien qu'il approchait du bout du ponton. Il cachait toujours une de ses mains.

« Rends-moi le téléphone, Oliver. Sinon je vais vraiment me fâcher. »

Carsten traversa le ponton en quelques rapides enjambées. Il tendit la main vers lui, mais Oliver s'accroupit pour essayer de lui échapper ; il donna des coups de pied, se débattit et, alors que Carsten maintenait son fils, le portable glissa des mains d'Oliver.

Il rebondit sur les planches et se coinça dans une étroite fente du ponton.

Carsten lâcha Oliver et se jeta à genoux. Au moment précis où le téléphone allait glisser, il saisit l'étui.

Il se releva et fourra l'iPhone au fond de la poche de son pantalon. Il s'était écorché le bout des doigts, l'ongle de son index saignait un peu quand il attrapa les épaules d'Oliver.

« Ose seulement reprendre une seule fois mon téléphone sans permission, hurla-t-il en secouant l'enfant si fort que sa petite tête fut ballottée d'avant en arrière. Ne recommence pas ça, compris ? N'y touche plus jamais. »

Tous ses contacts, toutes les informations sur les affaires d'Agaton. Tout aurait été perdu s'il n'avait pas réussi à sauver le portable à la dernière seconde.

Il luttait pour préserver leur existence, et voilà que tout le monde lui mettait des bâtons dans les roues.

« Maman m'a dit que je pouvais l'emprunter », pleura Oliver.

Celia, évidemment, pourquoi fallait-il toujours qu'elle fasse l'inverse de ce qu'il voulait ? Pourquoi ne pouvait-elle pas lui obéir ?

Le bruit de la claque le surprit quand sa paume atteignit le visage d'Oliver.

« Ce n'est pas ta mère qui décide pour mon téléphone, dit-il. C'est moi, et tu peux le lui dire. »

Oliver le dévisagea. Une marque rouge grandissait sur sa joue.

Carsten empoigna rudement son fils et le traîna hors du ponton, jusqu'à Maria et Sarah dans le sable.

Maria était bouche bée.

« Si tu avais fait ton travail, ça ne serait pas arrivé, dit Carsten. Tu dois surveiller les enfants, pour que rien n'arrive, pour quoi crois-tu qu'on te paie ? »

Il poussa durement Oliver vers la baby-sitter.

« Veille à ce qu'il ne tripote plus mes affaires à l'avenir. »

55.

Des pleurs stridents d'enfant s'entendaient de loin, tandis qu'Aram et Thomas arrivaient par le sentier forestier en vue de la maison neuve. Puis Carsten Jonsson surgit du coin de la façade. Il marchait à grands pas, un portable à la main.

L'air renfrogné.

Carsten baissa son téléphone en apercevant les deux policiers à l'orée du bois.

« Vous deux, encore ? lâcha-t-il en s'arrêtant. Qu'est-ce que vous voulez, maintenant ?

– Nous avons besoin de parler à votre gouvernante, expliqua Thomas. Linda Öberg.

– Elle n'est pas là.

– Savez-vous quand elle doit arriver ? demanda Aram.

– D'un moment à l'autre, elle devait sûrement venir plus tard aujourd'hui. »

Il disparut dans la forêt par le même chemin qu'ils venaient d'emprunter.

« Ce type devrait parler à quelqu'un, dit Aram. Tu crois qu'il connaît le numéro vert d'assistance aux victimes ? »

Ils longèrent le bâtiment et descendirent vers la plage, sans trouver d'enfants ni de baby-sitter. Ni Celia. Aucune trace de celui qui pleurait un instant avant.

Les portes de la terrasse étaient fermées mais une femme à queue de cheval brune était en train d'amarrer un petit hors-bord au ponton.

« Excusez-moi, lança Thomas depuis la plage. C'est vous, Linda ? »

La femme se redressa.

« Comment ça ?

– Nous sommes de la police, nous aurions besoin de parler avec vous de l'incendie d'il y a deux nuits », répondit Aram.

La femme maigre noua solidement une amarre en proue. Puis sauta vivement à terre et se dirigea vers les policiers.

« Linda Öberg, dit-elle en serrant la main de Thomas d'une poigne ferme.

– Pouvons-nous nous asseoir quelque part pour parler un moment ? » demanda-t-il.

Elle les précéda jusqu'au groupe de fauteuils où ils s'étaient assis avec Eklund dans la matinée. Ils étaient à présent dans une ombre fraîche. Ça faisait du bien d'échapper au soleil, la traversée rapide de la forêt avait mis Thomas en sueur.

« Depuis combien de temps travaillez-vous pour la famille Jonsson ? demanda Aram quand ils se furent installés autour de la table en rotin.

– Pas très longtemps, j'ai été engagée en mai. J'ai aidé à préparer la maison avant qu'ils arrivent.

– En faisant quoi ? demanda Thomas.

– Un peu tout. Recevoir et déballer les meubles, monter les lits, aider la décoratrice à poser les nouveaux rideaux.

– Le décoratrice ? » interrogea Aram.

Linda écarta quelques mèches de son front.

« Carsten a engagé une société de décoration intérieure pour que tout soit prêt avant l'arrivée de la famille. Son épouse et les enfants n'ont eu qu'à s'installer.

– Comment s'appelle cette société ? » demanda Aram en cliquant sur son stylo-bille.

Linda fronça les sourcils. Thomas se demanda quel âge elle pouvait avoir. Difficile de le dire exactement, quarante, quarante-cinq ans, au jugé. Mais elle semblait assez usée, ou plutôt tannée par les intempéries : elle était peut-être plus jeune que ça.

« Désolée, il vaudrait mieux demander à Carsten ou Celia.

Je ne me souviens malheureusement pas du nom de cette société. La fille qui était là s'appelait Angelika, mais je ne connais pas son nom de famille.

– Quelles sont vos tâches auprès des Jonsson ? demanda Aram.

– Je fais tout. Je m'occupe du linge, du ménage, je passe l'aspirateur. Je veille à ce qu'il y ait des fleurs fraîches dans les vases, j'enlève les fanées. La première chose que je fais en arrivant, d'habitude, c'est de débarrasser le déjeuner, de vider et remplir le lave-vaisselle.

– Vous faites aussi les courses ?

– Non, Maria s'en occupe, ou quelqu'un d'autre. Je crois que Carsten aime bien aller à l'épicerie fine.

– Comment en êtes-vous arrivée à travailler pour les Jonsson ? » demanda Thomas.

Linda paraissait réfléchir à chaque question avant de répondre.

« J'ai lu une annonce dans le *Journal de l'archipel.* Ils voulaient quelqu'un qui puisse travailler pour eux quand ils étaient là, et surveiller la maison pendant qu'ils étaient en Angleterre. »

Elle tira un peu sur la manche de son pull bleu.

« Dans l'archipel, ce n'est pas toujours facile de gagner sa croûte, ça semblait une bonne opportunité. C'est rassurant de savoir qu'un salaire va tomber tous les mois.

– Et que faites-vous, sinon ? demanda Aram.

– Un peu de tout. Je travaille parfois pour l'aide à domicile – même dans l'archipel, les gens finissent par vieillir. De temps en temps je fais des remplacements à la crèche.

– Et ça vous suffit ? » demanda Thomas en remarquant les tennis usées qu'elle portait.

Linda haussa les épaules.

« Je pêche aussi parfois, je ramasse des champignons ou des baies. Je m'en sors, je n'ai pas de si gros besoins. »

Thomas remarqua qu'elle ne portait pas d'alliance à la main gauche.

« Avez-vous une famille ? Des enfants peut-être ? »

Linda baissa les yeux.

« Hélas, ça ne s'est pas fait. Nous avons essayé pendant quelques années, mon mari et moi. Mais il s'est passé des choses et nous avons fini par nous séparer... »

Thomas en savait long sur le fait d'essayer d'avoir des enfants sans y parvenir, et encore plus sur les questions insistantes de l'entourage. Il décida de changer de sujet.

« Où habitez-vous ? Maria nous a dit que ce n'était pas ici, à Sandhamn.

– Je loue un chalet à Runmarö, à l'est de l'île. Mais c'est rapide de venir ici, à peine vingt minutes en bateau. »

Elle fit un geste vers la petite barque qu'elle venait d'amarrer.

« Que pensez-vous de vos nouveaux employeurs ? » dit Aram, comme si c'était quelque chose qui venait de lui passer par la tête.

Ils avaient posé la même question à Mats Eklund.

Le visage de Linda se ferma.

Thomas se dit que ce n'était pas une question de loyauté, vu le peu de temps qu'elle avait travaillé pour le couple Jonsson. Mais elle craignait probablement pour son emploi, comme Eklund.

« Ils paient bien, dit-elle, en confirmant que c'était alimentaire, comme s'en doutait Thomas.

– Et comment sont-ils, comme famille ? tenta Aram.

– Comme la plupart des gens. »

Aux yeux de Thomas, la famille Jonsson était tout, sauf ça. L'argent, le faste, la façon de se faire servir, tout respirait une richesse que très peu de gens approchaient.

Avant de raccrocher, hier, Nora lui avait fourni un bref résumé de la carrière de Jonsson et de ce qu'elle avait trouvé sur ses parents. Un peu gênée, elle lui avait avoué ses recherches sur Internet au sujet des activités de Jonsson.

« Ce n'est pas un peu gênant de s'occuper de la lessive de quelqu'un d'autre ? demanda Aram.

– Non, pourquoi ? Qu'est-ce que vous croyez que je fais, pour l'aide à domicile ? »

Thomas connaissait assez bien Aram pour savoir ce qu'il

pensait. Il y avait une nette différence entre les besoins d'aide domestique de vieux retraités et ceux du couple Jonsson.

« Vous vous entendez bien ?

– Oui, j'imagine. »

Maria n'avait pas semblé apprécier particulièrement Linda, mais Thomas la jugeait d'une grande intégrité.

« Avez-vous repéré quelque chose de particulier, depuis que vous êtes ici ? demanda Aram. Quelque chose d'inhabituel, peut-être des inconnus qui auraient rôdé dans les environs ?

– Non, ça ne me dit rien.

– Pouvez-vous imaginer pourquoi quelqu'un pourrait vouloir mettre le feu à la maison d'amis ? ajouta Thomas.

– Non. Je ne comprends rien à ce qui s'est passé. »

Elle lâcha ces derniers mots avec un profond soupir.

« Êtes-vous au courant de l'incident de l'oiseau mort sur l'escalier ? » demanda Aram.

Linda parut ébranlée en répondant.

« C'était horrible, mais je n'étais pas là, murmura-t-elle. C'est Maria qui l'a trouvé, la pauvre, elle a eu très peur.

– Tout ce que vous pouvez nous dire est important, vu les circonstances, dit Aram. Même si ce n'est qu'un petit détail.

– Je ne sais pas quoi dire. Je n'ai rien vu de bizarre. J'aimerais vraiment pouvoir vous aider. La seule chose…

– Oui ? dit Thomas.

– Rien. Pardon, je ne veux pas dire du mal des étrangers. »

Linda s'excusa d'un regard auprès d'Aram.

« Pas de problème, dit-il en levant les deux mains. Je ne le prends pas mal. Qu'est-ce que vous alliez dire à propos des étrangers ?

– Ce sont ces Polonais…

– Oui ? fit Thomas.

– Il y en a un qui n'a pas l'air très fiable.

– À qui pensez-vous ?

– Je ne connais pas son nom. Mais il est assez grand, il ressemble assez à Carsten, en fait. Eklund sait sûrement comment il s'appelle.

– Pourquoi ne vous inspire-t-il pas confiance ? demanda Aram.

– Eh bien… L'autre jour, je me suis trouvée là alors qu'il discutait avec un voisin, sur le terrain. Il y avait quelque chose de bizarre, je ne sais pas l'expliquer mieux que ça. »

Enfin quelque chose de concret.

« Quand était-ce ? demanda Thomas en se penchant en avant.

– Jeudi dernier, c'était presque le soir, j'allais reprendre mon bateau pour rentrer. Ils étaient là-bas, près de la nouvelle clôture. »

Elle indiqua l'arrière de la maison.

« Et quelque chose a attiré votre attention ? l'encouragea Aram.

– Oui, leur discussion était animée. Ils ne m'ont pas vue du tout, mais je n'ai pas pu m'empêcher de me demander…

– Pourriez-vous décrire l'homme qui parlait avec le menuisier ?

– C'est allé si vite. Et ils étaient loin, j'étais sur le ponton.

– Était-il mince ou gros, petit ou grand ? essaya Thomas.

– Je crois qu'il était assez fort, peut-être même assez gros.

– Son âge ? »

L'image de Per-Anders Agaton était sur sa rétine.

« La soixantaine ?

– L'avez-vous revu ? demanda Aram. Pourriez-vous le reconnaître ? »

Là, Linda Öberg n'hésita pas une seconde :

« Je l'ai vu samedi soir. Il était à la fête. »

56.

Son portefeuille à la main, Nora se dirigea vers la station-service, dans la zone du port réservée au club nautique KSSS. Comme d'habitude, les bateaux s'alignaient le long des pontons, la station alimentait Sandhamn et toutes les îles alentour.

Elle venait de parler avec Simon, à qui elle ne semblait pas manquer le moins du monde. Elle avait dû lui arracher chaque mot pendant les quelques minutes de leur conversation. Il avait raccroché beaucoup trop vite, prétextant qu'il devait partir se baigner. Elle avait l'intention d'essayer d'appeler Adam un peu plus tard, peut-être aurait-il davantage envie de parler avec sa maman ?

Il fallait une nouvelle amarre pour le canot, Nora espérait qu'ils auraient quelque chose comme ça à la station-service, car elle avait oublié d'en acheter une neuve en ville.

Une petite passerelle en aluminium reliait le ponton de la station au quai, Nora la franchit et entra dans le bâtiment, où le propriétaire d'un bateau à moteur était en train de payer son plein.

Cinq cents litres de diesel, ça n'avait pas l'air donné. Nora regarda les rayonnages proposant de tout, des livres de poche aux bonbons en passant par divers accessoires nautiques. Quelque part, entre les fenders et les manilles, il devait bien y avoir des cordages.

Dans le coin du fond, devant le rayon pétrole lampant et

alcool à brûler, un homme en short et polo blanc fouillait parmi les flacons.

Nora pensa le reconnaître, même de dos. N'était-ce pas Carsten ?

Ses cheveux blond cendré le lui confirmèrent.

Elle ne les avait pas revus, Celia et lui, depuis la fête de samedi dernier, et n'avait pas pris de nouvelles au téléphone, même si elle y avait songé plusieurs fois.

Maintenant, elle avait mauvaise conscience de ne pas les avoir recontactés.

« Bonjour, Carsten », dit-elle.

L'homme se tourna. Il sembla d'abord ne pas bien reconnaître Nora, puis il la remit et fit un petit signe de tête.

« Qu'est-ce que vous voulez ? »

Nora fut presque décontenancée.

« Comment allez-vous ? dit-elle. J'ai entendu parler de l'incendie. C'est affreux, après une si belle fête.

– On se débrouille, dit Carsten.

– Quelle chance que personne de la famille n'ait été blessé.

– Oui.

– Est-ce qu'on peut faire quelque chose pour vous aider ? Vous n'avez qu'à demander.

– Nous aimerions plutôt qu'on nous laisse tranquilles.

– Ah ? »

Nora ne savait pas comment continuer. Elle ne s'attendait pas à trouver Carsten aussi cassant. Mais c'était peut-être sa façon de gérer le choc, il ne s'était passé que quelques jours depuis l'incendie.

De près, Nora vit qu'il avait des cernes sombres sous les yeux et que ses narines rougies pelaient.

« Au fait, comment va Celia ? » demanda-t-elle en déplaçant son poids sur l'autre pied.

Le silence commençait à être gênant.

« Ça va.

– Et les enfants ?

– Ils vont bien.

– Ça aurait pu être très grave si le feu s'était propagé,

dit-elle. Nous avons beaucoup pensé à vous ces derniers jours. Vraiment, n'hésitez pas à nous dire si nous pouvons faire quelque chose pour vous.

– Cessez déjà vos questions indiscrètes. »

Estomaquée, Nora rougit.

Carsten regarda sa montre, tandis qu'un petit muscle tressautait à la commissure de ses lèvres.

Nora fixa cette montre sans savoir quoi dire. Elle doit coûter cher, fut ce qui lui passa par la tête.

Derrière eux, le client avait payé son plein, la cloche de la porte sonna quand il ressortit au soleil, suivi du gars de la station-service.

Ils étaient à présent seuls dans la boutique.

« J'étais venue acheter une nouvelle amarre pour notre bateau », dit Nora, honteuse de s'excuser ainsi.

Elle lorgna vers l'étagère où étaient présentés différents cordages. La conversation commençait à être insupportable.

« Portez-vous bien, dit-elle. Et saluez Celia de ma part. »

Avant qu'elle ait le temps d'ajouter quoi que ce soit, Carsten avait tourné les talons et quitté la boutique.

Nora resta plantée là à le regarder partir.

57.

La porte d'entrée des Agaton était à l'ombre quand Aram et Thomas revinrent y frapper.

« Vous revoilà déjà ? dit Anna Agaton, alors que c'était l'heure convenue. Je suis désolée, mais Per-Anders n'est pas encore là. Ça risque d'être long. Il a appelé pour dire qu'il ne rentrerait pas avant ce soir tard.

– Avez-vous dit à votre mari que nous étions venus le voir ? demanda Thomas. Nous devons nous entretenir avec lui, c'est urgent.

– Non, j'ai oublié ça, désolée.

– Pouvons-nous entrer ? dit Aram. Comme nous vous l'avons dit tout à l'heure, nous aimerions aussi vous poser quelques questions. »

Anna Agaton ne semblait pas spécialement ravie à cette idée. Mais elle recula pourtant de quelques pas et ouvrit sa porte.

« Je ne vois vraiment pas en quoi je pourrais vous aider », dit-elle en les précédant dans la maison jusqu'à une véranda dont les baies vitrées étaient ouvertes sur la plage.

Elle indiqua des fauteuils.

« Nous pouvons nous asseoir ici. »

L'espace lumineux rappela à Thomas la villa Brand : il y avait aussi chez Nora une véranda vitrée à l'ancienne donnant sur la mer. Il y avait philosophé un nombre incalculable de fois autour d'un café ou d'une bière.

Mais à présent, il s'agissait d'Anna Agaton.

Aram ne quittait pas des yeux la maîtresse de maison. Thomas devinait ce qu'il ressassait. Était-ce son mari que Linda Öberg avait vu avec l'ouvrier polonais ? Nora avait dit que le couple s'était ouvertement disputé lors de la fête, mais Thomas savait bien que les jeux de rôle au sein d'un couple n'étaient pas toujours compréhensibles de l'extérieur.

Anna Agaton paraissait plus jeune que son mari qui, d'après l'état civil, avait soixante-quatre ans. Thomas aurait parié sur une différence d'âge d'une dizaine d'années environ. Elle était aussi beaucoup plus mince que son corpulent mari, presque fluette.

Elle tambourinait à présent sur l'accoudoir de son fauteuil, faisant trembler la peau nue sous ses bras – beaucoup plus flasque que celle de son visage.

« Pourquoi votre mari a-t-il porté plainte contre votre voisin ? demanda Aram, aussi aimablement que s'il lui avait proposé une tasse de café.

– Pardon ?

– Est-ce une façon habituelle de souhaiter la bienvenue à de nouveaux arrivants ? C'est assez radical d'aller voir la police. On voit surtout ça à la télévision.

– Il est assez inhabituel de construire un ponton dans les eaux de quelqu'un d'autre. »

Anna Agaton avait visiblement de la repartie.

« N'auriez-vous pas pu plutôt vous arranger à l'amiable ?

– Que voulez-vous dire ?

– On pourrait imaginer que vous seriez d'abord allés parler aux Jonsson. Avant d'avoir recours à la police.

– Je crois que vous ne comprenez pas de quelle sorte de gens il s'agit. »

Anna Agaton semblait ne s'abstenir de se pincer le nez qu'au prix d'efforts considérables.

« Nous sommes tout ouïe, dit Thomas. Maintenant que nous sommes là.

– Ce n'est pas parce qu'on a gagné beaucoup d'argent

qu'on peut se comporter n'importe comment en s'installant dans un nouvel endroit. »

Ses narines s'étaient malgré tout mises à trembler.

« Ici, à Sandhamn, il y a certaines règles à respecter, d'anciens us et coutumes. Si on n'est pas disposé à s'y plier, il faut peut-être acheter ailleurs. Il y a vingt-quatre mille îles dans l'archipel où l'on peut s'installer en n'en faisant qu'à sa tête. »

On aurait dit l'écho de Nora.

Thomas se demanda s'il trouverait le temps de faire un crochet par la villa Brand avant de quitter l'île. Prendre une bière sur le ponton pour se changer les idées. C'était une soirée agréable à passer dehors. Il n'aurait rien contre un moment de détente avec Nora et Jonas.

« Je comprends que votre mari et vous soyez indignés par le comportement de vos nouveaux voisins », dit Aram en regardant Thomas à la dérobée.

Il semblait sentir que les pensées de son collègue étaient ailleurs.

Thomas, honteux, s'efforça de se concentrer sur la conversation.

« Je n'ai rien contre elle, sa femme, je veux dire, continua Anna Agaton. C'est avec lui que j'ai du mal. Il fait tache, ici. Ça se voit tellement qu'il s'imagine tout pouvoir acheter avec de l'argent.

– Ça ressemble vraiment à un cliché, dit Aram. Mais des fois, vous avez raison, les clichés sont exacts. »

Il prit une mine compréhensive, comme s'il savait tout à fait combien pouvaient être embarrassants des nouveaux venus qui ne savaient pas se tenir.

Ces amabilités semblèrent faire mouche.

« Je peux vous garantir qu'il est d'origine modeste, dit Anna Agaton. Il veut prendre une revanche sur son enfance. Croyez-moi, j'ai déjà vu ce genre de comportement. »

Son observation fit réfléchir Thomas. Elle était pertinente. Pourquoi Carsten Jonsson avait-il choisi de s'installer justement à Sandhamn ? Il ne fallait pas qu'il oublie de creuser cette question.

« Et pourtant, vous êtes allés à sa fête de pendaison de crémaillère », observa Aram.

Une légère rougeur apparut sur le visage d'Anna Agaton. Elle se tortilla sur place.

« Nous ne voulions pas être désagréables.

– Ils ont sûrement apprécié », dit Thomas, qui se sentit sur le point de ricaner, plutôt que d'écouter avec recul. Elle cachait quelque chose.

Ressaisis-toi, Thomas.

Il croisa les jambes et essaya de l'encourager du regard.

« Combien de temps êtes-vous restés à la fête, samedi dernier ? demanda Aram. À quelle heure êtes-vous partis ?

– Vers onze heures.

– Vous vous en souvenez aussi précisément ?

– Nous ne nous sommes guère attardés. Un verre de vin, un tour au buffet. Très bon, d'ailleurs. Les gens du bar des Plongeurs sont doués. Après le café, nous avons remercié, et sommes rentrés ici.

– Qu'avez-vous fait, une fois à la maison ?

– Nous sommes allés au lit, bien sûr. Je me suis fait une camomille, comme d'habitude, et nous avons éteint vers minuit.

– On dort bien, par ici, n'est-ce pas ? » dit Aram en montrant la vue d'un signe de tête.

Le soleil luisait à la surface de l'eau, quelques hirondelles filaient devant la maison. Une brise agitait les rideaux à une fenêtre entrouverte.

« Ça doit être formidable, ce ressac des vagues juste sous la fenêtre, continua-t-il. Très apaisant ?

– Tout à fait, sourit Anna Agaton. Et il y a aussi du bon air pur.

– Aucune circulation ?

– Non, c'est très agréable d'y échapper. Il n'y a pas de voitures à Sandhamn.

– Votre mari est-il allé se coucher en même temps que vous ? demanda Aram, comme en passant.

– Sans doute un peu après. Per-Anders a l'habitude de lire un peu sur la terrasse. Il aime regarder la mer.

– Donc, en fait, vous ne savez pas s'il s'est endormi à la même heure que vous. »

La femme fronça les sourcils.

« Si vous essayez d'insinuer quelque chose, il vaut mieux le dire franchement », dit-elle en redressant un coussin qui avait glissé sur le canapé en osier.

Tous les coussins étaient du même tissu que les fauteuils, bleu marine strié de fines rayures rouges. Assorties aux géraniums en fleur alignés sur le rebord de la fenêtre.

« Je n'insinue rien, dit Aram. Mais nous avons besoin d'établir où votre mari et vous vous trouviez pendant la soirée et la nuit au cours de laquelle quelqu'un a mis le feu à la maison d'amis de la famille Jonsson. »

Il tapota trois doigts sur son menton.

« Un incendie criminel, c'est une chose sérieuse.

– Nous étions à la maison, tous les deux, dit Anna Agaton. Nous n'avons rien à voir avec cet incendie. »

Elle fixa les deux policiers d'un air buté.

« Je ne serais pas étonnée que les Jonsson cherchent à nous accuser, ils n'hésiteraient pas une seconde. Mais vous ne devez pas les croire. Nous n'avons rien fait.

– Le fait est que nous avons un témoin qui a entendu votre mari menacer Carsten Jonsson samedi dernier, dit Aram. Vous auriez alors été présente vous aussi.

– Ce ne sont que des bêtises. »

Elle changea légèrement de position sur son siège.

Thomas réalisa qu'il avait à peine dit un mot ces dix dernières minutes.

« Vous trouvez ça bête, d'aller menacer quelqu'un chez lui ? dit-il.

– Ce n'était pas des menaces, vous prenez tout de travers.

– Qu'était-ce donc, alors, selon vous ? dit Aram. Nous écoutons volontiers votre version. »

Anna Agaton déglutit si ostensiblement que les fins tendons de son cou saillirent. Le contraste entre son visage lisse et son cou ridé faisait une curieuse impression.

« Je crois qu'il vaut mieux que vous parliez avec mon mari à son retour, dit-elle en redressant de nouveau un coussin rayé.

– Nous y comptons bien », dit Thomas.

58.

Carsten s'était installé en terrasse à l'Auberge, tout au fond, dans le coin le plus proche du quai des remorqueurs. Il était un peu à l'écart, dos aux autres clients, pour ne pas risquer de rencontrer quelqu'un qu'il connaissait. Ça suffisait, avec cette Nora qui l'avait surpris à la station-service. Elle avait eu l'air d'un lapin apeuré quand il avait coupé court à ses questions indiscrètes.

Il avait plusieurs fois cherché à joindre Anatoli dans la journée, mais n'avait eu que son répondeur. Il reconnaissait le schéma des dernières semaines, ce qui n'avait rien pour le tranquilliser. La dernière fois qu'ils s'étaient parlé, Anatoli avait promis de le rappeler sans délai.

Il s'était à présent écoulé presque quatre jours.

Son téléphone sonna, mais ce n'était que Celia qui le cherchait. Il rejeta l'appel.

« Excusez-moi, dit la serveuse qui s'était approchée. Voulez-vous une autre bière ? »

Carsten regarda son verre vide. Il devait l'avoir bu sans s'en apercevoir.

« Oui, merci, dit-il. Et attendez, apportez-moi aussi un double whisky. N'oubliez pas les glaçons. »

La serveuse revint quelques minutes plus tard avec sa commande et un bol de cacahuètes.

Il n'aurait pas dû frapper Oliver, il n'avait jamais rien fait de tel auparavant. Mais c'était comme si quelqu'un d'autre avait soulevé sa main et asséné la gifle. Carsten but une gorgée de bière fraîche. Il fallait que le gamin apprenne à ne pas prendre les affaires des autres. Et puis ce n'était pas comme s'il avait frappé très fort.

Il s'occuperait de ça plus tard.

Les policiers cherchaient Linda, quand il les avait croisés sur le sentier forestier. Elle avait peut-être elle aussi vu Agaton rôder autour de la maison.

Il composa le numéro de Linda.

« Allô ?

– C'est Carsten. Vous avez parlé à la police, aujourd'hui ?

– Oui, c'est exact, dit-elle avec son calme habituel.

– Avez-vous mentionné Agaton, mon voisin ?

– D'une certaine façon. »

Elle tarda un peu à répondre. Essayait-elle de lui cacher quelque chose, tout comme Eklund ? Il n'était plus possible de faire confiance à quiconque.

« Que voulez-vous dire ? demanda-t-il, avant de boire une grande gorgée de whisky.

– Nous avons un peu parlé de votre voisin, parce qu'il se trouve que je l'ai aperçu avec un des Polonais, l'autre jour. La police m'a interrogée à ce sujet, je ne pouvais pas ne pas leur répondre. »

C'était exactement ce qu'il avait prévu. Jusqu'à présent, il avait fait un sans-faute.

« Je voudrais savoir exactement ce que vous avez dit à la police », dit Carsten.

Linda obtempéra. La conversation finie, Carsten reposa son portable et regarda au large. Linda Öberg avait confirmé ses soupçons. Elle avait vu Agaton parler avec Marek avant l'incendie. Peut-être Eklund était-il lui aussi au courant ? Ça ne l'étonnerait pas, fuyant comme il était. Il avait fallu lui tirer les vers du nez, à ce type.

Toutes les pièces du puzzle étaient en train de se mettre en place. Maintenant, il ne lui restait plus qu'à décider quelle voie il voulait emprunter.

À présent, il en savait nettement plus sur Agaton et jusqu'où il était capable d'aller.

Il n'était pas seulement responsable de la plainte déposée ce printemps. Agaton avait effectué d'autres signalements, Carsten avait dû soutirer l'info à un fonctionnaire de la commune. Le responsable du dossier avait affirmé que les signalements étaient anonymes, mais Carsten était sûr que c'était Agaton qui en était à l'origine.

Décide-toi, se dit-il en savourant son whisky.

Son goût fumé l'apaisa. Il en avait besoin, il fallait qu'il s'occupe de bien trop de choses. Sa tête lui tournait, chaque fois qu'il pensait à quelque chose, une autre idée venait le déranger.

À cet instant, son téléphone sonna. Encore Celia, mon Dieu. Il refusa à nouveau l'appel. Mais trente secondes plus tard, l'écran s'illumina de nouveau : enfin le numéro d'Anatoli.

Carsten ne perdit pas de temps en formules de politesse.

« Pourquoi tu n'as plus donné de nouvelles ?

– J'ai rappelé le plus vite que j'ai pu.

– Comment ça s'est passé avec GZ3 ? Ils ont changé d'avis ? »

La pause involontaire lui donna la réponse.

« Je suis désolé. » Anatoli soupira lourdement. « J'ai fait tout mon possible pour convaincre GZ3 de s'en tenir au plan initial, mais c'était inutile. Ils sont inflexibles. Tout doit être repoussé de six mois, voire plus.

– Qu'est-ce que tu veux dire ?

– Il n'y aura pas de cotation en Bourse avant longtemps. Je suis désolé, mais c'est comme ça.

– Explique-toi plus clairement. »

Carsten éclusa son whisky.

« Crois-moi, j'ai passé des jours entiers en réunions avec la direction, à réviser tous les comptes. Sergueï est dans le vrai, il faut encore affiner le concept. On ne peut pas se contenter d'un *quick fix*.

– C'est impossible », gesticula Carsten.

Il en renversa sa chope. La bière se répandit sur la table

et coula sur les planches de la terrasse. Une serveuse se précipita pour essuyer, mais Carsten la chassa de la main.

« Je n'ai pas l'intention d'accepter ça, dit-il. Nous allons procéder à la cotation en Bourse exactement comme prévu. Il est trop tard pour reculer. J'ai moi-même vu les comptes, la clientèle. J'ai tout vérifié encore et encore. La société est prête.

– Carsten, il est impossible de bousculer les choses, j'ai vraiment essayé, mais ce qu'ils disent se tient vraiment. Le marché traverse des turbulences, les investisseurs sont inquiets. Tout doit être parfait avant que nous puissions appuyer sur le bouton.

– Ce n'est pas possible. »

Il y avait beaucoup de friture sur la ligne, mais il entendit pourtant Anatoli inspirer profondément.

« Tu ne peux pas tout seul forcer la société à entrer en Bourse. Je suis désolé, mais tu dois regarder les choses en face : pour le moment, tu es le seul à vouloir y aller. »

Carsten serra son téléphone. Il avait du mal à respirer. Il défit un bouton de son polo, puis encore un.

Il aurait voulu inonder Anatoli d'insultes, mais savait qu'il n'avait pas les moyens de se laisser aller.

Il avait besoin d'avoir le Russe de son côté.

La sueur se mit à perler sur son front tandis qu'il essayait d'analyser la situation.

« Allô ? fit Anatoli. Tu es toujours là ?

– Laisse-moi réfléchir !

– Il y a une autre possibilité, commença le Russe d'une voix traînante. Si tu as besoin d'argent... »

Il n'aurait jamais dû mentionner son emprunt à Anatoli, jamais dû dire un seul mot de son endettement.

« Ce bureau d'avocats s'est de nouveau manifesté, Beketov & Partners. Je ne sais pas si c'est le bon moment pour aborder la question, mais ils voulaient que je t'en parle le plus vite possible.

– Oui ?

– Leur client est toujours intéressé par l'acquisition de ta part dans KiberPay. GZ3 ne fera pas d'objection si tu veux profiter de cette occasion pour vendre, à cause du report de la cotation.

– Et pourquoi j'accepterais cette fois ? »

Il cracha chacun de ces mots, alors qu'il aurait voulu garder un ton calme et froid.

Ne pas se montrer faible.

« Ils sont prêts à payer comptant tout le montant de la transaction, dit Anatoli.

– Comment le sais-tu ?

– C'est ce qu'ils m'ont proposé. Si tu acceptes de faire affaire rapidement, tu auras toute la somme dans une banque de ton choix hors de Russie. »

Carsten regarda fixement au-delà du port.

Il fallait qu'il rassemble assez d'argent pour rembourser son emprunt en octobre. Sinon ce serait la catastrophe.

Il entendait presque son père rire.

Son père qui l'avait toujours considéré comme un bon à rien, une perpétuelle déception. Il se rappelait la cour poussiéreuse de l'école, à Sandhamn, quand il avait douze ans, la certitude qu'il leur montrerait un jour qui décidait.

Il avait beau se triturer le cerveau, aucune alternative ne se présentait.

« Tu peux réfléchir pendant quelques jours, dit Anatoli. Ils ont fait une offre généreuse, eu égard aux derniers développements.

– Généreuse comment ?

– Ils sont prêts à payer tout ce que tu as investi moins une prime de quarante pour cent. »

Moins quarante pour cent.

Ce n'était rien par rapport au gain à escompter d'une cotation en Bourse. Cette somme ne couvrait même pas son capital, et encore moins l'amortissement et les intérêts de son emprunt.

Il serait forcé de vendre l'appartement à Londres pour payer la banque. Il perdrait Fyrudden. Et surtout tout serait déballé au grand jour, le père de Celia apprendrait sa situation, comme tous les autres investisseurs de son fonds.

Il connaissait la position de l'inspection bancaire anglaise sur ce genre d'infraction aux règles.

Sa bouche prit un goût de métal.

Un ferry Waxholm accostait à l'embarcadère. Les touristes qui faisaient la queue sur le quai se déversèrent sur la passerelle, comme du bétail sur un pré. Ils ne soupçonnaient pas que son monde était en train de s'effondrer.

Son polo lui serrait encore le cou. Carsten glissa un doigt dans son col pour avoir de l'air.

Il était en train de se faire écraser, sans pouvoir rien y faire. Rien d'ici, rien s'il se rendait à Moscou. Il était trop tard.

« Tu peux toujours rester dans le capital, dit Anatoli. C'est toi qui décides. Dis-moi juste comment tu veux faire, et je m'en charge. »

Sa voix le ramena à la réalité.

« Je peux vendre mes actions à quelqu'un d'autre, à un meilleur prix », tenta Carsten, mais il savait que ce n'était pas vrai.

Selon une clause de son contrat d'actionnaire, passé une certaine date, il avait besoin de l'autorisation des autres principaux actionnaires. Il ne s'était pas préoccupé de cette clause, puisqu'il ne s'agissait que d'une courte période avant la cotation en Bourse, où il se retrouverait de toute façon contraint par les règles boursières.

Aujourd'hui, le piège se refermait. Il était entre les mains de GZ3.

Il le savait, Anatoli le savait, et probablement aussi l'acheteur inconnu.

« C'est ton argent, dit Anatoli. Mais si tu ne peux pas attendre, je te conseille de saisir cette opportunité avant qu'ils ne changent d'avis.

– Et sinon, que se passera-t-il ? demanda-t-il, même s'il imaginait très bien la réponse.

– Sinon, tu risques de rester assis sur tes actions longtemps, peut-être toute l'année prochaine, ou encore plus. Il n'y a aucune garantie. »

Tout était clair. Carsten voyait qui était son ami et qui son ennemi.

« Je suis prêt à vendre, dit-il. Mais à une condition. Que tu prennes tous les documents nécessaires et que tu viennes ici avec le premier avion. »

59.

Thomas salua de la main Aram qui embarquait sur le dernier ferry Waxholm pour Stavsnäs.

« À demain ! » lança-t-il.

Son idée était de passer voir Nora et de lui demander de le conduire à Harö pour qu'il puisse y dormir et passer quelques heures avec Pernilla et Elin. Puis il comptait prendre le premier bateau pour être à huit heures à la réunion du matin.

Ils seraient de toute façon forcés de revenir à Sandhamn demain matin. Per-Anders Agaton ne s'était ni montré ni manifesté au téléphone, malgré les recommandations de Thomas à son épouse. Ils avaient passé les dernières heures de la journée avec d'autres voisins des Jonsson, sans être beaucoup plus avancés.

Après le magasin d'alimentation, Thomas tourna au niveau du bâtiment jaune de l'Auberge. Il passa devant le rocher de Barnberget, qu'un enfant de quatre ans dévalait comme un toboggan sous la surveillance d'une femme qui était probablement sa grand-mère. En passant devant l'ancien port de plaisance, il constata que la montée du socle continental se poursuivait : on ne pouvait presque plus s'amarrer aux pontons les plus enclavés.

Le portail de la villa Brand était ouvert. Il frappa plusieurs fois à la porte de la maison avant d'entrer.

« Il y a quelqu'un ? »

Pas de réponse.

Thomas entra dans le hall et continua jusqu'à la véranda vitrée, d'où il aperçut Nora, par la fenêtre. Elle était près du ponton, dos à la maison.

Thomas ouvrit la porte de la véranda et avança en silence jusqu'à son amie.

« Il faut crier pour que tu entendes ? » fit-il derrière elle.

Nora se leva d'un bond.

« Oh, tu m'as fait peur. »

Elle l'embrassa, puis recula d'un pas pour l'examiner.

« Tu as l'air fatigué. C'est à cause de cet incendie chez les Jonsson ? »

Thomas se laissa tomber sur un des fauteuils.

« Peut-être bien, dit-il. Ça a fait un peu beaucoup. Pernilla et Elin sont sur Harö, et je me demandais si tu pourrais m'y conduire. Le dernier bateau dans cette direction est déjà parti.

– Bien sûr, dès que Jonas sera rentré avec le bateau. Il est parti poser des filets avec Julia. Tu veux quelque chose à boire, en attendant ?

– Une bière, ce serait bien. Pas trop forte. »

Nora disparut dans la maison et revint quelques minutes plus tard avec une Carlsberg.

« Tiens, dit-elle en lui remplissant un verre.

– Alors comme ça, Jonas et Julia sont en vadrouille ?

– Oui, Jonas l'emmène en mer, qu'elle le veuille ou non. Il aurait fait un parfait papa pour un petit garçon. »

Entendait-il un regret dans sa voix ?

« Vous auriez voulu avoir d'autres enfants ? » demanda Thomas, sachant qu'il aurait aussi bien pu s'adresser à lui-même la question.

La gratitude qu'il ressentait d'avoir Elin était infinie, et pourtant, il ne pouvait parfois s'empêcher de caresser l'idée d'avoir un fils. Un petit garçon qui pourrait jouer avec ses anciennes petites voitures qui étaient toujours dans un carton, dans le grenier de ses parents. Mais la solution était peut-être plutôt de sortir les petites voitures pour Elin.

« C'est trop tard. En tout cas pour moi. Pas pour Jonas, bien sûr. »

Thomas savait que Nora s'inquiétait de la différence d'âge entre elle et son compagon.

Si celui-ci avait été le plus âgé, elle n'y aurait jamais pensé.

« Je crois que Jonas est très heureux de vous avoir dans sa vie, Julia et toi », dit-il.

Nora se récria d'un geste.

« Ne t'inquiète pas. Je deviens juste un peu sentimentale quand je reste comme ça toute seule. C'est parce que les garçons me manquent tellement. Je viens de parler avec Adam, ils ont l'air de passer des vacances formidables en Grèce avec Henrik et ses parents. »

Nora ne put retenir une petite grimace. Mais elle n'avait pas besoin d'expliquer pourquoi à Thomas. Il avait assez souvent rencontré Monica, l'ex-belle-mère de Nora, pour savoir ce qu'il en était.

« Dis-moi plutôt comment se passe l'enquête », dit Nora.

Thomas joignit les mains derrière sa tête.

« C'est quelqu'un de spécial, ce Carsten Jonsson, dit-il.

– Je suis tombée sur lui à la station-service, sur le coup de quatre heures. Il n'était pas de très bonne humeur, il m'a plus ou moins mouchée.

– Qu'est-ce qu'il t'a dit ?

– Peu importe, dit Nora en haussant les épaules. Ils n'ont pas dû s'amuser beaucoup ces derniers jours, ce n'est peut-être pas étonnant qu'il ne soit pas dans son assiette.

– Nous avons interrogé entre autres la gouvernante des Jonsson. Elle vit sur Runmarö. Linda Öberg, tu la connais ?

– Öberg, ça fait ancien patronyme de l'archipel. Mais ça ne me dit rien.

– Elle est assez grande et mince. Brune, quarante, quarante-cinq ans peut-être. Pas exactement une joyeuse luronne.

– Comme la baby-sitter, dit Nora.

– Pardon ?

– Oublie. Je n'aurais pas dû dire ça, c'est un peu exagéré.

– Tu l'as rencontrée, en d'autres termes ?

– Quelquefois, à la piscine, quand Julia avait sa leçon de natation. »

Thomas songeait toujours à Anna Agaton, à ses derniers mots sur Carsten. Désir de revanche, avait-elle affirmé avec insistance. Mais revanche de quoi ?

« Tu saurais si Carsten a un lien avec Sandhamn ? demanda-t-il en ramassant une poignée de gravier qu'il laissa lentement s'écouler entre ses doigts. J'essaie de cerner ce gars. Est-ce qu'il t'a dit quelque chose sur la raison qui l'a poussé à construire justement ici ? Ce n'est quand même pas l'endroit le moins cher où s'installer, dans l'archipel.

– C'était peut-être ça qu'il recherchait ? proposa Nora avec un sourire ironique. Un endroit charmant où construire une maison encore plus charmante. C'est pour ça que Sandhamn est si populaire chez les portefeuilles bien garnis. »

Thomas savait que Nora s'inquiétait de la transformation de l'île, de l'évolution des prix qui mettait de plus en plus de maisons sur le marché, quand des fratries n'avaient plus les moyens de se partager les héritages.

Mais c'était comme ça, maintenant. Pareil sur la côte ouest et au sud du pays. À Harö aussi, d'ailleurs, on n'y pouvait rien.

Il y avait beaucoup trop de villages pittoresques qui ne revivaient que pendant de courtes semaines d'été.

« Si tu pouvais vérifier ça pour moi, je veux dire s'il a un lien avec Sandhamn, je t'en serais reconnaissant. Bien sûr, je peux mettre quelqu'un là-dessus à Nacka, mais ça ira sûrement beaucoup plus vite si c'est toi. »

Nora hocha la tête et Thomas se souvint soudain d'elle à quinze ans, avec de longs cheveux blonds, sur le banc de l'église, juste avant sa confirmation.

« Bien sûr, dit-elle. Mais autant que je sache, il a grandi au nord de Stockholm, il est allé à l'école à Vallentuna. Je suis allée voir dans le registre d'état civil. Mais je peux écouter ce qui se dit dans les environs. Eva sait peut-être quelque chose, elle est toujours au courant de tout. »

Nora sortit son téléphone de sa poche pour prendre note.

« Et comment ça va, sinon ? s'enquit Thomas. Le boulot ? »

La question fit s'éclairer le visage de Nora.

« Bien. Figure-toi que je viens d'être promue procureure auprès de la Chambre financière. Ça vient de se faire.

– Pas mal, félicitations ! »

Thomas était franchement impressionné, et se réjouissait pour elle. Mais en même temps, il éprouvait les mêmes sentiments contradictoires que le soir où Pernilla lui avait annoncé son nouveau poste.

Tout le monde avançait dans sa carrière. Il était le seul à piétiner.

« Ça a l'air tellement intéressant, dit Nora. Je me plais vraiment à l'Agence de lutte contre la criminalité financière. C'est dingue, je n'ai pas vu ces trois ans filer. »

Thomas se souvenait combien elle avait été affectée par la façon dont elle avait été traitée à la banque. Il trouvait qu'elle aurait dû porter plainte pour harcèlement contre son ancien chef, mais Nora n'avait pas voulu en entendre parler.

« Quand tu as quitté la vie économique..., commença-t-il en tambourinant du pouce sur sa bouteille de bière. Ça a changé beaucoup de choses, pour toi ?

– Tu veux dire de passer du secteur privé au public ?

– Oui. »

Nora se cala au fond de son siège et regarda le ciel. Une mouette piqua, attrapa un poisson au vol et reprit de l'altitude à tire-d'aile.

« C'était beaucoup plus facile que je ne pensais, dit-elle lentement. Et en même temps beaucoup plus dur. Mais c'était un tel soulagement de quitter la banque que je n'ai pas pensé à autre chose. »

Thomas but une gorgée de bière.

« Il m'a fallu un moment pour m'habituer à certaines choses, continua Nora. Le principe de transparence, par exemple, le fait que tous les mails et les actes puissent être demandés par des journalistes, dans certaines conditions.

Mais il en va de même pour tous ceux qui exercent dans la fonction publique. »

Elle tripota le bracelet de perles multicolores à son poignet, il ressemblait à quelque chose que Julia aurait pu faire à la crèche. Thomas en avait reçu un semblable d'Elin.

« La fonction publique. Rien que ces mots inspirent le respect, non ?

– Je pensais plutôt à l'idée de faire quelque chose d'utile », dit Thomas.

Ces mots lui vinrent tout seuls, il n'avait pas l'intention d'aborder la question, ni de la formuler ainsi.

Et pourtant, il continua.

« Tu n'as pas parfois l'impression que ce que tu fais n'a aucune importance ? Que ça sera comme ça doit être, qu'il est inutile d'essayer de changer quoi que ce soit ? »

Il sentit Nora le dévisager.

« Essayer quoi ? »

Thomas haussa les épaules.

« Tu sais bien, faire de son mieux, faire la différence au quotidien ?

– Tu ne pourrais pas me dire ce qui te tracasse, plutôt que de parler par énigmes ? »

Nora posa sa main sur celle de Thomas.

« Tu envisages de changer de travail ? C'est pour ça que tu es si soucieux ? »

Allait-il lui parler de la proposition d'Erik ?

Il n'avait pas encore abordé le sujet avec Pernilla, ne voulait pas la plomber avec ses ruminations, alors qu'elle était si contente de son nouveau poste. Mais il fallait qu'il se décide bientôt, il avait promis à Erik de le rappeler plus tard dans la semaine. Il était temps de prendre position.

Mais l'autre jour, quand Aram lui avait demandé s'il y avait quelque chose, il n'avait pas été capable de s'ouvrir.

« Thomas ? Je t'écoute volontiers si tu veux parler de quelque chose. »

Personne ne le connaissait aussi bien que Nora, ils étaient amis depuis longtemps, plus de la moitié de leur vie. Elle avait toujours été là, quand Emily était morte, quand il avait divorcé de Pernilla. Elle s'était réjouie quand Pernilla et lui s'étaient retrouvés. Il avait vu ses larmes quand son mariage avec Henrik s'était effondré et qu'elle voyait la vie en noir.

Un vieux rafiot passa en pétaradant, son moteur à deux temps toussa, puis reprit son souffle et repartit. Jadis, son père avait un bateau de ce genre. Mais il était parti depuis longtemps à la casse, comme tant d'autres choses.

Tout changeait, qu'il le veuille ou non.

Il était tout près de parler du doute qui l'envahissait, des réflexions que la proposition d'Erik avait suscitées et qu'il ne pouvait pas ignorer.

Mais s'il mettait des mots sur sa lassitude et sa frustration, elles deviendraient réelles.

Le bateau s'approcha du ponton avec à bord Julia et Jonas. Ce dernier agita la main en apercevant Thomas et Nora.

« Oh, rien de spécial, dit-il en rejetant la question. La journée a été longue, c'est tout. C'est parti, pour Harö ? »

60.

Carsten fouilla dans son portefeuille pour sortir sa carte de crédit. Quelques reçus tombèrent par terre, sans qu'il se soucie de les ramasser.

« Tenez », dit-il en mettant sa carte Platinum dans la main de la serveuse.

C'était un effort de ne pas trébucher sur les mots.

« Vous vous sentez bien ? demanda-t-elle en jetant un coup d'œil à tous les verres vides sur la table.

– Laissez tomber. »

Elle prit la carte et la passa dans le lecteur.

« Voulez-vous que je tape la somme pour vous ? »

Son ton impertinent énerva Carsten. Mais il était trop las pour lui chercher noise. Une fois debout, il eut du mal à garder l'équilibre, et dut se tenir au bord de la table tandis qu'il rangeait sa carte Amex dans la poche de son pantalon.

« Vous allez retrouver le chemin ? » dit la fille dans son dos.

Carsten voyait bien qu'elle cherchait à le provoquer, mais il réfréna un commentaire. Il chaussa plutôt ses lunettes de soleil et quitta la terrasse.

Il traversa le port tête baissée, en essayant de ne pas heurter de touristes.

Un monte-charge rouge arriva sur lui, sans qu'il se donne la peine de s'écarter. Le conducteur le klaxonna furieusement, mais Carsten lui fit un doigt d'honneur.

En haut de la pente raide, derrière l'hôtel des Navigateurs, le poids sur sa poitrine était si lourd qu'il dut s'arrêter. Il resta penché en avant, les mains sur les genoux, essayant de reprendre haleine.

Au bout d'un moment, il respira plus facilement. Il s'essuya le front et continua. Au niveau de Dansberget, une famille qui se dirigeait vers le port arriva à sa rencontre. Il faillit renverser la poussette en titubant.

« Mais faites attention ! » s'écria l'homme, qui tenait un petit garçon par la main.

L'enfant avait le même âge qu'Oliver, il portait une casquette bleue identique. Mais il n'avait pas l'air coupable, lui, pas comme Oliver sur le ponton, quand il refusait de rendre le téléphone de Carsten.

C'était la faute de Celia, s'il avait dû utiliser la manière forte. Celia couvait Oliver, au lieu de lui apprendre à obéir.

Les terrains de tennis apparurent, et il obliqua dans le sentier forestier qui menait à Fyrudden.

C'était un soulagement de se retrouver dans la forêt, loin du grand chemin, de ne plus avoir à regarder devant soi au cas où quelqu'un viendrait en face.

Mais il se souvint alors de sa conversation avec Anatoli, et n'eut plus la force de continuer. Il se laissa glisser à terre, adossé à un tronc rugueux. Au-dessus de sa tête, le ciel était bleu clair, alors qu'il était, lui, plongé dans l'obscurité.

Son téléphone sonna, encore Celia. Ses reproches, voilà bien la dernière chose qu'il aurait eu la force de supporter. Il ne pouvait pas lui parler pour le moment.

Tout se mit à tourner quand il ferma les yeux. À nouveau l'écho de la voix de son père.

Carsten sanglota et enfouit le visage dans ses mains.

61.

Quand Carsten ouvrit la porte et entra dans le séjour, tout se tut, comme si quelqu'un avait débranché un haut-parleur.

Les enfants étaient dans le canapé, entourés de Celia et Maria, une odeur de chocolat chaud montait des mugs posés sur la table.

« Salut, Oliver », dit Carsten exagérément fort en adressant un grand sourire à son fils.

Oliver se cacha derrière l'épaule de Celia en refusant de croiser son regard.

« Viens embrasser Papa. »

Sa langue était pâteuse et gauche dans sa bouche.

Oliver ne bougeait pas.

« Laisse-le tranquille », dit Celia en prenant son fils sous son bras.

Sarah regarda ses parents, l'air désemparé. Elle serrait contre elle sa poupée blonde.

Celia caressa les cheveux d'Oliver et se leva.

« Maria, sois gentille, emmène un moment les enfants, j'ai à parler à mon mari en privé. »

Maria se tourna du côté de Carsten, sans le regarder dans les yeux.

« Ce ne sera pas long, ajouta Celia. Vous pouvez peut-être faire un château de sable ?

– Venez, on sort jouer », dit Maria en prenant les mains de Sarah et Oliver.

Ils disparurent par la porte de la terrasse et descendirent vers la plage et les jouets en plastique.

« Je vous appelle quand on aura fini », dit Celia, qui attendit sur le seuil qu'ils soient hors de vue.

Alors seulement, elle se retourna.

Ses lèvres tremblaient.

« Maria me dit que tu as frappé Oliver sur le ponton. C'est vrai ? »

Carsten fixa son épouse en essayant de ne pas tituber.

Tout ce qu'il aurait voulu, c'était se coucher et sombrer.

« Où étais-tu passé ? continua Celia. Je n'ai pas arrêté de t'appeler. Pourquoi n'as-tu pas répondu ? »

Elle avait eu tout ce qu'elle voulait, pensa-t-il avec lassitude. Mais il était exclu de lui dire la vérité sur la situation.

Que tout était sur le point de s'effondrer.

Une épouse doit soutenir son mari.

Celia s'approcha.

« Est-ce que c'est vrai que tu as giflé Oliver ? répéta-t-elle. Tu as fait ça ?

– Pas besoin d'en faire tout un plat. »

Carsten dut s'appuyer à la table de la salle à manger pour tenir debout.

« Donc, tu reconnais avoir frappé ton propre enfant. Tu as complètement perdu la raison ?

– Arrête, ce n'était qu'une gifle, rien d'autre. Il m'avait pris mon portable. »

La voix de Celia monta dans les aigus. Des taches rouges étaient à présent très visibles sur ses joues.

« Tu ne le touches plus jamais, c'est compris ?

– Ça suffit », grommela Carsten en essayant de passer devant elle, vers la chambre.

Tout pour fuir cette voix stridente.

Celia recula.

« Mais tu es ivre, en plus ! Comment peux-tu être déjà saoul, à cette heure-ci ? Qu'est-ce qui ne tourne pas rond, chez toi ? »

Elle attrapa Carsten par les épaules.

« Laisse-moi tranquille, dit-il en se débattant. Lâche-moi ! »

Celia lui barrait le chemin.

J'en ai assez pour aujourd'hui.

« Ça ne peut plus continuer, Carsten. Demain, je prends les enfants et je rentre à Londres. »

Tu ne prends pas les enfants.

D'un mouvement rapide comme l'éclair, il attrapa le poignet de Celia et le serra si fort que sa peau blanchit sous ses doigts.

« Tu ne vas nulle part avec Sarah et Oliver. Vous restez ici, jusqu'à nouvel ordre. »

Les yeux de Celia s'écarquillèrent.

« Aïe, tu me fais mal ! »

Elle se tortillait pour se libérer, mais Carsten ne lâchait pas prise.

Pourquoi ne voulait-elle pas comprendre ?

Il serra plus fort.

« Et tu n'appelles pas ton maudit père pour te plaindre. Ça reste en famille. Notre famille, tu comprends ? »

Celia gémit.

Carsten serra une dernière fois avant de la repousser. Celia alla heurter le mur. Elle s'y cogna bruyamment la tempe et finit par terre, la joue contre les dalles luisantes.

Elle mit quelques secondes avant de se redresser, à genoux.

« Qu'est-ce que tu as fait ? » murmura-t-elle en tâtant du plat de la main son sourcil fendu.

Quelque chose de rouge apparut au bout de ses doigts. Du sang coula sur sa joue.

Elle l'avait bien cherché, à ne pas arrêter de geindre.

Carsten tourna les talons pour se diriger vers la chambre.

Laisse-moi juste tranquille.

« Tu es malade ! » haleta Celia dans son dos.

Carsten s'arrêta.

Puis il leva de nouveau la main.

62.

Mardi 16 juillet

Aram entra dans la salle de conférences et salua Kalle, qui avait déjà pris place.

« Bien rentré de la côte ouest ? »

Kalle s'abstint de commentaire sur ses vacances interrompues, mais grommela un bonjour.

Margit, debout devant le tableau d'affichage, examinait la photo de Per-Anders Agaton qu'on venait d'y fixer. Une photo de sa femme avait aussi été punaisée juste à côté. Pas grand-chose en commun entre les deux époux.

« J'ai déjà parlé avec Thomas, dit Margit. Je lui ai dit de rester dans l'archipel, puisque vous devez de toute façon y retourner aujourd'hui pour mettre la main sur Agaton. C'est idiot qu'il perde tant de temps en trajets pour une heure de réunion. »

Elle fit un signe de tête à Aram.

« Résume-nous votre journée d'hier sur place. »

Aram sortit son carnet noir et en ôta le fermoir élastique. C'était une vieille habitude, au fond tout à fait inutile, mais aussi loin qu'il s'en souvienne, il avait toujours vu son père muni d'un carnet presque identique avec un épais caoutchouc.

Karin entra avec Staffan Nilsson et Adrian Karlsson.

Aram avait entendu dire qu'Adrian avait postulé à la section Investigations. Il n'avait rien contre. Adrian était un gars bien, et il était temps pour lui de changer d'air, après tant d'années passées au maintien de l'ordre. Quitter l'uniforme ne faisait pas de mal.

« Alors on y va, dit Margit. Aram ? »

Aram résuma la journée de lundi à Sandhamn.

« Mats Eklund a d'ailleurs confirmé qu'il y avait eu beaucoup de conflits avec les voisins, conclut-il.

– Per-Anders Agaton, dit Margit en se tournant vers la photo au mur. Tu crois qu'il essaie volontairement d'éviter la police ? Il est avocat, il devrait être plus raisonnable.

– Les avocats sont aussi des hommes. »

Aram regarda sa montre. Il y avait un bateau pour Sandhamn à dix heures moins le quart. S'ils avaient fini d'ici une heure, il l'aurait.

La dérobade d'Agaton ne lui plaisait pas, mais il ne voulait pas en tirer de conclusions hâtives. En revanche, il leur fallait reparler avec Carsten Jonsson. En peu de temps, il avait réussi à se mettre à dos la moitié de l'île. Et Aram voulait un peu fouiller son lien avec Sandhamn, mieux comprendre son passé.

Il pensait que Thomas s'y serait attelé grâce à ses contacts à Sandhamn, mais Thomas ne lui en avait pas dit un mot quand ils s'étaient quittés la veille. D'un point de vue général, son collègue semblait déprimé ces derniers temps, beaucoup plus renfermé que d'habitude.

Parfois, Aram trouvait que Thomas avait trop tendance à ressasser. À quoi bon rendre l'existence plus compliquée que nécessaire ? *Chaton ela*, comme disait son paternel. « La vie est dure. » Il fallait apprécier ce qu'on avait et supporter les épreuves avec patience. Ou du moins les endurer.

L'image de sa sœur lui revint. Il n'oublierait jamais ce matin où ils l'avaient trouvée morte, dans le container turc où ils s'étaient cachés durant leur fuite vers la Suède.

Il tripota l'élastique de son carnet.

Chaton ela.

« Où en est l'autopsie ? dit-il en coupant Kalle qui avait

commencé à parler de la liste des invités. Tu as du nouveau du côté de Solna ? »

Margit vérifia un sms dans son téléphone.

« Elle n'est pas encore terminée, dit-elle. Ça peut encore durer jusqu'à demain, ou au pire jeudi. »

Elle se tourna vers Kalle, qui ne semblait pas l'avoir mal pris.

« Où en étions-nous avec cette liste ? Tu as trouvé quelque chose de nouveau sur les invités ? »

Kalle se leva et gagna le tableau blanc. Il saisit un feutre et se mit à écrire.

« Nous avons passé en revue et catégorisé tous les participants de la fête. Il y avait cent quarante-trois invités, la plupart venant de l'île. Une vingtaine de résidents permanents, le reste des vacanciers. Dix-huit logeaient à l'hôtel des Navigateurs et quatre venaient des îles voisines. Il y avait en outre huit personnes du bar des Plongeurs et un disc-jockey. »

Kalle écrivit le chiffre au tableau et l'entoura.

« Nous sommes en train d'organiser un planning pour les contacter tous, et nous avons déjà retenu ceux-là pour commencer.

– Comment s'est fait le choix ? » demanda Karin.

Elle toucha le collier qu'elle portait toujours. Une chaîne en or avec trois initiales, une pour chacun de ses fils.

« Ils sortent du lot d'une façon ou d'une autre. Plusieurs ont un casier. Nous y avons aussi inclus des personnes que leur métier met en contact avec des substances inflammables, dans l'industrie chimique par exemple. »

Kalle posa son feutre et se rassit.

« Adrian m'aide, et nous avons demandé l'assistance de quelques autres personnes du maintien de l'ordre. »

Margit regarda Karin.

« Hier, tu disais qu'il y avait quelques avis de disparition qui pouvaient correspondre à la victime de l'incendie. Tu as vérifié ? »

Karin feuilleta ses papiers.

« Il y avait deux signalements pertinents. Pour l'un, c'est réglé, il a dormi chez sa petite amie sans prévenir ses parents. L'autre est toujours porté disparu. Il s'appelle Svante Algren. Mais j'ai regardé sur la liste des invités, il n'a pas l'air d'en avoir été. À moins qu'il se soit rendu à Sandhamn sans en parler à personne, il ne devrait pas nous intéresser.

– Qui avons-nous donc envoyé se faire autopsier à Solna ? demanda Kalle.

– On peut se le demander, opina Margit. Aram, qu'est-ce que tu en dis ? »

Aram regarda dans ses notes. Qui était cet homme qui s'était laissé surprendre par le feu ? Ce pouvait être un invité dont la disparition n'avait pas encore été signalée. Il ne s'était pas passé trois jours depuis l'incendie. Des gens partaient en voyage sans prévenir, des célibataires vivaient leur vie sans être quotidiennement en contact avec leurs proches. Il pouvait s'écouler des semaines avant que quelqu'un ne donne l'alarme.

Aram fit une liste mentale des gens de Fyrudden.

« Personne de la maison n'a disparu, à ce que nous savons, dit-il. Il y a une bande d'ouvriers, mais nous avons parlé hier avec le chef de chantier, qui nous assure que personne n'est manquant.

– Si c'était un de ses gars, il aurait bien dit quelque chose, non ? » demanda Kalle.

En principe, la réponse était oui. Pourtant, il y avait quelque chose chez Eklund qui ne revenait pas à Aram. Le chef de chantier avait été plus que taciturne quand ils l'avaient vu. Aram avait eu la forte impression qu'il était inquiet de la réaction de Jonsson s'il se montrait trop disert.

Eklund avait mentionné son contrat : contenait-il une clause de confidentialité ? Une clause stipulant le devoir de réserve ? Mais dans une telle situation, ça ne pouvait quand même pas suffire à l'arrêter.

Le téléphone de Margit sonna.

« Il faut que je prenne, dit-elle en se levant. Ce sera tout pour le moment. »

Aram regarda de nouveau l'heure. Il fallait qu'il file pour avoir le bateau.

Il y avait plus d'une raison de retourner à Sandhamn.

63.

Étendu sur le lit, son iPad à la main, Carsten lisait le mail qu'Anatoli venait d'envoyer. Il transmettait l'offre écrite du cabinet d'avocats, et confirmait qu'il prenait aujourd'hui un vol pour Stockholm.

L'avion décollait après déjeuner et atterrissait à Arlanda à seize heures vingt-cinq.

Les documents étaient encore en préparation, mais seraient prêts à temps pour qu'Anatoli puisse tout apporter. Bientôt, Carsten allait signer une liasse de papiers qui détruirait sa vie.

Il lâcha la tablette, laissa l'arrière de sa tête reposer sur l'oreiller et fixa le plafond. Le manque de sommeil lui brûlait les yeux.

Cette nuit non plus, il n'avait pas réussi à dormir.

Chaque fois qu'il avait essayé de fermer les yeux, les paroles d'Anatoli étaient revenues :

Tu peux toujours rester dans le capital.

Anatoli savait très bien que Carsten n'avait pas le choix. Il s'était ouvertement moqué de lui, comme Celia.

Carsten se redressa et reprit l'iPad. Il regarda fixement le mail de Beketov & Partners, où chaque caractère clamait l'offre au rabais.

Il googlisa alors le nom du cabinet.

Un site élégant au design bleu et blanc apparut à l'écran. Il surfa au hasard parmi les textes en cyrillique sans rien comprendre, avant de trouver qu'il existait une version anglaise.

Il finit par arriver à une liste d'avocats. Chaque juriste était présenté avec sa photo en couleurs et son nom. Un encadré listait son domaine de compétence et ses diplômes.

Carsten fit défiler les images des hommes et femmes travaillant à Moscou pour le cabinet Beketov & Partners.

Soudain, il s'arrêta sur une photo. Une belle femme brune en veste stricte regardait l'objectif avec un petit sourire. Le même qu'il lui avait vu un peu plus tôt cette année.

Et la dernière pièce du puzzle tomba à sa place.

64.

Quand Nora arriva à la piscine, la leçon de natation avait déjà commencé. Elle prit Julia dans ses bras et se dépêcha de franchir la grille.

« On est en retard, ma grande.

– Je veux rentrer à la maison, couina Julia.

– Là… »

La monitrice avait déjà rassemblé tous les enfants dans le bassin, et Nora se dépêcha de mettre ses brassards à Julia pour qu'elle puisse elle aussi sauter à l'eau.

Julia fila, et Nora put souffler. Elle regarda autour d'elle. La plupart des parents s'étaient rassemblés devant le restaurant pour ne pas déranger la leçon. Mais tout au bout, dans un coin, la baby-sitter de la famille Jonsson restait toute seule.

Le dos voûté de Maria lui donnait un air triste. Elle semblait fanée, là, regardant la mer avec ses lunettes de soleil alors que le temps était couvert.

Nora se dirigea vers elle. Elle avait envie d'avoir des nouvelles de Celia et, vu l'attitude de Carsten hier, elle hésitait à prendre son téléphone.

« Bonjour, dit Nora en arrivant. Comment ça va ? »

Maria sursauta si violemment que ses lunettes tombèrent sur ses genoux. On voyait qu'elle avait pleuré.

« Mais dis-moi, s'exclama Nora. Qu'est-ce qui se passe ?

– Rien… ça va », lâcha Maria.

Avant de fondre en larmes.

Nora s'assit à côté d'elle et passa le bras autour des épaules de la jeune fille.

« Là..., murmura-t-elle comme si elle consolait son propre enfant. Dis-moi, maintenant. »

Mais Maria se cacha le visage dans les mains en continuant à pleurer.

Nora lorgna vers la piscine en espérant que les enfants ne remarquaient rien. Mais Julia et Sarah semblaient entièrement occupées à apprendre à mettre la tête sous l'eau.

« Tu ne veux pas me dire ce qui se passe ? » finit-elle par dire quand les sanglots se calmèrent.

Maria secoua la tête sans lever les yeux.

« Pardon », murmura-t-elle.

Nora alla chercher quelques serviettes en papier au distributeur sur le comptoir du bar extérieur. Elle les rapporta à Maria pour qu'elle puisse s'essuyer les yeux et se moucher.

« Maintenant, dis-moi ce qui te rend triste, encouragea-t-elle la jeune fille, dont les épaules étaient encore agitées de sanglots. Est-ce que quelqu'un a été méchant avec toi ? »

Maria secoua la tête.

« Non. Si. Je veux rentrer chez moi, pleura-t-elle entre ses doigts.

– Mais enfin, personne ne te force à rester, risqua Nora.

– Vous ne comprenez pas », chuchota Maria.

Son nez était tout rouge, un peu de morve en coulait.

« Tu n'es peut-être pas tout à fait en état de rentrer à vélo, dit Nora. Tu veux que j'appelle Celia pour que quelqu'un vienne vous chercher, Sarah et toi ?

– Non, non. »

À la panique qu'elle lut dans ses yeux, Nora comprit que ses paroles ne l'avaient pas calmée. Elle caressa les cheveux de la jeune fille.

« S'il te plaît, Maria, tu ne peux vraiment pas me dire quel est le problème ? Je veux t'aider, si je peux. Je veux bien parler avec Celia, si ça peut être utile. »

Dans le bassin, la monitrice frappa dans ses mains. La leçon était finie.

« Maria, tenta une dernière fois Nora. Tu ne peux pas me dire ce qui ne va pas ?

– Pardon, il faut que j'y aille », murmura la jeune fille en se levant de sa chaise longue.

Elle essuya de nouveau ses larmes et remit ses lunettes noires. Elle se tourna alos vers Nora.

« Promettez de ne pas parler de ça à Celia ou Carsten. Il ne faut pas. »

65.

Celia pressa ses poings contre ses yeux pour stopper ses larmes, mais elles continuèrent de couler, comme elles l'avaient fait toute la nuit.

Qu'allait-elle faire ? Comment se sortir de là ?

Elle ne savait même pas comment quitter l'île, elle n'avait presque aucun argent suédois dans son portefeuille. C'était Carsten qui s'était occupé de son passeport pour passer la douane à Arlanda.

Elle se toucha précautionneusement le côté de la tête.

Ça faisait mal au toucher, une croûte s'était formée là où la peau s'était fendue en cognant contre le mur. Mais au moins, ça ne saignait plus. En revanche, l'oreiller était taché de sang séché et elle avait mal à la hanche sur laquelle elle s'était réceptionnée en tombant à la renverse.

Jamais elle n'aurait cru que Carsten pourrait lui faire du mal.

Elle n'était pas le genre de femme à se laisser brutaliser. L'épouse craignant son mari.

Elle avait du mal à se l'avouer : elle avait eu peur. Mais l'effroi quand Carsten avait levé la main sur elle avait creusé un trou profond dans tout ce en quoi elle croyait jusqu'alors.

Dès qu'elle pensait à lui, ses palpitations revenaient.

Toutes les méchancetés qu'il lui avait dites hier soir.

Les dalles du sol étaient froides, mais elle y était restée longtemps couchée, après qu'il avait claqué derrière lui la porte de la chambre.

Elle avait fini par avoir la force de se traîner dans la chambre d'amis, où elle s'était effondrée sur le lit.

Toute la nuit, elle avait écouté ses pas. Impossible de dormir. Elle était restée tendue comme une trique, à se demander s'il allait revenir lui faire du mal.

Était-ce sa faute ? Elle n'aurait peut-être pas dû le provoquer ainsi. Mais quand elle avait su qu'il avait frappé Oliver, elle n'avait pu s'en empêcher.

Sa hanche la lança, et Celia tenta de déplacer le poids de son corps pour ne pas appuyer sur l'endroit sensible.

Sa joue la brûlait, elle devait être gonflée. Elle sentait aussi une palpitation autour de l'oreille, avec une sonnerie bizarre qui ne voulait pas s'apaiser.

Celia cacha son visage dans l'oreiller en se demandant si elle allait oser sortir de la maison.

Maria s'était occupée des enfants hier. Celia n'avait pas voulu qu'ils la voient dans cet état, pour ne pas les effrayer davantage.

Mais quand Maria était passée tard dans la soirée pour lui apporter un verre d'eau, elle avait lu dans les yeux de la baby-sitter qu'elle n'était vraiment pas belle à voir.

Penser aux enfants fit de nouveau sangloter Celia. Il fallait qu'elle soit forte, pour eux. Rien n'était plus important que de s'occuper d'Oliver et Sarah. Il n'y avait qu'elle qui puisse les protéger contre Carsten.

Elle le comprenait à présent, et se demandait comment elle avait pu être aveugle si longtemps.

Elle ne laisserait jamais personne d'autre s'occuper de ses enfants.

Mais elle savait que Carsten ne la laisserait jamais partir à Londres avec eux.

Papa ? Dès le début, il s'était opposé à son mariage, mais il avait quand même investi de l'argent dans le fonds de Carsten. Pour elle. Comment pourrait-elle avouer à ses parents ce qui lui était arrivé ?

Il n'y avait personne pour l'aider.

Soudain, elle entendit un bruit. Ça ressemblait à la sonnerie du portable de Carsten. L'angoisse la reprit de plus belle.

Pourvu qu'il ne soit pas derrière la porte, sur le point d'entrer. La peur lui pesait comme un couvercle sur la poitrine, rendant sa respiration difficile.

Le téléphone sonna encore, et Celia réalisa que ça devait venir de l'extérieur.

Elle se leva lentement du lit et tituba jusqu'à la fenêtre. Le store était baissé, mais elle l'écarta un peu de ses doigts tremblants et regarda dehors par la fente étroite. Carsten était à quelques mètres de là, lui tournant le dos, et parlait vivement au téléphone.

Elle n'entendait pas distinctement, mais il avait l'air de parler à Mats Eklund. Il semblait dans tous ses états et agitait une main en l'air.

Un juron ?

Il lui avait semblé comprendre « allez-vous-en ! », mais la vitre étouffait les sons et elle n'osait pas ouvrir, de peur d'être découverte.

Il postillonnait.

Son polo blanc était fripé. Il ne s'était pas changé ce matin, ni rasé.

La conversation finie, Carsten fourra le téléphone dans sa poche. Celia recula d'un pas.

Mais il ne se retourna pas.

Au contraire, il se baissa et ramassa quelque chose de lourd posé par terre. C'était une sorte de bidon.

Le tenant à bout de bras, il disparut.

66.

Thomas attendait Aram sur l'embarcadère de Sandhamn quand son téléphone bipa. C'était un sms d'Erik.

Tu as eu le temps de réfléchir ?

Thomas se passa la main dans les cheveux. C'était bien le problème.

Il s'était réveillé sur le coup de cinq heures, incapable de se rendormir. Les pensées moulinaient dans sa tête.

Il fallait qu'il prenne une décision.

En parler à Pernilla ou Nora ne l'aiderait pas. Il n'y avait que lui qui pouvait décider de ce qu'il voulait pour son avenir.

Quand Margit avait proposé qu'il saute la réunion du matin – une fois n'est pas coutume –, il n'avait fait aucune objection. Peut-être avait-elle senti qu'il était déprimé ?

Ou elle n'avait vu que le côté pratique.

Tärnan, le bateau-taxi de Stavsnäs, accosta à quelques mètres de lui et Aram apparut dans l'encadrement de la porte de la cabine. En voyant le visage familier de son collègue, Thomas se sentit de meilleure humeur.

C'est reparti, mon kiki.

En s'avançant vers le bateau, il prit la résolution de consacrer ce jour-là toute son énergie à l'enquête. Ses réflexions personnelles attendraient jusqu'au soir.

Aram franchit la passerelle en quelques enjambées.

« Comment ça s'est passé, ce matin ? demanda Thomas. J'ai manqué quelque chose d'essentiel ? »

Aram secoua la tête.

« On a fait court. Au fait, Margit te salue. Kalle et sa bande s'occupent de la liste des invités, mais ça va prendre un moment. Aucun des portés disparus ne semble coller avec la personne qui a brûlé dans l'incendie. »

Ils se dirigèrent vers le chemin de Trouville en naviguant entre les poussettes et les touristes. Ils iraient d'abord chez Agaton, puis feraient un saut à Fyrudden. Deux gars arrivèrent, chacun chargé d'un sac plastique de bouteilles vides qu'ils vidèrent dans les bacs de recyclage verts. Le tintement des bouteilles s'entendait de loin.

« Comment ça s'est passé avec les derniers voisins ? » demanda Aram.

Thomas avait profité de la matinée pour aller voir les voisins qui habitaient de l'autre côté de chez les Jonsson. Ce couple âgé était à bien des égards l'opposé des Agaton. Et des Jonsson aussi, d'ailleurs. Bertil et Anna-Lena Lindberg avaient certes un beau terrain en bord de mer, mais leur maison était nettement plus petite et tenait plus du chalet rustique que de la villa cossue. L'intérieur était décati et les planches en sapin du plancher comme du plafond avaient jauni. À la cuisine, personne n'avait changé les portes des placards depuis des décennies.

« Ils n'étaient pas à la fête, dit Thomas.

– Ils n'étaient pas invités ?

– Si, mais ils ont décliné. Il a quatre-vingt-un ans et elle soixante-dix-neuf. Ils sont en plus assez rouillés, elle marche avec un déambulateur. »

Une vague odeur de vieux avait accueilli Thomas quand on l'avait fait entrer, cette odeur caractéristique qui imprègne si souvent les murs chez les personnes âgées.

« Quelle impression tu as eue ? demanda Aram en sortant un paquet de chewing-gums qu'il offrit d'abord à Thomas avant de se servir.

– Un joli couple de petits vieux qui ne se mêlent pas de la vie des autres. Ils trouvaient par exemple dommage que Carsten veuille clôturer son terrain, mais estimaient pourtant qu'en tant que propriétaire, c'était son affaire.

– Pas les incendiaires types, en d'autres termes. »

Ils passèrent à l'arrière de l'hôtel des Navigateurs et montèrent la pente raide de Dansberget. Devant eux, un cycliste fatigué préférait pousser son vélo que pédaler.

« Qu'avaient-ils à dire au sujet de Per-Anders Agaton ? » demanda Aram.

La veille, il s'était énervé contre Agaton et son absence, mais il semblait ce matin plus conciliant.

« Ils s'efforcent de l'éviter, autant que possible. »

Il avait peiné à obtenir du couple Lindberg qu'ils disent leur opinion sur leur belliqueux voisin. Mais peu à peu, il était apparu qu'Agaton s'en était aussi pris à eux en quelques occasions.

Une fois, il leur avait cherché querelle au sujet d'une canalisation qui traversait leurs terrains, une autre fois, leurs avis avaient divergé au sein de l'association des propriétaires.

« Carsten Jonsson et Per-Anders Agaton devraient bien s'entendre, remarqua Thomas. Ils semblent de la même farine.

– Mais tu sais bien comment fonctionnent les aimants ? dit Aram. Les côtés négatifs se repoussent. »

Ils contournèrent les terrains de tennis, où avait lieu un cours. Une dizaine d'enfants raquettes en main écoutaient les instructions de leur entraîneur, un blond dans les quarante-cinq ans que Thomas avait déjà vu. Simon avait sûrement pris des leçons avec lui.

« Au fait, je suis passé voir Nora hier soir, dit-il. Elle m'a promis de faire des recherches pour nous sur Carsten Jonsson, sur la raison qui l'a poussé à construire ici. Nous avons besoin de savoir si quelque chose dans son passé pourrait être intéressant pour l'enquête. »

Aram lui jeta un coup d'œil hésitant.

« Je me demandais quand tu allais te décider à soulever cette question. »

Était-il si évident qu'il était en train de perdre la main ?

Thomas se renouvela la promesse de ne pas laisser ses pensées vagabonder de la journée.

« J'espère qu'Agaton sera chez lui, dit Aram. Je n'ai pas envie de tourner en rond pour rien à Fyrudden encore aujourd'hui. »

Agaton leur devait un certain nombre d'explications.

Les affirmations de Linda Öberg, selon lesquelles il s'était disputé avec les ouvriers, la plainte découverte par Karin. Les déclarations des époux Lindberg confirmaient, elles aussi, qu'il était enclin au conflit.

Agaton avait un mobile et une occasion. La question était de savoir s'il était passé à l'acte.

67.

Nora ne parvenait pas à chasser de ses pensées le visage de Maria ravagé par les larmes. Que se passait-il dans la villa de Fyrudden ? D'abord le comportement bizarre de Carsten à la station-service, et maintenant la baby-sitter.

Si elle n'avait pas expressément promis à Maria de ne rien dire à Celia, elle l'aurait contactée sur-le-champ. Après la leçon de natation, Maria avait disparu sur son vélo, Sarah sur le siège enfant, tandis que Nora était restée avec un fort sentiment d'impuissance.

Si seulement elle avait pu l'aider. Mais elle ne connaissait même pas le nom de famille de Maria, et savait encore moins où habitaient ses proches.

La mine soucieuse, elle monta à l'étage faire le lit. Et y découvrit Jonas rendormi.

Il devait être allé se recoucher en revenant de la pêche. Son réveil avait sonné dès six heures et demie pour qu'il aille relever ses filets.

« Tu n'es pas encore levé ? » demanda Nora en saisissant la couette, comme pour la lui retirer.

Mais elle s'attendrit et s'assit plutôt au bord du lit.

« Tu as l'intention de devenir une marmotte, comme mes fils ? dit-elle en lui passant la main dans les cheveux.

– Viens ici, plutôt. »

Jonas tendit le bras et l'attira contre lui. Avec un bâillement, il se cala et referma les yeux.

« Là », murmura-t-il, satisfait.

Nora appuya sa joue contre son épaule nue et le renifla. Jonas était encore tout chaud de dessous la couette. Il sentait le matin, un mélange indéfini de chaleur corporelle lourde de sommeil et de drap propre. Avec une vague odeur de poisson vidé.

Comme tant de fois déjà, elle s'étonna qu'ils soient si bien ensemble. Avec Henrik, elle se réveillait souvent avec un poids sur la poitrine. Maintenant, elle avait le sourire tous les matins.

« La pêche a été bonne ? demanda Nora au bout d'un petit moment, en lui caressant le dos du bout de l'index.

– Correcte. Quatre perches et trois lavarets. Mais j'ai relâché la plus petite des perches, pour qu'elle grandisse encore avant de finir dans l'assiette.

– Très bien, comme ça, on a à dîner pour plusieurs jours. »

Nora tourna la tête et l'embrassa sur le front. Julia jouait dans la pièce voisine, inutile d'envisager autre chose.

« Comment s'est passée la piscine ? » marmonna Jonas au bout d'un petit moment.

L'inquiétude s'empara de nouveau de Nora, qui se rassit au bord du lit.

« Bien, mais il y a quelque chose de bizarre chez cette famille.

– Laquelle ?

– Les Jonsson. J'ai rencontré leur baby-sitter, elle avait l'air complètement désespérée, figure-toi qu'elle pleurait sur le bord de la piscine pendant la leçon des enfants.

– Elle a peut-être rompu avec son petit copain, dit Jonas sans ouvrir les yeux.

– Non, elle était vraiment mal, ce n'était pas un chagrin d'amour. En plus, elle m'a fait promettre de ne rien dire aux Jonsson.

– Alors c'est sans doute une affaire privée.

– Ça ne me plaît pas qu'elle ait l'air d'avoir si peur de son employeur. Je me demande si je ne devrais pas en toucher un mot à Thomas. »

Jonas s'étira et regarda Nora de derrière ses paupières mi-closes. Il bâilla de plus belle.

« Tu n'es quand même pas responsable du bien-être de la famille Jonsson, et encore moins de celui de leur baby-sitter.

– Elle était tellement désespérée, la pauvre gamine. Elle ne doit pas être plus âgée que Wilma. Si je savais le nom de sa mère, je l'appellerais.

– Elle n'a pas de copine qui pourrait l'aider ?

– Pas que je sache. »

Un instant. Qu'avait dit Thomas, à propos de cette gouvernante qui travaillait aussi chez les Jonsson ? Linda Öberg, de Runmarö.

Nora se leva.

« Tu t'en vas ? »

Jonas tendit la main pour essayer de la retenir. Mais Nora ne se laissa pas faire.

« J'ai une idée. »

Elle avait promis à Maria de ne rien dire à Celia ou Carsten, mais Maria ne lui avait pas interdit de parler à la gouvernante.

Nora avait le sentiment qu'il s'agissait de quelque chose de beaucoup plus grave qu'une dispute avec un garçon.

Elle descendit au rez-de-chaussée et connecta l'ordinateur aux pages blanches.

Il y avait quarante-huit Linda Öberg, mais une seule domiciliée dans la commune de Värmdö. Linda n'avait pas d'abonnement fixe, mais Nora trouva un numéro de portable.

Elle regarda les chiffres.

Linda allait-elle la trouver cavalière d'appeler juste pour prendre des nouvelles de Maria ? Peut-être, mais il était difficile d'ignorer les yeux rougis de larmes de la jeune fille.

Elle ne pouvait pas rester indifférente, même si Jonas trouvait qu'elle en faisait trop.

Nora composa le numéro et attendit.

Personne ne répondit, mais elle tomba sur un répondeur. La voix impersonnelle ne révélait pas le nom de l'abonnée.

Allait-elle enregistrer un message, ou juste raccrocher ?

« Bonjour, je m'appelle Nora Linde, dit-elle après une certaine hésitation. Je me demandais si vous pouviez m'appeler au sujet de quelque chose concernant la famille Jonsson. »

Elle laissa son numéro de portable et raccrocha.

Aussitôt après, elle se sentit ridicule de se mêler de ce qui ne la regardait pas.

Je rappellerai une fois, pas plus, se dit-elle. Puis je laisserai tomber. Comme le suggère Jonas.

68.

Cette fois, c'est Per-Anders Agaton lui-même qui vint ouvrir aux deux policiers. Il était presque onze heures du matin.

Il leur fit signe d'entrer et ils s'installèrent de nouveau dans la véranda lumineuse. Le vent soufflait du sud, de courtes vagues déferlaient sur la plage.

Aram et Thomas s'assirent chacun sur un fauteuil, Agaton sur le canapé face à eux.

« Ma femme m'a dit que vous me soupçonniez de l'incendie chez les Jonsson. »

Per-Anders Agaton avait visiblement l'intention de prendre le taureau par les cornes.

« Et dans ce cas, j'aimerais bien savoir comment vous comptez le prouver.

– Nous avons besoin de déterminer où vous vous trouviez la nuit de l'incendie, dit Thomas sans relever son ton méprisant.

– J'étais ici, évidemment, chez moi.

– Mais vous n'avez personne pour le confirmer, dit Aram. Cela est apparu hier, lors de l'audition de votre épouse.

– Alors vous avez dû mal comprendre. Anna se souvient très bien que je suis allé me coucher en même temps qu'elle.

– Ce n'est pas ce qu'elle nous a déclaré. »

Per-Anders Agaton haussa les épaules.

« Vous l'avez prise au dépourvu, elle ne se souvenait pas

bien. Ce n'est sûrement pas la première fois que cela arrive lors d'un interrogatoire de police ? »

Thomas imaginait parfaitement Per-Anders Agaton au tribunal. Habile et sûr de lui, persuadé d'atteindre son but par le pouvoir des mots.

Il comprenait aussi pourquoi cet homme n'était pas très populaire parmi ses voisins.

« Blague à part, dit Per-Anders Agaton. Vous ne pouvez quand même pas croire sérieusement que je serais allé mettre le feu chez mon voisin comme le premier pyromane venu ? Pourquoi aurais-je fait ça ?

– Pour exprimer votre colère ? proposa Thomas.

– Dans ce cas, il y a de bien meilleures façons.

– Comme quoi ? demanda Aram.

– Divers moyens légaux, par exemple.

– Vous voulez dire que vous pouvez faire peur aux gens en les attaquant en justice, ou en les menaçant de procès ? » demanda Thomas.

Son ton était inutilement cassant. Il s'était laissé provoquer et était parti au quart de tour, ce n'était pas bon.

« Calmons-nous. Je ne suis pas un acharné de la procédure, si c'est ce que vous essayez d'insinuer. Mais parfois, devant des idioties, il faut marquer le coup.

– Nous avons des témoins qui vous ont entendu proférer des menaces à l'encontre de Carsten, dit Aram. Pouvez-vous nous expliquer de quoi il s'agit ?

– Qui a dit ça ? »

L'homme était avocat jusqu'au bout des ongles. Répondre à une question par une autre, contre-attaquer quand on était acculé. Cela semblait directement tiré d'un manuel de procédure.

Thomas avait à peine le courage d'écouter ces bêtises, il sentait sa concentration faiblir, malgré toutes ses résolutions.

« Peu importe, dit Aram. Ce qui compte, c'est que vous vous êtes exprimé de telle façon que d'autres personnes l'ont remarqué. Aussi nous aimerions que vous nous expliquiez cette sortie. »

Aram marqua une pause rhétorique, puis sortit son carnet.

« Voici ce que vous avez déclaré au sujet de Carsten Jonsson, d'après les témoins présents : qu'il pouvait prendre son argent et aller au diable, qu'il ferait bien d'arrêter de violer la propriété de son voisin s'il comprenait où était son propre intérêt. »

Thomas se força pour participer à la conversation.

« Ce sont des mots durs, dit-il avec le plus de conviction possible.

– Que vouliez-vous dire avec cette dernière expression ? dit Aram. *S'il comprenait où était son propre intérêt* ? À mon avis, cela ressemble décidément à une menace. J'aimerais bien que vous nous disiez ce qui serait arrivé dans le cas contraire, s'il n'obtempérait pas ? »

Agaton souffla bruyamment.

« Je me suis peut-être emporté. Mais je ne vais pas passer sous silence que j'étais outré des manières de Jonsson. On ne construit pas son ponton dans les eaux de quelqu'un d'autre.

– Que serait-il arrivé, s'il n'obtempérait pas ? » répéta Aram.

Au lieu de répondre, Agaton se leva.

« Quelqu'un d'autre a soif ? »

Sans attendre de réponse, il disparut à la cuisine. On entendit une porte de placard s'ouvrir, quelque chose tinta, puis un robinet coula.

Aram se pencha vers Thomas et dit à voix basse :

« Tu crois qu'il commence à s'inquiéter un peu ? L'ordre des avocats a des règles, ce qu'un avocat a le droit ou non de dire. »

Per-Anders Agaton revint avec trois verres sur un plateau et une bouteille d'eau.

« Je vous en prie, servez-vous, dit-il en se versant un verre.

– Bon, dit Thomas. Dites-nous maintenant ce qui serait arrivé à Carsten s'il n'obtempérait pas ?

– Rien, dit Agaton.

– Donc tout ce que vous avez dit lors de la fête, c'était du vent ?

– C'était idiot, je n'aurais pas dû m'exprimer en ces termes. »

Agaton écarta les bras pour se dédouaner. Il avait probablement soigneusement pesé les termes de sa réponse en allant chercher de l'eau à la cuisine.

« Pourquoi avez-vous dit ça, alors ? »

Per-Anders Agaton regarda par terre.

C'était peut-être son instinct d'avocat qui lui faisait garder le silence. Dans ce cas, cela devait lui coûter : Agaton n'avait pas l'air d'être homme à pratiquer volontairement l'autocensure.

« Pouvez-vous répondre à la question ? insista Aram.

– Malheureusement, je ne m'en souviens pas. »

Thomas aurait voulu pousser un grand soupir.

« C'était il y a trois jours seulement. Vous avez la mémoire si courte ?

– Désolé. »

Sur la plage, deux touristes passaient avec un panier à pique-nique et des serviettes. Ils marchaient loin de la maison, juste au bord de l'eau.

Agaton fit un geste en direction des promeneurs.

« Pas besoin de clôture sur cette île. Tous ceux qui vivent ici le savent. »

Aram feuilleta ses notes, comme s'il voulait souligner ostensiblement qu'il y avait d'autres témoignages.

« Dites-moi autre chose. Avez-vous été en contact avec l'un des ouvriers polonais qui travaillent pour la famille Jonsson ?

– Vous ne voulez vraiment pas d'eau ? dit Agaton à Aram, comme s'il n'avait pas entendu la question.

– Non, merci.

– Nous voulons savoir si vous avez eu affaire avec les ouvriers des Jonsson, dit Thomas.

– Comment ça ? dit Per-Anders Agaton en remplissant son verre.

– Nous avons besoin de le savoir.

– J'ai peut-être de temps en temps échangé quelques mots. Les politesses d'usage.

– Les politesses d'usage ? fit Aram. Pourriez-vous être plus concret ?

– Je ne me rappelle pas bien. »

Aram nota scrupuleusement dans son carnet.

Thomas vit que Per-Anders Agaton lorgnait ses notes. Peut-être n'était-il pas aussi sûr de lui qu'il essayait de le paraître ?

« Et si je pose la question ainsi, dit Aram : Avez-vous cherché à convaincre quelques ouvriers des Jonsson d'agir en vue de créer des problèmes ou de nuire à Carsten Jonsson ?

– Vraiment, non. »

Tu mens, pensa Thomas.

Mais il savait qu'il n'y avait aucun moyen de le prouver. Pour le moment.

Aram parut opter pour une autre tactique :

« Qu'est-ce que vous auriez voulu que Carsten fasse ? Pour préserver des rapports de bon voisinage avec vous, je veux dire. »

Per-Anders Agaton posa ses deux mains sur ses cuisses. Son double menton trembla sous son visage rond quand il se pencha en avant.

« Qu'il disparaisse d'ici, dit-il en accentuant les dernières syllabes. Nous ne voulons pas de gens comme lui sur l'île. »

69.

Carsten avait mis le cap au nord, vers la passe de Björkösund. Il allait incessamment arriver à destination. C'était là que se trouvait le cabanon, sur son île à peine plus grande qu'un îlot.

C'était exactement comme dans son souvenir, bien que sa dernière visite remonte à si longtemps.

Il connaissait bien les environs, il venait y faire du kayak dans ses jeunes années. C'était ainsi qu'il avait découvert le cabanon, jadis, par un pur hasard.

Pendant la guerre froide, l'île était l'un des nombreux lieux fortifiés pour faire face à une invasion venue de l'est. Tout l'archipel était quadrillé de ces sites réquisitionnés. Au début, tous avaient été équipés de défenses militaires, de bunkers et de pontons bétonnés. Plus tard, quand la Suède avait commencé à sérieusement démanteler ses défenses, l'armée avait détruit la plupart de ces ouvrages et restitué les terrains.

Mais les pontons étaient restés, ainsi que quelques bâtiments de plus petite taille, qu'on avait négligé de raser. Le cabanon gris, devant lui, en était un exemple.

Carsten accosta au solide ponton en béton, lui aussi souvenir militaire, et amarra son zodiac.

Ça devait bien faire vingt ans qu'il n'avait pas débarqué là.

C'était une petite île, il fallait au plus vingt minutes pour en faire le tour. À part quelques pins isolés qui y avaient pris racine et s'agrippaient aux rochers, il y avait surtout des genévriers et de la bruyère dans les crevasses. Sur les pierres s'étalait une fine couche de lichen jaune.

Carsten inspecta les environs, par précaution. Mais il était absolument seul, on ne voyait même pas de voiliers à l'horizon.

En arrivant au cabanon, il en trouva la porte munie d'un cadenas rouillé. Quelqu'un d'autre avait visiblement aussi découvert l'endroit et se l'était approprié.

Carsten avait besoin de quelque chose pour briser le cadenas. Il descendit sur le rivage chercher une grosse pierre. Il suffit de quelques coups pour que le verrou saute et tombe à terre.

En se débarrassant de la pierre, il vit que les phalanges de sa main droite étaient encore rouges et un peu gonflées.

Celia.

Elle n'avait à s'en prendre qu'à elle-même. Si elle s'était abstenue de le provoquer, rien ne serait arrivé. Ce n'était pas sa faute.

Carsten ouvrit la porte et franchit le seuil.

Un lit superposé, une table et deux chaises. Il avait bivouaqué là à la fin de l'adolescence.

Dans la kitchenette, il trouva un pot de café à moitié vide, deux quarts en fer-blanc et une cafetière cabossée. Sans doute la propriété de la personne qui avait posé le cadenas. Quelqu'un avait aussi posé des rideaux à petites fleurs, c'était nouveau.

Son visage lui apparut dans le miroir fendu accroché au mur. Ses repousses de barbe étaient bien visibles, mais son regard plus clair que jamais. Et ses cheveux, ébouriffés par le vent du trajet.

Anatoli allait atterrir à Stockholm d'ici quelques heures. Ils avaient convenu que Carsten passerait le prendre à Stavsnäs à six heures et demie.

Il y avait beaucoup de choses à régler, mais ici, ils pourraient parler sans être dérangés.

Carsten tâta le sachet dans sa poche. Il lui en restait pas mal. Il souffla sur sa main droite et adressa un signe de tête à son reflet.

70.

C'est Maria qui ouvrit chez les Jonsson quand Thomas et Aram arrivèrent.

« C'est vous ? » s'exclama-t-elle.

Elle devait avoir pleuré, son visage était bouffi et ses yeux rougis. Elle tenait à la main un petit sac à dos.

« Comment ça va ? s'enquit Thomas.

– C'est un peu dur en ce moment. »

Maria lâcha le sac à terre et cligna plusieurs fois des yeux.

Aram lui tapota le bras.

« Est-ce que nous pouvons t'aider ? »

Maria jeta un coup d'œil par-dessus son épaule.

« Je ne crois pas.

– Tu peux toujours nous appeler, s'il y a quelque chose qui ne va pas, dit-il. Mais tu le sais, n'est-ce pas ? »

Ils furent interrompus par Sarah qui appela depuis le séjour :

« Maaaaariaaaaa ! »

Maria parut soudain stressée.

« Excusez-moi, il faut que j'y aille, je suis en train de faire déjeuner les enfants.

– En fait, nous cherchions Carsten, dit Aram. Il est là ?

– Non.

– Sais-tu quand il va revenir ?

– Non, mais vous pouvez peut-être essayer son portable », proposa Maria.

Thomas s'attendait à trouver Carsten chez lui, si tôt dans la journée, même s'ils n'avaient pas téléphoné pour s'annoncer.

« Et Celia ? demanda Aram.

– Elle est là, mais elle se repose pour le moment. »

La lèvre inférieure de Maria trembla.

« Celia ne va pas très bien. »

Thomas devinait que l'ambiance entre les époux Jonsson n'était pas au beau fixe après la révélation de l'infidélité de Carsten.

« Je comprends, dit-il. Si Carsten revient, tu pourras lui dire que nous sommes passés et que nous le cherchons. »

Maria ouvrit la bouche.

« Celia ne va pas bien du tout », répéta-t-elle avec un léger tremblement dans la voix.

Thomas hocha la tête.

« Nous espérons qu'elle va se rétablir. »

Maria se mordit l'ongle du pouce. Puis elle posa la main sur la poignée de la porte.

« Au revoir », dit-elle, avant de refermer la porte.

Le silence régnait dans la forêt. Difficile de se souvenir que le port grouillant de monde n'était qu'à vingt minutes de là.

« Que faisons-nous, à présent ? demanda Aram.

– On essaie de joindre Carsten Jonsson », dit Thomas.

Aram sortit son téléphone et composa le numéro de Carsten. Après les sonneries, un répondeur.

« Il ne répond pas », commenta inutilement Aram.

Un peu plus loin, les rubalises bleues flottaient au vent autour des ruines calcinées de la maison d'amis. Une faible odeur de bois brûlé flottait encore dans l'air.

« On ne sera pas beaucoup plus avancés en restant ici, dit Aram. Je préférerais passer du temps à éplucher la documentation sur le passé de Carsten que Margit a rassemblée. Fouiller un peu, essayer d'en savoir plus sur la menace dont font l'objet les Jonsson.

– On rentre à Nacka, alors ? »

Aram balaya le terrain du regard.

« Où sont passés tous les ouvriers ? » demanda-t-il.

Thomas regarda alentour. Silence absolu. Pas de coups de marteau au loin comme la veille, le quad n'était pas non plus garé derrière la maison.

« Il faudrait encore parler un moment avec Eklund avant de filer, dit Aram. Eu égard à la victime de l'incendie. C'est que nous n'avons pas encore la certitude absolue qu'il s'agit d'un des invités. »

Il sortit son carnet et y chercha le numéro d'Eklund. Cette fois, une voix leur répondit aussitôt.

Thomas comprit à ce que disait Aram qu'Eklund était encore sur l'île, mais qu'il se dirigeait vers le port, comme eux.

Aram raccrocha.

« Il nous retrouve aux tennis dans dix minutes. »

71.

Quand ils débouchèrent sur Trouvillevägen, Eklund les attendait à une centaine de mètres de là. Il avait une cigarette au coin des lèvres et un sac bien usé à ses pieds.

« Déjà fini pour la journée ? s'étonna Thomas.

– Fini pour l'été. Je rentre en ville avec mes gars. »

Eklund tira une dernière bouffée et jeta dans le sable son mégot rougeoyant. Il le piétina plusieurs fois pour l'enterrer sous les graviers.

« Mais la semaine vient à peine de commencer, dit Aram.

– Ordre de Carsten, grommela Eklund. Il change d'avis tellement vite. Hier, il voulait qu'on déblaie les ruines de l'incendie, aujourd'hui il nous renvoie chez nous.

– Quand revenez-vous ? demanda Aram.

– Je ne sais pas. »

Mats Eklund semblait à la fois étonné et furieux, mais ne lâcha aucun autre commentaire.

« Avez-vous du nouveau sur l'incendie ? demanda-t-il plutôt. Si on peut demander ?

– On peut, répondit Aram. Mais il est trop tôt pour se prononcer. »

Thomas réfléchissait encore aux mots d'Eklund. Il était clair que le chef de chantier comptait rester toute la semaine sur l'île.

Aram alla droit au but.

« Il ne vous manque aucun de vos employés ?

– Pardon ?

– Je pense à cette personne qui est morte dans l'incendie. Vous avez déclaré qu'il ne manquait aucun de vos gars, mais vous avez peut-être changé d'idée, à la réflexion.

– Mais enfin, ce n'était pas un des invités de la fête ? C'est ce que Carsten m'a dit. »

Pourquoi cette surprise ?

« La vérité est que nous ne pouvons pas répondre pour le moment. Nous n'avons toujours pas établi l'identité du mort. »

Eklund tritura son paquet de cigarettes et en sortit une nouvelle alors qu'il venait d'écraser la précédente. Il l'alluma et tira une longue bouffée.

« Malheureusement, je ne peux pas vous aider, dit-il en ramassant son sac par terre. Maintenant il faut que j'y aille, sinon je rate mon bateau pour Stavsnäs. Les gars ont déjà filé au port. »

Eklund tourna les talons pour partir.

Thomas eut la velléité de l'en empêcher quand son téléphone sonna. C'était Staffan Nilsson.

« J'ai quelque chose d'intéressant, un os à ronger pour toi, commença-t-il tandis que le dos de Mats Eklund disparaissait au coin de la rue.

« Je t'écoute, fit Thomas.

– Tu te souviens de ce briquet que j'avais trouvé sur le lieu de l'incendie ? »

Thomas revit le bout de métal déformé dans un sachet plastique.

« Oui, dit-il.

– J'ai réussi à relever une empreinte digitale sur un de ses côtés. Elle était très faible, ça m'a demandé pas mal de boulot, mais j'ai fini par avoir de quoi comparer avec le fichier.

– Et ça a donné quelque chose ?

– Oui, j'ai trouvé un nom. L'empreinte appartient à un type nommé Gustav Kronberg. Originaire de Stockholm, né en 1975.

– Criminel ?

– Oui. D'abord un certain nombre de petits vols, puis il est monté en grade et a été condamné pour le braquage d'une poste au milieu des années 90. »

C'était l'époque où il y avait encore des bureaux de poste, songea Thomas.

« Et il a poursuivi sa carrière criminelle ? demanda-t-il.

– C'est bien le problème. Kronberg est mort. »

C'était la réponse que Thomas attendait le moins.

« Le type est mort au début des années 2000, continua Nilsson. Overdose d'héroïne. Il était toxicomane, des séjours répétés en foyer de désintoxication, l'histoire habituelle.

– Mais comment expliques-tu le briquet, alors ? dit Thomas en faisant un pas de côté pour laisser passer deux ados qui roulaient de front sur leurs vélos.

– Je ne sais pas.

– Est-ce que ça peut être un vieux briquet oublié sur place ? »

Thomas avait du mal à croire à cette explication.

« Ça me semble très peu vraisemblable, dit Nilsson. Il aurait fallu qu'il reste à l'air libre presque quinze ans sans que l'empreinte digitale soit détruite. »

Le technicien semblait stressé.

« Il faut que je raccroche, j'ai une réunion qui va commencer. »

Thomas avait une dernière question.

« As-tu trouvé autre chose sur place qui ait un rapport avec Kronberg ?

– Non, ça, c'est ton affaire. Je voulais juste t'appeler pour te raconter ça, j'ai déjà dû faire plus de recherches que mon temps ne me le permet.

– D'accord. Mais si tu trouves encore quelque chose, appelle-moi, hein ? »

Thomas raccrocha. Aram avait entendu l'essentiel. Thomas compléta rapidement.

« Il va falloir examiner le passé de Gustav Kronberg, dit-il. Et voir ce qu'on peut trouver. En tout cas, c'est un pas en avant. »

Du bout du pied, Aram tira un trait dans le gravier et le fixa comme si la réponse y était écrite.

« J'aimerais bien savoir s'il y a un lien entre Kronberg et Per-Anders Agaton, dit-il. Les morts n'allument pas d'incendies. »

72.

Julia à la main, Nora ouvrit le portail blanc de chez Olle Granlund et frappa à sa porte. Oncle Olle était son plus vieux voisin depuis la disparition de Signe, et il connaissait à peu près tout le monde sur l'île. Peut-être savait-il quelque chose au sujet de Carsten Jonsson et de ses liens avec Sandhamn ?

Elle avait déjà parlé avec Eva. Mais son amie ne savait pas pourquoi Carsten avait choisi de construire sa maison à Sandhamn.

Nora frappa de nouveau, sans que personne vienne lui ouvrir.

« Il ne doit pas être là », dit-elle à Julia.

Le chat noir d'Olle se glissa à travers le portail et se mit à se rouler dans l'allée de gravier. Julia s'accroupit pour flatter son ventre soyeux, et sa longue queue balaya le sol de satisfaction.

Il était une heure et demie, Olle avait probablement pris son bateau pour faire un tour en mer. C'était une belle journée. Tant pis, il faudrait revenir plus tard. Nora laissa la fillette caresser le chat une dernière fois derrière les oreilles avant de retourner vers la villa Brand.

« Est-ce que je peux avoir un minou, maman ? demanda Julia, à côté d'elle. S'te plaît, maman, s'te plaît, s'te plaît, s'te plaît ?

– On verra, ma grande. »

Une fois rentrées, Julia monta dans sa chambre et Nora gagna la cuisine.

Elle n'arrivait à rien. Linda Öberg n'avait pas rappelé, malgré le deuxième message qu'elle avait laissé.

Pouvait-elle faire autre chose pour aider Thomas à en savoir plus sur Carsten ? Elle avait ses contacts dans la banque. Peut-être pourrait-elle appeler Jonathan ?

Jonathan Smythe travaillait à l'inspection des finances britannique. Ils s'étaient fréquentés longtemps et avaient travaillé ensemble quand elle était dans sa banque et lui dans la filiale anglaise.

Comme Nora, Jonathan avait fini par postuler dans une administration publique et, à ce qu'elle savait, il se plaisait davantage comme fonctionnaire que comme banquier.

Nora sortit son téléphone et le soupesa. Les Anglais prenaient leurs vacances plus tard que les Suédois : avec un peu de chance, Jonathan travaillait encore. Elle composa le préfixe de l'Angleterre et le reste de son numéro.

« *Jonathan Smythe speaking.* »

Nora ne put s'empêcher de sourire en entendant son accent british, c'était une leçon d'anglais d'Oxford. Mais Jonathan était loin du cliché parapluie-chapeau melon. Il était grand et mince, allergique à la cravate. Plus bohème que banquier, malgré sa prononciation exagérément correcte.

« *Hallo,* Jonathan. C'est Nora, Nora Linde. Comment ça va ? »

Après quelques politesses d'usage, elle lui résuma la situation, et précisa qu'il s'agissait d'une enquête de police.

« Je cherche des informations sur un financier suédois travaillant sur la place de Londres depuis plusieurs années, il s'appelle Carsten Jonsson. Est-ce que tu le connaîtrais ?

– Carsten Jonsson, répéta Jonathan. Mmh, ça me dit quelque chose. Attends, je vais voir. »

Nora entendit un bruit de clavier, les clics d'une souris promenée sur un écran.

Une minute passa, puis la voix de Jonathan réapparut à l'autre bout du fil.

« Voilà, je l'ai trouvé. Je savais bien que je connaissais ce nom. C'est ce Suédois qui a été mêlé à l'affaire United Oil, il y a neuf ou dix ans de ça.

– Pardon ? »

Nora n'avait aucune idée de ce à quoi faisait allusion Jonathan. Mais d'un autre côté, elle ne suivait pas le marché anglais.

Elle s'assit à la table de la cuisine en prenant un bloc-notes et un stylo.

« Ça a été un grand scandale, dit Jonathan. United Oil était une société qui prospectait le pétrole au Soudan. »

Le Soudan.

Ce seul nom avait une connotation négative. On pensait seigneurs de la guerre, violence et souffrances humaines. Mais ça n'avait pas empêché les entreprises occidentales d'y aller. Même des sociétés suédoises y avaient des activités.

Jonathan continua. Il semblait lire sur un écran tout en résumant.

« Jonsson a été engagé comme conseiller financier lors de la cotation en Bourse de l'entreprise pétrolière. United Oil était implantée au Soudan, mais son activité n'était ni spécialement rentable ni politiquement correcte. La population locale était maltraitée, on parlait de pots-de-vin, bref, toute la panoplie. Tout ça a été gonflé, mais quand la montagne a accouché d'une souris, ce qui a fatalement fini par arriver, beaucoup de petits épargnants y ont laissé leurs économies.

– Ça se présente mal.

– En effet. Les petits actionnaires ont été traités brutalement, pour ne pas dire sans scrupules. Jonsson et la société de courtage pour laquelle il travaillait ont alors essuyé de cuisantes critiques pour leur action. »

C'était moche d'entendre ça. De l'argent sale.

Hier, avant de rencontrer Carsten à la station-service, Nora ne l'aurait pas cru mouillé dans ce genre d'affaires. Maintenant, elle ne savait plus.

Sa manière froide de la moucher lui restait en travers de la gorge. Quand il était sorti de la boutique, elle s'était sentie insignifiante.

« Carsten a-t-il reçu une réprimande officielle ? A-t-il été sanctionné, d'une façon ou d'une autre ?

– Attends voir. »

Nora patienta. À nouveau le bruit rapide d'un clavier.

« Non, dit Jonathan après un petit moment. Je ne trouve rien de ce genre. Mais je ne serais pas étonné qu'il ait été viré de sa société de courtage. Il l'a quittée peu après, même si, officiellement, c'est de façon volontaire. »

Jonathan se racla la gorge.

« Ces gars-là n'aiment pas que leurs employés soient impliqués dans des scandales, tu le sais aussi bien que moi. Mais ils lavent rarement leur linge sale en public : son silence a probablement été acheté en toute discrétion. »

Nora faisait confiance au jugement de Jonathan, elle savait qu'il n'avait pas de sympathie pour la cupidité crue qu'on rencontrait parfois dans les milieux financiers de Londres.

« En d'autres termes, Carsten Jonsson n'est pas un nom qui inspire confiance ? résuma-t-elle.

– Pas du tout.

– Sais-tu autre chose à son sujet ? Tout peut être intéressant. »

Même des ragots.

« Dans ce cas, nous devons quitter les simples faits pour la rumeur publique. »

Jonathan était toujours d'une parfaite rigueur, même là.

« Pas de problème.

– On dit que Carsten a pu se remettre en selle grâce à l'argent et aux relations de son beau-père. »

Que Celia vienne d'un milieu fortuné n'étonnait pas Nora. Ni que Carsten se soit marié pour l'influence et le carnet d'adresses.

« C'est probablement la vérité, dit Jonathan. Il aurait eu du mal à mettre sur pied tout seul son fonds d'investissement après toutes les vagues d'United Oil.

– Sais-tu quel genre d'affaires il traite aujourd'hui ?

– Il paraît qu'il s'intéresse à la Russie.

– La Russie ? »

Chat échaudé ne craint apparemment pas l'eau froide.

« En tout cas, ça semble un peu mieux que le Soudan, dit-elle.

– Détrompe-toi, dit Jonathan. Faire des affaires en Russie est compliqué, la corruption est dévastatrice et la bureaucratie impénétrable. C'est toujours à hauts risques. La plupart de ceux qui tentent de s'y enrichir se plantent en route. »

Nora savait très bien où se situait la Russie au palmarès mondial de la corruption. Le Soudan était le dernier des cent soixante-dix-sept pays classés, mais la Russie n'était pas loin, à la cent vingt-septième place.

La Suède était la troisième sur la liste : ça en disait long sur le niveau de corruption sur l'autre rive de la Baltique.

« Pourquoi cherche-t-il à faire des affaires dans un pays pareil ? » demanda Nora, même si elle connaissait déjà la réponse.

Le système judiciaire était complètement gangrené et l'abus de pouvoir généralisé, le citoyen lambda n'avait pas voix au chapitre. Mais les profits étaient énormes si tout se passait bien. Beaucoup de fortunes privées avaient été créées en Russie ces quinze dernières années.

Qu'avait coûté Fyrudden ?

« Il vit dangereusement, remarqua Jonathan. Et n'hésite pas à prendre de gros risques.

– Tu crois qu'il s'est fait des ennemis ?

– Beaucoup de personnes ont été ruinées quand United Oil s'est cassé la figure.

– Mais c'était il y a longtemps.

– Il y a toujours des gens qui ont une bonne mémoire. »

Le ton de Jonathan était devenu glacé.

« Une chose est sûre. S'il agit en Russie avec aussi peu de scrupules que la dernière fois, il ferait bien de surveiller ses arrières. J'ai peine à croire que ses partenaires russes soient aussi indulgents que ceux d'Angleterre. »

73.

Thomas venait de s'installer à une table près d'une fenêtre, à l'arrière du ferry *Dalarö* de la compagnie Waxholm quand son téléphone sonna.

« C'est Nora. Je te dérange ?

– Pas du tout, dit-il. Je suis dans le bateau, je t'écoute.

– J'ai eu des informations sur Carsten Jonsson qui pourraient t'intéresser. »

Thomas se cala au dossier de son siège et regarda par la large baie vitrée. Ils venaient de dépasser Eknö. C'était là que la population de Sandhamn avait été puisée au dix-septième siècle, quand le roi avait exigé l'installation de pilotes sur l'île jusqu'alors inhabitée de Swea Sandö.

« Raconte, dit-il.

– D'abord une chose que j'ai oublié de te dire hier soir. Tu te souviens que le père de Carsten avait été capitaine dans la marine avant d'entrer aux douanes ? Je me suis dit que la famille avait pu habiter à Sandhamn à un moment. Son père avait été capitaine, il devait aimer la mer. Peut-être a-t-il postulé pour Sandhamn quand il est revenu à terre ?

– Mais dans ce cas, quelqu'un aurait dû reconnaître Carsten ?

– Pas forcément. Il s'est passé bien des années, et Jonsson est un des patronymes les plus courants en Suède. Et d'ailleurs, Carsten est son deuxième prénom. Son premier est

Lars. Peut-être a-t-il préféré prendre son deuxième prénom quand il a été en âge d'en décider seul. »

Ça valait vraiment la peine de vérifier. Nora était douée pour dénicher les détails, elle avait l'œil.

Elle reprit son souffle. Thomas comprit qu'elle avait gardé le meilleur pour la fin.

« Je viens d'avoir une conversation très intéressante avec Jonathan Smythe, une vieille connaissance de l'inspection des finances britannique. Nous avons évoqué la réputation de Carsten Jonsson en Angleterre. »

Elle avait indéniablement le don d'éveiller son intérêt.

« Oui ?

– Carsten était profondément impliqué dans une compagnie pétrolière qui a fait faillite il y a quelques années, United Oil. »

Aram était revenu avec les cafés. Il en posa un devant Thomas. Le gobelet en carton beige fumait.

Nora lui résuma ses affaires louches au Soudan.

« L'histoire d'United Oil en dit long sur son éthique dans les affaires, dit Nora. Il semble avoir taillé dans le vif. Mon contact le qualifie d'homme sans scrupules. On ne peut pas exclure que quelqu'un de cette époque cherche à se venger. »

Nora avait été efficace. Thomas se demanda s'il aurait pu lui-même trouver ce genre d'informations. Probablement pas, surtout parce qu'il n'aurait pas su en tirer les bonnes conclusions.

Il fallait qu'ils élargissent l'analyse de la menace pesant sur Carsten Jonsson.

Mais Nora n'avait pas fini.

« Après ces événements, il a été viré et s'est retrouvé sur la paille. Il a été forcé d'emprunter au père de Celia pour pouvoir lancer son propre fonds d'investissement. »

Dépendre de l'argent de son beau-père. Qu'est-ce que cela entraînait dans la relation entre un homme et sa femme ? C'était nettement plus grave que de gagner moins que sa compagne, songea Thomas – réalisant soudain que cet aspect des choses n'avait plus aucune importance pour lui.

En bruit de fond, il entendit le bateau lâcher trois coups de sirène, on sortait à reculons de la baie de Långvik, au nord de l'île de Runmarö. Le capitaine effectua un demi-tour et mit le cap sur le ponton suivant, Styrsvik.

« Sais-tu d'où il tire son argent, maintenant ? demanda Thomas en trempant les lèvres dans son café.

– J'ai aussi posé la question. Apparemment, il fait des affaires avec la Russie.

– Ça a l'air rentable. »

Ils savaient tous deux que ce commentaire laconique se référait à la maison de Fyrudden.

« Mais pas sans risques. Jonathan devait continuer à faire quelques vérifications, et je lui ai laissé ton numéro, au cas où il trouverait autre chose. »

Nora baissa la voix.

« J'ai passé encore un autre coup de fil. À un ancien camarade de fac qui travaille aux Affaires étrangères et s'occupe beaucoup de la Russie. Récemment, il y a eu plusieurs incidents qui ont fait fuir les capitalistes étrangers. Des intérêts nationaux ont essayé de déposséder des investisseurs étrangers de leurs avoirs, de différentes façons. Parfois par des menaces subtiles, d'autres fois sous des formes plus violentes. »

Nora se tut, comme si elle s'efforçait de trouver la bonne formulation. Une façon de résumer les affaires de Carsten Jonsson.

« Il nage en eaux troubles, finit-elle par dire. Cet incendie, c'est peut-être lié à ses investissements en Russie. »

74.

Celia ouvrit les yeux. Elle devait s'être encore assoupie, bien qu'elle osât à peine fermer les yeux, au cas où Carsten entrerait. Il s'était mis à faire beaucoup trop chaud dans la chambre au soleil de l'après-midi, mais Celia aurait voulu continuer à dormir.

Elle ne voulait pas se réveiller et être confrontée à la réalité.

Des rires d'enfants traversaient la cloison, ce devait être ce qui l'avait tirée de l'assoupissement.

Il fallait qu'elle se ressaisisse, d'une façon ou d'une autre, qu'elle sorte et fasse comme si la vie était comme d'habitude.

Elle ne savait juste pas comment s'y prendre.

Une forte migraine la lançait, faisant palpiter ses tempes et le dessus de son œil droit. En s'asseyant au bord du lit, elle eut un vertige, mais se força pourtant à se lever. Elle avait probablement subi une commotion cérébrale.

Sa robe de chambre était toujours au pied du lit. Elle tendit une main tremblante et l'enfila.

Elle évita de se regarder dans le miroir, ne voulant pas se voir bouffie de larmes comme elle devait l'être. Mais elle ne pouvait pas continuer à se cacher, elle avait évité les enfants depuis bien trop longtemps, de bien trop de façons.

Avec une sensation d'engourdissement, elle ouvrit la porte et sortit dans le séjour. Sarah et Oliver jouaient ensemble par terre avec les cubes multicolores qu'ils aimaient tant. Maria était près du réfrigérateur.

Sarah l'aperçut la première.

« Maman ! s'écria-t-elle gaiement en se précipitant vers Celia. Bonjour, maman. »

Elle ne sembla pas remarquer grand-chose, mais Oliver, lui, regarda fixement les bleus et les bosses de Celia. Quand elle tendit la main vers lui, il recula et ne se laissa pas embrasser.

Ça faisait mal, presque autant que quand elle avait appris que Carsten avait frappé son fils. Elle voyait encore la trace de sa main sur la joue d'Oliver.

« On a mangé des spaghettis au ketchup pour le déjeuner aujourd'hui, babilla Sarah, insouciante. Et on a eu de la glace en dessert. De la glace au chocolat. »

Celia le voyait : elle avait un peu de glace séchée au coin de la lèvre.

Elle s'agenouilla pour serrer de nouveau sa fille contre elle, enfouit son visage dans ses doux cheveux, en essayant de ne pas fondre en larmes. Au bout d'un moment, elle lâcha Sarah. Maria était restée près du réfrigérateur, immobile.

« Tout va bien ? » demanda Celia avec un entrain forcé, en essayant de sourire, comme si tout était normal.

Mais la baby-sitter ne voulait pas la regarder. Elle fixait un point au mur en murmurant une réponse inaudible.

Quelque chose n'allait pas, Celia le savait.

Puis elle aperçut le sac de voyage posé près de la porte d'entrée, et comprit ce qui était en train de se passer. Le sac à dos de Maria était lui aussi appuyé contre le mur, son blouson à côté.

« Il faut que je rentre aujourd'hui, dit Maria d'une voix détimbrée.

– Tu ne peux pas faire ça. »

Celia entendit elle-même sa voix devenir stridente.

Sarah regarda craintivement sa mère, en mettant son pouce dans sa bouche.

« Pardon, ma chérie, dit Celia pour calmer sa fille. Maman a parlé un peu trop fort. Mais tout va bien, je t'assure. »

Elle se releva, mais dut s'appuyer au bord de la table. Ses

jambes tremblaient, si bien qu'elle dut s'agripper au dossier d'une chaise pour ne pas tomber à la renverse.

« À quatre heures, il y a un ferry pour Stavsnäs que je comptais prendre », dit Maria.

Le petit visage d'Oliver se ferma, il s'élança vers Maria et lui entoura les jambes de ses bras.

« *Are you going away ?* »

Maria tapota la joue d'Oliver.

« Il faut malheureusement que je parte, mon petit bonhomme. On n'y peut rien. Tu vas rester avec maman, ça va très bien se passer.

– *Please, Maria, don't.*

– *Sarah and Oliver*, dit Celia d'une voix qui portait à peine. *Please...* est-ce que vous pouvez aller dans votre chambre et m'attendre un petit moment ? Faites comme maman vous dit, soyez gentils, j'arrive tout de suite. »

Oliver ne voulait pas lâcher Maria, mais elle détacha ses petites mains. Quelque chose luisit au coin de ses yeux avant qu'elle penche le visage et que ses cheveux les cachent.

Oliver finit par prendre sa petite sœur avec lui et ils disparurent au bout du couloir.

« S'il te plaît, Maria, dit Celia d'une voix étouffée. Tu ne pourrais pas rester quelques jours de plus ? Au moins jusqu'au week-end ? Qu'est-ce que ça peut changer ? »

Comme Maria ne disait rien, elle continua :

« Ça ne se passe pas très bien entre Carsten et moi en ce moment, tu comprends. »

Ne me laisse pas toute seule, aurait voulu crier Celia, mais elle ne pouvait pas se résoudre à la supplier à genoux.

« Je te paierai plus si tu restes, lâcha-t-elle. Tu auras double salaire pour ce mois-ci.

– Je ne veux rien. »

Maria était toujours incapable de croiser son regard.

« Juste encore quelques jours, s'il te plaît. Dis-moi juste ce que tu veux, je te le paierai. Ton voyage de retour aussi, je peux prendre en charge le billet.

– J'ai peur. »

La voix de Maria n'était qu'un chuchotement.

« Carsten m'a mise en garde... il a dit que je ne devais parler à personne de ce qui s'est passé hier... »

Elle n'avait pas besoin d'en dire davantage pour que Celia comprenne.

« Pardon », murmura Maria.

La maison était tellement silencieuse.

On n'entendait rien du côté des chambres, comme si les enfants sentaient qu'il ne fallait pas faire de bruit. Quelques jours plus tôt seulement, la terrasse était pleine d'invités qui riaient et bavardaient. Il y avait de la musique, Carsten était grimpé sur une chaise, bronzé et souriant, pour souhaiter à tous la bienvenue.

Elle se souvenait qu'il lui avait tapoté la joue avant de trinquer avec les invités.

Maria se dirigea vers la porte et attrapa son blouson.

« Je dois malheureusement y aller, sinon je vais rater mon bateau », murmura-t-elle en prenant son sac à dos.

Elle semblait avoir honte.

« C'est sans doute mieux si les enfants ne me disent pas au revoir. Je ne veux pas qu'ils soient davantage éprouvés.

– Mais je ne peux pas rester seule avec eux, chuchota Celia, tandis que son vertige la reprenait. S'il te plaît.

– Linda est toujours là, dit Maria, comme si elle cherchait autant à se persuader elle-même que Celia. Elle vient de partir. Mais elle revient demain. »

Celia avait complètement oublié Linda.

Elle tourna la tête et regarda par la baie vitrée. Linda descendait vers le rivage, son sac en toile jeté comme d'habitude sur l'épaule. Mais juste au moment de poser le pied sur le ponton, elle s'arrêta et se retourna.

Son regard croisa celui de Celia. Et elle sursauta, portant la main à sa bouche. Celia se baissa, mais elle savait que c'était trop tard. Linda avait vu son visage démoli.

Une vague de honte déferla en elle, elle ne put retenir un sanglot.

Linda resta là, comme indécise, puis monta pourtant à bord de son canot.

Celia s'aperçut que la place voisine était vide, le zodiac gris n'y était plus amarré.

« Carsten est parti ? demanda-t-elle bêtement à Maria. Où ?

– Je ne sais pas. »

75.

Thomas s'assit au volant de la voiture et attacha sa ceinture de sécurité. Aram fit de même sur le siège passager. Le bateau avait accosté à Stavsnäs à trois heures et demie, et il ne leur faudrait pas plus d'une demi-heure pour arriver au commissariat à cette heure de la journée. En juillet, pas d'embouteillages.

Thomas avait hâte de rentrer, et sortit à vive allure du parking de Stavsnäs. Mais il se retrouva coincé derrière le bus 433, qui ne se pressait pas.

Ses pensées vagabondaient et échafaudaient de nouveaux scénarios autour de Carsten Jonsson, l'homme qui avait trompé les petits épargnants et se lançait dans des affaires russes.

Beaucoup avaient de bonnes raisons de garder une dent contre lui, pas seulement son voisin en colère sur l'île.

Le problème était : comment approfondir les informations transmises par Nora ? Continuer sans la coopération de Jonsson était difficile. Mais il ne s'était toujours pas manifesté, alors que des heures s'étaient écoulées depuis qu'ils avaient cherché à le voir. Et il devait bien désormais avoir reçu leur message, que la baby-sitter avait promis de transmettre.

« Tu pourrais essayer encore de joindre Jonsson ? » dit Thomas.

Aram sortit son téléphone et composa le numéro. Mais en l'entendant parler, Thomas comprit qu'il était une fois de plus tombé sur le répondeur.

Aram rangea son portable.

« Que faisons-nous d'Agaton ? demanda-t-il. Il a indéniablement un mobile suffisant.

– On ne peut pas l'arrêter sans avoir assuré nos arrières. »

Ce n'était jamais simple d'arrêter un avocat. De fait, c'était très rare, peut-être parce que ça déclenchait toujours un cirque infernal.

Margit ne les couvrirait pas si elle avait sur le dos le secrétaire général de l'ordre des avocats.

Aram baissa sa vitre pour faire entrer un peu d'air frais, mais écopa des vapeurs puantes de diesel rejetées par le bus devant leur pare-chocs.

« Je peux très bien l'imaginer mettant le feu pour effrayer les Jonsson, dit-il. Tu as entendu Agaton, il ne souhaite rien tant que de voir la famille quitter l'île au plus vite.

– Et nous ne savons toujours rien du cadavre. »

Thomas avait conscience de son ton irrité, mais il n'en pouvait plus d'attendre le résultat de l'autopsie. De nombreux fils se noueraient, si seulement ils disposaient d'un nom.

Si Sachsen avait été de permanence, ils n'auraient pas eu à attendre si longtemps, se dit-il, contre toute évidence. En fait, il savait bien que le centre de Solna traitait les décès de plusieurs régions, pas seulement Stockholm. Ils ne pouvaient pas se jeter sur un cadavre venant de Nacka juste parce que Thomas était impatient.

« Je penche de plus en plus pour un accident, dit Aram. Quelqu'un était allé se coucher là pour dormir. En tout cas, s'il s'avère qu'Agaton est notre homme. J'ai du mal à le voir comme un meurtrier de sang-froid, en revanche je le crois capable d'actes inconsidérés pour obtenir ce qu'il veut. »

Il se frotta la base du nez avec son index.

« Je n'aurais rien contre une perquisition chez Agaton pour voir ce qu'il y a dans sa remise. Un peu d'alcool à brûler, peut-être ?

– Qui n'en a pas, dans l'archipel ? Et quelle *raison expresse* comptes-tu invoquer ? » répondit Thomas.

Ils savaient tous deux ce que prévoyait la loi pour autoriser une perquisition chez une personne qui ne faisait pas l'objet d'une suspicion légitime.

Ils n'avaient pour l'instant rien de suffisant contre Agaton.

« Espérons que Kalle et sa bande trouveront rapidement quelque chose de plus, dit Thomas. Nous avons besoin d'un témoin, quelqu'un qui ait vu Agaton faire pire que juste dire du mal de Jonsson. Ces menaces ne suffiront pas. »

Son téléphone sonna. C'était Margit.

Thomas brancha le haut-parleur.

« J'ai de bonnes nouvelles, dit-elle d'emblée. L'autopsie est terminée, j'ai reçu le rapport. Je l'ai sous les yeux. »

Enfin.

« Quelle est la cause du décès ? demanda Thomas.

– Intoxication par la fumée. Mais d'après la légiste, le type était probablement inconscient lors du déclenchement de l'incendie. Il était très ivre, plus de trois grammes d'alcool dans le sang au moment de son décès.

– Est-il identifié ? la coupa Thomas. Tu as un nom ?

– Non, mais un âge. Apparemment entre trente-cinq et quarante-cinq. »

Un invité ivre, en d'autres termes. Exactement ce qu'ils soupçonnaient depuis le début.

Thomas commença à dresser mentalement la liste de ce qu'ils avaient à faire.

« Il n'y a toujours pas d'avis de disparition qui corresponde à notre mort, dit Margit. Mais il y a autre chose. Il est probablement d'origine étrangère.

– Comment peut-on le savoir ?

– Les dents. Elles sont en mauvais état, et la légiste affirme qu'il ne s'agit pas de plombages suédois, elle est assez catégorique sur ce point.

– A-t-elle une idée de son origine ? demanda Thomas en écrasant l'accélérateur pour doubler le bus rouge qui marquait un arrêt.

– D'après elle, cette personne vient d'un pays de l'Est. »

Thomas retint son souffle. Cette fois, il avait été bien trop pressé dans ses conclusions.

« Un des ouvriers d'Eklund, dit Aram à côté de lui. Je m'en doutais. »

Ou quelqu'un d'origine russe, avec un mobile tout différent.

« Il faut qu'on parle à Eklund, dit Thomas. On roule vers Nacka, on est déjà dans la voiture. Essaie de le joindre, qu'on lui cause au plus vite. »

76.

Mats Eklund était arrivé au commissariat à cinq heures dix. Quand Thomas ouvrit la porte de la salle d'interrogatoire, il portait toujours son bleu de travail taché de peinture.

Un vaisseau avait éclaté sur une de ses joues.

« Merci d'être venu si rapidement », dit Thomas en tirant une chaise en face du chef de chantier.

Aram s'assit à côté et lança l'enregistreur avant de lire les mentions légales.

« Pourquoi je suis là ? dit Mats Eklund en s'asseyant.

– Nous avons reçu le rapport d'autopsie, il s'agit de la personne morte dans l'incendie, dit Aram.

– Ah oui ?

– Il semble qu'il soit originaire d'un pays de l'Est, expliqua Thomas. Vous avez fait travailler beaucoup d'ouvriers. Nous avons des raisons de penser qu'il peut s'agir de l'un d'eux.

– Le mort a entre trente-cinq et quarante-cinq ans, et mesure environ un mètre quatre-vingt-dix », dit Aram.

Mats Eklund toussa. Puis il passa lentement la main à la racine de ses cheveux dégarnis.

« Savez-vous qui c'est ? demanda Thomas.

– Ça pourrait être Marek. Marek Kowalski. Il a cette taille. Mais Carsten m'a pourtant dit que… »

Il s'interrompit.

« Qu'est-ce qu'a dit Carsten Jonsson ? demanda Thomas.

– Que c'était un des invités qui avait brûlé. »

La voix d'Eklund était sourde. Il pencha la tête en arrière, comme s'il ne savait que croire.

« Carsten a accusé Marek d'avoir mis le feu à la maison d'amis.

– Pourquoi votre gars aurait-il fait ça ? demanda Aram.

– Carsten m'a affirmé qu'Agaton avait payé Marek pour brûler la maison d'amis. Il disait aussi qu'Agaton était à l'origine des autres dégradations, la vitre cassée et le pneu crevé. Et l'oiseau sur l'escalier. »

Mats Eklund cligna plusieurs fois des yeux avant de continuer.

« Quand Carsten m'a dit que Marek avait pris peur et avait filé, je l'ai cru. Mais si c'est Marek qui est mort dans l'incendie… »

Sa voix mourut.

« L'autopsie a démontré que l'homme était très ivre au moment de son décès, précisa Aram. Sans doute au bord du coma éthylique. Si ça peut être une consolation, il a sans doute à peine remarqué l'incendie. Il est mort d'intoxication par la fumée, ça a dû aller très vite. »

Eklund sembla lui savoir gré de ces précisions.

« Vous voulez un peu d'eau ? » dit Aram en lui passant un verre.

Il le remplit au pichet que Karin avait préparé et Eklund but quelques gorgées.

« Est-ce que ça peut avoir été un accident ? demanda-t-il.

– Non, dit Thomas. Le feu a été allumé et a pris de l'extérieur, il y avait des traces de liquide inflammable à plusieurs endroits de la façade.

– Est-il possible que Marek ait tenté de se suicider ? demanda Aram. Il s'est peut-être saoulé pour en avoir le courage ?

– J'ai du mal à le croire. Il était venu en Suède travailler pour que sa fille puisse terminer l'université. Quand elle aurait eu fini, il comptait rentrer en Pologne, sa famille est à Gdańsk. »

Il se tassa un peu sur lui-même.

« Ça ne colle pas. »

Eklund avait raison, pensa Thomas. Ça ne collait pas.

Quelqu'un d'autre devait avoir mis le feu à la maison. Ce qui voulait dire qu'ils n'avaient pas progressé d'un millimètre, même s'ils connaissaient désormais l'identité de la victime.

Une fois encore, il songea à la théorie de Nora.

« Quelles sont les nationalités de vos employés ? » demanda-t-il.

Eklund ne parut pas non plus comprendre cette question. Mais répondit pourtant :

« Ils viennent pour la plupart de Pologne. Deux gars sont ukrainiens, des carreleurs.

– Vous travaillez depuis longtemps avec eux ?

– Oui, nous avons fait pas mal de chantiers ensemble. C'est Marek qui planifiait le travail pour moi, il parlait polonais et russe.

– Russe ? fit Thomas.

– Vous connaissez quelqu'un qui parle l'ukrainien ? » Eklund découvrit les dents – ce qui ressemblait à peine à un sourire. « Dans les anciens pays de l'Est, on utilise le russe comme nous l'anglais. Tout le monde se débrouille un peu. »

Il sortit un paquet de cigarettes de sa poche.

« On peut fumer, ici ? »

Thomas secoua la tête.

« Désolé. »

Aram avait ouvert son carnet noir et regardait ses notes.

« Vous deviez avoir remarqué hier que Marek Kowalski manquait à l'appel, dit-il à Eklund. Pourquoi ne pas nous l'avoir dit quand nous nous sommes vus ?

– J'aurais dû, concéda Eklund. Mais Carsten était sacrément furieux contre moi, j'étais paumé. Il avait l'air de dire que tout était ma faute, l'incendie, je veux dire. Puisque c'était un de mes ouvriers qui l'avait allumé. »

Son menton tomba contre sa poitrine.

« Je ne voulais pas que vous vous mettiez aussi à fouiller là-dedans. C'était idiot, je le comprends maintenant.

– Quand avez-vous vu Marek Kowalski pour la dernière fois ? demanda Aram.

– C'était samedi.

– D'après ce que nous savons, vous avez cessé le travail dans l'après-midi, dit Thomas. Étiez-vous ensemble dans le ferry au départ de Sandhamn ?

– Non. J'ai pris le bateau pour Stavsnäs, et Marek devait prendre le direct pour le centre-ville. J'étais persuadé qu'il était monté dans ce bateau, qui partait juste après le mien.

– Je ne comprends quand même pas, dit Aram. Vous devez bien avoir remarqué qu'il ne s'était pas présenté hier ? »

Les remords d'Eklund emplirent la pièce, épais et tangibles.

« J'en ai parlé à Carsten, je lui ai signalé que Marek n'était pas venu. Mais il était tellement persuadé qu'il était l'auteur de l'incendie, il m'a affirmé que son absence prouvait tout, et je l'ai cru. Je comprends bien l'effet que ça peut faire aujourd'hui, mais Carsten peut être très convaincant...

– Pensez-vous, vous-même, que Marek peut avoir quelque chose à voir avec l'incendie ? demanda Aram en joignant les mains devant lui sur la table.

– Ça ne correspond pas au Marek que je connaissais.

– Mais que faisait-il dans ce cas dans la maison d'amis, cette nuit-là ? dit Thomas. J'ai du mal à comprendre. »

Mats Eklund lécha ses lèvres sèches.

« Marek avait un vrai problème avec l'alcool. Je me suis d'ailleurs demandé s'il ne fauchait pas de temps en temps des bouteilles dans les réserves des Jonsson.

– Vous voulez dire qu'il serait resté à cause de la fête ? dit Aram. Pour picoler ? »

Thomas imaginait la scène.

L'ouvrier polonais qui voulait lui aussi s'en payer une tranche, qui avait profité que personne ne faisait attention. Peut-être avait-il détourné quelques bouteilles et une coupe à champagne, et s'était-il retiré en douce dans la maison d'amis ? Des vins fins qu'il n'avait jamais bus. Du champagne, du whisky, des alcools qu'il n'aurait jamais eu les moyens de se payer.

Comme la maison d'amis devait rester vide, aucun risque de se faire surprendre. Il avait sans doute tellement bu qu'il avait fini par s'endormir.

Avec des conséquences fatales.

« Qu'est-ce que vous disiez à propos de Carsten ? dit Aram en interrompant les réflexions de Thomas. Sur ses accusations contre le voisin. Dites-nous-en un peu plus.

– Carsten était persuadé qu'Agaton avait payé Marek pour mettre le feu à la maison.

– Et pourquoi aurait-il voulu ça ?

– Pour chasser les Jonsson de l'île, évidemment.

– Mais ça ne peut pas être vrai, en tout cas pas si c'est Marek qui est mort dans l'incendie. »

Thomas était déjà arrivé à la même conclusion. Agaton pouvait toujours être le coupable, mais sûrement pas ce pauvre Polonais.

Eklund commençait à stresser. Il sortit une cigarette de son paquet, mais l'y remit. Quelques miettes de tabac tombèrent sur la table.

« Vous devriez causer de tout ça à Carsten, dit-il. Il avait l'air sacrément furieux contre Agaton la dernière fois que je lui ai parlé.

– Quand était-ce ?

– Aujourd'hui, donc avant qu'on se voie à Trouville. Il était à fond dans l'idée qu'Agaton était son pire ennemi. D'ailleurs il m'avait appelé tard dimanche soir sur le même sujet. Limite dingue, ce type, si vous voulez mon avis. »

Thomas réagit à ce vocabulaire. Quand ils avaient parlé à Eklund la veille, la même description avait fait surface. Dingue.

Mats Eklund se mordillait la lèvre inférieure.

« Carsten peut parfois être pénible, mais ces derniers jours, c'était pire que jamais. Comme si ses pensées tournaient en boucle autour d'Agaton. »

Thomas échangea un regard avec Aram.

« Du sabotage, voilà comment il appelait ça, poursuivit Eklund.

– Vous voulez dire qu'il pourrait s'en prendre directement à Agaton, physiquement ? » demanda Thomas.

Il espérait que le chef de chantier n'allait pas se refermer comme il l'avait fait précédemment, lorsque les questions sur son employeur s'étaient faites plus précises.

« Je ne peux pas en juger, dit Mats Eklund.

– Mais avez-vous déjà vu Carsten Jonsson employer la violence ? » demanda Aram.

Eklund secoua la tête.

« Non, pas vraiment.

– Très bien », dit Thomas.

Son ton était plus calme qu'il ne se sentait en réalité. Était-ce pour cette raison que Jonsson refusait de collaborer avec eux ? Avait-il décidé de prendre lui-même les choses en main ?

Il ne pouvait quand même pas manquer à ce point de jugement ?

Mais il était presque six heures et Jonsson n'avait pas donné de nouvelles de toute la journée, malgré plusieurs messages lui demandant de contacter la police.

« Que voulez-vous dire par *pas vraiment* ? » demanda Aram, comme s'il voulait analyser le moindre mot qu'Eklund prononçait.

Mats Eklund se balança un peu sur sa chaise.

Pourquoi restait-il loyal envers Jonsson, alors qu'il était si clair qu'il ne l'appréciait même pas ? Parfois, Thomas ne comprenait pas la logique du comportement des gens, surtout quand ils étaient interrogés par la police.

Eklund finit pourtant par ouvrir la bouche.

« Il s'est passé un truc désagréable hier matin. Quand je suis arrivé à Fyrudden et que Carsten a appris que Marek avait disparu.

– Racontez, dit Aram.

– Carsten était complètement excité, sauvage, presque. Il m'a bousculé beaucoup trop fort.

– Il vous a donc frappé ? dit Aram.

– Non. Mais j'ai eu l'impression qu'il aurait presque voulu que je lui rende son coup. Comme s'il avait besoin d'un exutoire à sa colère. »

Mats Eklund joua enfin cartes sur table :

« Je ne l'ai jamais vu aussi agressif. C'était vraiment désagréable. »

77.

Quand Carsten approcha de Stavsnäs, il y avait déjà plusieurs bateaux à moteur amarrés au ponton de la station-service où il comptait accoster. Il aperçut alors sur la gauche une place où garer son zodiac.

Il fit une rapide manœuvre pour arriver du bon côté, puis il ne lui fallut que quelques minutes pour accoster et amarrer son bateau au ponton bardé de caoutchouc.

Il débarqua d'une grande enjambée et regarda autour de lui dans le port grouillant de monde, nœud de circulation de tous les bateaux de la compagnie Waxholm pour le sud de l'archipel. Une longue queue serpentait devant le kiosque à saucisses et, à la terrasse du café, toutes les tables étaient occupées. Le parking était plein.

Mais il ne voyait pas Anatoli.

Il aurait pourtant dû être là, ils avaient convenu de se retrouver à la station-service de Stavsnäs à six heures et demie. Son avion devait atterrir à quatre heures et demie, et Anatoli n'avait pas signalé de retard.

Mais quelques minutes de plus ou de moins n'avaient pas d'importance. Il fallait de toute façon qu'il fasse le plein, ses allées et venues de l'après-midi avaient presque vidé son réservoir. Il avait fait la fin du trajet dans les vapeurs d'essence.

Le bidon de secours était prévu pour autre chose.

Là, il se sentait parfaitement calme, même si son corps était gorgé d'adrénaline et qu'il n'avait pas dormi plus de trois heures depuis un jour entier. Mais une ligne l'avait remis d'aplomb. À présent, il savait exactement ce qu'il devait faire.

Ces dernières heures au volant du zodiac lui avaient donné le temps de réfléchir. Rien ne pouvait aller de travers s'il s'en tenait au plan.

Il passa la main sur son menton râpeux.

Un des types de la station-service, un ado à catogan, s'approcha avec un tuyau noir à la main. Il salua Carsten et toucha le zodiac du pied.

« Le plein ? »

Carsten opina du chef et continua à chercher Anatoli des yeux dans la foule.

Le quai grouillait de touristes et de poussettes qui attendaient le prochain bateau pour Sandhamn ou une autre île. Une maman tenait une petite fille par la main, Carsten trouva qu'elle ressemblait à Sarah.

Mais Oliver et elle étaient à Sandhamn avec Maria.

Carsten avait pris un moment pour parler à la jeune fille dans la matinée. Il ne voulait pas qu'elle aille raconter ce qui s'était passé le soir précédent. Ça devait rester dans la famille, est-ce que c'était bien clair ?

Maria n'avait pas protesté. Il n'avait même pas eu à hausser la voix.

Maintenant, il était rassuré de savoir qu'elle s'occupait des enfants, et rien d'autre.

À la différence de sa femme.

Hier soir, Celia l'avait ouvertement provoqué. Menacé de partir avec les enfants. Croyait-elle vraiment qu'il aurait accepté ?

Cette seule pensée suffit à lui faire serrer le poing dans la poche de son pantalon. Il dut se faire violence pour décrisper ses doigts et se détendre.

Il fallait qu'il s'occupe de Celia, l'idée s'était imposée de plus en plus clairement depuis vingt-quatre heures. Mais ce serait pour plus tard, il y avait beaucoup de choses à régler avant cela.

Impatient, il consulta de nouveau sa montre. Où était passé Anatoli ?

Un taxi noir approcha et s'arrêta à une centaine de mètres de là.

Anatoli ne tarda pas à en descendre.

Son costume bleu marine faisait tache au milieu des touristes en tenue de vacances qui attendaient leur bateau. Ses Church étaient aussi bien cirées que d'habitude, et ses boutons de manchette en or brillaient au soleil.

Carsten s'apaisa, maintenant Anatoli était là.

Tout allait s'arranger, il fallait juste s'occuper d'une chose à la fois.

Il sortit son portefeuille et donna trois billets de cinq cents à l'ado.

« Garde la monnaie », dit-il en allant à la rencontre du Russe.

78.

Nora étendit le dernier drap et le fixa à l'aide de trois pinces sur le fil. Voilà, une nuit là-dessus. Ça sentait si bon, le linge séché dehors.

La chaleur était humide et lourde. Un orage en préparation ? Pourvu que non, pour la lessive.

Ils avaient dîné sur le ponton, du lavaret au four avec des pommes de terre nouvelles à la vapeur et une crème au raifort. Julia était si fière de ce poisson qu'elle avait pêché avec Jonas. Mais Nora avait beau essayer de profiter du repas, elle n'arrêtait pas de penser à Maria. Impossible de se libérer de son inquiétude. Linda Öberg ne l'avait pas rappelée durant l'après-midi, et personne n'avait répondu quand elle avait de nouveau tenté de lui téléphoner.

Elle aurait dû passer à autre chose, elle le savait, mais elle était plus inquiète à chaque heure qui passait. Elle ne pouvait pas attendre le cours de natation du lendemain.

Jonas lisait dans une chaise longue près du ponton, tandis que Julia pataugeait dans une petite piscine gonflable qu'il lui avait remplie.

Nora les regarda à la dérobée. Jonas la trouverait-il trop intrusive si elle allait faire un tour rapide du côté de Fyrudden ? Dès le début, il avait été opposé à ce qu'elle contacte Celia et Carsten après l'incendie. Il n'avait pas non plus été particulièrement enthousiasmé d'aller à une pendaison de crémaillère chez des gens qu'il connaissait à peine.

Mais Nora se sentait un peu responsable. C'était dur de voir une jeune fille aussi désespérée, et elle n'avait pas su comment sécher les larmes de Maria.

Parfois, la pensée logique et rationnelle ne suffisait pas. Si cela avait concerné sa fille, elle aurait préféré qu'une inconnue s'en mêle, plutôt que personne.

Elle ne ferait que passer, se dit-elle, pour s'assurer que tout allait bien. En profiter pour demander à Celia si les fillettes pourraient jouer ensemble, à l'occasion. Elles l'avaient bien envisagé, au bord de la piscine.

Nora jeta de nouveau un œil à Jonas. Il allait sûrement trouver sa réaction exagérée, mieux valait finalement ne rien lui dire.

Elle souleva la corbeille à linge vide et le rejoignit.

« Ça va ? » demanda-t-elle en passant la main dans ses cheveux bruns.

Jonas posa son livre, une grosse biographie de Steve Jobs, et prit sur la table sa bouteille de bière à moitié bue.

« Tu ne veux pas t'asseoir un peu ? dit-il en tapotant la chaise à côté de lui. Te poser un peu ? J'ai l'impression que tu n'as pas arrêté de la journée. Je peux aller te chercher un verre de rosé, si tu veux.

– J'avais un peu envie d'une promenade, dit Nora, comme si l'idée venait de lui passer par la tête.

– On peut t'accompagner, si tu veux. Julia est dans la piscine depuis un bon moment, de toute façon ça va bientôt être l'heure d'en sortir. »

Jonas était toujours trop arrangeant.

« Mouis... » Nora tarda à poursuivre. « Je voulais faire une bonne marche sportive. Si Julia vient, on ira beaucoup plus lentement. On pourra boire un verre de vin à mon retour. »

Ce n'était pas un mensonge, mais elle eut pourtant mauvaise conscience.

Il était si gentil, et elle se dérobait.

« Très bien, dit Jonas en reprenant son livre. Amuse-toi bien, à tout à l'heure. »

Nora lui envoya un baiser.

« Je ne pars pas longtemps. »

79.

Il n'y avait pas beaucoup de bateaux en circulation dans la baie. Le front froid qui arrivait semblait en avoir effrayé la plupart : ces vingt dernières minutes, ils avaient navigué presque seuls.

La mer s'agitait, une écume blanche couronnait les vagues que le vent soulevait. L'eau était d'un gris de plomb, l'air chargé de pluie.

Carsten maintenait volontairement une vive allure, pour que le bruit du moteur et du vent rende la conversation difficile. À plusieurs reprises, il avait eu la houle contre lui : il avait alors trop peu ralenti, si bien que le bateau avait sérieusement tangué.

Anatoli s'était accroché en s'efforçant de parer les secousses, mais on voyait bien qu'il n'avait pas le pied marin : son visage virait au vert. De temps à autre, inquiet, il changeait de position sur le siège passager.

Il regarda Carsten qui mettait le cap sur le petit îlot avec le vieux ponton militaire.

« C'est ça, cette île de Sandhamn dont tu m'as tant parlé ? cria Anatoli contre le vent. Je suis impatient de découvrir ta nouvelle maison et de revoir ta famille. »

Ils se trouvaient assez loin de Sandhamn, au nord-est de Björkskär. Ils étaient en route depuis déjà quarante-cinq minutes.

Sans répondre à Anatoli, Carsten réduisit l'allure pour

estimer la distance jusqu'à terre. Le vent forcissait, et il ne voulait pas dériver vers le ponton en béton sans contrôle.

Ce ponton est disproportionné par rapport à la taille de l'île, songea-t-il en barrant les derniers mètres.

L'attache du ponton faisait une plaie ouverte dans la roche.

« Tu peux aller à l'avant pour nous réceptionner ? » dit-il à Anatoli en vérifiant par-dessus bord qu'il n'y ait pas de pierre ou de débris que l'hélice pourrait heurter.

Il ne voulait pas rester coincé ici cette nuit.

Il fit pivoter la proue pour qu'Anatoli atteigne le ponton. Carsten se dépêcha d'arrimer ses amarres dans les grands anneaux de fer noirs installés jadis là par les militaires.

« Nous avons besoin de parler tranquillement un moment, toi et moi, dit-il à Anatoli en montrant le cabanon. Suis-moi, on monte à la maison. »

Anatoli regarda ses coûteux mocassins cousus main, puis les chaussures de voile de Carsten. Il n'avait pas de manteau, Carsten le vit grelotter.

La température était en train de baisser.

« Tu aurais pu me prévenir qu'on allait vraiment dans l'archipel, dit Anatoli d'un ton bonhomme, avec un haussement d'épaules, en ramassant sa mallette au fond du bateau. Je ne suis pas habillé pour ce genre d'excursion. »

Carsten se força à remonter le coin des lèvres dans ce qui était censé être un sourire.

Tu aurais pu me prévenir que tu avais l'intention de me tromper.

80.

Le chemin le plus court pour rejoindre Fyrudden passait par la Sablière, au-delà de la nouvelle zone résidentielle, au-dessus du port. Nora avait soutenu l'initiative de construire des locations bon marché pour ceux qui voulaient habiter et travailler dans l'archipel. Si les gens ordinaires n'avaient pas les moyens de s'installer sur l'île, l'avenir de Sandhamn était compromis.

Mais aujourd'hui elle marchait vite, tête baissée, sans prêter attention aux maisons neuves, avec leurs plates-bandes bordées de pierres.

L'idée de voir Carsten la dérangeait.

Au mieux, il ne serait pas là. Après leur bizarre entrevue de la veille, elle préférait ne pas tomber sur lui. Son comportement était dû au choc, se dit-elle, sans croire vraiment elle-même à cette explication.

Peut-être était-ce à cause de Carsten que Maria était si malheureuse ? S'il s'était montré aussi désagréable avec la baby-sitter qu'avec Nora, ça pouvait expliquer beaucoup de choses.

Ce qu'elle avait appris au sujet de Carsten au cours de la journée n'arrangeait rien.

En apparence, il avait l'air d'une personne tout à fait ordinaire, quand bien même un peu excitée. Nora se rappelait le papa engagé avec sa fille Sarah au bord de la piscine. Il lui avait alors paru très aimable, presque enfantin, avec sa main fourrée dans le sachet de brioches tout juste sorties de la boulangerie.

Aujourd'hui, elle savait qu'il avait contribué à escroquer des milliers de petits épargnants. Beaucoup avaient été ruinés. Il avait en tout point fait passer son propre intérêt avant celui des autres, sans montrer aucune compassion.

Songeait-il parfois à ces personnes qui avaient perdu leurs économies ?

Probablement pas, il devait penser que ces gens n'avaient à s'en prendre qu'à eux-mêmes.

Il y avait toujours moyen de se trouver des excuses.

Le chemin de gravier contourna la cité des Voiliers, petite zone résidentielle des années 30 où les navigateurs logeaient pendant les régates. Le champ de sable se mua en forêt de pins, les maisons s'espacèrent.

Demain, il fallait qu'elle mette la main sur Olle Granlund, elle était passée devant chez lui avant le dîner, mais il n'y était pas. Elle aurait voulu l'interroger au sujet de Carsten, s'il savait quelque chose qui puisse expliquer son comportement, et pourquoi il tenait tant à habiter à Sandhamn.

Avec sa villa de Fyrudden, c'était criant, il cherchait à impressionner son monde : regardez-moi, voyez ce que j'ai accompli.

Comprenait-il à quel point cela trahissait sa vraie nature ?

Ses nombreuses querelles de voisinage venaient probablement aussi de là : Carsten ne pouvait s'empêcher de provoquer, il fallait qu'il montre qu'il faisait exactement ce qu'il voulait sans se préoccuper de personne.

Mais c'était une curieuse façon d'attirer l'attention, et cette énergie dépensée à tort et à travers ne laissait pas une impression très heureuse.

Nora se demanda si son sourire lors de son discours de bienvenue était sincère. Carsten Jonsson était un homme complexe, avide de pression. Quelque chose, dans son passé, devait avoir créé une telle soif de revanche.

Elle aurait préféré ne pas être allée à cette pendaison de crémaillère, Jonas avait raison depuis le début.

Nora s'engagea sur le sentier forestier qui menait à Fyrudden.

D'ordinaire, elle aimait marcher en forêt, mais aujourd'hui elle la trouvait déserte et sinistre, pas un seul promeneur de chien parmi les arbres. On n'entendait que le sourd ressac de la mer de l'autre côté de l'île.

Un vent froid souffla, Nora frissonna. Elle aurait dû prendre un blouson en partant. Pendant qu'elle était perdue dans ses pensées, la température avait chuté.

La lumière du soir avait elle aussi changé, de gros nuages gris cachaient le soleil, le vent s'était levé. Il allait probablement aussi se mettre à pleuvoir bientôt.

Elle hâta le pas.

N'aurait-elle pas dû être sincère avec Jonas, lui dire où elle allait vraiment, plutôt que prétexter une marche sportive ? Mais elle comptait seulement vérifier si tout allait bien à Fyrudden, échanger quelques mots avec Maria et Celia, puis rentrer tout de suite à la maison.

Elle serait bientôt de retour.

81.

Carsten repoussa la pile de documents qu'Anatoli avait apportés de Moscou.

C'était le moment.

Presque une heure durant, il avait soigneusement lu le texte en petits caractères qui détaillait de toutes les façons juridiques possibles la cession de ses actions. Rien ne manquait, tout était exactement comme il fallait.

Chaque fois qu'Anatoli avait essayé d'aborder un sujet, Carsten l'avait repoussé.

« Laisse-moi d'abord finir de lire. »

À l'extérieur du cabanon, il s'était mis à faire plus sombre. Le vent s'était levé et sifflait aux coins de la baraque.

Anatoli lui tournait le dos en épiant par la petite fenêtre. Son costume formel était mal assorti au mobilier spartiate du cabanon. Il regardait de temps à autre son téléphone, mais il n'y avait pas de couverture réseau par ici.

Carsten sentait son inquiétude.

Anatoli ne s'attendait pas à se retrouver ici, aux confins de l'archipel, où ils étaient absolument seuls.

Il se répéta ces mots en silence.

Absolument seuls.

Ici, nous pouvons nous mettre d'accord, pensa-t-il. Ici, personne ne peut nous interrompre, nous distraire ou détourner notre attention.

La cession des actions n'avait rien de compliqué, mais

Carsten avait pourtant dû relire certains passages. Sa concentration s'émoussait de temps à autre, les lettres semblaient se mélanger sous ses yeux.

Mais il ne pouvait pas se permettre d'être fatigué.

Il se redressa sur son siège et étira son dos. Il devait se concentrer. Il dormirait plus tard, quand tout serait arrangé.

Il s'était pris une dernière ligne, un peu plus tôt. À tout hasard. Le document qu'il avait devant lui sur la table devait décider du restant de sa vie. Il était nécessaire de garder les idées claires.

Pour valider juridiquement ce contrat, il ne manquait plus que sa signature au bas de la dernière page. L'acheteur avait déjà signé.

Le contrat stipulait qu'il cédait la totalité des actions KiberPay qu'il détenait à titre privé à une société dénommée Pelagial Ltd, domiciliée dans un paradis fiscal, l'île anglo-normande de Guernesey. Comme il s'y attendait, il était impossible de deviner qui se cachait derrière. Le nom Pelagial ne lui disait rien.

Anatoli avait toujours le regard tourné vers la fenêtre, dont les montants en bois s'écaillaient. Un peu de buée produite par la lampe à pétrole formait une ombre pâle sur la vitre.

C'est le moment, pensa de nouveau Carsten. Maintenant, on termine ça.

« Depuis le début, tu comptais me rouler ? » dit-il, veillant à contenir sa colère.

Anatoli se tourna vivement.

« Qu'est-ce que tu racontes ?

– Quand tu m'as proposé des actions supplémentaires, tu avais déjà l'intention de me baiser ? »

Anatoli leva un peu le menton. Puis lâcha un rire nerveux.

« Dis, tu me fais marcher, hein ? »

Carsten resta impassible.

« Réponds, plutôt », dit-il.

Anatoli écarta les mains.

« On se connaît depuis... combien de temps ? Ça va bientôt faire quinze ans, l'époque où on travaillait ensemble à New York. Tu as rencontré ma famille, je connais ta femme et tes enfants. Nous sommes de vieux amis.

– Réponds à la question. »

Anatoli parut chercher une forme de réconciliation dans ces quelques mots. Il regarda longtemps Carsten.

« Pourquoi voudrais-je te tromper ? finit-il par lâcher.

– Je pense que tu as beaucoup de bonnes raisons. Qu'est-ce que tu dirais de soixante millions de dollars ?

– Pardon ?

– Soixante millions, le montant que j'aurais pu tirer de mes actions KiberPay si nous étions entrés en Bourse en septembre. Cette valeur va probablement doubler en deux ou trois ans. »

Carsten montra les documents.

« Et maintenant, tu me proposes une somme qui ne couvre même pas ma mise de départ, et encore moins les intérêts du prêt qui arrive bientôt à échéance. Ce que tu sais très bien.

– C'est toi qui décides de vendre, dit Anatoli. Toi et personne d'autre. Je te l'ai déjà dit au téléphone. »

Carsten n'accordait pas grand prix aux efforts que déployait Anatoli pour paraître aimable. Il savait que des pensées fébriles s'agitaient derrière sa maîtrise de façade.

Mais il avait déjà deviné ce qui s'était passé.

Anatoli devait avoir persuadé Sergueï de montrer des chiffres inquiétants à GZ3, pour leur faire accepter le report de la cotation en Bourse. Il lui avait peut-être même promis une part du gâteau. Ou avait argumenté qu'il fallait se débarrasser de l'étranger pour que le bénéfice reste en Russie.

Carsten se rappelait que Sergueï avait traîné les pieds quand il avait été question d'augmenter la capitalisation : il n'y avait pas le choix, pour grandir, il fallait une nouvelle émission d'actions, et faire entrer du capital de l'étranger.

Et voilà qu'une opportunité lui était donnée de changer ça.

« Tu ne me croyais pas capable de trouver des informations sur ce soi-disant client présenté par ces avocats », dit Carsten.

Le visage d'Anatoli ne trahissait aucune émotion.

« Mais j'ai été capable de trouver deux ou trois trucs, continua Carsten. Comment ça se fait que ta femme travaille pour le cabinet d'avocats Beketov ? Ce même cabinet qui représente l'acheteur inconnu ? »

Il tapa du poing sur la table, faisant voler les feuilles.

« Comment ça se fait ? Hein ? »

Quand il avait découvert la photo d'Irina Goldfarb sur le site, ses derniers doutes avaient disparu.

Sans attendre de réponse, il continua.

« Tu ne pensais pas que je ferais mes propres recherches, n'est-ce pas ? Tu pensais que j'allais paniquer et vendre à n'importe quel prix ?

– C'est un malentendu, tenta Anatoli. Tu prends tout de travers. »

Il s'adressait à lui comme à un petit enfant.

« Tu as décidé quand, de me faire un enfant dans le dos ? dit Carsten. Tu savais que je m'étais endetté pour acheter ces actions. Que j'étais dans la merde. »

Il rit.

« J'ai tout compris. Ma plus grande erreur a été de te faire confiance. Mon soi-disant vieil ami.

– Carsten, arrête. Il n'y a rien de vrai dans ce que tu dis, protesta Anatoli. Irina n'a rien à voir avec ça, il y a plus de cent juristes qui travaillent dans ce cabinet d'avocats. »

Ses explications n'intéressaient pas Carsten.

« Voilà ce qu'on va faire, dit-il. Tu vas prendre ton stylo et corriger le contrat pour que le montant soit correct. Après, on partira d'ici et nous n'aurons plus jamais à nous revoir toi et moi.

– Qu'est-ce que tu veux dire ? » dit Anatoli.

Il fit quelques pas vers Carsten.

« Le contrat est parfaitement formulé, continua Carsten, imperturbable. Très professionnel, tout ce qui doit y être est là. Mais il contient une grossière erreur. Le montant ne convient pas. Il est trop bas. »

Il sortit son stylo et le posa sur le document.

« Tiens. Tout ce que tu as à faire, c'est corriger la somme. Je veux soixante millions pour vendre les actions. Tu vas changer ça et parapher avec tes initiales en signe de nouvel accord. »

Des gouttelettes de sueur perlaient au front d'Anatoli. Il dut lever le menton pour réussir à regarder Carsten dans les yeux.

« Ce n'est pas possible, tu le sais très bien, dit-il. Le contrat est déjà signé par l'acheteur. Je ne peux pas le changer maintenant. »

Carsten saisit le stylo et en brandit le cylindre luisant sous le nez d'Anatoli.

« Prends ça.

– Carsten, qu'est-ce qui t'arrive ? On ne peut pas modifier un contrat signé, c'est impossible. Je ne peux pas rentrer avec un contrat pareil.

– Prends le stylo ! » hurla Carsten si fort qu'il postillonna sur le Russe.

Anatoli tendit la main et prit le stylo. Mais il le posa aussi vite sur la table.

« Carsten, écoute-moi. Je comprends que tu sois déçu par l'évolution de KiberPay. Je le suis aussi. J'étais persuadé que tout allait se passer comme nous l'avions prévu. J'ai fait tout mon possible pour augmenter ce prix pour toi, je le jure sur mon âme. »

Il sortit un mouchoir de sa poche et s'essuya le front au-dessus de ses sourcils fournis.

Carsten ne put retenir un sourire méprisant, même s'il avait résolu de garder une froideur de façade.

Anatoli le croyait-il naïf à ce point ? Il devait décidément le prendre pour un parfait idiot.

Il montra la page ouverte du contrat, où le montant de la vente était indiqué en chiffres et en lettres.

« Allez, écris maintenant la somme correcte, qu'on puisse partir avant l'orage. On ne peut pas rester ici toute la nuit. »

Comme à un signal convenu, la vitre fut heurtée à la volée

par une branche. Puis le vent siffla aux angles du cabanon. Ce son plaintif eut le temps de mourir avant qu'Anatoli ne bouge.

Ses pupilles s'étaient réduites à de petits points noirs.

« Carsten, tenta-t-il à nouveau. Ça ne sert à rien.

– Tu as juste à écrire le nouveau montant, et je te signe ça sur-le-champ. »

Anatoli le regarda d'un air triste.

« Tu demandes l'impossible. »

La compassion sur le visage d'Anatoli était plus que ne pouvait en supporter Carsten. Il prit le stylo et écrivit lui-même le nouveau montant.

« Voilà. Tout ce que tu as à faire, c'est d'approuver. Écris ton paraphe, bordel !

– Arrête. C'est impossible.

– Écris ! »

Carsten balaya la table d'un geste, envoyant par terre la liasse de documents. Les feuilles se dispersèrent sur les lattes inégales du plancher.

Anatoli se baissa et entreprit de les rassembler. Ses doigts fins glissaient sur les papiers éparpillés.

« Allez, on s'en va d'ici, tout ça ne sert à rien », dit-il par-dessus son épaule, avant de tendre la main pour ramasser quelques feuilles.

Carsten respirait lourdement. Ses oreilles se mirent à siffler et un épais brouillard rouge descendit devant ses yeux.

Ne me dis pas ce que je dois faire.

« On ne peut pas terminer ça comme des adultes ? » supplia Anatoli, toujours à genoux.

Carsten décocha un violent coup de pied à sa tête penchée. Il l'atteignit juste sur l'oreille et, avec un craquement, Anatoli s'affaissa sur le plancher usé.

« Je n'ai pas l'intention de me laisser gruger par toi et tes copains russes », dit Carsten en le frappant de nouveau de toutes ses forces.

Cette fois, la peau se fendit. Le sang éclaboussa le document, colorant de rouge ses caractères.

Carsten lui asséna dans la foulée une volée de coups de pied au ventre, aux épaules, au cou et à la tête. Encore et encore, jusqu'à ce qu'il n'en puisse plus.

Anatoli ne bougeait plus.

Il gisait, la tête sur le contrat froissé, du sang coulait de ses oreilles en un mince filet.

Le document taché était éparpillé autour de lui comme un éventail tordu.

« Tu n'as à t'en prendre qu'à toi-même », murmura Carsten, essoufflé.

Après un dernier coup contre le dos mou d'Anatoli, il prit son blouson et éteignit la lampe à pétrole.

Puis il sortit.

82.

Quand Nora déboucha à l'orée du bois, la maison de Fyrudden était plongée dans le noir. Comme s'il n'y avait personne.

Derrière, le ciel avait pris une sourde couleur de plomb.

Pourvu qu'il ne se mette pas à pleuvoir avant qu'elle soit rentrée. Les changements de temps n'étaient pas rares dans l'archipel, mais celui-ci avait été rapide.

Nora gagna la porte d'entrée. Que dire si c'était Carsten qui lui ouvrait ? Elle frappa et attendit une demi-minute, sans que personne vienne.

Elle fit le tour pour voir si quelqu'un bougeait de l'autre côté des grandes baies vitrées. Ici, il faisait nettement plus froid. Le vent soufflait en bourrasques d'une mer plombée.

Soudain, elle perçut un mouvement. En faisant le tour, elle vit Sarah qui la fixait à travers la vitre.

« Salut », fit Nora en la saluant de la main, forcée de hausser la voix dans le vent. « Tu te souviens de moi ? Je suis la maman de Julia. Est-ce que Maria ou ta maman sont là ? »

Sarah avait de grands yeux graves.

« Je peux entrer ? » cria Nora.

Si Sarah était là, il y avait forcément un adulte. Nora espérait toujours tomber sur Celia ou Maria, et non Carsten.

Sarah ramassa une poupée par terre et disparut.

Nora tâta la porte, elle n'était pas fermée à clé.

Malgré son instinct qui lui disait de laisser tomber, elle glissa la tête.

« Hé ho ? Il y a quelqu'un ? »

Seul un silence sinistre lui répondit. Le séjour était plongé dans la pénombre, toutes lampes éteintes. Mais Sarah ne pouvait quand même pas être restée seule.

« Hé ho ? tenta de nouveau Nora. Celia, vous êtes là ? Maria ? »

Allait-elle quand même entrer ?

Le vent qui soufflait par la porte ouverte en décida. Nora franchit le seuil et referma la porte de la terrasse derrière elle.

« On peut entrer ? » lança-t-elle, gênée que personne ne l'y ait invitée.

On entendit alors une porte s'ouvrir dans le couloir du fond.

Nora se sentait de plus en plus mal à l'aise. Elle s'attendait à voir surgir Carsten d'une seconde à l'autre. S'il s'était montré désagréable avec elle hier, cela n'arrangerait rien qu'elle soit entrée chez lui sans permission.

Une petite voix risqua :

« Qui c'est ?

– C'est juste moi, Nora Linde. La maman de Julia. »

Quelques secondes passèrent, puis Celia apparut à l'autre bout du séjour. Bien qu'elle soit à l'intérieur, elle portait de grosses lunettes de soleil.

« Désolée de m'imposer comme ça », dit Nora en se demandant comment présenter les choses :

J'ai trouvé votre baby-sitter en pleurs au bord de la piscine. Est-ce que tout va bien ?

Nora ne voyait qu'un profil de Celia, car elle détournait l'autre. Ses cheveux pendaient autour de son visage sur le col de son peignoir.

Était-elle déjà allée se coucher ? Il n'était que huit heures et demie.

Soudain, Sarah accourut derrière sa maman. Celia tenta de l'en empêcher, mais Sarah se précipita vers Nora.

« J'ai faim, dit-elle. Tu peux nous préparer à dîner, maman n'a pas la force. »

Nora sentit son ventre se serrer. Elle traversa le séjour.

« Tout va bien ? » demanda-t-elle.

En approchant de Celia, Nora dut retenir son souffle.

La belle femme en robe rouge qui avait accueilli les invités à la fête était devenue une épave. Un gros bleu s'étalait sur la joue enflée, remontant sur la tempe jusqu'à la racine des cheveux. Impossible de cacher le pansement sur une des arcades sourcilières, il dépassait des lunettes. La lèvre inférieure était fendue et à vif.

« Mon Dieu, dit Nora. Qu'est-ce qui s'est passé ? »

Celia vacilla.

« Venez, dit Nora en glissant vivement une main sous son coude. Asseyons-nous sur le canapé pour parler un peu, vous et moi. »

Celia ne protesta pas, elle suivit Nora et s'affala dans un coin du canapé.

Ses larmes se mirent à couler sans bruit.

« Où est Carsten ? » demanda Nora.

Elle osait à peine poser la question et se sentit mal en prononçant son nom.

« Je ne sais pas, chuchota Celia. Il a pris le bateau. Je ne l'ai pas vu de la journée.

– Où est passée Maria ? Elle ne pouvait pas vous aider ?

– Maria est partie. »

La baby-sitter avait-elle filé en laissant Celia, dans cet état ? Nora comprenait mieux pourquoi elle avait fondu en larmes au bord de la piscine. Mais ce n'était pas bien beau d'abandonner Celia comme ça.

Les paroles de Celia étaient pâteuses et incohérentes. Elle vacillait sur son siège.

Pourvu qu'elle ne perde pas connaissance sous leurs yeux.

« Vous avez mangé quelque chose, aujourd'hui ? demanda Nora.

– Non. Je n'arrive pas à avaler quoi que ce soit.

– Attendez, je vais vous chercher un peu d'eau », dit Nora

en se demandant pourquoi on proposait toujours de l'eau dans les situations difficiles.

Comme si ça allait tout arranger.

Mais elle se leva et gagna vite la cuisine. Dans un des placards, elle trouva un verre. Elle le remplit au robinet, les mains tremblantes.

Quel homme répugnant.

Nora revint avec le verre, qu'elle approcha des lèvres de Celia.

« Buvez un peu, vous verrez, vous vous sentirez mieux. »

Quand Celia tendit la main, Nora découvrit le gros bleu à son poignet. La marque de cinq doigts enfoncés dans la peau fine.

Nora reposa le verre et s'efforça de penser rationnellement, malgré son cœur qui s'emballait.

Elle avait vu Sarah, mais pas le petit garçon.

« Où est Oliver ? »

Celia inclina la tête vers une des chambres.

« Là-bas.

– Les enfants ont mangé quelque chose ?

– Non. Ils ont eu des bonbons. Je me suis sentie si mal, je n'ai pas eu la force.

– Vous ne pourriez pas enlever vos lunettes, que je voie de quoi ça a l'air ? risqua Nora. Il faut aussi que j'allume, d'accord ? Je vais juste regarder un peu votre visage. »

Celia hésita, puis ôta ses lunettes tandis que Nora allumait les lampes de part et d'autre de la table basse.

Et là, impossible de plus rien cacher.

La moitié droite du visage de Celia était marbrée de différentes couleurs et sa joue gonflée lui donnait un air de clown. Elle avait encore du sang séché à la racine des cheveux. En descendant vers l'oreille, les mèches qui en étaient imbibées étaient comme collées à la peau.

L'odeur douceâtre du sang se mêlait à celle de la sueur séchée.

Mais c'était l'état général de Celia, le fait qu'elle soit aussi groggy, qui inquiétait le plus Nora.

« Vous devez voir un docteur, décida-t-elle.
– Non. Pas de docteur. S'il vous plaît. »
Celia avait encore pâli, ce qui rendait ses bleus grotesques.
Nora lui caressa doucement les cheveux, en faisant attention au côté sensible.
« Il faut que quelqu'un vous examine. »
Celia cligna des yeux pour chasser quelques larmes, puis serra fort ses mains sur ses genoux.
« Carsten va être si fâché...
– Vous devez être prise en charge par un médecin. Vous avez peut-être aussi besoin de points de suture au sourcil, pour ne pas avoir de vilaine cicatrice.
– Ne racontez ça à personne. »
Elle saisit le bras de Nora, mais sa poigne faible rappelait celle d'un enfant.
« Ça va passer, haleta Celia. J'irai mieux demain. »
Nora essaya d'avoir les idées claires. Elle aurait voulu appeler le 112, faire venir l'hélicoptère des secours, mais pouvait-elle vraiment le faire contre la volonté de Celia ?
« Promettez de ne rien dire de tout ça. »
Celia était à présent presque hystérique.
Nora se décida. Quoi qu'en dise Celia, elle appellerait Thomas pour lui raconter ce que Carsten avait fait à sa femme.
Mais d'abord, elle allait s'occuper de Celia et faire un peu manger les enfants. Et prévenir Jonas qu'elle restait à Fyrudden.
Si seulement elle lui avait dès le début fait part de ses intentions.
Une chose à la fois, songea-t-elle, sans se sentir mieux pour autant.
« Celia, dit-elle aussi doucement qu'elle put. Je reste ici pour préparer quelque chose à manger aux enfants. Mais vous devez voir un médecin. Il y en a un sur l'île que je connais : le docteur Andreas Brenner. Il peut peut-être passer vous voir. »
Avant que Celia ait le temps de protester, elle se dépêcha d'ajouter :

« Les médecins sont astreints au secret médical, ne vous inquiétez pas. »

Celia commençait à avoir du mal à comprendre quoi que ce soit.

« Je suis si fatiguée », marmonna-t-elle.

Nora ne voulait pas la bousculer, mais elle était de plus en plus convaincue que Celia devait être examinée.

« Vous savez quoi, dit-elle. Si vous allez vous reposer un moment, je vais préparer quelque chose de simple pour Oliver et Sarah. On reparlera de docteur plus tard. »

Celia ne répondit pas, mais se laissa aider pour se lever.

Nora la soutint jusqu'à la chambre où Oliver était blotti dans le lit double devant la télévision. Il avait son nounours sous le bras et suçait son pouce.

« Salut, Oliver, dit Nora avec la voix guillerette qu'elle avait depuis qu'elle était entrée dans la maison. Ta maman a besoin de se reposer un petit moment. Tu viens avec moi à la cuisine m'aider à préparer à dîner pour ta sœur et toi ? »

Il ne répondit pas, se contenta de regarder Nora aider Celia à se coucher. Tellement silencieux et maître de lui que Nora en avait les larmes aux yeux.

Elle borda Celia et caressa son front moite. Elle avait l'air d'avoir de la fièvre, elle était chaude sous la paume de sa main.

Il fallait qu'elle voie un docteur et soit hospitalisée, qu'elle le veuille ou non.

« Ça va s'arranger », dit Nora en s'efforçant d'être encourageante.

Elle souleva Oliver du lit. Il ne protesta pas, agrippa juste plus fort sa peluche.

« Maintenant, on va préparer à manger », dit-elle en se forçant à sourire, sans qu'il y réponde.

Comme elle allait refermer la porte, elle entendit de nouveau la voix de Celia.

« Nora ? »

Elle regagna le chevet du lit.

« Oui ?

– J'ai vu Carsten tout à l'heure. »

Celia parlait si bas. Nora s'accroupit près du lit en se penchant pour mieux entendre.

« Dans l'après-midi, fit Celia dans un souffle. Un bidon à la main. »

Une larme grossit sur un cil avant de couler sur sa joue enflée.

« De quoi parlez-vous ? dit Nora, en se demandant si Celia ne commençait pas à délirer.

« Carsten.

– Quoi ?

– L'incendie, c'était Agaton. »

Nora retint son souffle.

« Vous voulez dire que c'est lui qui a provoqué l'incendie ?

– Carsten le croit, chuchota Celia.

– Mais il faut qu'il aille le dire à la police. »

Celia ferma les yeux.

« Celia, reprit Nora en lui tapotant doucement l'épaule. Qu'a-t-il l'intention de faire ? »

Mais Celia s'était déjà endormie.

83.

Thomas était en train d'ouvrir le porche de son immeuble d'Östgötagatan. Il était neuf heures moins vingt, il venait de passer une heure à ruminer en tournant dans les rues de Söder.

À essayer de prendre une décision.

Qu'attendait-il de sa vie ? Continuer à être policier, ou avancer en faisant autre chose ? Changer de voie, ou traîner sur les sentiers battus ? Il fallait qu'il se décide, mais sa promenade du soir ne lui avait apporté aucune réponse, les points d'interrogation étaient aussi nombreux qu'avant.

Pernilla l'avait appelé juste au moment où il traversait Medborgarplatsen. Dès qu'il avait répondu, elle avait passé le téléphone à Elin. Mais même sa voix gaie n'avait pas pu le mettre de meilleure humeur.

Il n'avait toujours pas parlé à Pernilla de la proposition d'Erik.

S'il le lui disait, s'il en parlait à voix haute, il réaliserait probablement lui-même qu'elle était trop alléchante, qu'il ne pouvait pas refuser.

Son téléphone sonna. C'était Aram.

« J'ai trouvé des informations très intéressantes sur Gustav Kronberg. Tu devrais regarder ça. »

Aram avait l'enthousiasme d'un chien de chasse. Thomas aurait bien voulu le partager.

« Tu es encore au boulot ?

– Oui. »

Thomas fut saisi d'un nouveau sentiment de culpabilité. Il rebroussa chemin dans la cage d'escalier. Sa voiture était garée au coin de la rue, à moins de cent mètres de là.

« Si tu m'attends un quart d'heure, j'arrive. »

Au moment même où Thomas entrait dans le couloir qu'occupait la section Investigations, Aram apparut.

« C'est bien que tu aies pu arriver si vite. Viens voir. »

Thomas le suivit dans son bureau, et s'assit en face de lui. La lueur dans ses yeux indiquait qu'il était satisfait de ses recherches.

« Raconte ce que tu as trouvé », dit-il.

Aram tourna l'écran de l'ordinateur pour que Thomas puisse voir lui aussi et indiqua une photo, en son centre.

« Gustav Kronberg habitait l'archipel. Il y a grandi et a vécu à Sandhamn avec ses parents et sa sœur jusqu'à ses treize ans. »

Thomas remercia Nilsson en silence. C'était lui qui, en trouvant l'empreinte digitale sur le briquet, les avait mis dans la bonne direction.

« Kronberg est allé à l'école sur l'île, continua Aram. Jusqu'en cinquième. L'école locale n'allait pas plus loin. Après, les enfants devaient être scolarisés sur le continent. Quand Gustav Kronberg a eu treize ans, ses parents y ont déménagé. Leur fille y était déjà en pension, là, toute la famille suivait. »

Aram était un roc. C'était lui qui portait cette enquête.

« Et ensuite ? fit Thomas.

– Au lycée, Kronberg a commencé la filière économique, mais a abandonné dès la première année. Le reste, tu le connais, il a plongé dans la drogue, il est allé en taule pour le braquage de ce bureau de poste et à sa sortie de prison, ça a été la spirale. »

Aram se cala contre son dossier en attendant une question évidente.

Thomas ne le déçut pas.

« Tu as trouvé un lien entre Kronberg et Per-Anders Agaton ?

– Non. Mais il y a un lien tout autre. J'ai vérifié cette histoire de père employé des douanes dont tu m'as dit que Nora avait parlé. »

Thomas aurait dû le faire lui-même, mais ça lui était sorti de l'esprit.

Tandis que la lampe de bureau luisait dans les lunettes d'Aram, sa mauvaise conscience redoubla. D'habitude, son collègue portait des lentilles mais ce soir, ses yeux étaient rougis par le manque de sommeil. Il avait été obligé de mettre ses lunettes.

Pendant que Thomas ruminait ses problèmes personnels, Aram avait découvert une pièce décisive du puzzle.

Son cilice se resserra autour de ses épaules.

« Tu as remarqué que Carsten a exactement le même âge que Gustav Kronberg ? dit Aram en agitant un hameçon sous le nez de Thomas. Ils sont tous les deux nés en 1975. »

Non, il n'avait pas remarqué. Mais Thomas comprit au ton de sa voix que cette année était importante.

« À la fin des années 80, le père de Carsten travaillait dans la garde côtière. C'était avant qu'il n'entre aux douanes. Entre 1986 et 1988, il était en poste à Sandhamn. »

Sacrées coïncidences.

Son téléphone sonna. C'était Nora. Thomas rejeta l'appel et coupa sa sonnerie. Il la rappellerait plus tard.

« Carsten Jonsson avait onze ans quand ils se sont installés dans l'archipel », poursuivit Aram.

En d'autres termes, Carsten avait habité Sandhamn dans son enfance. Nora l'ignorait, mais elle les avait mis sur la piste en mentionnant le poste de son père aux douanes.

« Carsten a donc grandi sur l'île ? demanda Thomas.

– Non, pas à Sandhamn. Ils se sont installés sur une des îles voisines, Hagede. »

Hagede. C'était la grande île en face de Harö. Il l'apercevait depuis sa maison de vacances. La famille Jonsson habitait donc sous son nez.

Décidément, Aram avait bien fait ses devoirs.

« Mais c'est à Sandhamn que Jonsson est allé à l'école pendant deux ans, continua Aram. Comme Gustav Kronberg. Ils étaient donc dans la même classe. »

Il y avait toujours un lien. Toujours. Il fallait juste le trouver.

Thomas songea à des flocons de neige qui tombaient du ciel, l'un après l'autre, jusqu'à former un motif. De petits flocons qui, ensemble, formaient quelque chose de plus grand.

« Les Kronberg habitent toujours à Stockholm ? demanda Thomas.

– Non, les parents se sont séparés au bout de quelques années. Le père a déménagé dans le Norrland, il est domicilié à Haparanda. Mais la mère vit toujours au sud de Huddinge. »

Nous devons aller lui parler, songea Thomas. Rassembler toutes les informations possibles sur Gustav Kronberg. Il doit y avoir une raison pour que son briquet ait refait surface à Sandhamn.

Instinctivement, Thomas sentit que quelque chose se débloquait.

« Tu as aussi mentionné une grande sœur ? Où est-elle, aujourd'hui ? »

Le regard d'Aram se fit encore plus intense.

« Tu l'as déjà rencontrée. C'est Linda Öberg. »

84.

« Mais réponds donc ! »

C'était la troisième fois que Nora tentait de joindre Thomas. Ça avait d'abord sonné occupé, puis elle était tombée sur son répondeur. Qu'est-ce qu'il fabriquait ?

Les doigts raides, elle rangea son téléphone et reprit la poêle. Elle avait trouvé au réfrigérateur un peu de bacon et des œufs qu'elle était en train de faire frire. Ils grésillaient dans la poêle, mais ce bruit quotidien ne rendait pas la situation plus normale.

Son ventre se serra de plus belle.

Andreas Brenner n'était pas joignable lui non plus, et l'état de Celia inquiétait Nora. Si elle ne parvenait pas à joindre Thomas rapidement, elle appellerait les secours, quoi qu'elle ait promis à Celia.

Oliver, assis sur un tabouret haut, suivait ses gestes dans la cuisine, son nounours hirsute comme collé sous le bras. Nora essaya de bavarder pour le distraire, mais elle entendait bien elle-même son ton forcé.

« Tu dois avoir bien faim ? » dit-elle en essayant de lui flatter la joue.

Mais il recula si vite qu'elle resta la main en l'air. Elle se pencha au-dessus de la poêle, une larme tomba sur les œufs.

Ce garçon était si sérieux, avec ces yeux qui ne la quittaient pas une seconde, ce n'était pas naturel. Il était bien trop petit pour vivre des choses pareilles.

Carsten portait une lourde responsabilité.

Nora espérait que les enfants n'avaient pas vu leur mère se faire brutaliser, mais elle n'osait pas poser la question. Oliver avait peut-être malgré tout vu Carsten s'en prendre à sa maman. Ces gestes apeurés n'étaient pas ceux d'un enfant de sept ans, ce regard farouche non plus.

Carsten était grand, au moins vingt centimètres de plus que Celia, et beaucoup plus lourd. Celia n'avait pas le physique pour lui résister.

Son visage était si enflé et marqué.

Nora revit Henrik, leur dispute violente sur le ponton, quelques années plus tôt. La gifle qui l'avait touchée en plein visage, le sang qu'elle avait essuyé sur sa lèvre inférieure, choquée.

Ça avait été le début de la fin de leur mariage, même si Henrik ne l'avait plus jamais touchée et lui avait demandé pardon de toutes les façons possibles.

Nora ne voyait pas comment Carsten pourrait demander à Celia de l'excuser pour ce qui s'était passé, et encore moins comment Celia pourrait jamais se sentir de nouveau en confiance avec lui.

Penser qu'elle s'était laissé impressionner par l'esbroufe de Carsten, quelques jours plus tôt seulement, remplissait Nora de dégoût d'elle-même.

Le dîner était prêt.

Elle le servit rapidement dans deux assiettes, avec un peu de ketchup, et composa les traits de son visage pour les enfants.

Respire, se dit-elle en se tournant vers Oliver.

« Tu peux aller chercher Sarah, s'il te plaît ? C'est l'heure de manger. »

Comme un robot, elle remplit deux verres de lait et servit le tout à table. Puis elle reprit son téléphone, il fallait qu'elle joigne Thomas.

Et prévienne Jonas. Son Jonas chéri à qui ne viendrait jamais l'idée de lever la main sur elle.

Oliver s'assit à table, tandis que Sarah grimpait sur sa

chaise d'enfant. Sans regarder les couverts, elle se mit à manger avec les doigts.

« Est-ce que vous pouvez manger proprement pendant que je passe un coup de téléphone ? Oliver, tu peux peut-être aider Sarah, si besoin ? »

Nora s'éloigna jusqu'à la porte d'entrée.

Si elle appelait Jonas, il faudrait lui expliquer la situation, elle n'avait pas le temps.

Elle se contenta d'envoyer un sms :

Suis à Fyrudden, Celia est blessée. J'appelle dès que je peux. Je t'embrasse.

Puis elle composa une nouvelle fois le numéro de Thomas.

Réponds, je t'en prie.

85.

La bouche de Thomas s'assécha.

« Linda Öberg est mêlée à ça ? dit-il en se demandant pourquoi il n'y avait pas pensé plus tôt.

– On dirait bien. »

Aram passa un papier à Thomas. Nora appela encore, mais il rejeta l'appel et regarda le document.

C'était un extrait du registre d'état civil. Avec la date de naissance de Linda Öberg, l'année de son mariage et de son divorce. Les noms de ses parents et de sa fratrie. Toute une vie résumée en quelques lignes.

« Son nom de jeune fille est Kronberg. Linda Öberg est la grande sœur de Gustav Kronberg. »

Il n'y avait pas de hasard.

« On va aller la chercher demain », dit Thomas.

De toute façon, il était trop tard pour trouver Linda ce soir. Ils ne savaient même pas où elle habitait, sur l'île de Runmarö. Son adresse n'était qu'une boîte aux lettres et un code postal : comme à Sandhamn, il n'y avait pas de noms de rues sur Runmarö.

« Si elle a grandi à Sandhamn, elle doit connaître Per-Anders Agaton », dit Aram.

Linda Öberg et Per-Anders Agaton. Un duo improbable.

Devant un tribunal, un briquet retrouvé sur les lieux ne suffirait à incriminer ni l'avocat ni Linda.

« Supposons un instant que ce soit elle qui ait mis le feu à la maison d'amis de Carsten Jonsson, dit Thomas. Pourquoi ?

– Soit de son propre chef, soit forcée, il n'y a pas beaucoup d'autres possibilités. »

Thomas préférait imaginer Per-Anders Agaton comme le cerveau qui tirait tous les fils.

Lors de leur rencontre, Linda Öberg lui avait fait l'impression d'une personne assez réservée, d'une femme qui évitait de faire des vagues.

Aram ôta ses lunettes sans monture, les embua avant de les essuyer avec un chiffon gris.

« Tu as plus fréquenté l'archipel que moi, dit-il. Jusqu'où est-on prêt à aller pour chasser un étranger ? »

Au moins, Agaton n'avait pas fait mystère de ses sentiments à l'égard de Jonsson. Linda, elle, n'avait pas affiché d'opinion aussi tranchée. Son hostilité n'aurait-elle pas dû se remarquer, si elle était prête à participer à un incendie volontaire ?

Pas si elle était une habile menteuse.

« Agaton a peut-être un moyen de pression sur Linda, réfléchit Thomas. Puisqu'elle a candidaté à cet emploi chez les Jonsson. Il la fait peut-être chanter.

– Au fait, tu as réussi à le joindre ? Jonsson, je veux dire.

– Pas encore. »

Après l'interrogatoire de Mats Eklund, Thomas avait à plusieurs reprises cherché à joindre Carsten, sans que personne réponde sur son portable. Il n'avait pas rappelé malgré tous ses messages.

« J'ai essayé d'avoir la baby-sitter, dit Aram. Mais son téléphone est coupé. Impossible de laisser le moindre message. »

Il se leva et alla se placer dos à la fenêtre ouverte. Une épaisse couche de nuages avait couvert le ciel, il commençait à faire sombre comme si c'était l'automne, alors qu'on n'était qu'à la mi-juillet.

« Jonsson se cache, dit Aram. Je n'aime pas ça. Surtout quand on pense à ce qu'Eklund nous a raconté. »

Eklund avait qualifié Carsten Jonsson de *dingue*. Le mot avait fait tiquer Thomas, sans qu'il donne suite.

« Je me demande si Jonsson ne serait pas en train de préparer une bêtise », dit Aram en claquant la fenêtre inutilement fort.

Ils s'étaient concentrés sur les menaces contre Carsten Jonsson. N'avaient pas envisagé qu'il puisse lui-même menacer quelqu'un d'autre.

Thomas lorgna sa montre. Neuf heures passées. À cette heure, il n'y avait plus de bateaux pour Sandhamn.

« On ne peut pas faire grand-chose avant demain », dit-il.

Cette réponse n'eut pas l'air de satisfaire Aram.

« On devrait peut-être contacter Agaton ? À tout hasard. »

À cet instant, le portable de Thomas sonna. Un numéro caché : peut-être enfin Carsten ?

« Ici Thomas Andreasson.

– *Is this Nora's friend, Thomas ?*

– Euh, oui... *yes it is.*

– *Splendid*, fit la voix polie. *This is Jonathan Smythe.*

– Bonjour.

– Nora m'a donné votre numéro, continua Jonathan Smythe en anglais. Elle m'a demandé de vous appeler si je trouvais autre chose concernant Carsten Jonsson.

– Et c'est le cas ?

– On peut le dire. Je ne sais pas ce que Nora vous a dit de ses affaires autour d'United Oil, mais les petits épargnants ont été durement touchés par les contrecoups. J'ai appris que l'un de ceux qui y avaient perdu vraiment beaucoup d'argent était allé demander des comptes à Carsten Jonsson.

– Et que s'est-il passé ?

– Confronté à ses actes, il a complètement perdu les pédales. Apparemment, il a pété les plombs, on parle ici d'un violent passage à tabac. Sans l'intervention de personnes présentes, Carsten Jonsson serait allé au-devant de graves ennuis.

– A-t-il été poursuivi ?

– Ce n'est bien sûr jamais remonté à la police, il y a eu

un arrangement. Je crois qu'il a dû payer une forte somme pour cacher ça sous le tapis. »

La ligne grésilla.

« Allô ? Vous êtes encore là ? fit Thomas en serrant son portable plus fort contre son oreille.

– Le bruit court que Carsten abusait de stupéfiants à cette époque », dit Jonathan Smythe.

Puis la ligne coupa.

86.

Il y avait beaucoup de vent. La visibilité s'était dégradée, mais Carsten savait comment retourner à Sandhamn, même si le jour déclinait. Les nuages lourds s'accumulaient, mais il ne s'était pas encore mis à pleuvoir. L'orage allait peut-être s'éloigner ?

Cela l'arrangeait.

Le vent avait tourné, et la mer était contre lui : il fallait qu'il réduise sa vitesse. La traversée était plus longue que d'habitude, mais il allait bientôt arriver. Et alors il finirait de régler ses affaires. Il s'occuperait de ceux qui lui voulaient du mal.

Il pensa à Agaton. Et à Celia.

Un gros paquet de mer arrivait. Carsten coupa le moteur pour parer la vague, qui déferla pourtant sur une partie de la proue, lui trempant les pieds.

L'eau lava les traces de sang sur ses chaussures.

Cette maison à Fyrudden avait été une erreur, il le reconnaissait à présent. Il n'aurait jamais dû revenir à Sandhamn. Mais il en était encore fier : en voyant ce bâtiment, personne ne pouvait douter de sa réussite.

D'une main sûre, il traversa la passe de Korsö pour contourner l'île par l'est, c'était le chemin le plus rapide pour rejoindre le ponton.

Une lueur apparut, et il comprit que le phare de Svängen, au-dessus du port de Sandhamn, essayait de lui donner un signal.

Ses clignotements rapides étaient un code secret, il avait bien fait de ne pas se laisser manipuler par Anatoli.

Il lui avait fallu du temps pour comprendre les tenants et les aboutissants, mais à présent c'était clair : tout avait commencé bien plus tôt qu'il ne l'avait soupçonné.

L'accident de la voiture dans le garage.

C'était déjà Anatoli qui avait essayé de lui faire du mal. Il s'était débrouillé pour que l'assurance mette l'incendie sur le compte d'un incident technique. Mais Carsten n'était pas dupe. Anatoli avait évidemment envoyé quelqu'un saboter sa voiture. Il lui voulait du mal depuis le début.

Mais Anatoli avait eu ce qu'il méritait.

Carsten n'avait rien à se reprocher.

Le phare clignota et Carsten lui répondit d'un signe de la main. Par précaution, il se retourna pour vérifier que le bidon était toujours à sa place à l'arrière.

La silhouette de Sandhamn apparut, et il serra plus fort le volant.

La lumière de l'hôtel des Navigateurs était inhabituellement forte, dans la nuit tombante. La pinède n'était qu'une masse informe, comme une coulisse noire derrière la façade illuminée de l'hôtel. Mais la petite tour, au sommet du toit, l'encourageait de sa lueur.

Il allait être neuf heures et demie, mais le ciel sombre donnait l'impression qu'il était bien plus tard. Cela ne faisait rien. Plus tôt il ferait nuit, mieux cela vaudrait.

Carsten regarda de nouveau par-dessus son épaule. Le bidon était toujours là, mais il décida de passer à la station-service prendre quelques litres de plus.

Il n'avait pas l'intention de laisser la maison de Fyrudden à quelqu'un d'autre : autant la détruire.

Il n'avait pas non plus l'intention de laisser les enfants lui échapper.

87.

Enfin, Thomas répondit. Nora faillit pleurer de soulagement en entendant le son de sa voix.

« C'est moi, dit-elle en trébuchant sur les mots. Je suis chez Celia et Carsten Jonsson. Celia a été battue, elle est très mal. »

Tout sortait en bouillie pâteuse, mais impossible de se retenir. Maintenant qu'il répondait enfin.

« Nora, calme-toi. Je n'entends pas ce que tu dis. »

Nora inspira à fond. Elle n'aurait jamais dû venir à Fyrudden. Ça lui aurait évité de voir le visage détruit de Celia et Oliver s'agripper de toutes ses forces à son nounours.

Elle n'aurait pas dû penser en ces termes, mais ne pouvait pas s'en empêcher.

Elle appuya le front contre le chambranle froid de la porte et essaya de se ressaisir.

« Tu as dit que Celia avait été battue ? demanda Thomas. Tu sais par qui ? »

Le son de sa voix était un soulagement. Comme de l'eau claire dans un gosier desséché.

« Par Carsten, dit Nora. Celia est démolie.

– Où est-il ?

– Je ne sais pas, dit Nora. Mais son bateau n'est pas là, il n'est plus amarré au ponton.

– Comment vont les enfants ? »

Les enfants…

Oliver regardait fixement le fond de son assiette. Il n'avait pas touché à la nourriture, pas lâché sa peluche pour prendre une fourchette. Sarah, au moins, avait mangé, elle avait du ketchup tout autour de la bouche.

« Pas très bien. Sarah est OK, mais Oliver est choqué. Je ne crois pas que Carsten les ait touchés, ça n'en a pas l'air. »

Les sanglots lui montaient à la gorge. Ce n'est qu'après une profonde inspiration qu'elle parvint à poursuivre.

« C'est pire que juste ces coups, dit-elle, avant de s'emplir de nouveau les poumons d'air.

– Qu'est-ce que tu veux dire ? »

D'une certaine façon, ces questions concises l'apaisaient. Thomas savait quoi faire.

Les mots chuchotés par Celia lui revinrent.

« Celia a lâché quelque chose d'horrible avant de s'endormir. Apparemment, Carsten accuse Per-Anders Agaton de l'incendie de la maison d'amis. »

Nora ne se rappelait pas ses mots exacts, mais elle savait que Celia était terrorisée. Sinon, elle n'aurait pas pris la peine de la prévenir.

« Comme s'il comptait se venger, dit-elle, assez bas pour que les enfants n'entendent pas.

– Qu'est-ce que tu veux dire par se venger ?

– Celia l'a vu un bidon d'essence à la main. Et maintenant, il a disparu. »

Sa voix commençait à défaillir. Nora dut déglutir pour pouvoir continuer.

« Après ce qu'il a fait à Celia, je le crois capable de tout. Si tu étais ici, tu comprendrais. »

Nora entendait presque Thomas penser fébrilement.

« Mais tu ne sais pas où il est, maintenant ?

– Non. »

À l'autre bout du fil, Nora entendit une porte s'ouvrir, des pas dans une cage d'escalier. Un appel retentit à l'arrière-plan.

« Est-ce que tu pourrais prendre les enfants et Celia chez toi en attendant qu'on arrive ? proposa Thomas. Comme ça, au moins, vous ne seriez pas là s'il revenait.

– Impossible de déplacer Celia. Elle est trop mal. J'ai essayé de joindre un médecin qui habite l'île, mais il n'était pas chez lui. Il faut que tu appelles un hélicoptère pour l'évacuer. »

Son ventre se serra quand le sens des paroles de Thomas lui apparut clairement.

Carsten pouvait être dangereux pour tout le monde à Fyrudden. Elle y comprise.

Elle avait vu de ses propres yeux de quoi il était capable, la violence reflétée dans le visage couvert de bleus de Celia.

« J'essaie d'envoyer tout de suite un hélicoptère, dit Thomas. En attendant, il faut que tu te barricades bien, pour qu'il ne puisse pas entrer.

– Tu crois vraiment qu'il compte mettre le feu à la maison d'Agaton ?

– Je ne crois rien. Veille à bien fermer toutes les portes et fenêtres, et occupe-toi des enfants. J'arrive au plus vite.

– OK.

– Appelle-moi immédiatement s'il se pointe, prometsle-moi. »

88.

Thomas s'engagea sur la voie rapide avec Aram à côté de lui. La conversation avec Nora lui avait fait l'effet d'un seau d'eau glacée sur la tête. Il était réveillé.

La voiture dérapa dans le virage, mais il ne ralentit pas. L'hélicoptère de la police devait les prendre à la plateforme de Slussen, et un hélicoptère ambulance était également en route. Ça allait secouer, la force du vent était à la limite pour décoller, mais la voie maritime n'était pas une option. Il leur faudrait des heures.

Un bateau de la police était averti, mais il aurait fallu le prendre à Vaxholm.

« Per-Anders Agaton ne répond pas, dit Aram en posant son téléphone.

– Sa femme nous a prévenus qu'il allumait rarement son portable. Mais ils ont sûrement une ligne fixe où on peut les appeler.

– Numéro secret. J'ai déjà cherché.

– Essaie de joindre Karin, qu'elle voie s'il n'y a pas un type de garde, chez Telia, pour nous débloquer ça. »

Thomas s'arrêta à un feu rouge au niveau des quais de Stadsgården. Ils étaient presque arrivés, mais chaque minute comptait. Il avait fallu une éternité pour trouver cet hélicoptère, et il était urgent de se mettre en route pour Sandhamn.

Nora n'avait pas rappelé, il espérait que c'était bon signe.

Aram envoya un sms à Karin.

« Tu ne réessaies pas Agaton ? » demanda Thomas en démarrant en trombe aussitôt le feu passé au vert.

Aram appuya sur *rappel*. Contre toute attente, une voix posée leur répondit.

« Allô, ici Per-Anders Agaton.

– Aram Gorgis, de la police de Nacka. Nous nous sommes parlé hier. »

Aram expliqua aussi vite que possible l'urgence de la situation.

« Nous avons des raisons de croire que votre femme et vous devez être particulièrement sur vos gardes ces prochaines vingt-quatre heures. »

Nous soupçonnons votre voisin de vouloir mettre le feu à votre maison, compléta Thomas pour lui-même.

S'ils se trompaient, Carsten était victime d'une accusation atroce. Mais Nora avait dit que sa femme avait été démolie. C'était une preuve suffisante.

Il était aussi violent que sans scrupules.

Thomas n'avait pas oublié la description des faits et gestes de Carsten en Angleterre.

Jonsson semblait avoir disparu de la circulation, mais il devait bien être passé quelque part avec son bateau, le zodiac d'habitude amarré à son ponton. C'était un modèle coûteux et rapide, Thomas connaissait ses capacités : Carsten n'aurait aucun mal à rester caché.

« Il vaudrait mieux que vous ne restiez pas chez vous cette nuit », tenta Aram.

D'après ce qu'il entendait, Thomas comprenait que l'avocat ne voulait pas se laisser persuader.

« Nous sommes en train de localiser Carsten Jonsson, dit Aram. Mais il y a un risque que votre femme et vous soyez exposés à une action violente de sa part si vous restez chez vous. »

Agaton ne semblait pas prendre les choses au sérieux. C'était la troisième fois qu'Aram répétait la même chose.

Tu crois qu'on t'appelle pour le plaisir ?

Thomas roulait beaucoup trop vite dans la ligne droite, alors qu'ils n'étaient pas seuls sur la route.

« Il peut toujours essayer, je l'attends de pied ferme, cracha Agaton, si fort que Thomas lui aussi l'entendit. Je n'ai pas l'intention de me laisser chasser de chez moi par ce salaud. »

Aram éloigna le téléphone de son oreille.

« C'est Jonsson qui n'a pas sa place dans l'archipel ! Ma famille et moi, c'est chez nous ! cria Agaton. Il n'a pas intérêt à approcher. »

Aram raccrocha en soupirant.

Derrière les manières rugueuses de l'avocat, Thomas devinait une puissante passion pour l'archipel. À la différence de Jonsson, il n'était pas assoiffé de reconnaissance.

Mais sa réaction rappelait celle de Carsten quand Thomas, au lendemain de l'incendie, avait suggéré que la famille s'installe à l'hôtel des Navigateurs. Jonsson avait réagi de façon aussi primitive qu'Agaton, en rejetant la proposition. Lui non plus, il n'avait pas voulu quitter sa maison.

Aucun de ces deux hommes ne voulait écouter les conseils de la police.

« On ne peut pas faire grand-chose de plus, dit Aram. Maintenant, au moins, il est prévenu. Il faut qu'on soit à Sandhamn le plus vite possible. »

L'horloge digitale passa à vingt-deux heures treize.

Les chiffres luisirent sous les yeux de Thomas, tandis qu'il tournait pour rejoindre la plate-forme où l'hélicoptère attendait en clignotant. Le rotor tournait déjà.

La pilote les aperçut et leur fit signe à travers le verre épais du cockpit.

Un insecte noir prêt à décoller.

« Si seulement on savait où il est passé », dit Aram, la mine fermée.

Inutile de le nommer.

« S'il est parti avec son bateau, on aura du mal à le trouver, dit Thomas.

– Sauf s'il se sert de son portable.

– Même. »

Une localisation prenait du temps. Il était relativement aisé de reconstituer après coup les déplacements d'une personne par triangulation de ses appels téléphoniques, mais difficile de déterminer où elle se trouvait à un instant donné.

Et avec un portable éteint, c'était impossible.

Aram s'accrochait au moindre espoir, Thomas ne pouvait pas le lui reprocher.

Il s'était écoulé quarante minutes depuis l'appel de Nora. Il leur en faudrait encore au moins vingt pour arriver, selon l'habileté du pilote à faire face au vent violent.

Une heure qui laissait le champ libre à Carsten, tandis que l'état de santé de Celia empirait.

Il aurait dû saisir les signes avant-coureurs, comprendre que Carsten allait accuser Agaton de l'incendie.

« Il est dangereux, s'entendit dire Thomas – et il n'avait aucun doute là-dessus.

– Est-ce qu'on lance un avis de recherche ? » proposa Aram en détachant sa ceinture alors que la Volvo n'était pas encore à l'arrêt.

Le récit de Nora impliquait que Carsten s'était déjà rendu coupable d'un grave délit. Un incendie volontaire ne ferait qu'aggraver son cas, mais peu importait pour quelqu'un qui avait déjà franchi les bornes.

« Tu crois que ça peut servir à quelque chose, à ce stade ? » dit Thomas. Mais n'était-ce pas là avouer son propre désarroi ?

S'il s'était occupé davantage de l'enquête et moins de ses problèmes personnels, ils auraient fait le recoupement bien plus tôt.

Les mâchoires serrées d'Aram lui donnèrent la réponse.

« Est-ce qu'on a le choix ? lança-t-il en ouvrant la portière. Carsten Jonsson semble capable de n'importe quoi. »

Thomas verrouilla sa voiture et, le dos courbé, courut vers l'hélicoptère.

89.

Nora allait de plus en plus souvent voir Celia. Sa respiration était rapide et courte. Impossible pour Nora de dire si elle dormait profondément ou avait perdu connaissance.

La commissure des lèvres pendait un peu d'un côté.

Nora tenta de se souvenir de ce qu'elle avait lu au sujet de la commotion cérébrale. N'y avait-il pas un risque d'hémorragie lors d'un violent choc à la tête ? Était-ce pour cela que Celia semblait aussi groggy ?

Son visage était presque aussi blanc que l'oreiller, tandis que ses grands bleus semblaient s'élargir encore davantage. Ou bien était-ce l'inquiétude de Nora qui les lui faisait voir ainsi ?

Pourquoi cet hélicoptère n'arrivait-il pas ?

Le temps avançait comme un escargot. Nora s'efforçait d'occuper les enfants comme elle pouvait, en leur lisant des histoires, et avec un dessin animé Disney qu'elle avait trouvé sur une étagère.

Sarah commençait à avoir envie de dormir. Nora arrangea un oreiller et une couverture dans un coin du canapé, où elle la fit se coucher.

Elle n'osait pas lâcher les enfants des yeux.

Aussitôt la conversation avec Thomas terminée, elle avait fait le tour de la maison pour verrouiller toutes les portes. Elle avait soigneusement vérifié que toutes les fenêtres étaient bien fermées.

Puis elle avait allumé toutes les lampes qu'elle avait pu trouver dans la maison.

C'était mieux que les longues ombres dans les coins, mais cela signifiait aussi que n'importe qui pouvait voir à l'intérieur. Nora se sentait comme un poisson dans un aquarium.

Si seulement il y avait eu quelques rideaux à tirer, mais il n'y avait rien, pas même des persiennes comme dans les chambres. Les grandes marquises, dehors, servaient à protéger du soleil, pas à masquer la vue.

Soudain, le portable de Nora se mit à vibrer et elle s'en empara un peu trop vivement. Oliver écarquilla les yeux, et Nora se dépêcha de le rassurer.

« Ce n'est rien », dit-elle, désolée d'avoir les nerfs aussi à fleur de peau.

Le moindre bruit la faisait sursauter.

C'était Jonas.

Son seul nom à l'écran suffit à lui rappeler qu'il existait un monde normal où elle avait sa place. Elle était avec un homme qui l'aimait, à qui ne viendrait jamais l'idée de la battre.

« Allô ?

– Tout va bien, chérie ? Ça fait plusieurs heures que tu es partie. »

La voix de Jonas faillit la faire s'abandonner aux larmes qui lui brûlaient les paupières.

« Un instant. »

Nora se leva et s'éloigna du canapé. Elle ne voulait pas effrayer Oliver davantage, mais il fallait qu'elle informe Jonas de la situation.

« Je reviens tout de suite, chuchota-t-elle à Oliver. Reste là, ne crains rien. Je vais juste parler au téléphone un tout petit moment. »

Oliver tendit la main pour attraper son pull.

Nora lui tapota la joue pour le calmer et, cette fois, il ne recula pas.

« Tu n'as pas à t'inquiéter, mon bonhomme, je te promets. »

Elle gagna l'entrée, pour garder un œil sur Oliver, mais tourna le dos au séjour pour qu'il n'entende pas.

La tension accumulée se déchargea.

« Oh, mon Dieu, sanglota-t-elle à moitié.

– Nora, qu'est-ce qui se passe ? »

Nora ne savait pas par où commencer, comment tout expliquer.

« C'est Carsten, commença-t-elle, parlant aussi bas qu'elle pouvait. Il a battu Celia, quelque chose d'horrible. J'attends qu'un hélicoptère des secours vienne la prendre en charge. C'est pour ça que je ne donnais pas de nouvelles. »

Jonas inspira violemment.

« Tu vas bien ?

– Oui. Mais Celia est très mal. J'ai peur qu'elle ait une commotion cérébrale, ou quelque chose comme ça. J'ai les enfants avec moi, mais ça fait une éternité que Thomas a dit que l'hélicoptère allait arriver. »

Un sanglot lui échappa.

Nora dut déglutir fortement pour se maîtriser.

« Pardon de ne pas t'avoir dit où j'allais, c'était bête de ne pas t'en parler.

– On s'en fiche. L'important, c'est que tu ailles bien.

– Je suis vraiment inquiète pour Celia, je n'arrive plus à la réveiller. Et les enfants ont tellement peur.

– Tu ne veux pas que je vienne ? À vélo, je suis là dans un quart d'heure. »

Oui, aurait-elle voulu dire. Viens !

Mais Thomas avait dit que l'hélicoptère arrivait, et il fallait bien que quelqu'un s'occupe de Julia.

« Je vais me débrouiller, dit-elle d'une voix tremblante. Reste plutôt avec Julia. Dès que l'hélicoptère sera là, je rentrerai. Il devrait arriver d'un moment à l'autre.

– Tu es sûre ? »

Nora vit sa silhouette abattue et son regard apeuré dans le miroir de l'entrée.

« Oui, dit-elle en s'étirant le dos. Ne t'inquiète pas, ça ne peut plus être long. Je vais rappeler Thomas pour savoir.

– Fais attention à toi.
– Je te le promets », dit-elle en s'efforçant de ne pas lui laisser entendre combien elle était épuisée.

Elle rangea son portable et alla chercher un peu d'essuie-tout à la cuisine pour se moucher.

En se retournant pour jeter le papier, elle risqua un œil par la porte vitrée.

Ce qu'elle vit lui coupa le souffle.

Le zodiac gris était de nouveau amarré au ponton.

90.

Quelques fenêtres étaient allumées au rez-de-chaussée de la maison de Per-Anders Agaton. Mais le terrain était plongé dans l'obscurité. On n'entendait que le vent obstiné et le bruit des vagues qui déferlaient contre le ponton.

Il faisait encore plus nuit, on distinguait à peine le ponton des Agaton. Seul le parcimonieux éclairage extérieur traçait quelques cercles de lumière.

Carsten se tenait à l'orée de la forêt, derrière un gros pin, le bidon d'essence posé à côté de lui. Il se demandait si les époux Agaton étaient chez eux.

Il espérait que non : l'un d'eux risquait de donner l'alarme et de faire intervenir les pompiers avant que le feu ait pris correctement.

Tiens-t'en au plan, chuchotait une voix à l'intérieur de sa tête.

L'idée était de verser de l'essence d'abord sur les cloisons en bois de la véranda qui donnait sur la plage, exposée au vent : c'était là que le feu prendrait le plus vite. Il prévoyait ensuite d'utiliser le reste pour les coins du bâtiment. S'il allumait au moins en quatre points, il serait impossible de sauver la maison à temps.

Un éclair de satisfaction traversa Carsten, il n'y avait rien à redire à sa capacité d'analyse. Il arrivait encore à avoir les idées claires, même s'il n'avait pas dormi plus de quelques heures ces quatre derniers jours.

Ils n'avaient pas l'air d'être à la maison, il n'avait vu personne depuis qu'il était là. Personne ne pourrait l'arrêter.

Carsten se laissa glisser en position assise, adossé au pin. Au bout d'une minute, il sortit la fiasque plate qu'il portait dans sa poche intérieure et but quelques bonnes gorgées de whisky.

En quelques secondes seulement, la chaleur se répandit dans tout son corps. C'était son whisky favori, l'écossais qu'il achetait à Londres. Les notes de citron et de cerise se prolongèrent, il s'imagina un instant dans sa bibliothèque anglaise, sentit l'odeur de cuir de son fauteuil préféré.

Il n'y a rien de plus important que la loyauté, se dit-il.

Celia ne l'avait pas compris. En voulant lui enlever Oliver et Sarah, elle avait empoisonné leur relation.

Rien ne devait s'interposer entre lui et les enfants.

Il tendit les jambes devant lui et vit les taches brunes sur sa chaussure droite. Du sang avait aussi éclaboussé son pantalon.

Si on retrouvait Anatoli, on comprendrait, les paragraphes du contrat parlaient d'eux-mêmes. Sa trahison était documentée, noir sur blanc.

Carsten se reposait les yeux sans les fermer.

Il sentait son corps si léger, sans poids, il avait oublié ce qu'étaient la fatigue, l'épuisement. Il avait gâché tant d'heures de sa vie à dormir ! Et pourquoi, alors qu'il y arrivait très bien sans ?

« Alors comme ça tu as quand même osé venir jusqu'ici, sale ordure ! » éructa quelqu'un dans son dos.

Quand Carsten fit volte-face, il reçut un violent faisceau lumineux dans les yeux. D'abord, il ne vit rien derrière, puis la lumière baissa un peu et il découvrit Per-Anders Agaton qui tenait une grosse lampe torche.

Dans l'autre main, il balançait une vieille hache.

« Pas un geste, dit-il. J'ai appris quel genre de type tu étais. »

Agaton fit tournoyer sa hache.

Carsten se dressa, tendu comme un chat.

« Reste tranquille ! Tu viens ici avec tout ton argent, et tu crois pouvoir te comporter n'importe comment. Mais tu vas rentrer dans le rang. Des comme toi, on n'en veut pas sur l'île. Tu vas prendre tes cliques et tes claques et disparaître avec ta famille. »

La lumière de la lampe tomba sur le bidon à côté de Carsten.

Agaton écarquilla les yeux.

« Mais ces policiers avaient donc raison, tu avais l'intention de mettre le feu à ma maison. Tu es complètement cinglé, ou quoi ? »

Il fourra maladroitement la torche dans sa poche et en sortit un téléphone. Il brandissait toujours la vieille hache devant lui.

« J'appelle la police, haleta-t-il. Ils vont s'occuper de toi. »

Il commença à composer le numéro, sans quitter Carsten des yeux. Mais la main qui tenait la hache s'abaissa, et Carsten vit là sa chance.

Il se jeta à terre et atteignit le bidon d'essence. D'un geste circulaire, il le souleva et le projeta sur Agaton avec une telle violence que hache et téléphone lui échappèrent.

« Mais qu'est-ce que tu fous ? » hurla Agaton quand Carsten le contourna pour le frapper de nouveau avec le bidon, cette fois à la hanche.

Le coup violent lui fit perdre l'équilibre. Il vacilla, mit un genou à terre, et Carsten fondit encore sur lui.

Sans hésiter, il leva le bidon et l'abattit droit sur la tête nue d'Agaton, de toutes ses forces.

Le métal heurta la chair et les os avec un bruit chuintant et Per-Anders Agaton s'effondra en gargouillant. Il toucha terre dans un choc sourd, la tête la première. Ses mains ratissèrent les aiguilles de pin, puis cela cessa aussi.

Carsten lâcha le bidon, se pencha en avant, mains sur les cuisses, en essayant de reprendre son souffle.

Le vieux avait été après lui dès le début, comme il s'en doutait.

Une vive douleur grandissait autour du diaphragme, il s'était probablement cassé une côte en tombant. Chaque respiration le faisait souffrir.

Il s'était laissé surprendre : il se promit que ça n'arriverait plus.

L'air nocturne était froid, il l'inspirait par légers à-coups, pour épargner sa cage thoracique. Il lui fallut quelques minutes avant d'avoir la force de se relever pour regarder alentour.

Il faisait nuit noire, il dut allumer son briquet pour voir quelque chose. Un peu plus loin luisait la fiasque de whisky perdue pendant la bagarre. Elle était intacte. Il en but quelques profondes gorgées et attendit que diminuent les palpitations dans sa poitrine.

Là, ça allait mieux.

Avec un soupir de soulagement, il se laissa glisser à terre et ferma les yeux quelques secondes. Son pouls était toujours rapide, mais l'alcool et l'adrénaline étouffaient sa douleur.

Il allait se reposer juste un petit moment.

Quand il se releva, Per-Anders Agaton était toujours étendu, le visage dans la bruyère. Carsten le toucha du pied, mais pas de réaction. Il lui donna quelques coups dans le dos, c'était comme taper dans un sac de ciment.

Le bidon d'essence était à côté du corps. Il était cabossé, mais ne s'était pas percé. Il se pencha et le secoua pour s'en assurer. Il fut soulagé de constater que rien n'avait fui.

Sinon, il en avait encore dans le réservoir du zodiac.

La lampe torche semblait elle aussi avoir résisté. En balayant le sol avec, il retrouva la vieille hache avec laquelle Agaton l'avait menacé.

Carsten la saisit par le manche et la souleva. Son tranchant était piqué de rouille. Lentement, il la soupesa, la fit tournoyer au-dessus de sa tête contre des ennemis invisibles.

Tout le monde était contre lui. Il fallait qu'il se défende.

Quand il se tourna vers la maison, les mêmes fenêtres étaient toujours éclairées.

Rien n'a changé, lui chuchotaient les ombres.

Carsten pinça les lèvres et serra plus fort le manche épais.

Il se dirigea alors vers la maison, le bidon dans une main, la hache dans l'autre.

91.

Le bruit de l'hélicoptère était assourdissant, impossible de parler, même côte à côte. Thomas était assis devant avec la pilote. Aram s'était harnaché sur le siège arrière.

« Tu dois te poser sur la plage sud, dit Thomas à la pilote par la radio interne, la seule façon de communiquer dans le cockpit. On va à la maison neuve de Fyrudden, celle qui a un grand ponton devant son terrain. »

La pilote leva le pouce pour signifier qu'elle avait compris les instructions.

Les lumières de Sandhamn apparurent. Dans quelques minutes, ils arriveraient à destination.

Une bourrasque de travers fit tanguer l'hélicoptère, et Thomas contracta instinctivement les abdominaux pour parer le choc.

Son portable vibra dans sa poche, il l'en sortit et essaya de lire dans la faible lumière.

Un bref message de Nora.

Il découvrit qu'il avait raté plusieurs appels, eux aussi de Nora. Mais il n'avait pas entendu la sonnerie, à cause du vacarme du rotor.

Avec une inquiétude croissante, il lut les quelques mots :

Je crois que Carsten est là, son bateau est revenu au ponton. Tu arrives quand ?!?

Thomas se tourna vers Aram et lui montra.

« Alors il est revenu sur l'île, dit Aram dans son micro. Tu as des nouvelles du bateau de la police ?

– Non. Mais aucune chance qu'ils arrivent avant nous. Ils étaient beaucoup trop loin quand j'ai parlé avec l'équipage. »

Thomas envoya un rapide sms à Nora, malgré la mauvaise couverture réseau :

Presque arrivé, tu devrais bientôt entendre l'hélicoptère. Enferme-toi !

Ils avaient viré et volaient à présent vers la pointe ouest de Sandhamn. Ce n'était plus très loin maintenant, Thomas pensait déjà apercevoir le phare de Skötkobben.

L'hélicoptère tanguait, secoué dans le vent violent. Thomas avait rarement le mal de mer, mais il sentait à présent son ventre protester.

Les vagues projetaient des gerbes d'écume, et le grand pare-brise courbe paraissait une protection dérisoire face aux masses d'eau. Un trou d'air inattendu n'arrangea rien. Il fit de son mieux pour garder les yeux fixés sur l'horizon.

« C'est cette maison, là-bas, tu veux dire ? dit la pilote en pointant du doigt quelque chose qui dépassait au-dessus des arbres.

– C'est ça. »

Les pontons apparurent plus distinctement, ils volaient à présent à basse altitude.

Sous eux, quelque chose de rouge orangé attira son attention.

« Attends un peu. »

Il tendit le cou pour mieux voir. Parmi les ombres, au sol, on apercevait une lueur intermittente qui vacillait comme une flamme.

Un incendie, encore ?

« Qu'est-ce que c'est que ça ? » dit-il dans le micro en montrant la lueur.

Aram tourna la tête.

« Là-bas, juste avant la maison de Jonsson », dit Thomas.

La respiration lourde d'Aram confirma son mauvais pressentiment.

« Tu peux faire le tour, que je voie mieux ? » demanda-t-il à la pilote.

Elle aussi avait repéré la lueur.

« Tu crois que ça brûle ? » dit-elle en rapprochant l'hélicoptère.

À présent, on voyait mieux la grande maison : Thomas comprit que ce devait être chez Per-Anders Agaton.

Merde !

C'était différent vu de haut, mais ça ne pouvait pas être autre chose.

L'hélicoptère décrivit un large arc de cercle, et tourna au-dessus des cimes des arbres, si bien qu'ils voyaient à présent le devant de la propriété.

Là, les flammes étaient clairement visibles.

Elles avaient pris sur la véranda et léchaient la façade. Les flammes jaune-rouge caressaient les fenêtres en repeignant leurs cadres blancs.

« Il a mis le feu à la baraque ! » lâcha Aram.

Thomas fixait l'incendie avec tant d'intensité qu'il en avait mal aux yeux.

Ça devait être Jonsson, qui sinon ?

Le feu ne semblait pas avoir encore bien pris, à en juger par la taille des flammes. Il venait d'être allumé. Jonsson était peut-être même encore là, s'apprêtant à allumer un autre foyer.

Il fallait qu'ils se posent sur la plage, réalisa Thomas. Immédiatement.

« Descends, dit-il à la pilote.

– Comment ça ? Ici ?

– Comme tu veux, mais pose-toi tout de suite.

– Tu penses qu'il est encore là ? » cria Aram en même temps dans l'oreille de Thomas.

Celui-ci commença à composer le numéro des pompiers.

« Appelle le bateau de la police, cria-t-il à Aram, et vois

leur position. Dis-leur que c'est urgent, il faut qu'ils viennent tout de suite, à tout prix. »

L'hélicoptère glissa au-dessus de la maison tandis que la pilote cherchait où se poser. Vue sous cet angle, la bande côtière semblait bien trop étroite pour qu'ils puissent s'y poser sans risque.

J'espère qu'elle sait ce qu'elle fait, songea Thomas.

Les flammes grandissaient. Elles s'étaient déjà propagées jusqu'aux fenêtres du rez-de-chaussée, et grimpaient à toute vitesse vers le premier étage.

On voyait de là-haut leurs gerbes d'étincelles.

Si seulement ils étaient arrivés une demi-heure plus tôt !

92.

Nora fit le tour de la maison pour éteindre les lumières : elle n'osait pas les laisser allumées, au cas où Carsten serait tapi dans l'ombre quelque part au-dehors.

Il valait mieux attendre dans le noir, si effrayant cela soit-il.

Elle entendit enfin le grondement de l'hélicoptère qui arrivait.

Dieu merci, elle n'aurait pas eu la force de tenir encore bien longtemps.

Le bruit augmenta, puis s'éloigna de nouveau. Nora se glissa près d'une fenêtre et, en jetant un œil dehors, aperçut la silhouette clignotante qui tournait au-dessus des cimes des arbres, hésitante.

Oh non, voilà qu'il descendait pour atterrir sur le terrain des Agaton.

Attendez ! aurait-elle voulu crier. Ce n'est pas la bonne maison. Nous sommes là, c'est ici que vous devez venir !

Mais elle savait que c'était vain, personne ne l'entendrait, si fort qu'elle crie.

Que faire ?

Son T-shirt était poisseux de sueur, la tension pulsait dans ses mâchoires serrées.

Oliver s'était endormi à côté de sa sœur sur le canapé. Couchée dans la chambre, Celia respirait par faibles saccades.

Les lumières de l'hélicoptère disparurent derrière les

grands pins, et Nora comprit qu'il s'était posé de l'autre côté de la pointe.

D'une façon ou d'une autre, le pilote avait dû mal comprendre où il devait atterrir.

Nora n'avait qu'une envie : pleurer.

Il fallait qu'elle fasse venir les secours ici, pour qu'ils prennent en charge Celia. Inutile de tenter encore d'appeler Thomas, elle avait déjà essayé tant de fois sans qu'il réponde.

L'idée que l'hélicoptère puisse redécoller sans les avoir trouvés la désespérait complètement.

Les deux enfants dormaient dans le canapé. Ils ne remarqueraient rien si elle filait dehors, quelques minutes devaient suffire pour rejoindre la maison des Agaton.

Celia avait besoin d'aide, au plus vite.

Elle essaya de ne pas penser que Carsten était peut-être là, dehors.

Ce n'est pas contre moi qu'il est en colère.

Avec un dernier regard aux enfants, elle enfila son blouson et sortit.

Thomas ouvrit la portière de l'hélicoptère et s'écarta aussi vite qu'il le put du rotor. Aram le suivit de près.

Les flammes avaient grandi pendant le bref instant que leur avait pris l'atterrissage. Elles jaillissaient à présent de toutes les fenêtres du rez-de-chaussée. L'incendie grondait sous leurs yeux.

La chaleur était si intense qu'elle brûla le visage de Thomas lorsqu'il s'approcha. Y avait-il quelqu'un, là-dedans ? Ils ne pourraient rien faire pour lui porter secours. La porte d'entrée était dans le brasier et la véranda où ils s'étaient assis la veille était si pleine de fumée et de feu qu'on n'y voyait rien.

Un craquement sourd le fit sursauter : la chaleur faisait exploser les vitres.

Thomas regarda alentour, sans voir personne bouger, pas de silhouette large d'épaules se faufilant dans l'ombre.

Ses yeux se mirent à pleurer tandis qu'il essayait de repérer Carsten derrière les nuages de fumée bourgeonnants.

« Il doit bien être quelque part », dit Aram.

Le bois en feu craquait et crépitait.

Thomas sentit son pouls s'accélérer.

« Où diable a-t-il donc pu passer ? » marmonna-t-il.

93.

Le vent frappa Nora de plein fouet dès qu'elle sortit de la maison. Un vent froid et humide, qui fouaillait ses vêtements. Elle jeta un coup d'œil inquiet vers le ponton, espérant ne pas y voir le zodiac. Elle aurait voulu qu'il ne soit pas là, en train de secouer ses amarres et de crier que Carsten était de retour sur l'île.

Mais la coque de caoutchouc anthracite était bien là.

Les filins claquaient le long du mât du drapeau. La plage était déserte. Une des bâches de la réserve de bois s'était détachée et ballottait violemment dans le vent.

Nora s'efforça de chasser sa peur de revoir Carsten et plissa les yeux dans l'obscurité, à la recherche du sentier qui rejoignait le terrain des Agaton.

Il faisait si noir.

S'aidant de la torche de son portable, elle finit par trouver et partit en petites foulées vers l'ouest.

Au bout d'une centaine de mètres seulement, elle découvrit la lueur devant elle.

Dans un bouillonnement orange, de longues langues de feu léchaient le ciel noir. Le vent portait une forte odeur de fumée.

C'était comme un coup de poing dans le ventre. Le feu, encore. Le feu chez les Agaton.

C'était exactement ce contre quoi Celia avait tenté de la mettre en garde. Carsten avait pris l'affaire en main et personne n'avait pu l'en empêcher.

Un malaise submergea Nora, qui se plia en deux pour vomir. Les mains sur le ventre, elle se balança d'avant en arrière. Puis elle hoqueta encore sans plus rien rendre.

Ce fut l'odeur irritante qui la tira de sa paralysie. La lueur augmentait de minute en minute, de petits nuages de fumée arrivaient à présent à travers la forêt.

Il fallait qu'elle donne l'alarme avant que le feu ne se propage.

Olle Granlund faisait partie du corps des pompiers volontaires de Sandhamn.

Nora chercha son numéro dans son téléphone, mais les larmes brouillaient sa vision, les adresses se chevauchaient sous ses yeux. Impossible de trouver son nom, alors qu'elle savait qu'elle l'avait parmi ses contacts.

Elle se mit à les faire défiler avec hystérie.

Elle parvint enfin à la bonne lettre et composa le numéro d'Olle.

Allez, réponds, pensa Nora. Il doit bien y avoir quelqu'un pour me répondre ce soir. Juste une personne.

« Allô ?

– Ça brûle, haleta Nora. Ça brûle chez les Agaton sur la plage sud. Il faut venir éteindre l'incendie !

– Nous avons déjà reçu l'alarme, nous arrivons. Je suis dans la voiture des pompiers. On se parlera plus tard. »

Toutes ses forces disparurent. Nora dut se tenir à un arbre pour que ses jambes ne se dérobent pas sous elle.

La fumée paraissait encore plus épaisse, il lui semblait déjà la sentir pénétrer ses poumons. Elle avait un goût de cendre dans la bouche.

Elle savait qu'il lui fallait continuer en direction de l'incendie pour trouver l'hélicoptère, guider les secours jusqu'à Celia, pour qu'elle soit transportée le plus vite possible à l'hôpital.

Mais le feu réveillait de vieux souvenirs.

La fois où elle avait été enfermée dans le phare de Grönskär et que sa lampe avait pris feu. Elle avait cru mourir dans la vieille tour.

La même angoisse palpitait à présent en elle, si violente qu'elle tambourinait à ses oreilles.

Elle essuya ses joues humides, et réalisa que c'était ses propres larmes.

Pardon, Celia, pensa-t-elle en fermant les yeux. Impossible, je ne peux pas aller te chercher de l'aide.

Le craquement d'une branche brisée lui fit rouvrir les yeux.

Elle n'était plus seule dans la forêt.

Quelqu'un d'autre se déplaçait parmi les arbres, venant du terrain des Agaton et se dirigeant droit vers Nora. Le bruit ne laissait aucun doute. Nora risqua un œil derrière l'arbre et vit un homme qui venait vers elle. Son pas était rapide et déterminé, quelque chose se balançait dans sa main.

Elle sut aussitôt que c'était Carsten, impossible de ne pas reconnaître ses cheveux blonds presque blancs.

Il marchait droit sur elle. Dans quelques secondes, ils se retrouveraient face à face.

Malgré ses haut-le-cœur, elle s'accroupit derrière le tronc et se blottit autant qu'elle put, les bras serrés autour du corps.

Pourvu qu'il ne l'ait pas vue.

Nora resta absolument immobile en essayant de se faire petite et invisible. L'angoisse lui lacérait la gorge.

Ses lèvres se mirent à bouger toutes seules.

Dieu qui aimes les petits enfants...

Carsten n'était plus qu'à quelques mètres d'elle sur le petit sentier. Il semblait porter un objet métallique qui brilla quand il passa devant sa cachette. Une hache ?

Puis il disparut.

Malgré la respiration haletante de Nora qu'on devait entendre à plusieurs mètres de distance, il ne l'avait pas découverte.

Carsten rentrait chez lui.

Celia et les enfants étaient seuls à la maison.

Nora serra son portable si fort que ses doigts lui firent mal. Puis elle composa le numéro de Thomas.

94.

« Thomas, souffla Nora dans le téléphone. Il est là, Carsten est là ! »

Thomas se trouvait côté mer de la maison des Agaton. Il fouillait la réserve de bois près du ponton, pistolet à la main. Il faisait noir, difficile d'y voir. Il était peu vraisemblable que Carsten s'y soit caché, mais il fallait quand même vérifier.

« Où es-tu ? dit-il en rengainant son arme.

– Dans la forêt. À quelques centaines de mètres de leur maison. Je me suis cachée, mais Celia et les enfants sont toujours à l'intérieur. »

Thomas courait déjà, téléphone à la main. Il gesticula pour qu'Aram le suive.

« Il est à la maison ! cria-t-il par-dessus le grondement de l'incendie. Il faut y aller. »

Ils coururent aussi vite qu'ils purent entre les arbres, malgré la mauvaise visibilité. Thomas faillit plusieurs fois trébucher sur des racines qui dépassaient, et une branche lui griffa le visage avant qu'il ait le temps de s'écarter.

La silhouette sombre d'une maison se dessina devant eux, plongée dans le noir, à l'exception d'une vague lueur dans le séjour.

Thomas s'arrêta à l'orée du bois et leva la main.

Aram haletait près de lui.

« Où peut-il bien être ? dit-il tout bas.

– Nora a dit qu'il arrivait par ici. Elle l'a vu traverser la forêt il y a quelques minutes seulement.

– Thomas », appela Nora à voix basse dans son dos.

Elle sortit du tas de bois derrière lequel elle s'était cachée.

« Tu sais s'il est entré dans la maison ? » demanda Thomas.

Nora secoua la tête.

« Je ne sais pas où il est.

– C'est fermé ?

– Non. »

Thomas posa une main rassurante sur son épaule.

« Je veux que tu restes là. Nous devons entrer dans la maison, mais tu ne peux pas nous suivre. Tu comprends ? »

Nora hocha la tête et Thomas la reconduisit doucement derrière le tas de bois.

« Reste ici jusqu'à ce que je t'appelle. »

Il sortit son arme de service et se tourna vers Aram, qui avait lui aussi son pistolet à la main.

« Nous ne pouvons pas attendre les renforts, si la famille est à l'intérieur », dit-il, en s'adressant autant à Aram qu'à lui-même.

Une brise soudaine souffla. La couverture nuageuse creva, et un fin rayon de lune scintilla sur la mer. À l'ouest, l'incendie continuait, sa lueur violente illuminait le ciel.

Le pistolet dans la main droite, Thomas gagna en silence la porte d'entrée.

« À trois », mima-t-il. Il compta un, deux, trois, et ouvrit la porte.

L'entrée était déserte.

Thomas s'avança dans la maison en essayant de comprendre la répartition des pièces, qui se trouvait où.

Au loin, dans le grand séjour, il aperçut les enfants, chacun à un bout du canapé. La seule lumière venait d'une petite lampe sur une table, près de la fillette.

Ils dormaient, c'était bon signe.

« Tu crois qu'il est là ? » chuchota Aram en lorgnant vers le couloir suivant.

Thomas tendit l'oreille pour déterminer s'il y avait quelqu'un d'autre dans la maison.

Le réfrigérateur ronronnait faiblement, mais ce bruit métallique ne leur apprenait rien. Dans l'obscurité, les contours s'estompaient, meubles et bibelots devenaient des ombres indistinctes, toutes les distances étaient distordues.

« Je ne sais pas », chuchota-t-il à son tour.

Impossible de dire si Jonsson était ou non à l'intérieur. La maison était vaste et ils y étaient à peine entrés auparavant.

Thomas n'arrivait pas à s'orienter.

Une couche de sueur luisait sur le front d'Aram. Les tempes de Thomas étaient aussi humides.

Une faible odeur d'essence leur parvint, et Thomas sentit l'angoisse s'emparer de lui.

« Il est sûrement là », chuchota Aram.

Thomas fit un pas vers la porte la plus proche.

« Je prends ce couloir, et toi tu continues par là-bas. »

95.

Aram se faufila le long du canapé où dormaient les deux enfants en faisant le moins de bruit possible. La petite lampe lui suffisait tout juste à voir où il posait les pieds. Aucune lampe allumée dans le couloir principal orienté vers la plage, et dont les dalles grises du sol absorbaient le peu de lumière qu'il y avait.

L'odeur d'essence se fit plus forte.

Il gagna sans bruit la première porte et regarda autour de lui. Mais rien ne semblait l'attendre dans l'ombre. Il l'ouvrit alors d'une main ferme, prêt à tout moment à se retrouver nez à nez avec Carsten Jonsson. C'était une chambre à coucher aux rideaux bleus. Par terre, quelques petites voitures et un camion de pompiers.

Sur la pointe des pieds, Aram continua.

Les mains un peu moites, il serra un peu plus fort son pistolet pour qu'il ne lui échappe pas.

Le sable collé sous ses chaussures crissait bien trop fort.

La porte suivante.

Aram saisit la poignée de la main gauche. Il se prépara à l'ouvrir elle aussi avec assez de force pour bénéficier de l'effet de surprise.

Cette fois, une chambre d'enfant dans des nuances de rose.

Ne restait plus qu'une porte, tout au bout du couloir. Ce devait être la chambre des parents, où était Celia.

Devant lui, quelque chose avait coulé par terre.

Aram sentit l'adrénaline affluer dans ses veines tandis qu'il tentait de mettre de l'ordre dans ses pensées.

Carsten était-il entré chez sa femme ? Attendait-il là, dans la chambre, pour mettre le feu ?

Il tendit de nouveau l'oreille, mais n'entendit rien de particulier.

Thomas fouillait toujours l'autre couloir. Mais il aurait appelé s'il avait trouvé Jonsson.

Carsten devait donc se trouver là-dedans, s'il était encore dans la maison.

Le cœur battant, Aram leva son arme. Il se plaça à côté de la porte et se prépara.

Il y voyait à peine, comme si la tension avait troublé sa cornée.

Il compta en silence jusqu'à trois, ouvrit la porte à la volée et tomba sur les yeux écarquillés de Carsten.

Il était de l'autre côté du grand lit, une grande hache à la main. En apercevant Aram, il la leva au-dessus de sa tête.

Entre eux, Celia était étendue, yeux clos et visage livide.

L'odeur d'essence était enivrante.

« Pose cette hache ! cria Aram en braquant son pistolet sur la poitrine de Carsten. Sinon je tire. »

Les yeux écarquillés de Jonsson ne dévoilèrent aucune émotion. Les pupilles étaient dilatées, l'œil injecté de sang, son regard errait, hagard.

Son polo et son jean clair étaient tachés de sang.

Il a tué Per-Anders Agaton, comprit Aram en une fraction de seconde.

Thomas accourut derrière lui.

« Dernière sommation ! » cria Aram.

Puis tout alla très vite.

« Pose cette hache ! » hurla Aram en faisant feu.

À la dernière seconde, il baissa le canon.

La détonation retentit dans l'espace confiné, et Jonsson vacilla quand la balle l'atteignit à la cuisse, et non à la poitrine.

La hache tomba lourdement sur le sol.

La puissante détonation avait réveillé les enfants, qui se mirent à pleurer dans le séjour.

Il n'y avait que Celia qui ne bougeait pas dans tout ce tumulte, malgré ce vacarme et le sang qui avait éclaboussé la couette.

Carsten regarda fixement le sang qui giclait de lui. Ses jambes se plièrent alors et il s'effondra dos au mur, sans un bruit.

Ça coulait en bouillonnant sous l'étoffe de son jean et par terre. Comme une rivière rouge sur le tapis clair. Aram fixait l'arme dans sa main.

Thomas fut le premier à réagir.

Il se précipita et saisit la hache qu'il mit hors de portée de Carsten. Puis il attrapa un des coussins et le pressa fort sur sa blessure.

À moitié assis contre le mur, Carsten regardait le sang couler. Sa respiration commençait à faiblir, son visage était aussi pâle que celui de Celia.

Les enfants hurlaient avec hystérie dans le séjour.

« Aram, cria Thomas. Aide-moi avant qu'il perde tout son sang. Il faut poser une compresse. »

Les oreilles d'Aram continuaient à siffler. Il regarda l'arme dans sa main, dont le canon fumait un peu.

« Aram, cria de nouveau Thomas. Trouve-moi quelque chose à attacher autour de la plaie. Vite ! »

Le sang coulait entre ses doigts, alors qu'il appuyait l'oreiller de toutes ses forces contre la cuisse blessée de Carsten. Thomas avait beau s'aider de son propre poids, il n'arrivait pas à lutter contre la pression sanguine.

« Impossible d'arrêter ça », haleta-t-il.

Aram regarda autour de lui.

Au pied du lit, il aperçut un peignoir.

La ceinture.

Il tira désespérément sur le peignoir jusqu'à l'en arracher.

Unissant leurs forces, ils passèrent la ceinture autour du coussin et de la cuisse, et Thomas serra aussi fort qu'il put en plaçant la jambe de Carsten en hauteur.

Le geyser rythmique cessa enfin.

Le torrent se mua en un maigre ruisseau qui lentement se tarit. La ceinture blanche était toute détrempée de rouge, mais elle remplissait sa fonction.

Les yeux de Carsten se fermèrent et sa tête tomba de côté : il était en état de choc.

Soudain, la chambre fut balayée par la lumière blanche d'un projecteur qui passa sur la fenêtre.

Le bateau de la police accostait au ponton.

96.

Mercredi 17 juillet

Karin passa la tête dans le bureau de Thomas.

« Elle est là, dans la salle un.

– Merci. »

Thomas finit son café. Son corps était endolori de fatigue, mais l'interrogatoire de Linda Öberg ne pouvait pas être reporté.

Il n'avait quitté Sandhamn qu'à deux heures du matin. La scène de crime était plongée dans le chaos par les allées et venues des secours. Des renforts avaient accosté au ponton et un autre hélicoptère avait été appelé.

Carsten et Celia avaient tous les deux été évacués vers l'hôpital, tandis que Nora avait pris les petits chez elle.

Pauvres enfants, songea Thomas en passant la main dans ses cheveux ébouriffés.

Leur père allait rester de longues années en prison, et l'état de leur mère était encore incertain.

Il se leva avec un soupir et prit sa veste. Margit attendait dans le couloir pour participer à l'interrogatoire, tandis qu'Aram avait déjà commencé son entretien avec les enquêteurs de l'inspection des services.

En entrant dans la pièce, ils trouvèrent Linda effondrée sur sa chaise. Elle avait le visage littéralement gris. Thomas pensa à la cendre après l'incendie de la nuit.

La maison des Agaton avait entièrement brûlé, il avait été

impossible de la sauver. Anna ne se trouvait heureusement pas chez elle, mais le corps d'Agaton avait été découvert dehors.

« Comprenez-vous pourquoi vous êtes ici ? » commença Margit.

Thomas reconnaissait cette entrée en matière. Il savait ce qu'elle traduisait : un espoir secret chez Margit. Que Öberg leur fournisse assez d'éléments pour avancer.

Une ouverture, car ils ignoraient eux-mêmes comment tout se tenait.

Le manque de sommeil faisait bourdonner la tête de Thomas, bien content que Margit prenne l'initiative.

« Comment va Celia ? demanda tout bas Linda.

– Elle est à l'hôpital, répondit Margit. Elle souffre d'un hématome sous-dural. Il est survenu quand Carsten l'a battue.

– Elle va mourir ?

– Elle devrait s'en sortir, mais elle aura besoin d'une longue rééducation.

– Carsten est un salaud », dit Linda.

Elle se prostra alors.

« Je ne voulais pas de mal à Celia. »

Cette déclaration était sans équivoque une forme d'aveu.

Mais qu'avouait-elle exactement ?

« Je comprends, dit Margit. Pouvez-vous nous raconter ce qui s'est passé ? »

Linda parut sur le point de pleurer. Elle pressa quelques secondes le poing droit contre ses lèvres. Puis commença à leur expliquer.

Tout avait commencé avec l'annonce de Carsten dans le *Journal de l'archipel.* Les conditions de travail semblaient correctes, Linda et Carsten s'étaient rencontrés à Sandhamn lors d'une des visites d'inspection de ce dernier.

Elle s'était d'abord réjouie de son nouveau poste, de travailler pour la famille Jonsson.

« Je ne l'ai pas reconnu tout de suite. »

Linda écarquilla les yeux.

« C'était il y a si longtemps. Il est beaucoup plus mince

aujourd'hui et ne porte plus de lunettes. Et en plus, il a changé de prénom.

– Pardon ? fit Thomas.

– À l'époque, il s'appelait Lars, surnommé Lasse. »

C'était exactement l'hypothèse de Nora. Peut-être Jonsson avait-il pris ce nouveau prénom pour se distinguer de la masse ? *Lasse Jonsson* n'avait rien de remarquable.

Carsten Jonsson, en revanche, on s'en souvenait.

« Puis j'ai compris qui il était, poursuivit Linda. Il m'a fallu du temps, mais j'ai fini par être sûre de mon fait. C'était bien le Lasse qui était camarade de classe de mon frère.

– Avez-vous vous aussi fréquenté la même école à Sandhamn ? demanda Margit.

– Non. J'avais déjà fini le collège quand Lasse, alias Carsten, y est entré. »

Soudain, Linda Öberg leva le menton.

« Cet homme a détruit la vie de mon frère.

– Pourquoi dites-vous ça ? » demanda Margit.

Thomas observait Linda tandis qu'il essayait de comprendre comment tout ça se tenait. Les incendies, une femme gravement battue, un voisin frappé à mort.

Était-ce Linda qui avait déclenché tout ça ?

« Carsten était un harceleur, dit Linda Öberg. Il a bousillé la vie de Gustav, il lui a ôté jusqu'à la dernière once de confiance en soi. Gustav ne s'en est jamais remis. »

Les enfants pouvaient être des ordures les uns envers les autres.

« Pourquoi leur maître n'a-t-il pas réagi ? » demanda Margit.

Linda haussa les épaules.

« Je ne vous le fais pas dire. Je ne sais pas s'il ne comprenait pas ce qui se passait, ou s'il avait décidé que les enfants se contentaient de "jouer". »

Elle forma des guillemets en l'air.

« C'était un jeu qui finissait en lèvres fendues, en bleus, en boules de neige ramassées là où un chien avait pissé, jusqu'à une crotte de chien glissée dans le cartable. »

Linda s'adressait à présent autant à elle-même qu'aux deux policiers.

Elle semblait avoir fait cette énumération bien des fois. Ses paroles exprimaient ses propres tourments, des souvenirs douloureux qui l'avaient privée de sommeil pendant de longues nuits.

« Je ne crois pas que la souffrance physique était la pire », dit-elle.

À son ton, pensa Thomas, on aurait dit une somnambule.

« C'était la violence psychique qui touchait bien plus profond. Gustav ne se sentait jamais en sécurité, ils pouvaient lui tomber dessus à tout moment. Sandhamn est une petite île, il n'y avait nulle part où se cacher. »

Quelque chose s'éteignit en Linda.

« Je n'étais pas là pour l'aider. Puisque j'allais à l'école sur le continent.

– Mais toute la famille a bien quitté Sandhamn, ensuite ? dit Thomas.

– Ça n'a fait qu'aggraver les choses. Gustav a commencé à se droguer dès le collège. Maman pensait que ça irait mieux en quittant l'archipel, mais c'était trop tard. Elle a reproché à papa qu'on n'ait pas déménagé avant. C'était lui qui voulait rester, il aimait l'archipel, alors que c'était maman qui était originaire de l'île. »

Les parents s'étaient séparés quelques années seulement après le déménagement, c'était indiqué dans les documents d'état civil.

« Je ne comprends pas, dit Margit. Pourquoi vos parents n'ont-ils pas signalé le problème à l'école, si c'était tellement grave ? »

Thomas la connaissait assez bien pour savoir qu'elle était indignée.

« Je crois que maman a essayé. Je sais qu'elle est allée un jour parler aux parents de Carsten. Son père, qui pouvait parfois être très violent, lui a donné une bonne raclée. Vous devinez sur qui Carsten s'en est vengé. Ça n'a rien arrangé.

– Donc vous avez décidé de venger votre frère ? » dit Thomas.

Il voyait les traces du chagrin gravées sur le visage de Linda. Au début, il lui avait trouvé le teint tanné par les intempéries : il comprenait à présent qu'il ne s'agissait pas de cela. Ces rides au front, ces plis profonds. Tout ça, c'était à cause de la déchéance de son frère.

« Il ne s'agissait pas de vengeance, dit tout bas Linda.

– Et de quoi s'agissait-il, alors ? demanda Margit.

– De justice, je crois. »

Linda se passa la main sur le front, comme si elle ne savait pas comment bien s'expliquer.

« Ce n'était pas juste, dit-elle après une longue pause. Gustav était mort, et voilà que Carsten revenait avec sa famille dans cette belle maison. Tout était tellement luxueux, Celia avait des affaires et des bijoux si beaux, la commode et la garde-robe remplies à craquer de vêtements de marque. Je suis allée voir en douce. Ça m'a rendue folle. Que Carsten puisse revenir, comme ça. Et surtout qu'il ne semble éprouver aucun remords, comme s'il s'en fichait complètement.

– Il n'était peut-être pas au courant ? » tenta Margit.

Linda lâcha un son méprisant sorti du plus profond de sa gorge.

« Ça excuse quelque chose ? »

Non, en effet.

« Quand vous êtes-vous décidée à… agir ? » demanda Thomas.

Il allait dire *vous venger*, mais avait changé à la dernière seconde.

Linda se saisit les coudes.

« J'étais à Sandhamn un soir de juin, dit-elle alors. C'était le week-end, aucun des ouvriers n'était là. Je devais déposer quelque chose à Fyrudden, et c'était tellement beau. »

Ses yeux se mirent à luire.

« Il était assez tard et il faisait encore frais, comme souvent en juin. Mais le ciel était infini. C'était le coucher du soleil, tout était transparent et bleu clair. Il y avait dans l'air un parfum de lilas. »

Elle s'essuya les yeux.

« C'était tellement injuste. La maison était presque terminée, on voyait combien ça allait être beau. Que Carsten vienne bientôt s'y installer avec sa famille m'emplissait de haine. »

Margit poussa discrètement vers elle une boîte de mouchoirs en papier.

« Alors j'ai ramassé une grosse pierre que j'ai lancée contre la vitre de leur chambre à coucher. Je ne sais pas pourquoi, ça m'a paru juste, c'est tout. J'aurais voulu qu'il disparaisse, qu'il quitte l'île et n'y remette jamais les pieds. J'étais forcée de faire quelque chose. »

Linda prit un mouchoir et se moucha.

« Est-ce que c'est vous aussi, l'oiseau mort ? » demanda Thomas.

Linda baissa les yeux vers ses mains. Ses peaux d'ongles étaient sèches et gercées.

« Je l'avais retrouvé pris dans un de mes filets. Quand je l'avais remonté, il était presque mort, il avait une aile cassée. L'idée m'est venue comme ça, de toute façon j'étais forcée de l'achever. Alors je l'ai porté à Fyrudden.

– Pour faire peur ?

– Ils n'avaient pas leur place à Sandhamn. Je voulais juste les faire partir… »

Le trait triste de sa bouche s'accentua.

« Il n'avait pas le droit de revenir. Pas après ce qu'il avait fait à Gustav.

– Est-ce pour ça que vous avez décidé de mettre le feu à la maison d'amis ? » demanda Margit.

Elle prenait un risque.

Mais Linda hocha la tête.

« À la fin, je n'en dormais plus la nuit. Je n'arrêtais pas de penser à Gustav, tout le temps. À son état misérable, les dernières années, tout maigre, décharné. Vous savez à quoi ressemble un héroïnomane, à la fin ? »

Linda tendit la main pour prendre un autre mouchoir et se moucha de nouveau.

« Vous avez bien vu comment Carsten traitait Celia. On ne se refait pas. Pourquoi obtiendrait-il toujours tout ce qu'il voulait ? »

L'amertume de sa voix trahissait le sentiment d'impuissance qu'elle avait éprouvé.

Celia, comme le frère de Linda, s'était retrouvée dans l'ombre de Carsten. Et pour tous les deux, ça avait très mal tourné.

Ce n'était pas juste. Mais cela ne signifiait pas qu'on avait le droit de se faire justice soi-même.

« Parlez-nous de l'incendie, dit Thomas. Nous avons retrouvé le briquet de votre frère sur les lieux. Avec ses empreintes digitales. Vous l'avez utilisé pour l'allumer ? »

Linda poussa un profond soupir.

« Je voulais juste les faire partir, dit-elle. Leur faire tellement peur qu'ils ne restent pas à Fyrudden. Ça m'a semblé juste d'utiliser le briquet de Gustav pour ça. »

Elle saisit le bras de Margit.

« Je ne me doutais pas qu'il y avait quelqu'un dans la maison, je n'aurais jamais mis le feu, sans ça. Vous devez me croire, je ne suis pas une meurtrière. »

Thomas savait, instinctivement, qu'elle disait la vérité. Mais ça n'y changeait rien.

Un homme avait perdu la vie à cause de Linda Öberg. Sans parler des conséquences de cet incendie.

« Vous avez donc mis le feu à la maison d'amis pour les effrayer, dit-il. Pour qu'ils s'en aillent.

– Oui. Mais absolument pas dans l'intention de tuer qui que ce soit. Je le jure. Il était prévu que tous les ouvriers s'en aillent pendant le week-end. C'était décidé comme ça. »

Linda soupira.

« Il n'aurait pas dû être là », chuchota-t-elle.

Margit remplit un verre d'eau et le lui tendit.

« Pourquoi choisir justement ce soir-là ? » demanda-t-elle quand Linda eut bu quelques gorgées.

Le visage de Linda était toujours absolument gris, ses lèvres minces et exsangues.

Thomas espérait qu'elle ne s'effondrerait pas avant la fin de l'interrogatoire.

« Je suis restée tard dans la soirée, puisque j'aidais pour la fête. La famille était allée se coucher. Cette réception était tellement tape-à-l'œil, d'une certaine façon elle n'a fait qu'empirer les choses.

– Vous étiez-vous décidée à l'avance ? demanda Thomas.

– Non. Je ne sais pas d'où m'est venue l'idée, j'y ai pensé, comme ça, au moment de prendre mon bateau pour rentrer chez moi. Il restait plein d'alcool dans les réchauds utilisés au cours de la soirée. J'avais toujours sur moi le vieux briquet de Gustav. Je l'avais gardé toutes ces années, comme un souvenir, c'était presque la seule chose qui me restait de lui. »

C'était le hasard des circonstances, pensa Thomas. Comme souvent. Pas de plan soigneusement prémédité, pas de cerveau maléfique. Juste du chagrin, de la douleur et de la haine fermentant depuis des années.

Et une occasion imprévue qui se présentait.

« Qu'avez-vous fait, ensuite ? demanda Margit.

– Je suis rentrée chez moi. Ça ne semblait pas réel. Je croyais presque avoir tout imaginé. En tout cas jusqu'à mon retour le lendemain, quand j'ai vu les ruines encore fumantes. C'est là que j'ai appris qu'une personne était morte. »

Linda déglutit.

« Je me suis alors sentie tellement mal. L'idée ne m'a pas effleurée que Carsten allait accuser Agaton.

– Mais comment savez-vous qu'il l'a fait, alors ? demanda prudemment Margit.

– Je l'ai entendu en parler avec le maître d'œuvre, Eklund, avant-hier. Carsten était fou de colère. J'ai eu peur, mais je ne pouvais rien faire sans lui avouer la vérité. »

Linda se cacha le visage dans les mains.

« Je ne pouvais quand même pas dire à Carsten que j'étais responsable de l'incendie. »

Elle pleurait à présent entre ses doigts.

« Je sais qu'il y a eu le feu chez les Agaton cette nuit. Qu'il est mort. C'est ma faute, tout ça est ma faute. »

97.

Il était déjà deux heures de l'après-midi. Ils s'étaient rassemblés en petit comité dans la salle de conférences. Thomas et Margit venaient de résumer l'interrogatoire de Linda Öberg, avaient évoqué Gustav victime de brimades et Carsten aux prises avec son père violent. Un cercle vicieux qui avait pris sa source dans une petite salle de classe de Sandhamn.

« Linda exprime beaucoup de remords, dit Margit. Elle insiste sur le fait qu'elle ignorait totalement la présence de quelqu'un dans la maison d'amis.

– Va-t-elle être mise en examen pour incendie criminel ? demanda Karin.

– Je suppose. »

Margit posa son stylo et s'étira la nuque.

« Elle a allumé un feu représentant un danger pour des vies et des biens, qui en outre aurait pu se propager. La question est plutôt de savoir si le procureur retiendra contre elle l'inculpation d'incendie criminel aggravé : dans ce cas-là, elle restera en prison pour un bon moment. »

La peine pour incendie criminel aggravé était de dix-huit ans de prison, et pouvait même aller jusqu'à la perpétuité. La peine minimale était de six ans.

L'avocat commis d'office auprès de Linda Öberg allait sans aucun doute batailler pour lui obtenir le minimum.

Margit brandit un document.

« Autre chose. La police maritime a été alertée au sujet d'un homme violemment battu retrouvé dans un cabanon près de Björkskär, non loin de Sandhamn. Il semblait être là depuis hier, et son état est critique. La victime s'appelle Anatoli Goldfarb, c'est un citoyen russe. »

Thomas leva les yeux. Nora avait mentionné les affaires russes de Carsten.

« À côté de lui, on a découvert des documents tachés de sang, continua Margit. Plusieurs d'entre eux mentionnaient le nom de Carsten Jonsson. On a en plus trouvé sur place un stylo gravé à ses initiales. »

Margit marqua une petite pause.

« En conséquence, une nouvelle enquête pour tentative de meurtre a été ouverte. »

Quelqu'un d'autre s'en occupera, pensa Thomas. Bientôt, il allait rentrer chez lui dormir. Ses bras étaient si lourds qu'il avait à peine la force de soulever son gobelet de café.

« Quand Carsten se sera suffisamment rétabli, nous aurons à lui faire subir toute une série d'interrogatoires, dit Margit. Pour le moment, l'analyse technique du lieu où a été trouvé le Russe est en cours.

– Qu'est-ce que l'hôpital a dit au sujet de l'état de Carsten ? » demanda Kalle.

Margit parut pensive.

« J'ai parlé à plusieurs reprises avec les urgences psychiatriques et le service de soins intensifs. Ils penchent pour une crise de psychose. Elles peuvent être déclenchées par le stress extrême, le manque aigu de sommeil, en combinaison avec l'alcool et les drogues.

– Quel cocktail ! » s'exclama Karin.

Thomas vit l'idée frapper Margit.

« Si Jonsson a eu une sorte de règlement de comptes avec ce Russe, ça pourrait expliquer deux ou trois choses, dit-elle en prenant une note. Je vais transmettre cette information au service psychiatrique. »

Elle regarda Thomas et Aram avec gratitude.

« On peut se demander comment ça aurait tourné si vous ne l'aviez pas stoppé. »

Thomas revit les yeux de Carsten, la hache levée au-dessus de Celia : un homme qui avait complètement perdu le contact avec la réalité.

Mais ils ne sauraient jamais si Carsten avait vraiment l'intention de s'en prendre à Celia et de brûler la maison, ou s'il voulait juste se défendre contre les policiers.

D'une certaine façon, Thomas espérait pour Celia que c'était plutôt la deuxième hypothèse.

« Aram ? reprit Margit. Et toi ? Que dit l'inspection des services ? »

Aram lui aussi était pâle de fatigue. Il avait remis ses lunettes.

« Je dois les revoir demain. »

Margit l'encouragea d'un regard.

« Je ne peux pas imaginer qu'il y ait le moindre problème, dit-elle. Mais vous connaissez la procédure. »

Elle se tourna vers Thomas.

« Ta déposition confirme bien toutes les déclarations d'Aram. »

Thomas avait déjà remis un rapport sur le déroulement des faits, sur le comportement de Carsten quand Aram avait fait irruption dans la chambre.

Il avait presque tout vu, et complété le reste lui-même.

« C'est un cas d'école de légitime défense », dit Margit.

Le téléphone de Thomas vibra dans sa poche. Il jeta un coup d'œil à l'écran. C'était encore Erik.

Thomas refusa l'appel, en se promettant de le rappeler dans l'après-midi.

Il était temps de lui donner une réponse.

98.

Nora était blottie dans la véranda vitrée de la villa Brand, une couverture pelucheuse sur les jambes. Il était cinq heures de l'après-midi. Une légère bruine tombait depuis quelques heures, mais ça ne faisait rien, c'était bon de rester à la maison.

Elle était encore complètement épuisée par les événements de la nuit, n'avait la force ni de jouer avec Julia ni de lire. Impossible de dormir, chaque fois qu'elle essayait, elle se retrouvait en forêt. Quand elle fermait les yeux, elle voyait Carsten arriver sur elle la hache à la main.

Alors il valait mieux rester là à regarder les bateaux passer.

Quelques heures plus tôt, Sarah et Oliver avaient été récupérés par leurs grands-parents maternels. Ils étaient profondément choqués. La mère de Celia s'était mise à pleurer dès qu'elle avait franchi le seuil et aperçu ses petits-enfants.

Son père s'était mieux maîtrisé, mais il tremblait de colère contenue.

Nora espérait que Celia ne se réveillerait pas avant l'arrivée de ses parents à l'hôpital : elle lui souhaitait d'être entourée de personnes qu'elle aimait quand elle ouvrirait les yeux. Elle avait besoin de ses parents et de ses enfants.

Des pas approchèrent. Jonas arriva avec une tasse de thé.

« Salut, dit-il en posant la tasse devant Nora. Comment ça va ?

– Comme ça. »

À sa question, les yeux de Nora se mouillèrent.

« Un peu faible », dit-elle, et ce n'était que trop vrai.

Jonas s'assit à côté d'elle dans le canapé. Elle se laissa aller contre son épaule, honteuse de ne pas lui avoir dit la vérité la veille.

« J'étais tellement inquiet pour toi hier soir », dit Jonas, la gorge serrée. Nora se sentit encore plus coupable.

Elle lui prit la main, la caressa sur le dessus et la tint contre sa joue.

« Je ne sais vraiment pas ce qui m'a pris, dit-elle. J'aurais dû te dire que j'allais à Fyrudden.

– Une chance que tu y sois allée, pour Celia. Le principal, c'est que tout se soit bien terminé. »

Une ombre passa sur son visage, et Nora comprit que lui aussi se sentait coupable.

« Je regrette de ne pas t'avoir accompagnée, dit Jonas. Tu n'aurais pas été seule face à ce fou. »

Il passa le bras autour des épaules de Nora et la serra contre lui. Elle entendait son cœur contre son oreille, qui battait si calmement, d'un rythme sourd et régulier.

Tu es à présent en sécurité, lui disait-il.

« Pauvre Celia, chuchota Nora.

– Oui. Et pauvres gamins. »

Jonas lui tendit la tasse de thé qu'il lui avait préparée. Nora en but une gorgée, et sentit l'arrière-goût de miel. Jonas en avait trop mis, mais ça ne faisait rien.

« Je crois que tu ne sais pas combien je t'aime, dit-il, avec dans la voix une intensité qui la surprit. Pas pour de vrai. Tu ne comprends pas combien j'ai eu peur quand tu m'as appelé hier pour tout me raconter. S'il t'était arrivé quelque chose… »

Nora pressa ses lèvres contre sa joue.

« Si, je comprends. »

Il la regarda alors avec une expression mystérieuse. Le ventre de Nora se serra.

« Je voudrais te demander quelque chose », dit-il lentement, comme sur le point de prendre une décision.

– Bien sûr. »

Elle répondit bien trop vite, mais la soudaine gravité de Jonas la mettait mal à l'aise.

« Tu peux fermer les yeux un petit moment ?

– Mais pourquoi ?

– On n'a pas toujours besoin de savoir *pourquoi.* »

Nora obtempéra.

Jonas lui prit la main, et l'ouvrit délicatement. Il y plaça alors quelque chose de rond. L'objet était frais au contact de sa peau.

« Je comptais le faire tout autrement, dit-il à voix basse. Mais après ce qui s'est passé hier soir… »

Nora ouvrit les yeux.

Il y avait une bague dans la paume de sa main, les pierres scintillaient.

« Nora, veux-tu m'épouser ? »

REMERCIEMENTS

Dans l'ombre du Paradis était le livre qui ne voulait pas se laisser écrire. Il était rétif, récalcitrant, réfractaire le plus souvent. J'ai mis bien trop longtemps à comprendre que c'était peut-être dû à la coïncidence du processus d'écriture avec la maladie grave d'un proche.

Mais le livre est à présent terminé, et je suis tellement contente de ne pas avoir abandonné en chemin. Plus que jamais, je dois un grand merci à tous ceux qui m'ont aidée en cours de route.

Karin Linge Nordh, mon impressionnante éditrice, merci pour tes compliments et tes encouragements quand j'en avais le plus besoin. Je ne crois pas que tu comprennes combien ils ont compté à ce moment précis.

John Häggblom, personne ne pouvait être meilleur correcteur que toi. Cette fois, tu m'as portée du début à la fin sur tes (combien larges !) épaules. Sans toi, ça n'aurait pas tenu la route, crois-moi.

Je veux adresser un chaleureux merci à Alexander Izosimov, qui m'a aidée à comprendre comment on faisait des affaires à Moscou et a patiemment vérifié tous les détails financiers fictifs du livre.

Au commissaire Rolf Hansson, qui m'a comme d'habitude été d'une grande aide concernant le travail policier. Merci, Rolf, tu es vraiment un roc !

Grand merci à Anna Remse, vice-procureure principale à l'Agence de lutte contre la criminalité financière, qui m'a décrit en détail le travail de l'ALCF, au médecin principal Petra Råsten Almqvist, cheffe de l'institut de médecine légale de Stockholm, et au directeur Fredrik Ekman, qui m'a fourni des informations de fond sur les affaires en Russie.

Les parents et amis qui ont lu et commenté pendant l'écriture de ce livre sont : Lisbeth Bergstedt, Anette Brifalk, Helen Duphorn, ainsi bien sûr que ma fille chérie Camilla Sten. Mon amie de Sandhamn Gunilla Pettersson a relu le manuscrit avec un œil infaillible pour les détails. Merci à tous, j'apprécie tellement le temps que vous m'accordez.

Sara Lindegren et tous les autres qui travaillez pour mes livres chez Forum, vous êtes merveilleux, et c'est une telle joie de travailler ensemble. Lili et Rebecca, d'Assefa Kommunikation, merci pour tout le travail investi pour le lancement du livre.

L'équipe de Nordin Agency, Anna Frankl, Joakim Hansson et les autres, qui diffusez mes livres dans le monde entier – votre engagement compte tant, et vous accomplissez des prouesses !

J'ai pris quelques libertés d'écrivain : il n'y a pas à Sandhamn de cap nommé Fyrudden, et personne n'a construit de grande villa de luxe blanche au bord de la plage sud. La vieille baraque militaire sur l'îlot est inventée, comme tous les personnages du livre. Toutes éventuelles ressemblances avec des personnes mortes ou vivantes seraient un pur hasard, et j'assume par ailleurs totalement la responsabilité de toute erreur.

Enfin, chers Lennart, Camilla, Alexander et Leo, vous signifiez tout pour moi. Cette fois encore, merci pour votre patience.

DU MÊME AUTEUR

Aux Éditions Albin Michel

LA REINE DE LA BALTIQUE, 2013.

DU SANG SUR LA BALTIQUE, 2014.

LES NUITS DE LA SAINT-JEAN, 2015.

LES SECRETS DE L'ÎLE, 2016.

AU CŒUR DE L'ÉTÉ, 2017.

RETOUR SUR L'ÎLE, 2018.

Composition Nord Compo
Impression CPI Brodard & Taupin en avril 2019
Éditions Albin Michel
22, rue Huyghens, 75014 Paris
www.albin-michel.fr
ISBN : 978-2-226-43823-2
N° d'édition : 23223/01 – N° d'impression : 3033535
Dépôt légal : avril 2019
Imprimé en France